Les parts oubliées

CHARMAINE WILKERSON

Les parts oubliées

ROMAN

Traduit de l'anglais (États-Unis)
par Cécile Chartres

J'AI LU

TITRE ORIGINAL
Black Cake

ÉDITEUR ORIGINAL
Ballantine Books

À mes parents, à tous les quatre

PROLOGUE

Avant

1965

Il aurait dû savoir que ça en arriverait là. Il aurait dû s'en douter le jour où sa femme, cette *hak gwai*, avait quitté la maison. Ou celui où il avait vu sa fille nager dans la baie alors qu'une tempête menaçait. Ou quand ses parents l'avaient traîné sur cette île avant de changer de nom. Au bord de l'eau à présent, il observait les vagues se briser contre les rochers et attendait que le corps de sa fille s'échoue sur la plage.

Un officier de police lui fit signe. C'était une jeune femme. Il n'avait jamais vu de femme policière. Elle tenait dans ses mains un vêtement blanc, la robe de mariée de sa fille, maculée de gâteau noir et de glaçage lilas. Elle avait dû renverser le gâteau sur elle au moment où elle avait bondi de sa chaise. Il se souvenait d'un bruit d'assiettes qui s'entrechoquent, de verres qui se fracassent, d'un cri. Quand il s'était retourné vers sa fille, elle avait disparu et ses chaussures en satin gisaient éparpillées sur la pelouse, comme de minuscules bateaux chavirés.

PREMIÈRE PARTIE

De nos jours

2018

Elle est là.

Byron entend les portes de l'ascenseur s'ouvrir et, dans un premier élan, il se précipite vers sa sœur pour l'embrasser. Pourtant, quand Benny se penche vers lui, Byron la repousse avant de se tourner vers la porte du bureau de l'avocat. Il sent Benny poser sa main sur son bras et se dégage de son emprise. Sa sœur reste plantée là, bouche bée. De quel droit dirait-elle *quoi que ce soit* ? Voilà huit ans que Byron n'a pas vu Benny. Et, à présent, leur mère est partie pour de bon.

À quoi s'attendait Benny ? Elle a transformé une dispute familiale en guerre froide. Peu importent tous ses discours sur l'exclusion, la discrimination, sur tout et n'importe quoi. D'après Byron, quel que soit le problème rencontré, il y a toujours quelqu'un quelque part qui peut comprendre. Par ailleurs, les temps changent. Il est même récemment tombé sur une étude consacrée aux gens comme Benny.

Les gens comme Benny.

L'étude expliquait que, pour les gens comme elle, le parcours peut être bien solitaire. Ce n'est pas pour autant que Byron compte montrer la moindre sympathie, oh non. Benedetta Bennett a renoncé à ce privilège il y a longtemps, quand elle a tourné le dos à sa famille, et ce même si elle affirme le contraire. Au moins, cette fois-ci, elle est venue. Six ans auparavant, Byron et sa mère étaient assis sur un banc d'église dans le comté de LA, devant le cercueil du père, à attendre que Benny se manifeste, mais Benny n'était jamais arrivée. Byron pensait avoir aperçu sa sœur au cimetière peu après, à l'arrière d'une voiture. Elle sera là dans une minute, avait-il songé. Et pourtant non, pas de Benny. Plus tard, elle avait envoyé un SMS : *Je suis désolée*. Ensuite, silence radio. Pendant des mois. Des années.

Au fil du temps, rien n'était moins sûr que Benny ait été là ce jour-là, ou même que Byron ait eu une sœur.

Qu'il y ait eu un jour une petite fille rondelette aux cheveux ondulés le suivant partout dans la maison.

Qu'elle l'ait un jour encouragé lors des compétitions nationales.

Qu'il ait un jour entendu sa voix traverser l'auditorium quand il avait soutenu sa thèse.

Qu'il y ait eu un jour où il n'ait pas eu ce sentiment d'être orphelin et en colère.

Benny

L'avocat de sa mère ouvre la porte et Benny regarde derrière lui, s'attendant plus ou moins à voir sa mère assise dans la pièce. Mais il n'y a plus que Benny et son frère, désormais, et Byron refuse de la regarder.

L'avocat leur parle d'un message laissé par leur mère, mais Benny ne parvient pas à se concentrer. Elle observe Byron, les mèches de gris dans ses cheveux qui n'étaient pas là avant. Pourquoi l'a-t-il repoussée ? Il a quarante-cinq ans, pas dix. Pendant toutes ces années, son frère ne l'a jamais poussée, ne l'a jamais frappée, pas même quand elle était petite et avait tendance à lui sauter dessus et à le mordre comme un chiot.

Son premier souvenir de Byron : ils sont assis sur le canapé, elle est calée sous le bras de son frère qui lui lit une histoire d'aventure. Ses pieds à lui touchent déjà le sol. Byron s'interrompt pour passer sa main dans les cheveux de Benny, tirer sur ses lobes d'oreilles, lui pincer le nez, la chatouiller jusqu'à ce qu'elle s'étouffe de rire, jusqu'à ce qu'elle pense mourir de bonheur.

Le message

Leur mère leur a laissé un message, explique l'avocat, Mr Mitch. Il s'adresse à Benny et Byron comme s'il les connaissait depuis toujours. Pourtant, Byron pense ne l'avoir rencontré qu'une seule fois, lorsque sa mère a eu besoin d'aide pour se déplacer à la suite de son accident l'hiver dernier, accident qui, selon son ami Cable, n'en était pas un. Byron avait accompagné sa mère au cabinet de Mr Mitch, puis était ressorti l'attendre dans la voiture. Alors qu'il observait des gamins faire du skateboard sur les larges et impeccables trottoirs bordant des magasins chic, un officier de police était venu frapper contre sa vitre.

Ce genre de choses arrivait si souvent à Byron, même à l'âge adulte, qu'il en oubliait parfois d'être stressé. La plupart du temps, quand un officier de police s'approchait de lui ou lui demandait de s'arrêter, il se réfugiait dans ce temps suspendu entre deux battements de cœur, là où il pouvait entendre son sang pulser dans son corps, pareil à une cascade d'eau charriant des siècles d'histoire et menaçant de fendre le sol sur lequel il se tenait. Ses recherches, ses ouvrages, sa popularité sur les réseaux sociaux, ses conférences, les bourses qu'il voulait financer, tout ça pouvait disparaître en une seule seconde d'incompréhension.

Ce n'est que plus tard, après que le policier eut ouvert le coffre de sa voiture et fut revenu avec un exemplaire du dernier livre de Byron (*Pouvait-il avoir un autographe ?*), que Byron se rendit compte qu'un homme assis seul au volant de sa voiture à regarder des préados faire du skateboard pouvait à juste titre susciter de la suspicion – quelle que soit sa couleur de peau. Oui, ça se comprenait ; parfois, ça n'avait rien à voir avec le fait qu'il était un homme noir. La plupart du temps, si.

— Je préfère vous mettre en garde, leur dit Mr Mitch à ce moment-là. À propos de votre mère. Il faut que vous soyez prêts.

Prêts ?

Prêts à quoi ? Leur mère est déjà morte.

Sa mère. Ma.

Il ne voit pas ce qui pourrait y changer grand-chose.

B & B

Il y a une boîte d'archives pleine étiquetée *Succession d'Eleanor Bennett*. Mr Mitch en tire une enveloppe marron sur laquelle figure l'écriture de leur mère et la dépose sur le bureau devant Byron. Benny déplace sa chaise pour se rapprocher de son frère, puis se penche en avant. Byron retire sa main, mais laisse le dossier là où Benny peut le voir. Leur mère a adressé l'enveloppe à B & B, le surnom qu'elle aimait utiliser chaque fois qu'elle écrivait ou parlait à ses deux enfants en même temps.

Des mots pour B & B étaient souvent aimantés sur le frigo. *B & B, il y a du riz et des petits pois sur la gazinière. B & B, j'espère que vous avez laissé vos chaussures pleines de sable devant la porte. B & B, j'adore mes nouvelles boucles d'oreilles, merci !*

Ma les appelait Byron et Benny uniquement quand elle parlait à l'un d'entre eux, et elle n'appelait Benny « Benedetta » que lorsqu'elle était contrariée.

Benedetta, c'est quoi ce bulletin scolaire ? Benedetta, ne parle pas à ton père sur ce ton. Benedetta, il faut que je te parle.

Benedetta, s'il te plaît, rentre à la maison.

Leur mère a rédigé une lettre, précise Mr Mitch, mais l'essentiel de son message d'adieu se trouve sur un fichier audio qu'elle a enregistré pendant près de huit heures, sur une période de quatre jours.

— Allez-y, reprend Mr Mitch en désignant le paquet du menton.

Byron ouvre l'enveloppe et la secoue pour en faire tomber le contenu : une clé USB et un mot écrit à la main. Il le lit à voix haute. C'est Ma tout craché.

B & B, il y a un petit gâteau noir dans le congélateur pour vous. Ne le jetez pas.

Un gâteau noir. Byron se surprend à sourire. Leurs parents se découpaient un morceau du gâteau chaque année à leur anniversaire de mariage. Ce n'était pas le gâteau de mariage d'origine, disaient-ils. Leur mère en cuisinait un nouveau tous les cinq ans environ, plus petit, et le mettait au congélateur. Pour autant, insistait-elle, vu la quantité de rhum et de porto utilisée, n'importe quel gâteau noir aurait facilement tenu toute la durée de leur mariage.

Je veux que vous vous asseyiez ensemble et que vous partagiez ce gâteau. Vous saurez quand le moment sera venu.

Benny pose sa main sur sa bouche.

Je vous aime, Ma.

Benny se met à pleurer.

Benny

Cela fait des années que Benny n'a pas pleuré. Du moins, jusqu'à la semaine précédente, quand elle a été licenciée de son travail à New York. Au début, elle pensait que son patron était fâché parce qu'il l'avait vue utiliser son smartphone tout en prenant des appels de clients. C'était interdit par le règlement, mais elle avait un message de sa mère. Quatre mots qu'elle n'arrivait pas à se sortir de la tête.

En réalité, le message patientait sur son répondeur depuis près d'un mois, mais à cet instant précis, en observant son smartphone, Benny s'était demandé quoi faire. Elle n'avait pas vraiment parlé à sa mère depuis des années. Il fallait être sacrément culottée pour ne pas parler à sa mère pendant aussi longtemps, pensait Benny. Pour ne pas soutenir sa fille quand elle en avait le plus besoin, aussi.

Durant ces années, Benny avait trouvé plus facile de ne pas se manifester, de ne pas répondre aux rares messages en provenance de la maison, de se motiver à passer chaque fête et chaque anniversaire loin de sa famille, de se dire que c'était une façon de prendre soin d'elle. Dans ses moments de faiblesse, elle branchait le vieux cadre photo numérique qu'elle gardait sous une pile de carnets à dessin dans un tiroir de son bureau et contemplait les visages souriants qui défilaient sur l'écran, l'un après l'autre, et dont elle pensait qu'ils feraient toujours partie de sa vie.

L'une des photos préférées de Benny la montrait avec Byron et leur père, les bras entrecroisés et tous les trois bien habillés. Ce devait être pour une collecte de fonds, un hommage quelconque ou une réunion d'avocats où son père montait souvent au pupitre. La ressemblance entre eux était frappante, même aux yeux de Benny, qui pourtant l'avait toujours su. Et, d'après l'éclat identique qui brillait dans leurs yeux, on pouvait deviner qui avait pris la photo. Sa mère.

Le patron de Benny avait haussé la voix.

— Ce n'est pas pour ça qu'on te paie, avait-il dit.

Benny avait glissé son téléphone dans la poche de son cardigan.

— Ton travail consiste à lire ce qui est écrit sur le fichu script. Pas à faire des commentaires sur la durée de vie des appareils électroniques !

Ah, c'était pour ça. Pas pour le téléphone.

Le temps que Benny comprenne de quoi parlait son chef, elle était renvoyée.

Elle avait encore les yeux secs en sortant du centre de télémarketing avec les quelques objets personnels qu'elle avait installés à son poste de travail : une tasse à café craquelée et tachée, et une plante à fleurs effrangées. Benny n'aurait pas su dire de quel type de plante il s'agissait, mais elle ne l'avait jamais déçue. Rien ne la perturbait, ni le manque d'eau, ni l'éclairage fluorescent, ni l'air chargé d'odeurs de plastique des bureaux, ni même les paroles acerbes de son patron. De temps en temps, elle soulevait les petites tiges de la plante du bout des doigts et nettoyait les feuilles avec un chiffon humide. C'était tout.

Il avait fallu quinze minutes à Benny pour se rendre compte qu'elle était montée dans le mauvais bus. Elle était descendue à l'arrêt suivant et s'était retrouvée devant un vieux café décoré de fausses guirlandes en sapin et de gros nœuds en faux velours sur les portes. Elle ne s'attendait pas à ce qu'il existe encore de tels endroits à New York. En voyant les lettres blanches « imitation givre » sur la vitre qui épelaient « Joyeuses Fêtes », en pensant au fait qu'une autre année s'était écoulée sans qu'elle ait son café à elle (ce serait beaucoup moins kitsch), en apercevant le jeune père qui se penchait en avant pour boutonner le blouson couleur lilas de son enfant et lui glisser les cheveux dans sa capuche couleur lilas, Benny avait éclaté en sanglots. Elle n'avait jamais aimé le lilas.

L'enregistrement

Mr Mitch insère dans son ordinateur la clé USB qui contient les enregistrements d'Eleanor Bennett. Les enfants d'Eleanor se penchent en avant lorsqu'ils entendent sa voix. Mr Mitch, qui s'efforce de garder un air placide, prend une grande et longue inspiration. Il doit rester professionnel. Les familles ont besoin que leurs avocats soient stoïques.

B & B, Mr Mitch m'enregistre. Ma main tremble souvent et j'ai beaucoup de choses à dire. Je voulais vous parler de vive voix, mais je ne suis pas sûre de vous revoir ensemble.

Benny et Byron s'agitent sur leurs chaises.

Vous êtes têtus, mais vous êtes de bons enfants.

Alors qu'il fixe le calepin posé sur son bureau, Mr Mitch sent l'atmosphère de la pièce changer. Des dos se raidissent, des épaules remontent.

B & B, promettez-moi d'essayer de vous entendre. Vous ne pouvez pas vous permettre de rester chacun dans votre coin.

Benny se lève. *Et voilà*. Mr Mitch interrompt l'enregistrement.

— Je n'ai pas besoin d'entendre ça, déclare Benny.

Mr Mitch hoche la tête. Marque une pause.

— C'est ce que voulait votre mère, dit-il.

— Vous ne pouvez pas m'en faire une copie ? demande Benny. Je l'écouterai à New York.

— Votre mère a expressément demandé que vous écoutiez ça ensemble, du début à la fin, en ma présence. Pour autant, on n'est pas obligé de rester dans le bureau. Si vous préférez, on s'arrête là et j'apporte l'enregistrement chez votre mère plus tard.

— Non, répond Byron. Je veux faire ça maintenant.

Benny fusille Byron du regard, mais il l'ignore.

— Votre mère a bien précisé que nous devions écouter l'enregistrement ensemble, poursuit Mr Mitch. Je serai ravi de reprendre lorsque vous serez tous les deux disponibles.

Il ouvre un agenda sur son bureau.

— Je peux passer à la maison en fin d'après-midi ou demain matin.

— Je ne vois pas ce que ça va changer pour Ma, de toute manière, souligne Benny.

Du haut de son mètre quatre-vingt-cinq, elle observe Mr Mitch sans ciller, mais sa voix tremble quand elle dit « Ma ».

— Pour votre mère, non, mais pour vous et votre frère, oui, répond Mr Mitch. Il y a des choses que votre mère voulait que vous entendiez au plus tôt, des choses que vous devez savoir.

Benny incline la tête en avant, reste immobile pendant une bonne minute, puis soupire.

— Plutôt cet après-midi, décide-t-elle. Je repars tout de suite après l'enterrement.

Benny regarde Byron encore une fois, mais son frère a les yeux rivés sur le bureau. Elle sort de la pièce sans dire au revoir, sa coiffure afro aux reflets blonds rebondissant alors qu'elle traverse la salle d'attente à grands pas et pénètre dans le couloir sombre.

Mr Mitch entend la sonnerie de l'ascenseur dans le hall ; Byron se lève.

— Eh bien, à tout à l'heure, alors, dit Byron. Merci.

Mr Mitch s'apprête à lui serrer la main. Le téléphone de Byron vibre. Lorsqu'il parvient à la porte, il a déjà le portable accroché à l'oreille. Il a dû y avoir un temps, pense Mr Mitch, où Byron était un simple gamin, jouant sur la plage, et aurait préféré plaquer un coquillage sur son oreille plutôt qu'un téléphone.

— Mon fils est payé pour écouter la mer, vous imaginez ? avait dit Eleanor à Mr Mitch, un jour, à l'époque où son mari Bert était encore en vie et où ils s'étaient croisés à une réunion d'avocats.

— C'est un vrai travail ! avait ajouté Bert.

Ils en avaient ri tous les deux. Eleanor et Bert étaient comme ça, ils savaient être drôles ensemble.

Quand tout sera terminé, peut-être que Mr Mitch pourra discuter avec Byron de son dernier projet, la cartographie du plancher océanique, auquel contribue l'institut pour lequel il travaille. Les océans sont un défi, pense Mr Mitch. Et la vie d'une personne, comment la cartographier ? Les frontières que les gens érigent entre eux et les autres. Les cicatrices laissées sur les parois du cœur. Qu'est-ce que Byron aura à en dire, quand sa sœur et lui auront entendu le message de leur mère ?

Le retour à la maison

Benny pénètre dans la maison de sa mère par la porte de derrière. Dans la cuisine, elle tend l'oreille. Elle entend la voix de Ma, entend son propre rire, perçoit une odeur de clou de girofle dans l'air, mais elle ne voit qu'un torchon plié sur une chaise, deux boîtes de médicaments posées sur le plan de travail. Aucun signe de Byron. Elle se rend dans le salon. Même à cette heure de la journée, la lumière est chatoyante. Le fauteuil de son père est toujours là, le tissu bleu est usé aux endroits où Bert Bennett s'asseyait. La dernière fois que Benny l'avait vu, il s'était levé de ce fauteuil et lui avait tourné le dos pour quitter la pièce.

Difficile à croire que huit ans s'étaient écoulés depuis.

Benny était en train d'essayer de leur expliquer. Malgré un terrible sentiment de gêne, elle s'était assise à côté de son père. Après tout, qui a envie de parler de sexe à ses parents ? Évidemment, il ne s'agissait pas que de sexe, c'était bien là tout le problème. Benny n'avait cessé de repousser cette conversation et elle en avait payé le prix. Le prix fort.

Benny se souvient d'avoir passé sa main sur le canapé en velours ce jour-là, d'avoir murmuré un compliment. Pendant toutes les années où Benny et Byron avaient grandi dans la maison, et même après, il avait été recouvert d'une protection en plastique. C'était la première fois que Benny voyait le canapé comme ça. Il était fascinant au toucher, elle avait du mal à concevoir qu'il puisse être à la fois doux et rugueux.

— Nous nous sommes réveillés un matin et nous nous sommes rendu compte que nous n'étions pas éternels, lui avait expliqué sa mère en effleurant le tissu. Il est temps que nous en profitions.

Benny avait souri et caressé l'endroit où elle s'asseyait d'habitude comme si c'était une peluche. Le canapé était toujours aussi laid, avec son revêtement couleur cuivre qui scintillait à la lumière, mais la sensation du velours sous ses doigts l'avait aidée à se calmer au moment où son père avait élevé la voix.

Quand elle était petite, Ma et Pa lui avaient certifié qu'elle pouvait devenir ce qu'elle voulait. Cependant, une fois leur petite fille devenue jeune femme, ils commencèrent à dire des choses comme « On a fait des sacrifices pour que tu aies ce qu'il y a de mieux ». Ce qu'il y avait de mieux pour qui ? Pas nécessairement pour Benny. Pire : apparemment, ce qu'elle était, ce n'était pas non plus ce qu'il y avait de mieux. Abandonner une bourse dans une université prestigieuse, ce n'était pas ce qu'il y avait de mieux. Suivre des cours de cuisine et d'art, ce n'était pas ce qu'il y avait de mieux. Enchaîner les emplois précaires dans l'espoir d'ouvrir un café, ce n'était pas ce qu'il y avait de mieux. La vie amoureuse de Benny. Ça, par-dessus tout, ce n'était pas ce qu'il y avait de mieux.

Benny se dirige vers le sofa et s'assied à côté du fauteuil inoccupé de son père. Elle pose une main sur l'accoudoir, se penche, respire le tissu en tweed, à la recherche d'un reste de la brillantine pour les cheveux que son père utilisait, un truc vert, démodé, tellement nocif que ça aurait pu faire démarrer un pick-up. Benny donnerait cher pour que ses parents soient de nouveau là, assis dans leurs fauteuils préférés, et peu importe s'ils ont encore du mal à la comprendre.

Benny sourit alors qu'un autre souvenir lui revient. Sa mère, perchée sur l'accoudoir du canapé, qui regarde MTV avec Benny et ses amies adolescentes, et Benny qui prie pour que sa mère se rappelle qu'elle a des choses d'adulte à faire et disparaisse. Ma lui avait toujours paru différente des autres mères. Très athlétique, douée en maths et, oui, fan de clips vidéo. Son intérêt général pour la musique était d'ailleurs un truc que Benny, à treize ans, trouvait affreusement embarrassant. Ma semblait toujours faire les choses à sa façon. Sauf quand cela concernait le père de Benny.

Le téléphone de Benny bipe. C'est Steve, qui a laissé un message vocal. Il a appris la nouvelle. Je suis désolé, dit-il, bien qu'il n'ait jamais rencontré sa mère. Peut-être peuvent-ils se voir, quand Benny sera revenue sur la côte Est ? La voix de Steve est douce, grave, et Benny ressent ce frémissement familier le long de ses jambes, comme chaque fois qu'il l'appelle.

Benny et Steve. Pendant des années, ils se sont quittés, retrouvés. À chaque rupture, Benny se promet que ce sera la dernière. Elle ne le contacte jamais. Mais à un moment donné, quand il appelle, elle décroche. Elle ne peut pas s'en empêcher, il la fait rire, et elle accepte de le revoir.

Le rire de Steve, la voix de Steve, les mains de Steve. C'est grâce à cela que Benny a pu se sortir de son marasme après sa rupture avec Joanie. Elle avait suivi Joanie jusqu'en Arizona, bien que jamais Joanie ne lui ait laissé espérer une réconciliation. Quelques mois plus tard, alors qu'elle fixait ses bottes dans la section Livres musicaux d'une librairie de Midtown, Steve s'était approché d'elle.

Steve avait agité les doigts devant son visage. Elle avait redressé la tête : un bel homme au large sourire, les sourcils dressés, avait désigné ses écouteurs, puis la console à laquelle elle était branchée. Benny avait souri et hoché la tête. Steve avait branché son casque dans le jack voisinant le sien et, dès les premières notes, avait hoché la tête et souri discrètement.

Quand ils étaient sortis dans la rue boueuse, Benny avait pensé : peut-être que toutes ces choses que Joanie avait vues en elle étaient bien là, et peut-être que quelqu'un d'autre pouvait les voir aussi. Il lui faudrait du temps avant de s'apercevoir qu'avec Steve, son nouvel amant amateur de musique et de voile, elle se sentirait autant désirée que menacée.

Byron

Il y a des choses à gérer, des conversations à mener, Byron le sait, mais il n'a pas envie de parler à sa sœur en cet instant. Pour l'enterrement, tout est organisé. Byron s'en est occupé alors que Benny prenait l'avion pour la Californie ; le reste peut attendre. Assis sur le porche de sa maison, un foulard autour du cou, Byron contemple les vagues. Il compte rester là aussi longtemps que possible avant de retourner chez sa mère.

Après une si longue absence, Benny est enfin de retour ; cependant, ce n'est pas du soulagement qu'il ressent, c'est de la rancœur. Si les choses s'étaient déroulées différemment, elle aurait pu être là, à côté de lui, en train de dessiner dans un de ses carnets à croquis. Il a encore ce dessin marrant qu'elle a fait de lui tombant de sa planche de surf. L'amertume de Byron l'a même empêché de parler à Benny de la maladie de leur mère – et après, il était trop tard. Il avait eu l'intention de l'appeler, vraiment. Il savait que sa mère n'en avait plus pour longtemps. Seulement, il ne pensait pas que ça irait si vite.

Vendredi dernier, en entrant dans la maison, il avait compris tout de suite, avant même de traverser la cuisine. Sa mère était morte. Il l'avait trouvée dans le couloir. Il était tout à fait possible, avait affirmé le médecin plus tard, pour une personne de mourir de façon aussi soudaine. Surtout une personne dont le corps luttait déjà contre un mal terrible. Ma était encore capable de se lever seule, de se laver le visage, de se servir un verre d'eau, malgré les tremblements de ses mains, d'allumer la télé ou de mettre de la musique, mais en général cela lui demandait un tel effort qu'elle allait ensuite s'allonger.

Alors qu'il calait la tête et les épaules de sa mère dans ses bras, qu'il posait son visage contre sa poitrine, Byron avait pensé à Benny. Comment allait-il lui annoncer ça ? Savoir que Benny allait éprouver cette même perte avait redoublé son chagrin. Au début, il n'avait pas été en mesure de prononcer les mots.

« Benny, Benny », voilà tout ce qu'il était parvenu à dire lorsqu'elle avait décroché. Byron s'était interrompu, la gorge nouée. Il entendait du bruit dans le fond. De la musique, des bavardages, des assiettes. Des bruits de restaurant. Et Benny, qui répétait : « Byron ? Byron ? »

— Benny, je...

Elle avait déjà compris.

— Oh, non, Byron !

Byron avait raccroché et pensé alors aux autres coups de fil qu'il lui faudrait passer, à tout ce qu'il fallait mettre en place. Tout était remonté à la surface : la perte de sa mère, les souvenirs de la mort de son père, les années et les kilomètres entre Benny et eux, et la rancœur qu'il ressentait à l'égard de sa sœur.

Bordel, Benny.

À présent, il arrive devant la maison de sa mère et aperçoit une voiture de location dans l'allée.

Benny.

Byron entre par la porte de la cuisine, retire ses chaussures et se tient immobile, en chaussettes, à l'écoute. Le silence lui répond. Il traverse le couloir, jette un œil dans le jardin par la fenêtre, puis passe la tête dans l'ancienne chambre de Benny. Pas de Benny.

Évidemment.

Il continue vers la chambre de ses parents. Elle est là, allongée au milieu du lit, enroulée dans une couette comme un énorme rouleau de printemps, et ronfle légèrement. Elle faisait ça quand elle était petite, elle sautait sur le lit entre Ma et Pa, retirait la couverture à Pa et s'y enroulait. *Un rouleau Benny !* hurlait leur père à chaque fois, comme si elle ne faisait pas ça tous les dimanches matin. Benny pouvait faire rire tout le monde, procurer à chacun une sensation de légèreté. Cela faisait longtemps que ce n'était plus le cas.

De nouveau, ce sentiment. Cette méchanceté. Byron a envie de se précipiter sur Benny et de la réveiller ; l'instant d'après, la tristesse l'envahit. Son téléphone vibre. Une notification. Mr Mitch est en route.

Mr Mitch

Lorsque l'avocat arrive à la maison, Benedetta lui serre la main et lui prend sa veste. Byron sort de la cuisine avec du café et des biscuits, et débranche le téléphone fixe de sa mère. Les enfants d'Eleanor ne se parlent toujours pas, mais sa fille lui semble moins à cran. Mr Mitch est sans cesse frappé par la ressemblance des enfants d'Eleanor avec leur père. L'un est couleur acajou, l'autre paille humide, mais les deux ont à présent des airs de petits enfants têtus, avec leurs belles têtes bien droites et leurs lèvres pincées.

Benedetta replie sa longue silhouette sur le canapé et serre un coussin contre elle. Oui, comme un enfant. Il ne s'attendait pas à ça de la part d'une femme si impériale. Byron, assis, se penche en avant, cale ses coudes sur ses genoux. Mr Mitch ouvre son ordinateur portable et le fichier audio. Ils n'ont vraiment pas la moindre idée de ce qui les attend. Ils pensent que le monde tourne autour d'eux. Il appuie sur Play.

Byron

Le son de la voix de sa mère le fend en deux.

B & B, mes enfants.

Le son de sa voix.

Pardonnez-moi de ne pas vous avoir raconté ça avant. Ce n'était pas pareil quand j'avais votre âge. Les choses étaient différentes pour les femmes, surtout celles qui venaient des îles.

Les parents de Byron disaient toujours « les îles » comme s'il n'y avait qu'elles sur la planète. On compte cependant environ deux mille îles, auxquelles il faut ajouter tous les autres morceaux de terre entourés de mers et autres étendues d'eau.

Byron entend sa mère reprendre son souffle et il serre les poings. *B & B, je voulais m'asseoir avec vous et tout vous expliquer, mais je n'ai plus assez de temps et je ne peux pas partir sans vous révéler comment tout ça est arrivé.*

— Tout « ça » quoi ? demande Benny.

Mr Mitch appuie sur une touche de son clavier, interrompt l'enregistrement.

Byron secoue la tête. Il ne leur est jamais rien arrivé, rien du tout. Ce qui, pour une famille noire en Amérique, est très significatif. Avant la mort de leurs parents, le seul drame familial datait du jour où Benny avait fait peur à Ma et Pa en voulant à tout prix leur détailler sa vie amoureuse. Pourquoi n'avait-elle pas simplement invité sa petite amie à la maison et laissé cette idée s'installer dans la tête de leurs parents ? Si elle était plus tard sortie avec un homme, elle aurait pu leur expliquer ce revirement. Une révélation en deux étapes. Ça, leurs parents auraient pu comprendre. Ils s'y seraient faits, au bout d'un temps.

Mais non, Benny était Benny. Toujours en quête d'attention, d'approbation, depuis l'université. Elle n'était plus la petite sœur facile d'avant. La nouvelle Benny ne laissait pas de place au dialogue. Soit on était avec elle, soit on était contre elle. Si Byron s'était comporté de la sorte, s'il s'était braqué au moindre désaccord, au moindre accueil glacial, à la moindre injustice, où serait-il maintenant ?

Cela dit, Byron ne peut pas se plaindre. Il adore son travail, il est né pour être spécialiste des océans. Il est d'ailleurs très compétent, même s'il n'a pas été retenu au poste de directeur de l'institut. De toute manière, grâce à ses apparitions publiques, ses livres, ses missions de conseil sur des tournages, il est mieux payé que s'il avait été nommé directeur. Il gagne près de trois fois plus, mais il préfère que cette information reste entre lui et le fisc.

Byron n'avait pas eu l'intention d'être le spécialiste afro-américain des océans chéri des réseaux sociaux, mais il compte exploiter le filon jusqu'au bout. Il vient de proposer de nouveau sa candidature au poste de directeur, même s'il sait que son collègue Marc espère être nommé.

Il y a de grandes chances, pense Byron, pour que les administrateurs lui ressortent les mêmes arguments. Que le centre a besoin que Byron joue un rôle d'ambassadeur, à l'extérieur, qu'il attire beaucoup l'attention sur l'institut et ses missions, qu'il leur permet de récolter des fonds et leur confère plus de prestige lors des rencontres internationales que s'il se cantonnait à un poste de direction.

La dernière fois, Byron avait affiché son plus beau sourire d'employé modèle et affirmé qu'il pourrait faire encore plus, que ce soit sur un plan managérial ou opérationnel. Il était sorti de cette discussion désagréable en roulant quelque peu des mécaniques, pour leur montrer qu'il acceptait leur décision sans sourciller.

Nouvelle tentative. Si l'institut refuse de lui accorder plus de responsabilités au niveau opérationnel, il trouvera d'autres moyens d'accroître son influence. C'était Byron qu'on avait appelé sur les plateaux télé pour parler d'un volcan sous-marin en Indonésie. Byron à qui on avait demandé un discours à la réunion de Stockholm. Byron qui avait été démarché par les Japonais pour leur projet de cartographie des fonds marins. Il avait été photographié avec deux présidents et récemment érigé en parfait exemple du *rêve américain* par celui actuellement en poste. À peu près au même moment, sa petite amie lui avait dit qu'il était imbu de lui-même et l'avait quitté.

— Ce n'est pas le genre d'exemple que je veux pour mes enfants, avait déclaré Lynette ce dernier soir.

C'était la phrase la plus cruelle qu'une femme pouvait sortir à un homme. Il ne savait même pas que Lynette voulait des enfants.

Lynette ne comprenait pas. Si on est invité à la Maison-Blanche, on y va, peu importe qui est assis dans le Bureau ovale. C'était une occasion de plus de défendre la cause à laquelle il croyait. De protester contre les restrictions budgétaires dans la recherche, d'exiger un meilleur enseignement des sciences pour tous. C'était une occasion de plus pour un homme noir de s'asseoir à la même table que ceux qui prennent les décisions, et pas d'être en train d'éviter les coups. Ni de se retrouver, pour la énième fois, face à une porte fermée.

Mais Lynette ne voyait pas ça du même œil. Elle ne comprenait pas ce qu'il devait endurer pour être vu et entendu dans ce bas monde. Sa mère, elle, oui.

« Qu'es-tu prêt à faire ? » lui avait-elle un jour demandé lorsqu'il lui avait raconté avoir subi des critiques de la part de quelques gars de son lycée. « Est-ce que tu as fait quelque chose qu'il ne fallait pas, Byron ? Crois-tu être une mauvaise personne parce que tu as eu une note parfaite à ce test ? Parce qu'on a reconnu la valeur de ton travail ? Vas-tu te laisser atteindre par le regard et l'opinion d'un autre ? Penses-tu que ces garçons sont vraiment tes amis ? »

Les yeux de sa mère brillaient de cette lueur qui surgissait d'habitude uniquement quand elle regardait la mer.

« Donc : qu'es-tu prêt à faire ? » avait-elle dit. « De qui es-tu prêt à te défaire ? »

Pour autant, Byron n'avait pas eu l'intention de se défaire de Lynette. Si cela n'avait tenu qu'à lui, elle serait toujours là. Mais elle avait pris une décision et Byron n'était pas du genre à supplier. Ça non plus, Lynette ne comprenait pas. Ce que Byron s'interdisait de faire.

La manière dont les choses avaient évolué avec Lynette était étrange. Byron ne fréquentait pas les femmes avec qui il travaillait. Pendant des années, il était parvenu à respecter cette règle. Bon nombre de types qu'il connaissait ne se souciaient pas de ce genre de choses, mais, relations professionnelles et problèmes de harcèlement mis à part, il n'aimait tout simplement pas s'engager sur ce terrain-là. Et oui, il lui arrivait de se sentir très seul.

Tout ce temps passé à faire des calculs, à participer à des réunions, à écrire des articles et, les premières années, à cartographier les fonds marins pendant des semaines sur des bateaux. Puis, plus tard, les livres et les apparitions publiques. Les salons d'aéroport et les chambres d'hôtel. Comment un homme comme lui pouvait-il avoir une relation qui irait au-delà de la première nuit ?

Cable, le conseiller en toutes choses autoproclamé de Byron, ne jurait que par les sites de rencontre. C'était par ce biais qu'il avait rencontré sa femme. Cable avait eu de la chance. Byron, lui, n'avait pas le temps de passer en revue tous les profils et d'organiser des rencontres avec toutes ces personnes. Byron croisait de nouvelles personnes en permanence, là n'était pas la question.

Puis était arrivée Lynette.

— Pardon, dit à présent Benny, et l'attention de Byron se braque sur la pièce. Pardon, Mr Mitch, continue-t-elle en agitant une main, on peut reprendre.

Mr Mitch lance l'enregistrement.

Mes enfants, je dois vous parler de votre famille, je dois vous parler de là d'où on vient, de la façon dont j'ai vraiment rencontré votre père. Je dois vous parler de votre sœur.

Byron et Benny se regardent, bouche bée.

B & B, je sais, c'est un terrible choc. Soyez patients, je vais tout vous expliquer.

Byron et Benny se tournent vers Mr Mitch et articulent en même temps le même mot.

Sœur ?

La sœur

Notre sœur ? Qu'est-ce que cela signifie ? Que lui est-il arrivé ? Benny et Byron parlent en même temps, posent la même question de manière différente, mais veulent savoir la même chose, à savoir : *Comment c'est possible ?*

Mr Mitch secoue la tête. Il insiste pour que Benny et Byron écoutent l'intégralité de l'enregistrement d'abord, comme le souhaitait leur mère. Il désigne son ordinateur portable du menton. Benny observe le visage de Byron, ses grands yeux sombres, si semblables à ceux de leur père, si semblables aux siens, et repense à tous ces moments avec son frère. Quand ils couraient tous les deux sur la plage, quand ils se faisaient des grimaces pendant les repas, quand il l'aidait à faire ses devoirs de maths, exercice par exercice. Pendant tout ce temps, ils avaient eu une sœur ?

Comment est-il possible qu'ils ne soient pas au courant ? Les parents de Benny ont toujours été mariés et le père de Benny lui avait dit un jour que Ma et lui avaient espéré avoir d'autres enfants, mais il n'y avait eu que Byron, au début. Des années plus tard, Benny était arrivée, à leur plus grande surprise. Elle les avait ravis avec son petit corps dodu et son drôle de sourire.

— On a vu tout de suite que tu avais le sourire de ta mère, comme ton frère, lui avait dit son père en lui pinçant le menton.

La seule chose qu'elle n'avait pas héritée de son père, c'était sa bouche. Et sa peau pâle.

Benny avait toujours pensé que ses parents étaient faits l'un pour l'autre. Ils avaient beaucoup de choses en commun : ils venaient des Antilles, étaient tous deux orphelins et avaient émigré chacun de leur côté en Grande-Bretagne avant de venir ensemble vivre aux États-Unis. De toute manière, quelle importance, ils avaient toujours affirmé avoir eu un coup de foudre, et certaines personnes finissent forcément par se rencontrer.

— Ta mère m'a trouvé tellement beau, plaisantait son père, qu'elle s'est évanouie sur-le-champ.

Tout le monde avait entendu son récit. Un jour, à Londres, Bert Bennett avait vu Eleanor Douglas s'effondrer dans la rue et il avait volé à son secours – et le reste, c'est de l'histoire ancienne. Parfois, quand son père racontait ce moment, il se penchait vers Ma et collait son nez contre le sien. Un bisou sur le nez. Y a-t-il encore des gens qui tombent amoureux comme ça ? Sans hésitation ? Sans peur ? Ou est-ce que tout le monde était comme Benny ?

Et tous les parents cachent-ils de tels secrets à leurs enfants ?

Avant

B & B, je sais, je vous dois des explications. Mais, pour que vous compreniez bien, je dois commencer par le début. Ce n'est pas seulement l'histoire de votre sœur. D'autres personnes y jouent un rôle. S'il vous plaît, soyez patients. Il nous faut revenir sur l'île et démarrer le récit cinquante ans plus tôt. La première chose qu'il faut savoir, c'est qu'il existait une fille prénommée Covey.

Covey est née dans une ville en bordure de mer, une étendue bleue, profonde et agitée qui virait au turquoise aux abords du littoral. Plus Covey grandissait, plus il était difficile pour elle de se tenir loin de l'eau. Quand elle était petite, son père la hissait sur ses épaules dans la piscine et la lançait là où elle n'avait pas pied. Mais c'est sa mère qui lui a appris à chevaucher les vagues, et c'est ça qui a décidé de son destin.

Sans doute avez-vous en tête ces belles plages des Caraïbes où les eaux sont calmes et si claires qu'on peut voir les poissons nager. Elles existent, mais là où Covey a grandi, c'était réservé au surf – si vous manquiez de prudence, les vagues pouvaient facilement vous emporter. La plage préférée de sa mère était de celles-là. Ce n'était pas un endroit pour une enfant, affirmait le père de Covey, mais sa mère l'y emmenait quand même. C'est ainsi que Covey est devenue forte. Et elle a eu bien besoin de cette force lorsque tout s'est écroulé.

Covey

Il y avait toujours quelque chose dans ce moment, dans ce bruit, qui les faisait rire.

Ce raclement métallique des bocaux qu'on ouvre...

C'étaient les jours préférés de Covey. Quand elle rentrait de l'école et pouvait retirer ses sandales pour rester dans la cuisine avec les adultes, qui écoutaient du calypso et du rockabilly à la radio. Les odeurs leur montaient à la tête tandis que les deux femmes ouvraient les bocaux de fruits imbibés de rhum et de porto. La brise épaisse se mélangeait à l'air salé et s'infiltrait entre les persiennes pour leur rafraîchir la nuque. Les murmures, les éclats de rire.

La mère de Covey et Pearl, la domestique, vendaient des gâteaux. C'était une petite affaire, certes, mais très populaire. La plupart des couples étaient en concubinage, comme les parents de Covey, mais, les unions formelles étant plus respectées, il y avait toujours quelqu'un de fortuné pour organiser un mariage. À cette occasion, un gâteau noir était indispensable. C'est là qu'intervenaient Mummy et Pearl.

Mummy riait toujours quand elle faisait un gâteau noir. Par ailleurs, il y avait toujours un moment où elle ne pouvait plus résister à l'appel de la musique provenant de la radio.

— Venez, Pearl, disait-elle, mais Pearl n'aimait pas danser.

Pearl lui adressait un sourire bouche fermée et hochait la tête en rythme avec la musique pendant que Mummy brandissait une spatule recouverte de pâte en l'air et marquait le rythme. Elle faisait un pas vers Covey, un pas en arrière, sautait et attrapait la main de sa fille. *Cuh-vee, Cuh-vee, Cuh-vee*, chantait-elle. Elle entraînait Covey dans une sorte de twist – l'air autour d'elle sentait le sucre en poudre, le beurre et la graisse pour les cheveux – et elles tournoyaient en direction de la salle à manger et du salon.

Pearl aimait prendre des airs avec Mummy.

— Miss Mathilda, disait-elle d'un ton qui lui donnait plus l'air de réprimander Covey que de s'adresser à son employeur, ces *gato* ne vont pas se *fè* tout seuls, vous savez ?

Il y eut un temps, quand Covey était petite, où Mummy dansait avec Pa dans le jardin. C'étaient les soirs sans électricité. Ils disposaient des bougies dans des bocaux le long du patio. Mummy se collait à Pa et passait ses mains dans son dos. À un moment donné, ils attrapaient chacun la main de Covey et dansaient avec elle. Parfois, Pa prenait Covey dans ses bras et la basculait en arrière, comme ceci, comme cela, et Mummy riait.

Les mois avant sa disparition, Mummy riait peu. Son visage se figeait dès que le père de Covey passait par là. Covey n'avait pas l'âge de comprendre, elle ne saurait la vérité que des années plus tard. Tout comme elle ne comprendrait que bien plus tard pourquoi les lèvres de sa mère sur sa joue au milieu de la nuit pesaient tant.

Dans son sommeil, Covey perçut un bisou. Puis un autre bisou. Puis une main lui caressa les cheveux. Un soupçon de parfum à la rose et l'odeur salée de la transpiration de sa mère. Soudain, le jour était levé, on était dimanche matin. Sa mère avait dû la laisser faire la grasse matinée. Elle attendit. Pas de maman. Elle sortit de son lit et se rendit dans la cuisine. Pas de Mummy.

Douze heures plus tard, pas de Mummy. Pearl avait fait à dîner, comme d'habitude. Pa était rentré ivre à la maison, comme d'habitude.

Deux jours plus tard, pas de Mummy. La police vint chez eux, les officiers hochaient la tête pendant que Pa parlait. Oui, dirent-ils, ils allaient voir ce qu'ils pouvaient faire.

Une semaine plus tard, Pa prit la main de Covey dans la sienne et essuya les larmes de son visage. Il lui dit que sa mère serait bientôt là. Pa était plus éméché que d'habitude. Pearl serra Covey très fort dans ses bras.

Un mois passa, pas de Mummy.

Un an.

Cinq ans.

Pa passait de plus en plus de temps aux combats de coqs. Covey avait vu la bouteille qu'il gardait derrière un carton dans un de ses magasins. Pearl serrait toujours Covey dans ses bras en partant. La jeune fille se réveillait toujours au milieu de la nuit, humant l'air à la recherche d'une odeur de rose et de sel.

Lin

Il fallut six ans à Johnny « Lin » Lyncook pour accepter que sa femme ne reviendrait pas à la maison, pas même pour leur fille. Assis dans le jardin avec une bouteille de bière, il observait un lézard gober des insectes invisibles à l'œil nu et pensait à la dure lutte que ça avait été de se maintenir à flot, avec ou sans Mathilda. Cela avait toujours été difficile pour Lin, et pour ses parents avant lui, et pour tous ceux qui avaient traversé les océans aux générations précédentes.

Son *ba* aimait raconter à ses fils comment ses compatriotes avaient su tirer le meilleur d'un début pourtant humiliant aux Amériques. En 1854, leur disait-il, certains des hommes travaillant sur le canal du Panama tombèrent malades au point de vomir une bile noire. Leurs yeux devinrent jaunes. Bon nombre des travailleurs chinois qui avaient été embauchés pour construire la voie de chemin de fer exigèrent d'être envoyés dans un endroit plus sûr. Certains atterrirent sur cette île. Affaiblis par la maladie et des années de dur labeur, peu d'entre eux survécurent. L'un de ceux qui s'en sortirent ouvrit ensuite un commerce de gros, créant un précédent qui encouragea d'autres immigrés chinois à faire pareil.

Vint ensuite la famille Lin. Un nouveau siècle, un monde de possibilités. Du moins l'espéraient-ils. Le père de Lin quitta Guangzhou avec un contrat de cuisinier et, quelque part en chemin, ses papiers le désignèrent comme « Lyncook ». Il termina son contrat, fit venir sa femme et leur jeune fils, Jian, qui s'appellerait bientôt Johnny, et rejoignit les rangs des propriétaires de magasins du coin. Lorsqu'il ouvrit enfin son premier commerce, il cloua un panneau au-dessus de l'entrée : Lin's Dry Goods & Sundries, et les gens se mirent à l'appeler Mr Lin et son fils aîné Lin, tout simplement. Plus tard, il y aurait un autre magasin et d'autres fils aux prénoms anglais. Mais la route se révéla bien difficile.

Du poisson. Voilà tout ce qu'ils avaient à manger la plupart du temps, quand Lin était encore enfant. La mère de Lin cuisinait un bouillon avec une tête de poisson et le servait avec un morceau d'oignon vert et du piment écossais pendant aussi longtemps qu'elle le pouvait. Ce ne fut que bien des années plus tard que Lin se rendit compte que les autres familles de l'île faisaient leur bouillon avec de la chair de poisson, des bananes vertes et parfois même des crevettes. À ce moment-là, ses parents disposaient d'un peu plus de moyens.

Les magasins rapportaient enfin de l'argent. Son père séchait du porc et en accrochait des morceaux entiers sur des crochets qu'il pendait dans la véranda ; les garçons s'asseyaient dans le jardin et regardaient les pièces tournoyer dans la brise.

Mais ça, c'était plus tard.

Les premières années, c'est grâce aux mathématiques que Lin put éviter de penser à son estomac. Les enseignants affirmaient qu'il avait un don, mais Lin pressentait qu'il ne suffisait pas d'être doué pour les chiffres, il fallait aussi être prêt à défier leur logique pour réussir dans ce monde. Il fallait être prêt à prendre des risques. Enfant, alors qu'il observait les hommes qui jouaient au Sue Fah, il calculait les probabilités. Au lycée, il se mit à parier sur les chevaux. Puis il découvrit les combats de coqs et serra dans sa main sa première poignée de dollars. Il huma l'odeur de l'argent mélangée à celle de la poussière et du sang. Il sentit l'avenir lui sourire.

Lin comprit qu'il pouvait améliorer ses chances de gagner en surveillant les éleveurs, en s'informant sur les compléments alimentaires qu'ils donnaient à leurs oiseaux. L'argent permit à son père de moderniser ses magasins, à ses parents d'acheter une maison avec un tamarinier et des arbres à pain. C'était une très bonne chose. En tout, Mamma Lin avait donné naissance à quatre garçons, mais seuls deux survécurent à la tuberculose et seul Lin resta en ville.

Lin avait toujours été loyal envers sa famille. C'est ainsi qu'il avait été élevé. Lorsqu'il gagnait de l'argent aux jeux, il en donnait toujours aux veuves de ses frères et à leurs enfants. Et quand Covey naquit, il embaucha une domestique, Pearl, la meilleure cuisinière de la paroisse, parce que c'était ce que voulait la mère de Covey. Un jour, il se retrouva à court d'argent.

Les éleveurs de coqs de combat recoururent aux stéroïdes afin de remplumer leurs oiseaux, mais ceux-ci devinrent plus difficiles à maîtriser, surtout lorsqu'on leur fixait des lames aux pattes. Un éleveur dans une paroisse voisine mourut, le bras tranché par un de ses oiseaux. Personne ne vit ce qu'il s'était passé, ils ne virent que la vie s'échapper du poignet de l'homme dans un jet de rouge.

Si Lin comptait sur cet oiseau pour faire fortune, l'accident engendra au contraire une longue série de pertes, au cours de laquelle la femme de Lin se fit plus bruyante, plus critique, puis plus discrète avant de garder le silence. Un jour, elle disparut, laissant derrière elle un simple mot et leur fille de douze ans, qui ne cessait de suivre Lin dans toute la maison pour le regarder avec les yeux tout ronds de sa mère.

Lin soupçonnait Mathilda de l'avoir quitté sous l'influence de toutes ces histoires d'indépendance *Rasta-black-power* qui couraient les rues, alors qu'elle se plaignait avant tout du fait que Lin refusait de l'épouser légalement. Ça, et les combats de coqs.

— Tu n'aimes pas que je parie ? lui demanda-t-il un jour. Où penses-tu que je trouve l'argent pour faire tourner les magasins ? La moitié de nos clients achètent à crédit, qu'ils ne rembourseront jamais, d'ailleurs. Suis-je censé les laisser mourir de faim ? Et d'où vient la maison, à ton avis ? Tu penses que *lajan pous' anlè piebwa* ?

Le visage de sa femme se ferma, comme toujours quand Lin lui parlait en patwa devant leur fille.

Mathilda ignorait sa chance. Certains commerçants avaient des épouses de l'autre côté de l'océan, ou bien des maîtresses de l'autre côté de la ville, mais pas Lin. Pour autant, Mathilda était le genre de femme qu'un homme essaie de tolérer. Toute cette peau qui débordait du haut de sa chemise. La façon dont elle entrait sans hésiter dans l'eau avec sa fille – cela énervait Lin tout autant que ça l'excitait.

Dans les années difficiles mais pleines d'espoir qui suivirent la Seconde Guerre mondiale, bon nombre des gars revenus sur l'île après avoir servi dans la Royal Air Force envisageaient de vivre en Grande-Bretagne. Certains des Chinois de la capitale quittaient l'île pour la Floride. Lin n'avait pas eu envie d'immigrer de nouveau, il voulait de meilleures conditions de vie ici. Mathilda, qui avait deux ans de moins que Lin, appréciait cette attitude. Lorsqu'ils étaient seuls, elle passait sa main sur le dessus de sa tête et disait qu'elle aimait son étrange chevelure, qui était noire, raide et drue comme une brosse.

Lin aurait pu épouser quelqu'un d'autre. La mère de Lin l'avait asticoté pour qu'il se trouve une fille « comme il faut », une de ces jeunes filles qui venaient tout juste d'arriver de Chine. Une personne qui ferait bien le ménage pour le Nouvel An chinois. Qui assemblerait correctement les enveloppes de Fung Bow des enfants. Qui saurait quoi cuisiner pour conjurer le sort, dont la présence ferait la fierté de la famille lorsque des gens importants viendraient leur rendre visite.

Il savait aussi que Mathilda n'allait pas patienter longtemps. Pour trouver un meilleur parti, il lui suffirait de croiser le regard d'un quelconque propriétaire d'hôtel plus au nord ou même d'une de ces stars de cinéma qui étaient parvenues à faire fortune tout en bronzant sur la plage. Mais elle lui annonça qu'elle était enceinte et il comprit que c'était ça qu'il voulait : vivre avec Mathilda et leur enfant.

L'amour était une chose déroutante, et sa capacité à s'user, encore plus. Lin devait désormais accepter qu'il n'y avait plus que lui et sa fille. Ils avaient été abandonnés.

En trois ans, les épaules et la poitrine de Covey se développèrent. Elle était plus grande et nageait plus vite que toutes les filles et que la plupart des garçons de la paroisse. Son regard s'affûta, et Lin y reconnut son influence. Cette fille était comme lui. Ce n'était pas qu'une question de talent. Elle ne se contentait pas de s'amuser. Elle était là pour gagner.

À mesure que Covey gagnait, Lin perdait. Le plus terrible, c'était que Lin n'était pas dupe. Il savait qu'il devait faire une pause. Il savait qu'il ne devait pas dépenser tout son argent en alcool. Lin n'oubliait jamais un nombre, il en entraînait des armées entières dans sa tête, mais il était incapable de se souvenir du jour où il avait cessé de se raisonner.

À un moment donné, de nouveau, il pensa à ces hommes qui étaient partis et caressa l'idée de vendre ce qu'il lui restait pour rentrer en Chine.

— Quelle Chine ? lui demanda son seul frère encore vivant. *À prézan la, tu appartiens à cette île.* Quelle Chine ?

Et puis, il y avait Covey. Lin savait qu'il ne pouvait pas l'emmener avec lui, elle avait la couleur de peau de sa mère, son long nez, elle parlait anglais. Il n'avait pas dû lui dire plus de deux mots de hakka en treize ans. Jamais elle ne se trouverait un mari là-bas. *Cho !* Il se gâchait la vie, il le savait, à s'inquiéter pour une femme enfant qui lui manquait déjà de respect. Qui lui répondait plutôt que de lui obéir. Sans doute Covey était-elle déjà une cause perdue. Pour autant, il resta.

La baie

Avant que la baie ne devienne célèbre, elle était tout à elles.

Nage, nage, nage.

Aucun insulaire qui se respectait ne s'y rendait en semaine sans un bateau ou une planche de surf, hormis Covey et son amie Bunny.

Nage, nage, nage.

Parfois, les stars de cinéma et les écrivains qui possédaient des maisons plus au nord venaient avec leurs amis s'allonger sur le sable, mais, la plupart du temps, quand les filles arrivaient, la plage était déserte.

Nage, nage, nage.

Le dimanche, Covey et Bunny se comportaient comme n'importe quelle autre ado de quinze ans. Elles déambulaient le long du littoral dans leurs maillots de bain deux pièces, enfonçaient un bâton dans les méduses échouées, se recouvraient de sable jusqu'au cou, mangeaient du vivaneau ou des gâteaux au manioc cuits sur le gril par Fishie et sa femme, se rinçaient ensuite les doigts dans les brisants.

Fishie, c'était une institution ! Quand les pères de Covey et de Bunny étaient enfants, il vendait déjà son poisson tout juste pêché. Il avait vu le père de Bunny partir à la guerre pour la Grande-Bretagne et traverser deux océans pour revenir élever deux enfants, contrairement à d'autres qui avaient fait demi-tour aussi sec pour aller vivre en Angleterre, au Pays de Galles ou ailleurs encore. Il avait vu le père de Covey passer d'une *petite chose toute mèg*, comme il le disait souvent à Covey en gloussant, à une *grande chose toute mèg*. À présent, ces enfants étaient des hommes, et ils tenaient le perchoir à côté de Fishie, argumentant en faveur de l'indépendance de l'île des bouteilles à la main.

Certains week-ends, quand le père de Covey n'était pas trop ivre, il conduisait les filles et leurs amis jusqu'à la cascade. L'eau dans laquelle ils se jetaient était glaciale et ils hurlaient. *Regarde-moi, Pa !* criait Covey. *Regarde-moi*. Quand elle parvenait à lui faire basculer la tête en arrière de rire et se frapper la cuisse, c'était une bonne journée. C'était aussi une bonne journée quand elle avait le sentiment qu'elle comptait plus aux yeux de son père que des coqs puants dans un combat.

Les jours de semaine, Covey et Bunny enfilaient leurs bonnets de bain ; à ce moment-là, Covey devenait enfin elle-même.

Covey était dans la piscine lorsqu'elle avait vu Bunny pour la première fois au club de natation. Elle faisait du surplace et révisait dans sa tête un poème qu'elle comptait réciter en classe. C'est alors que l'ami de Pa, Oncle Léonard, était arrivé avec sa fille Bunny.

Oncle Léonard avait lâché la main de sa fille et l'avait gentiment poussée vers le moniteur. *Concentre-toi, Bunny*, dit-il, puis il était parti alors que Bunny faisait quelques pas en avant. Covey ne l'avait jamais croisée auparavant, elles fréquentaient des écoles primaires différentes, mais elle avait déjà vu Oncle Léonard garer sa camionnette blanche devant chez eux pour prendre Pa. À l'époque, Mummy était encore là et elle l'entendait inspirer entre ses dents et marmonner sous cape chaque fois que Pa et lui partaient aux combats de coqs.

À la piscine, Bunny écouta les instructions du moniteur sans se départir de son air inquiet. Elle n'avait pas les bases, mais rattrapa vite son retard. Un jour, sa mère vint la voir, et Bunny sourit. Covey et les autres enfants échangèrent des regards surpris. Bunny avait le plus large sourire de tous. Pas même la mère de Covey ne montrait autant de dents quand elle souriait. Avec le temps, Covey se rendit compte que Bunny était bien plus qu'un sourire. Entre autres, quand elle nageait, elle ne se fatiguait jamais.

Après les cours, Bunny allait chez Covey. Les ventres gargouillants, elles s'asseyaient côte à côte à la table de la cuisine et balançaient leurs jambes en attendant que Pearl leur donne un beignet frit ou un ravioli bien chaud. S'il faisait encore jour, elles sortaient dans le jardin attraper des lézards ou grimper à l'énorme amandier, jusqu'à ce que Mummy leur demande de rentrer.

Un jour, Covey annonça à Bunny qu'elle voulait s'entraîner dans la baie.

— Pourquoi ? demanda Bunny. On a la piscine.

— Tu verras, lui répondit Covey tout en dirigeant son regard vers le littoral.

— Ce n'est pas dangereux ?

Covey hésita, puis comprit, d'après la lueur dans l'œil de Bunny, qu'elle n'avait pas vraiment besoin de répondre.

Quand leurs pères étaient aux combats de coqs, elles en profitaient pour nager le plus possible. Covey et Bunny suppliaient les garçons voisins de les emmener en voiture plus au sud. Tandis que leurs pères essuyaient des taches de sang sur leurs billets de dollars, les filles débarquaient sur la plage, retiraient leurs chaussures et leurs robes, et plongeaient la tête la première dans les vagues couleur saphir.

Grâce à Bunny, Covey ne se sentait plus enfant unique. Elle s'était trouvé une sœur, sur la terre et dans la mer. Covey était plus rapide, mais Bunny pouvait nager sans jamais s'arrêter et elle dessinait dans l'eau les lignes droites les plus parfaites que Covey ait jamais vues. Si Covey nageait comme un dauphin, Bunny était une de ces tortues géantes capables de traverser la planète entière sans se perdre.

Les gens se moquaient gentiment de Covey et de sa passion pour la natation. Elle était comme l'éclair, disaient certains. Avec Bunny, ils demeuraient silencieux. La nouvelle s'était répandue. Bunny était de celles qu'on révérait, une conquérante *zonbi*. Cependant, lorsqu'elles eurent seize ans, les choses commencèrent à changer. Les gens les appelaient des « jeunes femmes ». Covey savait ce qu'ils pensaient des jeunes femmes. Qu'elles devraient avoir plus de respect pour la mer et ses périls. Qu'elles devraient arrêter de flirter avec le danger en nageant dans la baie.

— Ce n'est pas naturel, lui dit son père.

Quand Covey était petite, son père avait remporté quelques paris et promis de l'inscrire au club de natation. Il continuait de payer les frais alors même qu'il n'avait plus d'argent pour le reste et, au fil des années, Covey remporta nombre de médailles, lui prouvant qu'il avait fait un bon investissement. Cependant, pour Covey, ce n'était pas assez.

Son Pa avait tort. Il n'y avait rien de plus naturel pour Covey que de nager en pleine mer. Et tant qu'elle avait Bunny, Covey comptait continuer de faire ce qu'elle aimait plus que tout.

— La course du port, dit Covey à Bunny. On devrait participer. Peut-être qu'on peut se trouver un sponsor pour aller à la capitale.

— La course du port ? répondit Bunny. Tu sais que je n'aime pas les courses.

— On pourrait gagner.

— Non. Toi, tu pourrais gagner, Covey.

— Tu pourrais terminer dans les trois premières, j'en suis sûre. C'est une longue course, comme tu les aimes. Et puis certains des bons nageurs des autres îles n'auront pas le courage de venir ici.

Leur île était un des plus petits pays du monde, mais elle possédait l'un des plus grands ports naturels. Des rumeurs circulaient sans cesse à propos de ce qui s'y cachait sous la surface.

Tout le monde sur l'île avait une histoire de requin. Des requins qui n'avaient laissé qu'un torse d'homme échoué sur la plage. Des requins qui bondissaient quand on jetait un chien mort de la falaise. Des requins qui tournaient autour d'un banc de sable au sud de l'île. De toute sa vie, Covey n'avait jamais vu le moindre aileron dans l'eau. Des barracudas, oui. Elle se demandait si ces requins n'étaient pas comme ces histoires de fantômes auxquelles on ne croyait pas vraiment, mais qui fichaient la frousse quand même.

Covey allait convaincre Bunny de participer à la course du port, elle en était certaine.

— Il y aura des bateaux pour suivre les participants ? demanda Bunny.

— Oui, répondit Covey. Écoute, j'avoue que ça m'angoisse aussi quand j'y pense. Mais on nage bien ici, alors pourquoi ne pas nager là-bas ? Tu ne veux pas participer ?

Bunny secoua la tête.

— N'y pense pas, viens simplement avec moi.

Covey ne pouvait pas imaginer ne pas y aller. Ne pouvait pas imaginer ne pas sentir l'écume glisser sur sa peau alors que son bras sortait de l'eau – le monde bleu-vert devenant de plus en plus sombre sous elle, le ciel éclatant au-dessus, le sel qui lui brûlait la bouche. Elle rêvait d'être invitée à concourir à l'étranger. Elle savait que c'était peu probable, mais ce serait un moyen de quitter cette île. Parce que oui, Covey comptait quitter cette ville un jour, même si sa mère ne revenait jamais la chercher.

— Et si ton père n'est pas d'accord ? demanda Bunny.

— Je m'en soucierai plus tard, répondit Covey.

Trois après-midi par semaine, Covey fendait les vagues, repoussait sa peur des requins, ignorait les remontées d'acide lactique et inspirait à grandes bouffées son avenir de championne. Trois après-midi par semaine, Bunny étalait de la graisse sur son visage, ignorait les piqûres de méduse et étudiait une carte du grand port naturel de l'île. Parce que, où qu'aille Covey, Bunny la suivrait.

Covey et Gibbs

En ces temps-là, il y avait des garçons qui se faisaient des planches avec des quilles de bateaux abandonnés et s'en servaient pour surfer. Certains faisaient du bodyboard ou du surf sur des morceaux de mousse réfrigérante. Ils découpaient le polyuréthane et le recouvraient de résine et de fibre de verre. Ils riaient en sautant de leur planche et revenaient en courant sur le sable. Lorsque les planches de surf industrielles arrivèrent en ville, Covey était prête à tenter sa chance.

Elle se découvrit un talent naturel. Elle n'avait pas de planche à elle, mais Gibbs Grant, oui. Covey venait d'avoir seize ans quand Gibbs Grant rejoignit le club de natation. Il était parmi les garçons les plus âgés et venait d'arriver en ville. Sa famille avait déménagé pour se rapprocher de ses parents après le rachat de leur terre par une entreprise minière. Covey avait entendu parler du fils Grant, mais quand elle le vit sortir du vestiaire, elle sut que leurs chemins ne s'étaient jamais croisés. Elle en était certaine parce qu'elle s'en serait souvenue.

Covey avait atteint l'âge où les garçons cessaient de lui tirer les cheveux. Elle avait atteint cet âge où ils murmuraient dans son dos quand elle passait, sifflaient depuis leurs voitures, se tenaient trop près d'elle à une fête, la gênaient, la dégoûtaient et, parfois, la faisaient rêver. Aucun ne lui avait fait le même effet que ce garçon quand il était apparu au club.

Alors que Gibbs s'approchait du bord de la piscine, Covey le regarda et eut le sentiment que ce garçon, qui l'observait avec ses yeux incroyables, venait de la pousser et voilà qu'elle tombait, tombait, tombait au fond de l'eau.

Plus tard, il lui dit :

— Je comprends pourquoi on t'appelle le dauphin.

— Ah oui ? répondit Covey.

— Tu es rapide.

Elle haussa les épaules et regarda ses pieds. Comme d'habitude, ses orteils étaient tout rabougris – trop de temps passé dans l'eau. Elle fit semblant de trouver ça fascinant.

— Les garçons disent que tu nages dans la baie.

— Oui. Bunny et moi.

— Seulement vous deux ?

— La plupart du temps oui, mais pas toujours.

— Tu penses que je pourrais venir nager avec vous un jour ?

— Si t'as le niveau, répondit Covey en lui souriant.

— J'ai le niveau, assura Gibbs en souriant aussi.

Gibbs se joignit à elles la semaine suivante. Un jour, il apporta une planche de surf. Covey voulut essayer tout de suite, mais Bunny grimaça. Ce fut cet intérêt pour le surf qui donna à Gibbs et Covey une excuse pour se voir sans leurs amis du club de natation ou leurs camarades de classe, et sans éveiller les soupçons de leurs parents.

La première fois, Covey et Gibbs descendirent un chemin parmi les broussailles afin d'atteindre une crique que fréquentaient les surfeurs. Ils tombèrent sur trois rastas sur la plage. Le plus âgé d'entre eux entra dans l'eau et, l'instant d'après, il était debout sur une planche. Quelle vision fascinante que cet homme dont les dreadlocks grises dansaient alors qu'il affrontait une vague et pivotait dans la direction opposée.

Lorsque ce fut au tour de Covey, les hommes l'observèrent sans se cacher, la suivant des yeux : elle franchit une étroite bande de sable, fendit les brisants et se hissa sur la planche. Jusqu'à la fin de ses jours, Covey se souviendrait de ce sentiment qui l'envahit la première fois qu'elle se tint sur une planche de surf. Elle se souviendrait de Gibbs l'encourageant juste avant qu'elle ne tombe et de s'être demandé si cette joie qu'elle ressentait était uniquement due au surf ou aussi à la présence et à l'attention de Gibbs.

Covey se souviendrait aussi de sa joie lorsque, la fois suivante, les rastas avaient simplement hoché la tête en les voyant et repris leurs activités.

Covey n'avait pas dit à Bunny qu'elle allait surfer avec Gibbs. Il lui faudrait lui en parler à un moment donné et Bunny dirait *Ah oui ?* en souriant, mais Covey savait qu'elle serait jalouse. Elle voyait bien comment Bunny le regardait quand elle croyait que Covey ne prêtait pas attention. Elle le voyait aussi à la façon dont Bunny lui touchait le visage quand elle l'aidait à mettre son bonnet de bain, à la façon dont elle posait sa tête sur les cuisses de Covey lorsqu'elles lézardaient sur la plage après avoir nagé et attendaient que le soleil sèche leurs maillots. Elle ne voulait pas blesser son amie, sa meilleure amie. Rien n'était plus important pour Covey. Mais, pour Bunny, ce n'était pas assez.

— Championne ! hurla Gibbs quand Covey sortit de l'eau après s'être dressée sur la planche la première fois.

— Tu as un vrai talent, fille de dauphin, commenta-t-il tandis qu'ils s'installaient sur une serviette avec un ananas que Gibbs avait acheté à une marchande de plage.

— Oh, qu'est-ce que tu fais ? demanda Covey.

— Quoi ? s'étonna Gibbs.

Il avait calé l'ananas sur sa cuisse et enfonçait un couteau dans le flanc du fruit.

— Tu essaies de tuer cet ananas ? Pourquoi tu coupes dans ce sens ? Allez, donne-le-moi.

Covey prit l'ananas et le posa, feuilles vers le haut, sur la serviette.

— Et tu prétends que tu viens de la campagne ?

— C'est un simple canif, il n'est pas assez grand.

— C'est le cœur du problème, remarqua Covey.

— Quoi ? Je suis censé errer sur la plage avec un énorme couteau au cas où je croiserais un ananas ?

Covey inspira entre ses dents et ils éclatèrent de rire tous les deux. Gibbs s'allongea sur le sable. Covey essaya de ne pas regarder son short de bain, qui luisait au soleil. Elle tint l'ananas bien en place et commença à le peler, petit bout par petit bout, exposant la chair jaune et les yeux noirs. Puis elle trancha dans le fruit à la diagonale et retira les taches noires une par une. Avec le canif, cela prenait du temps. Ce qui lui convenait tout à fait.

— Donc, reprit Gibbs. Qu'est-ce que tu vas faire après le lycée ? Tu vas enseigner la natation comme Bunny ?

— D'abord, je veux remporter la course du port et oui, je veux continuer à nager. J'ai aussi envie d'aller à l'université, peut-être même en Angleterre. Un métier en rapport avec les chiffres. Je suis douée pour les maths, comme mon père.

Covey vit une ombre traverser le visage de Gibbs. Elle savait ce qu'il pensait. Ce que la plupart des gens pensaient de son père.

— Et toi ? demanda Covey.

— Je vais à Londres l'année prochaine, c'est sûr. Je vais faire des études de droit, expliqua Gibbs.

Covey sentit son cœur battre plus fort. Il était possible qu'ils se retrouvent tous les deux en Angleterre.

— Le droit ? demanda Covey. Tu veux dire, pour les criminels et tout ça ?

— J'envisage plutôt d'aider les gens à faire valoir leurs droits. Il y a plein de gens qui se font avoir, comme ma famille.

— Comment ça ?

— Mon père avait une ferme. On la lui a prise et nous avons dû déménager.

— Je croyais qu'une grosse entreprise avait acheté la ferme de ton père ?

— Oui, c'est ce qu'ils prétendent, mais mon père n'a pas eu le choix. Ils ont payé le prix qu'ils voulaient, et nous ont tous forcés à partir. Le village entier.

Covey observa Gibbs en silence. Elle ignorait qu'une telle chose pouvait se produire.

— Si tu vas à Londres, tu penses revenir ?

— Pas « si » je vais à Londres, « quand ».

Chaque fois qu'ils se voyaient, Gibbs insistait sur le fait que quitter l'île était la clé de son avenir. Pour le reste, il verrait. À un moment donné, il cessa de parler de son seul futur à lui et commença à évoquer sa vie avec Covey.

Nous, disait-il. *Nous*.

Gibbs, dont les épaules étaient aussi larges et foncées qu'un arbre de pluie.

Gibbs, dont les bras lui enserraient la taille et diffusaient une chaleur le long de sa colonne vertébrale.

Le père de Covey lui avait interdit de traîner seule avec des garçons, mais Covey et Gibbs avaient toujours une bonne excuse. Le club de natation, le club d'échecs et, pendant l'été, les répétitions pour le récital de la fête d'indépendance. Ils vivaient dans une ville entourée de criques paisibles et de fourrés denses où se cacher. Il était facile pour deux adolescents de trouver des endroits où passer du temps et, comme pour tous ceux qui les avaient précédés, leur amour les rendait téméraires.

Covey et Gibbs, qui se tenaient la main face aux brisants.

Covey et Gibbs, qui s'embrassaient dans une grotte marine.

Covey et Gibbs, qui s'accrochaient l'un à l'autre et échangeaient des promesses.

Lin

Ça n'avait pas été facile avec Covey. Déjà, c'était une fille. Ensuite, elle avait hérité des yeux, des dents et de la poitrine de sa mère. Elle ne passait pas inaperçue auprès des hommes du coin, ni auprès de la femme d'un des fournisseurs de Lin qui, c'était de notoriété publique, penchait *de ce côté*. Le pire, c'était qu'elle commençait à lui manquer de respect.

Quand Covey eut l'âge de comprendre que sa mère ne reviendrait pas, elle se rebella, rentrant tard de l'école, par exemple. Ces derniers temps, elle racontait à Lin qu'elle faisait ses devoirs avec une amie après les cours, qu'elle s'entraînait davantage au club de natation, mais il voyait bien qu'elle mentait. Elle rentrait à la maison avec cet air sur son visage et Lin savait qu'il y avait un garçon dans l'histoire. Peu importait que Covey niât.

Un après-midi, Lin, sa patience à bout, attrapa Covey par les cheveux. C'est là qu'il comprit ce qu'il se passait.

— Qu'est-ce que c'est que ça ? demanda Lin.

Les cheveux de Covey étaient incrustés de sel. Bien que Lin le lui ait interdit, son imbécile de fille persistait à nager dans la mer après les cours. Et lui mentait, en plus.

— Tu as perdu la tête ? se fâcha-t-il. On en a déjà parlé, non ? Tu sais ce qu'il va t'arriver si tu nages là-bas toute seule ?

— Rien ne m'arrivera, répondit Covey en prenant une mangue dont elle détacha la peau avec un couteau.

— Tu ne crois pas si bien dire, Coventina. Il ne va rien t'arriver parce que tu ne vas pas y retourner.

Covey le fusilla du regard, puis se détourna. Du temps de Lin, une fille n'aurait jamais osé regarder son père avec une telle insolence. Ces jours-ci, question comportements, c'était du grand n'importe quoi. La semaine précédente, Covey s'était cousu une jupe qui, d'après Lin, n'était rien de plus qu'une bande de tissu lui dévoilant la moitié des fesses. Toutes les filles en portent, s'était défendue Covey. Lin n'avait rien voulu savoir et avait exigé qu'elle défasse l'ourlet. Voilà où le monde en était arrivé.

— De toute manière, tu ne peux pas m'en empêcher, affirma Covey en avalant un énorme morceau de mangue.

Ça suffisait. Lin retira la ceinture de son pantalon, brandit la lanière en cuir et lui donna une bonne leçon. Du moins l'espérait-il. Covey n'avait peur de rien. Or, une fille qui n'avait peur de rien et qui n'avait ni mère ni mari pour la canaliser était dangereuse.

La tempête

En septembre 1963, l'équipage d'un avion de ligne partant du Portugal en direction du Surinam remarqua une zone de perturbations au large de la côte ouest-africaine. Ce signalement fut suivi de rapports de bateaux voyageant à l'est des Petites Antilles. Lorsque le premier avertissement concernant l'ouragan Flora fut émis, il s'approchait de Trinité-et-Tobago, première étape de sa procession funèbre à travers les Caraïbes.

Lorsque les habitants de la ville de Covey comprirent qu'un ouragan arrivait, il était déjà là. Certes, c'était la saison des tempêtes tropicales, qui pouvaient détruire les récoltes, les réseaux de communication et des vies.

Le samedi 5 octobre 1963, trois adolescents nageaient dans Long Bay et deux autres les suivaient dans un petit bateau. Aucun ne voulait avouer aux autres qu'il était inquiet. La tempête s'était déplacée plus vite qu'ils ne l'avaient pensé, le bateau s'était déjà retourné une fois.

À trois kilomètres à l'intérieur des terres, Lin rentrait les poules dans le garage. Le poulailler avait cédé sous la force du vent et Covey n'était pas là. Les écoles étaient fermées, les rues ruisselaient d'eau boueuse. Lin avait ordonné à sa fille de revenir de chez Bunny après le déjeuner. Le téléphone sonna. C'était Leonard, le père de Bunny.

— Lin, on a trop d'eau par ici. Est-ce que tu peux raccompagner Bunny une partie du chemin ? Je viendrai la chercher à pied.

— Bunny ? s'étonna Lin. Bunny n'est pas ici. Elle n'est pas chez toi ?

— Non, je croyais qu'elle et Covey étaient avec toi, répondit Leonard.

— Oh, merde.

— Oh, doux Jésus.

Lin récupéra Leonard à mi-parcours et ils se dirigèrent vers le littoral. Heureusement, les routes étaient désertes, les magasins avaient fermé en prévision de la tempête. Cependant, les inondations ralentirent les deux hommes.

— Et si elles ne sont pas là ? demanda Lin en se garant parallèlement à la plage.

— Où veux-tu qu'elles soient ? dit Leonard. Si ce n'était pour ta fille…

— Ma fille ? Et Bunny, alors ?

— Bunny suit Covey où qu'elle aille. Tu sais très bien l'influence qu'elle a sur elle.

Lin ne répondit pas. Il y avait des choses qu'un père évitait de dire à un autre père, des choses qui pouvaient mettre fin à une amitié.

Lin aperçut une glacière et des chaussures sur la plage, des vêtements de couleurs différentes déplacés par le vent. Déjà trempés jusqu'à l'os, Lin et Leonard se précipitèrent vers l'eau. Lin scruta l'horizon à travers le rideau d'eau et aperçut un canoé ballotté par les vagues. Trois nageurs avançaient devant le bateau, leurs bras tranchaient l'écume. Il reconnut le bonnet de bain jaune de Covey.

Lin alluma sa lampe torche et la braqua vers le groupe. Il ne pouvait rien faire d'autre que d'attendre. La nature ne pouvait jouer pire tour à quelqu'un : en faire un père et le remplir d'une terreur absolue pour son enfant. Leonard et lui poussèrent un cri lorsqu'une énorme vague renversa le bateau, projetant les occupants dans l'eau.

Après le retrait de la vague, Lin compta cinq têtes. Il y avait Covey, avec son bonnet de bain jaune, qui tentait d'attraper le canoé. Ils étaient presque sur la plage, mais s'ils n'avançaient pas plus vite, la prochaine vague ferait du canoé un projectile violent.

Dieu merci, Covey possédait une force extraordinaire. En voyant les jambes de sa fille sortir de l'eau, Lin éprouva une telle joie et un tel soulagement que ça lui piqua le nez et les yeux. Ensuite vint la colère. À seize ans, Covey était déjà aussi grande que lui, mais Lin lui attrapa le bras comme une gamine et la traîna vers la voiture.

— Allez, monte, ordonna Lin.

Par-dessus son épaule, il aperçut le fils Grant, le plus âgé du groupe. Il était presque trop beau pour être vrai.

— Toi, Gibbs Grant, dit Lin. Tu devrais avoir honte.

— Oui, monsieur, répondit Gibbs en baissant la tête.

La façon dont Covey contemplait le jeune homme procura des remontées acides à Lin.

— Oui, monsieur ? répéta Lin. Oui, *monsieur* ? C'est tout ce que tu as à dire ? Tu es l'aîné du groupe, tu aurais dû prendre tes responsabilités.

— Non, Pa, cria Covey. C'est moi qui ai exigé que tout le monde vienne ici.

— Toi, jeune fille, tu te tais.

Gibbs regarda Covey puis Lin, la tête haute.

— Vous avez raison, Mr Lin. Tout ça, c'est ma faute.

En cet instant, Lin comprit. Dans la raideur de ses épaules et de sa nuque, dans l'étincelle de ses yeux, il comprit ce qu'un garçon comme lui pouvait incarner aux yeux de sa fille. Bordel, pensa-t-il.

Ce week-end-là, l'ouragan Flora provoqua des dégâts à hauteur de douze millions de dollars et la mort d'une douzaine de personnes sur l'île. Covey eut interdiction de voir Gibbs, et Bunny et elle furent privées de sortie pendant un mois, club de natation inclus. Mais Covey était déjà amoureuse de Gibbs, et Bunny était déjà amoureuse de Covey, et ils étaient encore trop jeunes pour s'imaginer que quelque chose pourrait les tenir éloignés les uns des autres pendant longtemps.

L'incendie

Un an après l'ouragan, Covey fut tirée de son sommeil par le bruit de quelqu'un qui tambourinait à la porte d'entrée et criait : *Lin ! Lin !* Elle pénétra dans le couloir au moment où son père glissait ses pieds dans des sandales et sortait de la maison.

Covey suivit son père dehors tandis qu'il courait dans l'allée et longeait les bougainvilliers jusqu'à la rue. Au bout de celle-ci se trouvait un petit ensemble de magasins, dont un lui appartenait. En journée, Covey aurait pu voir l'intersection au loin, mais à présent il n'y avait qu'une étrange lueur orange dans le ciel nocturne.

— Covey, rentre à la maison ! lança son père en la voyant. Rentre et ferme la porte derrière toi.

L'idée de fermer la porte à clé la choqua. En dix-sept ans, elle n'avait jamais eu à le faire. Pas même avec tous ces troubles politiques plus au nord, pas même pendant les meurtres l'année dernière. Jamais le besoin ne s'était fait ressentir.

— Mais, Pa, protesta Covey en toussant.

Une bouffée de fumée lui irrita la gorge. Son père posa ses mains sur ses épaules et lui fit faire demi-tour.

— Ne me réponds pas, dit-il, rentre. Regarde-toi. En chemise de nuit, en plus. Rentre et va t'habiller.

Covey rentra à la maison en courant, les bras croisés sur sa poitrine pour cacher le ballottement de ses seins. Elle en avait vu assez pour comprendre que les magasins de son père étaient sans doute en train de brûler avec d'autres sur la même rue. Alors qu'elle posait le pied dans son jardin, deux femmes la dépassèrent. L'une d'elles expliquait qu'un commerçant *chinwa* avait tabassé une de ses employées et que c'était pour cette raison que quelqu'un avait mis le feu à son magasin.

— La femme n'a *fè que mandé lajan et li a dejwenté la face*, dit-elle.

L'autre femme claqua la langue.

Chinwa ? Désignait-elle le père de Covey ? La plupart des commerces de la paroisse appartenaient à des résidents chinois – ça aurait pu être n'importe lequel d'entre eux. Mais pas son père. Tout le monde savait que son père avait une tendance au jeu et à la boisson, mais tabasser une employée ? Johnny « Lin » Lyncook n'aurait jamais fait ça. Son Pa ? Son père avait levé sa ceinture sur elle une fois, mais ne l'avait pas frappée. Il semblait penser que la menace suffisait. Chien qui aboie ne mord pas.

En arrivant chez elle, Covey aperçut Gibbs et son père qui se précipitaient vers l'incendie. Gibbs traversa la rue dans sa direction.

— Je suis désolé. Mon père…, dit Gibbs.

— Je sais, je sais.

— On peut se voir demain ? demanda Gibbs. Essaie de me retrouver demain au même endroit que d'habitude.

Covey hocha la tête. Des larmes lui montèrent aux yeux alors qu'elle poussait le portail de sa maison. Cependant, elle n'eut pas à attendre le lendemain. Une heure après, Gibbs était de retour – il frappa une pierre contre la clôture jusqu'à ce que Covey regarde par la fenêtre, puis vienne lui ouvrir. Main dans la main, ils traversèrent le jardin et se réfugièrent à l'arrière de la maison.

— Mon père ne doit pas te voir.

— Covey, je ne crois pas que ton père va revenir de sitôt.

Covey sentit son corps s'alourdir. Elle posa sa tête sur l'épaule de Gibbs.

— Et ton père ?

— Il va bien. Notre magasin n'est pas touché, il est allé aider.

Dans le silence, ils s'embrassèrent et se caressèrent jusqu'à ce que Covey le repousse.

— Tu devrais y aller avant que quelqu'un nous voie.

— Tu as raison, observa Gibbs avant de l'étreindre une dernière fois, puis de disparaître.

Covey resta seule dans la maison jusqu'à l'aube, à attendre et se ronger les sangs. Ces derniers temps, Covey avait surtout cherché à éviter son père, rêvant du jour où Gibbs et elle pourraient quitter l'île ensemble ; mais, cette nuit-là, elle ne désirait rien de plus que voir son père franchir la porte. Sa mère était partie, mais son père, non. Ses grands-parents étaient décédés, son oncle, ses tantes et ses cousins avaient déménagé, mais son père était toujours là. Cet homme égoïste, à l'esprit étroit et au sale caractère, était toute la famille qu'il lui restait.

À la lueur du jour, certains voisins vinrent aider le père de Covey et d'autres commerçants à trier les débris. Quatre magasins avaient pris feu, dont les deux de son père. Personne ne savait qui avait démarré l'incendie. Ou, du moins, personne n'osait le dire. Ensuite, ils se posèrent dans le jardin de son père. Leurs chemises et bermudas étaient couverts de suie. Son père n'avait plus qu'une sandale au pied et tenait l'autre, qui était cassée, dans sa main. Covey se précipita dans la salle de bains pour essuyer ses larmes.

Les hommes se rincèrent les mains et le visage au tuyau du jardin avant de s'asseoir sur des chaises ou sur les marches de la véranda. Pearl et Covey leur apportèrent des verres d'eau glacée et des assiettes de poulet, riz et petits pois. L'odeur du lait de coco et de l'ail se mélangeait à celle, lointaine, de bois brûlé et de métal. Le père de Covey parlait en marmonnant avec un autre commerçant de l'homme qui avait apparemment tabassé son employée.

— *C'est pas la première fois pété fiel an moun*, dit-il. Cet homme ne fait que nous attirer des ennuis.

La mère de Covey aurait fusillé son père du regard pour s'être ainsi exprimé en patwa, mais elle ne vivait plus ici depuis cinq ans.

Elle n'avait pas téléphoné.

Ni écrit de lettre.

N'était pas revenue chercher Covey.

— Ce n'est sans doute que le début, grommela l'autre commerçant.

Covey avait envie d'en savoir plus, mais Pearl l'appela dans la maison. Si on voulait savoir ce qui se passait en ville, deux options : traîner avec les hommes dans le jardin ou, à partir du moment où on avait des formes et des pointes, et où on n'était plus autorisée à rester, avec les femmes dans la cuisine, surtout les jours de lessive. Il y avait souvent un moment de calme les après-midi après l'école. Les vêtements blancs avaient été étalés sur le porche pour être rincés à la javel et Pearl avait le temps de manger un morceau et de discuter avec les autres domestiques de la rue.

Comme tout le monde en ville, Covey avait entendu les rumeurs sur les commerçants chinois qui ne payaient pas leurs employés correctement ou faisaient des avances à leurs clientes. Mais ils n'étaient pas les seuls à maltraiter leurs subordonnés. Covey le savait parce que les femmes se confiaient leurs histoires. Ce genre de choses, ça arrivait tout le temps, sur leur lieu de travail, dans un magasin, à l'école, à elles ou à d'autres. Qu'elles aient affaire à des *Chinwa*, des *Neg ou* des *Betjé* ne changeait rien.

Pearl affirmait que l'être humain était né pour être un *brigandè* ; rares étaient ceux qui n'abusaient pas des plus faibles ou ne profitaient pas des plus forts. Cependant, même Pearl semblait penser que le père de Covey n'était pas si terrible, du moins comparé à d'autres. Comme Little Man Henry, dont la cruauté était connue de tous. D'après Pearl, Little Man avait exporté ses manières de délinquant bien au-delà des frontières de leur paroisse.

Il était de notoriété publique que Little Man acceptait de l'argent des politiciens pour fomenter des troubles du côté ouest de l'île. Et ce n'était pas ça le pire. Little Man était capable de tuer. Bien des pauvres gens ayant profité de la prétendue générosité de Little Man avaient perdu la vie, incapables de le rembourser. D'autres étaient rentrés chez eux en rampant, dans un sale état mais muets comme des tombes.

— Dès qu'il s'agit d'argent, dit Pearl, tout ce qui tombe du ciel n'est pas forcément une bénédiction.

On disait que la femme dont le corps avait été retrouvé plus au nord il y a quelque temps était une *mové fi* d'une autre ville qui avait refusé les avances de Little Man. De toutes les histoires sur Little Man, c'était celle-là qui avait inquiété Covey. Qu'un homme puisse causer autant de souffrance à une personne qui ne lui avait rien fait. Apparemment, son frère n'avait rien à lui envier. On disait que les deux Henry profitaient aussi bien de la malchance des autres, qu'ils la provoquaient.

Pearl et Covey auraient dû se douter que, tôt ou tard, Little Man mettrait le grappin sur

Johnny Lyncook. Mais ça ne leur traversa pas l'esprit.

Il faudrait du temps à Covey pour se rendre compte que l'incendie avait été le début de la fin. Le ressac de la vague charriant les dettes de son père les emporterait tous les deux. La plupart des biens de son père avaient été détruits par les flammes. Le reste était trop abîmé pour être vendu. Le lendemain de l'incendie, elle entendit Pearl dire à la domestique d'à côté que Mr Lin ne méritait pas d'être ruiné par le mauvais comportement d'un autre. Mr Lin, dit Pearl, était tout à fait capable de se ruiner tout seul.

Lin

Qu'est-ce qu'un homme, se demanda Lin, qui n'a plus de foyer ?

Lin savait que les gens le considéraient toujours comme un étranger, bien qu'il soit allé à l'école dans cette ville, s'y soit marié et y ait élevé un enfant. Bien que ses frères, comme tant d'autres, aient succombé à la tuberculose. Lin, aussi, s'était toujours considéré comme étranger, alors même qu'il déposait ses dominos sur la table de son jardin, alors même qu'il jurait en *patwa* local, alors même qu'il s'asseyait sur les marches de sa véranda et dégustait une mangue cueillie sur l'arbre que son père avait planté de ses propres mains.

Tout cela changea la nuit où ses magasins partirent en flammes, la nuit où quelqu'un mit le feu au local où il travaillait depuis qu'il était *timanmay*, la nuit où il s'était retrouvé à s'inquiéter pour la sécurité de sa fille dans la ville où elle était née. La nuit où Lin, sans argent et sans objets à troquer, s'avoua qu'il était complètement dépassé.

Cette nuit-là, tous les noms dont les gens l'avaient affublé dans son dos, tous les airs de désapprobation qu'on lui avait adressés tandis que son enfant, dépourvue de mère et dont la peau était marron, le suivait partout, une main agrippant sa chemise, lui revinrent en mémoire, le tranchant à vif. Il comprit alors qu'il n'était pas un étranger, que cet endroit était sa seule maison, qu'il n'avait nulle part d'autre où aller. Certes, c'était Little Jian de Guangzhou qui était arrivé ici, mais il avait passé plus de temps à être Johnny « Lin » Lyncook, résident de la paroisse de Portland, à environ quatre-vingt-dix kilomètres de la capitale et beaucoup trop loin de la Chine. Il ne pouvait plus être l'un sans l'autre.

Son *ba* avait-il eu tort d'insister pour qu'on l'appelle par son nom chinois et qu'on fasse de même avec Johnny ? Avait-il eu tort de parler en hakka en public à ses fils ? Lin avait-il eu tort de se rendre tous les printemps au cimetière de Gah San pour balayer les tombes de ses frères disparus et, plus tard, de ses parents ? Est-ce que cela aurait changé quelque chose ?

Aucune importance. Les accusations émises à l'encontre de Lin pour les fautes d'un autre homme qui lui ressemblait allaient le faire tomber, et il y était pour quelque chose. Il avait commis trop d'erreurs. Lin n'était pas en mesure de se remettre de l'incendie parce qu'il avait trop de vices, parce qu'il croulait sous les dettes.

Lin observa ses pieds encore recouverts de suie. Il ouvrit le tuyau du jardin et se rinça les orteils. Ensuite, il leva la tête vers la fenêtre de la cuisine et aperçut Covey qui discutait avec Pearl, leurs échanges rythmés par les assiettes qu'elles nettoyaient et rangeaient. Sur le point d'accepter que ce qu'il avait sous les yeux était ce qu'il avait de plus cher, Lin comprit aussi qu'il s'apprêtait à tout perdre.

De nos jours

Un morceau d'ici

Qui sont tous ces gens dont parle la mère de Benny ? Quel rapport avec Ma ? Et cette sœur qu'elle a mentionnée, où est-elle ? Benny ne comprend pas bien ce qui s'est passé, et elle n'est d'ailleurs pas sûre d'avoir envie de savoir. La panique monte, tout lui échappe. Elle voudrait simplement récupérer sa mère, comme avant.

Benny annonce qu'elle doit aller aux toilettes. À la place, elle se dirige dans la chambre où elle a grandi et ouvre sa valise à roulettes.

Là.

Elle déroule un sweatshirt avec le logo d'une université qu'elle a hérité de son frère il y a des années et en extrait un verre doseur, un truc en plastique opaque qui date d'avant sa naissance. Apparemment, il remonte à l'époque où Ma, jeune mariée, venait d'arriver aux États-Unis. Onces et tasses d'un côté, millilitres de l'autre.

— Prends-le, lui avait dit sa mère alors que Benny faisait ses valises pour la fac.

Elle avait mis le verre doseur dans le sac en toile de Benny et l'avait tapoté.

— Comme ça, tu auras toujours un morceau d'ici avec toi, où que tu ailles.

Par la suite, Benny n'avait jamais fait un sac sans y glisser le vieux verre doseur, petit rappel de ces journées passées dans la cuisine avec sa mère.

Benny arrivait à peine à la crédence de la cuisine lorsque sa mère lui avait montré pour la première fois comment confectionner un gâteau noir. Ma avait ouvert un des placards du bas pour sortir un énorme bocal. Elle laissait les fruits tremper dans le rhum et le porto toute l'année, pas simplement quelques semaines avant – c'était un de ses petits secrets.

— C'est une recette de l'île, avait dit Ma. C'est ton héritage.

Pendant que la pâte cuisait au four, Ma avait hissé Benny sur un des tabourets verts. Elle avait expliqué à Benny que le siège était de la couleur des arbres qui poussaient directement dans l'eau, là où elle avait grandi. Benny avait imaginé une mer sombre et vaste, percée çà et là par d'immenses arbres, comme les *redwoods* que leurs parents les avaient emmenés voir au nord de la Californie. Elle les voyait se tenir droits, telles d'imposantes sentinelles, alors que de grosses vagues venaient s'écraser sur leurs troncs.

— Un jour, tu verras, lui avait dit sa mère.

Benny avait grandi en pensant que son père et sa mère les emmèneraient, Byron et elle, sur l'île, un jour, mais ils ne l'avaient jamais fait.

Plus tard, elle avait compris que ces immenses arbres étaient en réalité une mangrove – des amas de vie verts enracinés dans ces zones intertidales où l'eau douce se mêlait à l'eau salée, où les racines étaient à la fois solides et fragiles, où créatures des mers et des terres cohabitaient. Où rien n'était une seule chose, mais plutôt un mélange de plein d'autres. Un peu comme Benny.

Sa mère utilisait le même verre doseur depuis vingt ans environ lorsque leur père avait décidé de lui trouver un remplaçant et avait conduit Benny et Byron dans un grand magasin. Ils en avaient choisi un plus grand fait en verre épais.

— Pour son gâteau noir, avait déclaré leur père en brandissant le verre doseur.

— Oooh, avait soufflé leur mère en ouvrant le paquet.

Elle gardait le verre doseur étincelant sur le plan de travail de la cuisine et l'utilisait presque tous les jours, mais jamais pour le gâteau noir. Quand venait le moment d'en faire un, elle fouillait dans un des placards du bas et sortait le vieux truc en plastique avant de s'enfermer dans la cuisine, avec Benny si elle voulait, afin de mesurer et mélanger.

Même après le départ de Benny pour la fac, cuisiner ensemble au moment de Noël était resté un rituel. Elle revenait chaque hiver pour assister au noircissement du sucre, à l'écrasement du beurre, au tamisage des miettes de pain. Chaque fois, elle rapportait le vieux verre doseur. Dès que sa mère le voyait, elle prenait

Benny dans ses bras et l'embrassait dans le cou – *smack smack smack*.

Puis était survenu le grand éloignement avec ses parents, ce Thanksgiving désastreux, deux ans avant le décès de son père, et Benny avait cessé de rentrer à la maison. Elle pouvait désormais percevoir le temps qui passe dans une poignée de farine et goûter la terre dans une cuillerée de sucre, et c'était ce qui l'avait poussée à prendre des cours de cuisine. Ça, et le fait de quitter l'université. C'était d'ailleurs cette décision, Benny le voit maintenant, qui avait tout déclenché.

En abandonnant ses chères études, quelques années plus tôt, Benny avait provoqué le premier accroc dans le tissu familial. La déception de ses parents envers elle n'avait cessé d'agrandir la brèche. Ils étaient déjà contrariés quand elle était partie en Italie pour suivre des cours de cuisine, mais lorsqu'elle était revenue aux États-Unis pour s'inscrire dans une école d'art en Arizona, même son frère était resté perplexe. Les trois personnes que Benny aimait le plus au monde ne faisaient plus aucun effort pour cacher leurs doutes et incompréhensions.

Pour Benny, ce déménagement avait eu du sens. Peut-être était-ce le temps passé à faire des gâteaux, à travailler avec ses mains, à explorer l'usage des couleurs et des textures. Peut-être était-ce d'avoir été immergée pendant un an dans une ville italienne, avec toutes ces stimulations visuelles, ces façades couleur moutarde ou saumon, ces fontaines en marbre, luisantes d'eau, ces visages, cette langue. Benny savait simplement qu'en revenant aux États-Unis, elle avait eu envie de poursuivre ses recherches picturales. Elle avait le sentiment qu'en associant cuisine et peinture, elle trouverait un équilibre à sa vie.

Benny n'avait pas envie de travailler dans une cuisine à plein temps, elle voulait avant tout être entourée de belles choses réconfortantes et de gens aimables. Elle voulait s'asseoir dans son propre café, avant l'arrivée du premier client, et faire des croquis tout en admirant à travers une fenêtre le ciel matinal, qui passait du bleu métallique à l'or blanc. Elle voulait se servir du café pour proposer des ateliers culturels et gourmands à des enfants. Elle voulait faire les choses à sa façon et que tout se passe bien. Benny voulait un espace à elle et une vie qu'elle pourrait toujours contrôler.

Mais elle restait la fille de Bert et Eleanor Bennett, et ce n'était pas comme ça qu'on faisait les choses chez les Bennett. On obtenait un diplôme universitaire, continuait avec une thèse pour avoir un vrai métier. Le reste, c'était de l'ordre du loisir. Un enfant de Bert et Eleanor devait tout miser sur ses diplômes, se construire un réseau, amasser de l'argent et ignorer les tentations.

Pour résumer : devenir Byron Bennett.

Benny fait tourner le verre doseur entre ses mains. Le plastique est craquelé ici et là – toutes ces chutes, tous ces déménagements, tous ces liquides brûlants que sa mère lui avait dit de ne jamais y verser, mais qu'elle avait versés quand même.

Benny, qui dépose du beurre dans le verre doseur et le fait fondre au micro-ondes.

Benny, qui boit du vin chaud dans son verre doseur, assise seule à une table dressée pour deux.

Benny, qui avale de la soupe dans son verre doseur, et les bleus sur son visage et son cou la font souffrir à chaque gorgée.

Benny, qui boit du thé dans son verre doseur en sachant que même son frère lui tourne le dos désormais.

Benny serre le verre contre elle et passe ses doigts sur la marque du fabricant. En plus de cinquante ans, elle n'a pas disparu. Sa mère a sans doute touché ces aspérités chaque fois qu'elle a mesuré une tasse de farine, de riz, de haricots, d'huile, chaque fois qu'elle a préparé un repas d'anniversaire, de fête, de travail. Se pouvait-il qu'il y ait encore un peu de l'ADN de Ma sur ce verre doseur ? se demande Benny. Est-il possible que sa mère n'ait pas tout à fait quitté cette terre ? Des scientifiques ont retrouvé de l'ADN dans de la glace remontant à des centaines de milliers d'années.

Benny sort son smartphone de son jean et consulte sa messagerie. Pour la énième fois, elle écoute le message de sa mère datant du mois d'avant.

Huit mots : *Benedetta, s'il te plaît, rentre à la maison*. Elle baisse la tête, déglutit difficilement, entend le doux bruit d'une larme tomber sur le verre doseur.

Le mal du pays

Benny perçoit que Byron l'appelle depuis l'autre bout du couloir, mais elle l'ignore. Elle n'est pas prête à entendre l'histoire de sa mère. Elle a besoin de réfléchir. Benny observe les murs turquoise de la chambre où elle a passé pratiquement toutes ses nuits jusqu'à ses dix-sept ans. Ses parents l'avaient peinte de cette couleur à sa demande insistante. Ce souvenir la fait sourire. Pourquoi n'est-elle pas revenue plus tôt en Californie ?

Benny aurait pu voir sa mère il y a un mois, il y a même une semaine, mais elle ignorait qu'elle était malade. Bien entendu, quand Byron l'avait appelée, c'était trop tard, bordel. Benny avait hésité, espérant qu'elle obtiendrait son financement pour son projet ce mois-ci. Elle aurait aimé revoir Ma et Byron avec une preuve tangible qu'elle n'avait pas perdu son temps. Qu'elle avait eu raison de suivre sa propre voie et non pas celle que ses parents avaient choisie.

Alors que la mère de Benny agrippait le plan de travail de sa cuisine en Californie et qu'un caillot de sang remontait lentement de sa cuisse vers ses poumons, Benny était encore à New York, était renvoyée de son emploi à temps partiel, et montait dans le mauvais bus pour se retrouver face à un de ces cafés qu'elle rêvait de posséder. Le café, avec ses décorations de Noël précoces, jouxtait une librairie dans un quartier qui n'avait pas encore été embourgeoisé au-delà de toute décence.

À l'intérieur, Benny avait trouvé du réconfort auprès d'une grosse tasse émaillée qu'on avait déposée dans une soucoupe devant elle. Le crissement et vrombissement d'une machine à café, l'odeur de bacon aussi l'avaient rassurée – tout ça avait semblé se fondre dans les plis de son manteau. Benny ne mangeait pas de viande, mais il y avait quelque chose dans l'odeur du bacon qui apaisait tout mal du pays.

Ce café lui rappelait un endroit en Californie où elle et son frère se rendaient avec leur père quand ils étaient enfants. Il y avait un seau et un robinet dans le parking et leur père les laissait savonner la voiture, la rincer pour la laisser ensuite sécher au soleil pendant qu'ils s'installaient à l'intérieur afin de manger des choses qu'on ne trouvait que dans ce genre d'endroits. C'était bien avant que Benny ne parte à l'université, puis en Europe, puis en Arizona et enfin à New York. Bien avant qu'elle ne puisse même imaginer ne pas s'entendre avec son père.

Son père était décédé depuis six ans. Benny aurait bientôt trente-sept ans, elle gagnait sa vie en faisant de petits boulots, elle était incapable de convaincre un banquier de lui prêter l'argent pour ouvrir son propre café. Mais, tout comme on peut sentir le vent tourner et se renforcer, Benny pressentait que sa vie allait changer. Elle avait de l'argent de côté, le moral était bon, elle comptait tenter encore une fois sa chance avant d'abandonner son projet de café. Surtout qu'elle ne savait pas du tout quoi faire d'autre.

Le café sur lequel elle était tombée à New York allait fermer, comme elle avait pu le lire sur la porte d'entrée. Si elle parvenait à en payer le loyer, elle y installerait des fauteuils, des tables rondes avec des prises pour téléphones et ordinateurs portables. Elle garderait les lumières tamisées et les couleurs chaudes, mais elle débarrasserait tout l'espace central. Elle proposerait un menu très réduit et un dessert de saison. En hiver, ce serait le gâteau noir de sa mère.

Elle devait trouver du travail dès maintenant, après avoir tout gâché. Pourtant, elle pensait avoir bien agi en refusant de mentir à cette cliente. Bien sûr qu'elle était capable de suivre le scénario établi par le centre de télémarketing, contrairement à ce qu'avait laissé entendre son supérieur. Cependant, elle savait aussi que ce qui la rendait humaine, c'était sa capacité à dévier du chemin. Le souci, c'est que les chemins sont comme les combats, il faut bien les choisir. Et être prêt à en subir les conséquences.

Benny avait répondu à la cliente de façon classique : « Je m'appelle Sondra, comment puis-je vous aider aujourd'hui ? » On ne donnait jamais son vrai prénom. Les employés adoptaient un prénom facile à prononcer. Si, en plus, il variait un tout petit peu de la norme, par exemple Sondra et non Sandra, c'était encore mieux, authentique. Tout ça n'avait plus de secret pour Benny, elle savait mettre les gens à l'aise. Le scénario l'aidait, il proposait des formules d'accueil et une liste de questions à poser. Des codes d'erreur, des numéros de série, *un instant, s'il vous plaît*, etc.

Benny avait expliqué à la cliente qu'il y avait sans doute un souci avec la tête de l'imprimante, qu'on ne pouvait pas détacher ; d'ailleurs, elle était désolée de lui annoncer que cette imprimante en particulier n'était plus sous garantie. Demander une assistance ne valait pas la peine, avait expliqué Benny : une simple consultation, sans même la réparation, coûterait à la cliente près de la moitié de ce que coûtait l'imprimante.

— Quand je pense que je m'en suis à peine servie, avait dit la dame.

— Madame, c'est bien là le problème, avait expliqué Benny. Ce modèle-là n'est pas recommandé à ceux qui ne s'en servent pas tous les jours, ou du moins pas de façon régulière.

Pour le moment, Benny suivait toujours les consignes.

— Personne ne m'a prévenue quand je l'ai achetée, s'était plainte la cliente. Maintenant, je vais devoir acheter une autre imprimante alors que celle que j'ai n'a que deux ans. C'est du gâchis. N'est-on pas censé arrêter de gaspiller ?

— Madame, je suis tout à fait d'accord avec vous, avait répondu Benny.

C'était cette phrase qui avait coûté à Benny son emploi, selon son chef, qui l'avait entendue en passant à ce moment-là derrière son box.

— Malheureusement, avait ajouté Benny, on vit dans une gigantesque poubelle de matériel électronique, des imprimantes aux ordinateurs en passant par les portables, ils se cassent ou bien on nous encourage à les remplacer avec des modèles plus récents, plus désirables, et ça, madame, c'est une des causes principales de la dégradation de l'environnement.

Benny n'avait pas oublié de demander : « Est-ce que je peux faire autre chose pour vous ? », mais cela n'avait pas plaidé en sa faveur. Pour autant, elle restait convaincue que la cliente avait raccroché avec un sentiment moins fort d'insatisfaction, parce que souvent, tout ce qu'on veut, c'est que quelqu'un reconnaisse qu'on avait raison sur toute la ligne.

Au moins, le chef de Benny l'avait licenciée en personne. À l'époque où Benny fréquentait Joanie, la pauvre avait appris son licenciement lorsqu'elle n'avait pas pu ouvrir la porte de l'immeuble avec sa carte d'accès. Benny était furieuse pour son amie. Elle était même allée dire à la manager ce qu'elle en pensait avant d'être escortée hors du bâtiment par un agent de sécurité. Cet épisode n'avait fait qu'accroître le ressentiment déjà éprouvé par Joanie. À propos de son travail, du manque de respect de son patron. À propos du fait que Benny n'avait toujours pas parlé d'elle à ses parents.

Peut-être, avait pensé Benny, qu'elle pouvait gagner de l'argent en vendant ses dessins. Elle n'avait jamais essayé d'en vendre, mais des gens qui l'avaient vue dessiner, à l'aéroport, dans des cafés et même une fois dans une laverie, lui avaient proposé des sommes d'argent étonnantes. Elle avait reproduit son œuvre de la laverie sur un papier plus épais à la surface granulée, l'avait encadré, et ça lui avait rapporté l'équivalent d'un mois de loyer.

Au début, Benny ne s'était pas sentie légitime, mais elle avait réfléchi. Elle avait suivi des cours de dessin, non ? Si elle pouvait gagner de l'argent en se déguisant en animal, ce qu'elle faisait le week-end au centre commercial, pourquoi n'en gagnerait-elle pas grâce à son art ? Si elle n'avait jamais essayé, c'était uniquement parce qu'elle ne pensait pas ça possible.

Benny avait sorti son carnet de dessin et l'avait posé sur la table du café. Dessiner, comme cuisiner, lui vidait la tête, mais ce café lui rappelait son père et, par extension, sa mère. Quand elle s'était sentie prête à rentrer chez elle, elle avait pris une décision. Elle rentrerait chez sa mère cet hiver, quoi qu'il en soit. Il était temps. Son message datait déjà d'un mois.

Benedetta, s'il te plaît, rentre à la maison.

Peut-être sa mère était-elle prête à s'excuser ? Peut-être Benny était-elle prête à entendre ce qu'elle avait à dire ? Par ailleurs, sa mère avait paru fatiguée, c'était la première fois. Oui, il était temps.

Le téléphone de Benny avait sonné, affichant le numéro de son frère. Il n'appelait jamais.

Pourquoi est-ce que, soudain, tout le monde cherchait à la joindre ?

Adossée au mur de sa chambre d'enfant, laissant la paroi froide imprégner son pull, Benny ne peut s'empêcher d'espérer que, lorsqu'elle sortira dans le couloir, sa mère sera là, ou bien que son père passera sa tête dans la chambre et plissera les yeux en voyant la couleur des murs, comme il le faisait avant. Que tout ce qui a été fait peut être défait.

Byron

Le téléphone de Byron vibre sur le plan de travail de la cuisine. L'écran s'allume par intermittence, *un deux, un deux*, comme des coups d'éclairs dans un mur de nuages. Byron a le sentiment d'être comme son téléphone. Agité. Et où est passée Benny ?

— Excusez-moi deux secondes, dit-il à Mr Mitch.

Il se lève pour éteindre son téléphone, mais reconnaît le numéro.

Lynette.

Cela fait trois mois qu'ils ne se sont pas parlé. Elle a dû apprendre pour sa mère.

Byron a effacé le numéro de téléphone de Lynette la nuit où elle est partie. Il a appuyé sur « Supprimer » avec un intense sentiment de satisfaction, comme s'il espérait qu'elle percevrait toute la défiance de son geste ou qu'elle en viendrait à regretter son départ précipité. Plus tard, il s'était rendu compte que, quand Lynette avait claqué la porte derrière elle, elle avait déjà vidé son placard, déjà glissé son ordinateur et sa brosse à dents dans son sac, déjà déposé sur le bureau les boucles d'oreilles qu'il lui avait offertes un mois plus tôt.

Byron n'a rien remarqué au début, il n'a perçu que les gesticulations de Lynette, son visage humide, tandis qu'ils se disputaient. Cela revenait beaucoup ces derniers temps. Pleurer, crier, le harceler avec ses projets d'avenir. À quoi bon parler de *projets d'avenir* de nos jours ? Byron ne supportait pas ce genre de pression. Ils vivaient déjà ensemble, est-ce que cela ne signifiait rien pour elle ? Il avait proposé d'encadrer son neveu Jackson, est-ce que cela ne comptait pas ? Pourquoi est-ce que rien de ce que faisait Byron ne suffisait ?

Officiellement, leur liaison n'avait commencé qu'une fois terminé le projet de documentaire sur lequel ils travaillaient tous les deux. Quand bien même, il avait su dès l'instant où il l'avait vue qu'il se devait d'essayer. C'était ce qu'il faisait lorsqu'ils discutaient pendant les pauses tout en attrapant des sandwichs et des salades de fruits de la table du traiteur. C'était ce qu'il faisait lorsqu'il avait invité le réalisateur et toute l'équipe chez lui pour un barbecue. C'était ce qu'il faisait quand il avait regardé Lynette sortir sur la véranda de sa maison, vu ses lèvres s'entrouvrir légèrement devant la mer, vu ses épaules se soulever avec l'air marin. Il le savait.

Ce serait trop facile de dire qu'il n'avait pas pu résister à sa belle chevelure, aux courbes de son corps, à ses longs doigts marron foncé et à ses minuscules ongles vernis en bordeaux se déplaçant sur les touches de son ordinateur, ou à la façon dont elle se déplaçait au milieu du plateau bruyant. Lynette parvenait à habiter l'espace d'une manière différente des autres et Byron voulait être là avec elle.

À la fin, Lynette était très critique envers Byron, mais, au début, tout en lui l'attirait. Son statut, son expertise, la maison avec vue sur le Pacifique, tout ça n'avait pas semblé la déranger. Puis leur relation était devenue sérieuse et elle avait voulu qu'il sépare l'homme qu'il était de ce qu'il faisait.

Lynette, qui n'aurait jamais rencontré Byron s'il n'avait pas été le présentateur du documentaire.

Lynette, qui d'ailleurs ne lui aurait jamais adressé la parole dans d'autres circonstances.

Lynette, dont le cou sentait la noix de muscade et qui avait claqué la porte quand elle l'avait quitté pour de bon.

À présent, et pour la première fois en trois mois, son téléphone affiche le numéro de Lynette. Peut-être que ça n'a rien à voir avec sa mère, après tout. Peut-être que Lynette a besoin de quelque chose. Elle se sert peut-être de la mort de Ma comme prétexte. Son ami Cable le traiterait de connard s'il savait ce qu'il avait pensé. Cable dirait que bien évidemment Lynette appelle parce que sa mère est morte. S'il ne le pensait pas, Cable n'hésiterait d'ailleurs pas à le lui dire.

Byron rappellera Lynette plus tard. Ou pas. C'est elle qui a claqué la porte de leur relation, après tout. Une ancienne brûlure se ranime dans son sternum. Que Lynette puisse le mettre dans cet état l'agace. Les yeux rivés sur l'écran de son smartphone, il appuie sur « Rejeter » pour le réduire au silence.

Byron et Benny

Byron veut continuer d'écouter l'enregistrement de sa mère, mais Benny est partie et erre dans la maison. Sa sœur a pour habitude de dire qu'elle veut aller aux toilettes alors qu'elle a simplement envie de faire autre chose. Et, en effet, Byron la trouve dans sa chambre d'enfant. Elle a enfilé un vieux sweatshirt et serre un objet contre elle.

Benny le regarde, la mine chiffonnée. Il sait à quoi elle pense.

— Qui est-elle, Byron ? demande Benny.

Son frère secoue la tête.

— Je ne sais pas, répond-il. C'est bien la première fois que j'entends dire qu'on avait une sœur.

— Je ne parle pas de cette sœur. Je parle de Covey. Qui est-elle ? (Les épaules de Benny s'affaissent.) Qu'est-ce qu'elle a à voir avec notre mère ? Elles devaient se connaître, vu tout ce qu'elles ont en commun. L'île, la mer, le gâteau noir. Tu ne crois pas ?

— Je ne sais pas quoi penser.

— Ça prend trop de temps. Allons voir Mr Mitch et obligeons-le à nous dire ce qu'il sait.

— Non, tu l'as entendu toi-même. Il ne nous dira rien. Retournons écouter la suite.

Benny hoche la tête. Elle a le même visage ombrageux que quand elle avait six ans et Byron doit résister à son envie de la prendre dans ses bras. Il doit se rappeler qu'elle n'est plus une petite fille. C'est une femme qu'il n'a pas vue depuis huit ans, qui n'est pas venue à l'enterrement de leur père, qui n'était pas là pour les soixante-dix ans de leur mère, et avec qui il n'a échangé qu'une poignée de mots entre-temps. Apparemment, personne n'est vraiment comme il ou elle paraît. Ni sa sœur, ni même sa propre mère.

Byron lui tend un jeu de clés.

— Qu'est-ce que c'est ? demande Benny.

— J'ai dû changer la serrure de la porte d'entrée. C'est ton jeu.

— Je n'utilise jamais la porte d'entrée.

— Eh bien, on a une porte d'entrée, alors prends les clés.

— Qu'est-ce qu'il s'est passé ? demande Benny en tendant le bras. Un cambriolage ?

— Un tremblement de terre, répond son frère en secouant la tête. L'encadrement de la porte a bougé.

— Ah oui, je me souviens.

— Vraiment ? réplique Byron d'un ton si sarcastique que sa lèvre supérieure se retrousse. Comment ça, tu te souviens, Benny ? Tu n'étais même pas là. Tu n'as d'ailleurs même pas pris la peine d'appeler pour vérifier qu'on allait bien.

— Je n'ai pas eu besoin. Ma me l'a dit.

— Ma ? Tu as parlé à Ma ?

— Non, pas vraiment, mais elle me laissait des messages de temps en temps.

— Tu étais en contact avec Ma ? Pendant toutes ces années ? Je croyais que vous ne vous parliez pas.

— Je viens de te le dire, il lui arrivait de me laisser un message. Anniversaires, fêtes, ce genre de choses. Et le tremblement de terre.

— Tu n'es jamais venue la voir.

— Elle ne m'a jamais demandé de venir ou même de la rappeler. J'ai téléphoné à la maison deux ou trois fois, mais elle n'a pas décroché. Il n'y a pas très longtemps, je lui ai écrit une lettre, et elle m'a laissé un message. Elle n'a rien dit sur sa maladie.

Benny ouvre la bouche pour ajouter quelque chose, mais se ravise et secoue de nouveau la tête.

— Elle suivait un gros traitement ces derniers mois. Évidemment qu'elle avait envie de te voir. Simplement, elle souffrait beaucoup. Tu comprends ?

— Ma ? Elle souffrait ? Et moi, alors ? C'est moi qui ai été rejetée par mes propres parents.

— Ils ne t'ont pas rejetée, Benny. Ils étaient contrariés parce que tu es partie en claquant la porte.

— Ce n'est pas la raison de leur contrariété. Ils l'étaient déjà avant et on sait tous les deux pourquoi.

— Tu n'as fait qu'aggraver la situation, en partant en plein Thanksgiving, et tu n'as jamais appelé pour t'excuser. Tu ne leur as même pas laissé une chance. Moi aussi, j'étais contrarié, Benny. Non, je corrige. J'étais furieux contre toi, et le suis toujours. Et l'enterrement, Benny ? Quand je t'ai appelée, tu m'as dit que tu viendrais.

— Je suis venue à l'enterrement, Byron. Je suis venue jusqu'en Californie, je suis allée au cimetière, c'est simplement que...

— Qu'est-ce que tu racontes ? Tu étais là ? J'ai cru t'apercevoir et je me suis dit : *Non, Byron, ton imagination te joue des tours*. Apparemment pas. Si je comprends bien, tu as fait le déplacement et, après, tu as eu l'audace de nous laisser tout seuls ?

— Vous n'étiez pas tout seuls, Byron. Il y avait beaucoup de monde.

— C'est ça, ton excuse ? Comme il y avait beaucoup de monde, tu n'avais pas besoin d'être là ?

— Non, ce n'est pas ça que je dis, c'est simplement que je n'ai pas pu...

— Tu n'as pas pu quoi, Benny ? Tu n'as pas pu quoi ? Tu n'as pas pu sortir de la voiture pour assister à l'enterrement de ton père ? Tu n'as pas pu sortir de la voiture pour Ma et moi ? Au moins, tu as pu m'envoyer un message : *Je suis désolée* !

— Les choses ne sont pas si simples, Byron.

— Non, elles ne sont pas si *compliquées*.

Byron se retourne pour quitter la chambre, mais, juste avant de sortir, il regarde ce que

Benny tient dans ses mains. C'est le vieux verre doseur en plastique de leur mère. Il revient vers elle et lui prend le verre des mains.

— Non, Byron ! crie Benny en le suivant dans le couloir. Byron !

À présent, elle tire sur son pull d'une main et essaie d'attraper le verre de l'autre.

— Ne fais pas ça, proteste Byron en saisissant la main de Benny. C'est du cachemire.

— C'est du cachemire ? dit Benny. C'est du *cachemire* ? Tu plaisantes ou quoi ?

— C'est ridicule, râle Byron en rendant le verre à Benny. Tiens. Tu te sens mieux, maintenant ? Tu as l'impression d'être une gentille petite fille avec ce verre et tous les souvenirs qu'il contient ? Putain, t'étais où pendant tout ce temps, Benny ?

— Tu n'as pas vraiment envie de savoir, n'est-ce pas, Byron ? Tu n'as pas envie d'entendre ce que j'ai à dire. Tu veux simplement me rappeler que tu es Byron Bennett, le fils parfait, celui que tout le monde admire et accepte. Eh bien, tu sais quoi ? Tu n'es pas si parfait. Pourquoi aurais-tu le pouvoir de décider ce que les gens ont le droit d'éprouver ?

Byron est sidéré. C'est vraiment ce qu'elle pense ? C'est vraiment ce que Benny pense de lui ?

— Pourquoi tu ne m'as pas appelée plus tôt, hein, Byron ? Si Ma était à ce point malade ?

— Pourquoi *je* ne t'ai pas appelée plus tôt ? Non, mais tu t'entends ? Tu sais ce que dirait Ma si elle t'entendait ?

Byron pivote et s'éloigne dans le couloir en marmonnant : « Ce n'est pas comme ça qu'on fait chez les Bennett. » Puis il grimace. On croirait entendre son père.

— Tu as tort, Byron, crie sa sœur. C'est comme ça qu'on fait chez les Bennett. Pas d'erreur possible, pas de volonté de comprendre, pas de place pour les désaccords.

Byron s'arrête et se fige, mais ne se retourne pas.

— Avant, je pensais que c'était parce qu'on était noirs, reprend Benny. Que nos parents voulaient qu'on réussisse, qu'il nous fallait travailler deux fois plus dur, être au-delà du reproche. Aujourd'hui, je comprends. Il fallait qu'on soit parfaits pour mieux cacher que notre famille est construite sur un immense mensonge.

Lorsque Byron pénètre dans le salon, Mr Mitch a disparu. On entend l'eau couler dans la salle de bains des invités. Il ignore que Mr Mitch est simplement adossé au mur couleur rose poudré, les yeux fermés, et qu'il fait semblant de ne pas avoir entendu leurs cris.

Perdus

Charles Mitch a vu pire. Des frères et sœurs qui ne se soucient absolument pas les uns des autres. Des parents qui ne s'intéressent qu'à ce qu'ils sont susceptibles d'hériter. Il voit bien que Byron et Benny ne sont pas comme ça, mais ce rendez-vous reste une épreuve. Ils ont perdu leur mère et ils ne parviennent pas à se retrouver. Oui, Eleanor l'avait prévenu que ça risquait de se passer comme ça ; c'est pire encore dans la mesure où Byron et Benny étaient inséparables, avant.

*

Auparavant, le monde de Benny était circonscrit par celui de son frère. Quand a-t-il changé ? Ou bien avait-il toujours été comme ça ? Byron accuse Benny de ne pas avoir été là pour sa famille. Et elle ? Est-ce que cela a traversé l'esprit de son frère, qui a l'habitude d'être encouragé par tous, que personne n'a été là pour elle ?

*

Byron ne sait pas quoi faire. Ils n'ont pas échangé une seule parole cordiale depuis que Benny est arrivée. Elle lui paraît hostile un instant et en manque d'affection l'instant d'après. Cela dit, ce n'est pas nouveau, Benny a toujours donné plus d'importance aux choses que nécessaire. Ça dure depuis un moment, depuis qu'elle a quitté la fac. Oui, c'est de là que ça date.

Comment décrocher de l'université

Benny, inscrite à l'école dont ses parents rêvaient.

Benny, dix-sept ans, meilleure de sa promo.

Benny, que les membres de l'association des élèves noirs regardent de travers.

Benny, pas assez noire. Benny, pas assez blanche.

Benny, pas assez hétéro. Benny, pas assez homo.

Benny, seule un samedi soir.

Benny, dans son lit, couverte d'ecchymoses.

Benny, qui signe des papiers administratifs.

Benny, qui descend un bel escalier en marbre.

Benny, dix-neuf ans, en échec scolaire.

Ce qu'on ne dit pas

Au cours de sa troisième année de fac, Benny avait été agressée dans sa résidence par deux filles qui l'avaient vue flirter avec un garçon de la fraternité afro-américaine. Elles l'avaient traitée de traître et l'une d'elles l'avait poussée dans sa chambre. Benny avait trébuché sur le pied en métal de son lit et la jeune fille l'avait frappée au visage.

C'était avant tout la surprise qui avait poussé Benny à rester allongée, pas les coups. Après tout, elle faisait un mètre quatre-vingt-cinq et, bien qu'elle n'ait jamais aimé nager et surfer comme ses parents et Byron, elle était athlétique, musclée.

Au final, les blessures étaient superficielles ; les bleus s'effaceraient avec le temps. Ce fut une douleur bien plus profonde qui poussa Benny à quitter la fac. Elle pensait que ces filles soutiendraient sa différence, pas qu'elles la lui feraient payer. Celle qui l'avait frappée avait dansé avec elle un soir dans un pub, puis l'avait plaquée contre un mur qui sentait la bière et les vieilles baskets avant de l'embrasser. Elles avaient souri toutes les deux, puis étaient retournées danser.

Mais ce genre de choses, ça ne se raconte pas. C'était grâce à ces filles que Benny avait d'abord été ravie d'être sur ce campus. Mais, au lieu de l'entourer, elles l'avaient exclue. Certes, une seule avait frappé Benny, mais l'autre ne l'avait pas arrêtée. Pour autant, Benny ne comptait pas les dénoncer. Elle refusait de donner à qui que ce soit la possibilité de l'examiner de la tête aux pieds comme le faisaient parfois certaines personnes, l'air de dire : *Vous voyez ?*

À partir de là, à chaque déménagement, d'abord le retour en Californie, puis le départ en Italie, en Arizona, Benny avait désiré une chose plus que toute autre : une vie stable sur un plan émotionnel. Une vie en sécurité.

Après avoir décidé de suivre des cours d'art, l'Arizona lui avait paru être un bon endroit pour démarrer. Elle mettrait le plus de distance possible entre elle et l'université du Nord-Est qu'elle avait quittée. Elle étudierait des matières qui l'intéressaient, elle, et pas ses parents. Elle prendrait le temps de réfléchir à la suite, à la place qu'elle voulait occuper dans le monde.

Les immenses étendues désertes qui, vues de près, étaient en réalité pleines de vie, lui donnèrent un bon coup de fouet. Les feuilles veloutées du mesquite velu. L'écorce bleu-vert et les fleurs jaunes du parkinsonia florida. Les pécaris épineux, les monstres de Gila tachetés, les bébés crotales qui agitaient leur minuscule queue afin de mettre en garde contre le poison qu'ils possédaient déjà.

L'Arizona avait un très beau programme d'études artistiques que Benny pouvait payer, et ses notes lui permettaient de l'intégrer. C'est ainsi que Benny avait fait la connaissance de Joanie, à l'époque maître-assistante en céramique. Elle avait une mâchoire prononcée et une queue de cheval dynamique qui attirèrent Benny la première fois qu'elle la croisa dans le couloir, vêtue de sa salopette couverte d'argile.

Puis Benny avait vu le vase bleu. Le premier semestre touchait à sa fin et certains étudiants étaient allés prendre l'apéro chez Joanie. Le sol en béton brut du salon était agréable sous les pieds. Le seul tapis de l'espace central était de couleur bordeaux, il avait été accroché à l'un des murs. En dessous, par terre, des œuvres en céramique de Joanie étaient alignées. Les invités entouraient un énorme vase bleu.

Dire que le vase était bleu était aussi vague que de dire de quelqu'un qu'il ou elle était intéressant(e), mais tout le monde s'accordait sur le fait qu'il était dans les tons bleus. Benny avait observé l'objet, haut jusqu'à la taille, pendant ce qui lui avait paru être une bonne heure : le bas était émeraude, le milieu était d'un bleu céleste très riche, le haut était d'un bleu aigue-marine pâle, la bordure avait des taches dorées et ambrées ; une partie du bec et de l'arrondi du vase avait été laissée brute, exposant les ocres prononcés de l'argile. Benny avait contemplé le vase, puis Joanie, et la jeune femme lui avait souri avec cet air que Benny apprendrait vite à connaître.

Après quatre ans de relation, Benny n'avait toujours pas parlé à ses parents de Joanie, et c'était devenu un problème. Sa compagne avait dix ans de plus, elle savait *très bien comment ça marchait* et, par ailleurs, elles vivaient au XXIe siècle, non ? Benny essayait de se racheter. Elle agrémentait la cuisine de Joanie, bien plus belle que la sienne, d'épices, de petits plats. Elle envoyait des e-mails pour promouvoir ses expositions. Elle l'attendait tous les vendredis soir devant les bureaux où elle travaillait à temps partiel pour l'emmener manger une pizza.

Joanie était du genre à ne pas s'attarder sur les manquements des autres, mais jusqu'à un certain point. Une fois que la ligne invisible était franchie, c'était fini, ce que Benny n'allait pas tarder à découvrir.

À l'approche de l'hiver, Joanie avait expliqué à Benny qu'elle en faisait trop pour elle, qu'elle l'étouffait, alors que Joanie ne lui avait demandé qu'une seule chose. Benny s'était précipitée chez elle. En entrant, elle avait vu que le vase bleu et quelques autres pièces n'étaient plus là, laissant des espaces vides au sol. Le tapis mural était enroulé et attaché, les cartons s'alignaient devant le plan de travail de la cuisine. Joanie avait annoncé son intention de déménager à New York, où on lui avait proposé un poste d'enseignante. Elle partirait avant Thanksgiving. Voilà, c'était la fin de Benny et Joanie.

Pas pour toujours, avait pensé Benny en quittant la maison, les mains sur le volant. Pas pour toujours, s'était-elle dit la semaine suivante, en rentrant chez ses parents en Californie, les yeux rivés sur l'odomètre afin de ne pas dépasser les cent quarante-cinq kilomètres par heure.

Les Bennett

Thanksgiving, 2010, dans cette maison. Quand le père de Benny avait enfin compris ce que Benny essayait de lui dire sur sa vie amoureuse, il avait élevé la voix. Pa n'était pas du genre à élever la voix. Elle avait tenté de l'interrompre, mais il renchérissait sans cesse. Puis il s'était levé.

— Je ne vois pas comment tu peux mener une vie décente dans une telle pagaille, avait dit Bert.

— Décente ? avait dit Benny. Tu penses que je suis indécente ?

— Ne me parle pas sur ce ton, jeune fille, avait répondu Bert.

— Papa, c'est toi qui me cries dessus. C'est toi qui m'as demandé si j'étais avec quelqu'un. C'est toi qui as dit : pourquoi tu ne nous amènes personne à la maison ? Je cherchais simplement à t'expliquer que ça pourrait aussi bien être un homme qu'une femme.

— Ta mère et moi, on est censés être d'accord avec le fait que tu couches à droite à gauche ?

— Je ne couche pas à droite à gauche, papa. J'ai été avec la même femme pendant quatre ans. Je n'ai pas eu beaucoup de relations dans ma vie. Mais ce n'est pas là où...

— Ce que je retiens, c'est que tu ne sais pas ce que tu veux.

— Si, papa, je sais. Voilà qui je suis. Je suis Benny.

Sur le visage de ses parents s'affichait une expression qu'elle n'avait jamais vue auparavant. Le monde avait basculé dans le silence, comme juste avant que de l'eau se mette à bouillir dans une casserole. Elle s'était tournée vers Byron, mais il était assis, là, et regardait le sol. Il n'allait pas venir à son aide ? Benny avait craint d'en arriver là. Elle avait respiré lentement, laissant la douleur faire son chemin dans son corps. Puis elle avait dit :

— C'est toi qui ne sais pas, papa.

Elle avait lutté pour que sa voix ne tremble pas.

— C'est toi qui n'es pas sûr de m'aimer encore.

Son père s'était alors détourné et avait quitté la pièce, suivi par sa mère qui disait : « Bert, Bert. » Benny n'avait pas eu l'intention de passer Thanksgiving toute seule, mais elle ne voyait pas comment elle pouvait rester. Son père lui avait dit qu'elle était indécente, sa mère avait suivi son père, les yeux humides, il y avait des gens en route vers la maison pour le dîner.

Les Bennett entraient et sortaient de la maison par la porte de derrière, celle qui menait directement à la cuisine. Plutôt que de traverser la maison comme d'habitude, Benny s'était dirigée vers la grande porte. Il lui fallut plusieurs tentatives pour l'ouvrir, elle avait tendance à gripper, ce qui était d'ailleurs la raison pour laquelle ils se servaient de l'autre porte. Lorsqu'elle était enfin parvenue à l'ouvrir, elle l'avait franchie sans dire un mot.

Elle avait laissé la porte ouverte, pensant que son frère allait la suivre, mais il ne l'avait pas fait. Arrivée chez elle, elle avait vérifié ses messages. Byron avait dû l'appeler, avait sans doute grommelé : *Mais qu'est-ce qui t'est passé par la tête ?* Mais non. Au moins, le retour en Arizona avait eu quelques avantages. Lorsqu'elle s'était engagée dans sa rue ce soir-là, les fêtes étaient terminées et elle n'était pas la seule personne de son quartier à remonter son allée, mettre la clé dans la porte et allumer la lumière dans une maison vide.

Benny avait essayé de se rassurer en se disant que beaucoup de gens ne fêtaient pas Thanksgiving.

Le souci, c'était que Benny n'avait pas été élevée comme ça. À cette période de l'année, la famille de Benny se réunissait souvent, avec des amis, et prenait le temps d'être reconnaissante. C'était le fait d'être ensemble qui comptait et Benny venait d'être exclue de tout.

Dans les semaines qui avaient suivi, le téléphone fixe avait souvent sonné, l'écran s'éclairait, indiquant un appel privé. Benny décrochait, mais personne ne parlait. Benny se disait que c'était sa mère qui appelait – ça ne pouvait pas être son père. Parfois, après un silence, un conseiller en télémarketing se lançait, avec ce ton trop enthousiaste de ceux qui s'attendent à être rejetés.

Benny se montrait toujours polie quand elle disait non aux conseillers parce qu'elle savait qu'ils essayaient simplement de gagner leur vie, qu'ils essayaient simplement de terminer la semaine, qu'ils voulaient simplement être acceptés.

Être accepté. Ça, ça parlait à Benny.

Ce soir-là, elle avait trié ses affaires. Ce qu'elle voulait emmener à New York, ce qu'elle voulait donner. Une association qui organisait des tournées avec une camionnette pour que ce soit facile de donner. Et agréable. On pouvait se dire qu'on faisait une bonne action. Lorsque Benny s'installa à New York peu après, dans l'espoir qu'avec le temps Joanie lui pardonnerait, elle ne prit pas la peine d'envoyer sa nouvelle adresse à sa famille. De toute manière, ils avaient son numéro et ne s'en servaient pas beaucoup ces derniers temps, pas depuis qu'elle leur avait annoncé par SMS qu'elle passait les fêtes de Noël ailleurs.

Le Byron de la télé

Après son installation à New York, le frère de Benny était devenu si populaire qu'elle pouvait le voir tous les jours, si elle le souhaitait. Au journal télévisé, sur les *Late shows*, sur son ordinateur. Benny gardait un lien sur son smartphone qui lui donnait accès à son frère, qu'une équipe de tournage suivait en permanence pour un documentaire. Le Byron de la télé lui paraît à présent bien plus accessible que l'autre Byron, qui est dans le salon avec Mr Mitch.

Le Byron de la télé explique à un journaliste que les fonds marins n'ont pas été cartographiés et qu'en savoir plus sur la profondeur ou les reliefs océaniques pourrait nous fournir des informations très intéressantes. Pour prédire les tsunamis, par exemple. Contrôler la pollution. Installer des forages pour récolter des minéraux rares. Tout ce que nous avons besoin de savoir sur notre passé et notre avenir est là, affirme Byron à la caméra tout en désignant un écran présentant des images de détection à distance. Par ailleurs, ce que nous faisons de ces données et de ces ressources déterminera qui nous sommes humainement et ce que nous sommes prêts à faire.

Des robots sous-marins permettent aux scientifiques de mener de grandes opérations de cartographie, mais Byron craint que ces données ne testent la bonne volonté de tous les pays du monde. À chaque développement technologique, la connaissance doit être partagée. Des accords doivent être passés et honorés. Sinon, il se peut que l'avarice humaine y devienne la force dominante, comme elle l'a été sur les continents.

— Imaginons que j'aie un potager chez moi, dit-il. Mais, chaque fois que j'ai envie de tomates ou de maïs pour le dîner, je tire tous les plants par la racine. Chaque fois que je veux une pomme, j'abats l'arbre. Vous me diriez que c'est absurde, n'est-ce pas ?

Byron désigne à présent une image plein écran d'un paysage sous-marin idyllique.

— Nous devons faire plus attention à nos ressources sous-marines, c'est le plus grand jardin du monde. Il peut paraître infini, mais il ne l'est pas. Il faut qu'on y aille doucement, qu'on donne aux sols marins le temps de se régénérer.

Toutes les choses qui auraient pu menacer Byron lorsqu'il était étudiant en sciences océanographiques jouent désormais en sa faveur et ont fait de lui le chouchou des médias. Il parle avec clarté de sonars, de topographie, de courants hydrothermaux. Il a un physique de mannequin. Et, bien entendu, il est noir.

Il y a eu un instant magique, à peu près au moment où il a terminé sa thèse, où l'on a fortement encouragé les gens issus des minorités à obtenir des diplômes en sciences et techniques, même s'ils ne décrochaient pas forcément ensuite les postes qui menaient aux meilleures carrières. Byron avait une idée très précise de ce qu'il voulait faire de sa formation. Il n'avait cessé de frapper aux portes jusqu'à réussir à en ouvrir une au sein d'une toute nouvelle fondation. C'était ainsi, avait-il raconté à Benny à l'époque, qu'il avait obtenu son poste rêvé.

Byron avait saisi la balle au bond et ne l'avait pas lâchée depuis. Les réseaux sociaux avaient fait le reste. Les hashtags souvent présents à côté de #ByronBennett incluaient #ocean, #sciences, #sous-marin, #maree, #tsunamis, #rechauffementclimatique, #environnement, #risquegeologique, #petrole, #gaz, #pipeline, #mineraux, #mine, #defense, #afroamericain, #bogossedessciences et #celibataire.

En suivant Byron en ligne, Benny réussissait parfois à se convaincre que cela ne faisait pas des années qu'ils ne s'étaient ni vus ni parlé. Elle pouvait s'autoriser à croire que son frère n'avait jamais été du genre à appeler simplement pour dire bonjour ou demander de ses nouvelles. Ou à prendre un avion, frapper à sa porte et la serrer très fort dans ses bras si Benny l'appelait à l'aide au milieu de la nuit.

Elle sait qu'elle est en partie responsable. Mais elle est là, à présent, non ? Pour autant, elle a le sentiment qu'elle pourrait crier de toutes ses forces sans que Byron, au bout du couloir, l'entende. Sciemment ou pas.

Byron

Affalés sur le canapé du salon, Byron et Mr Mitch regardent l'écran de leurs téléphones en attendant le retour de Benny. Byron fait comme s'il ne venait pas de se disputer violemment avec sa sœur et Mr Mitch fait comme s'il n'avait rien entendu.

Le téléphone de Byron sonne, c'est de nouveau Lynette. Cette fois-ci, il décroche.

— Lynette, comment vas-tu ?

— Non, toi, comment tu vas ? Je suis désolée pour ta mère, Byron.

Que c'est étrange, cette conversation si polie, après trois mois de silence radio. Non, il faut regarder la vérité en face : c'est Lynette qui est partie. À présent qu'il entend sa voix, il est content qu'elle ait fait l'effort. Sa mère l'aimait beaucoup. Lynette l'informe qu'elle viendra à l'enterrement le lendemain.

— Peut-être qu'on peut discuter après ? demande-t-elle. Ce serait possible ? Qu'on prenne un temps tous les deux ?

— Si tu veux, répond Byron.

— Oui, dit Lynette. J'aimerais bien. Il y a quelque chose dont j'aimerais te parler.

Ah, nous y voilà. Elle a bel et bien besoin d'un service.

Lynette, Lynette, Lynette.

Parler avec elle était si facile, avant. Mais c'était avant, avant qu'ils ne se disputent et qu'elle ne s'en aille. Byron aimerait bien parler à la Lynette d'avant en cet instant. Il lui parlerait des enregistrements de sa mère, du gâteau noir rangé dans le congélateur. Cette histoire de gâteau ferait rire l'ancienne Lynette. Elle dirait : *C'est typique de ta mère, Byron.* Sans doute que Byron rirait lui aussi, malgré le gouffre de chagrin qui s'est ouvert dans sa poitrine.

Benny s'était lancée dans la pâtisserie à cause de sa mère et du gâteau noir. Il n'avait pas compris l'étonnement de ses parents quand elle avait annoncé son départ en Europe pour prendre des cours de cuisine. En revanche, quand Benny avait abandonné la fac sans donner d'explication, ils avaient tous été surpris.

— Je ne m'y sens pas bien, se contentait-elle de répondre. J'ai besoin d'essayer autre chose.

— Laissez-lui du temps, disait Byron à ses parents.

Lorsque Benny avait évoqué la diaspora alimentaire et les recettes qui l'intriguaient, Byron s'y était accroché. Il avait suggéré à Benny de retourner à la fac pour suivre des études en lien avec cela, par exemple en anthropologie. Benny avait secoué la tête. Puis elle était partie, et à son retour, elle s'était lancée dans des études artistiques. Comment Benny comptait-elle gagner sa vie ? s'était demandé Byron.

Il y eut un temps où Benny aurait au moins discuté de tout ça avec lui, mais elle avait changé, quelque chose s'était brisé entre eux. Les seuls instants où elle lui semblait encore être sa petite sœur, c'était quand elle était dans la cuisine avec Ma.

Elle avait promis qu'elle leur ferait à chacun un gâteau noir pour leur mariage, mais ils ne s'étaient pas mariés. Byron devait reconnaître que le gâteau de Ma, c'était une œuvre d'art. Des bouchées moelleuses, satisfaisantes, et cette petite remontée d'alcool à la fin. Pour autant, Byron n'avait jamais partagé l'attachement émotionnel de ses parents envers ce gâteau. *La tradition*, disait Ma. De qui ? Le gâteau noir, c'était essentiellement un far aux pruneaux que les colonisateurs avaient apporté aux habitants des Antilles. Pourquoi s'approprier les recettes de ceux qui vous exploitent ?

La tradition ? Et la gizzada à la noix de coco, alors ? La glace à la mangue ? Le porc effiloché, le riz aux petits pois, les poivrons écossais, le lait de coco, le plantain, et toutes ces saveurs que Byron avait appris à apprécier grâce à sa mère ? Voilà ce qu'était pour lui la cuisine des îles. Mais ça ne suffisait pas à Ma. Plus que tout autre plat, c'était le gâteau noir qui rendait sa voix plus douce. Qui faisait briller ses yeux.

Lorsque leur père était mort, Ma l'avait enterré avec le reste du gâteau noir de leurs anniversaires de mariage, mais elle gardait toujours un bocal de fruits imbibés de rhum et de porto dans un des placards de la cuisine. Il fallait penser au prochain Noël. Chaque hiver, elle attendait que Benny soit là pour confectionner son gâteau noir, même après son départ de la maison. En revanche, depuis la dispute de Thanksgiving, Ma avait cessé de faire son gâteau noir. Du moins, c'est ce que Byron avait pensé.

À présent, il sait que sa mère avait préparé un dernier gâteau.

Prise de distance

La roue a tourné. Après quelques heures tendues, Byron et Benny sont à présent très polis l'un avec l'autre. Leur hostilité initiale semble avoir été tempérée par l'écoute difficile des enregistrements de leur mère.

— Tu le connais, ce type ? demande Byron à Benny en désignant la télé de ses baguettes. Ma l'aimait beaucoup.

Ils regardent un reportage sur un Français qui a été obligé d'abandonner sa traversée du Pacifique à la nage à cause du mauvais temps.

— Oui, j'ai lu un article sur lui, répond Benny. Ma suivait ça de près.

Byron et Mr Mitch hochent la tête. Ils ont commandé des plats thaï à emporter, abandonnant l'idée d'écouter l'enregistrement après la visite d'un énième voisin, ayant vu de la lumière. En voyant dans le frigo tous les plats concoctés par des amis et proches, Byron s'est dit que ça n'allait pas être possible. Pour la première fois depuis ce matin, Benny et lui sont d'accord sur quelque chose.

— C'est l'intention qui compte, avait dit Benny alors qu'ils observaient les longs plats à gratin rectangulaires. Ils ont pris le temps de cuisiner ces plats et de nous les apporter, et c'est ça l'important, non ?

Byron avait hoché la tête.

— On est reconnaissants, non ?

— Oui, avait concédé Byron. On les servira demain après l'enterrement.

Byron avait cherché dans son téléphone le numéro du restaurant à emporter préféré de sa mère. Assis à la table de la cuisine, ils ne mangent pourtant pas grand-chose.

Il est trop tard pour que quiconque vienne leur rendre visite. Après cette pause, sont-ils convenus, ils mettront leurs téléphones de côté pour avancer dans l'enregistrement. Cependant, ils sont trop fatigués pour tout écouter avant l'enterrement demain. C'est étrange, pense Byron, qu'il puisse être difficile de garder les yeux ouverts à un moment comme celui-ci, alors que la personne qui comptait le plus pour toi est partie, même quand tu entends la voix de ta mère qui t'explique que la plupart des choses que tu as crues enfant étaient des mensonges.

C'est vraiment dommage pour ce Français. Byron aussi suivait sa traversée, surtout pour le côté scientifique – la collecte de spécimens, la campagne pour améliorer l'environnement océanique. Sa mère appréciait au contraire le côté défi humain, l'homme face à l'eau. Elle suivait sa progression tous les jours sur

Internet. On aurait pu penser qu'elle était sur un des bateaux escortant le nageur, traçant sa direction, guettant la présence de requins, distribuant des bananes. Byron pouvait pratiquement entendre son cœur battre plus fort, encore et encore, tandis qu'elle regardait l'écran.

Il est certain que sa mère aurait aussi cherché des informations sur l'Américain qui entend poser son sous-marin dans cinq des endroits les plus profonds des océans. Ces expéditions visent à récolter des données pour des scientifiques comme Byron, qui veulent cartographier les fonds marins. Mais Ma n'aurait pas été autant impressionnée par ce projet. C'était l'interaction directe entre l'homme et les éléments qui l'avait toujours fascinée.

L'air que prenait son visage quand elle parcourait le site Internet du nageur français l'intriguait. C'était ce même air que quand elle se tenait devant la mer et observait les brisants. Avait-il cette même tête, se demande Byron, quand il s'apprêtait à plaquer sa planche de surf sur l'eau ? Sa mère lui avait appris à surfer, à trouver son centre de gravité, à guetter la prochaine bonne occasion. C'était sa mère qui lui avait appris à canaliser ses désirs, à être en harmonie avec lui-même.

Son père, en revanche, lui avait montré ce qu'était un homme accompli. Les parents de Byron étaient des gens exceptionnels ; il ne pense pas posséder un jour la même audace que sa mère, la même conviction que son père.

À présent, les journalistes interviewent d'autres nageurs en eau libre, dont Etta Pringle, la grande dame de ce sport. Cette femme noire a réussi toutes les traversées les plus emblématiques. Byron sait qu'ils devraient reprendre l'écoute des enregistrements de sa mère, mais Etta Pringle a le même accent que Ma. Très britannique en passant par les Antilles. Classique. L'hiver dernier, lorsqu'elle avait la jambe cassée après son prétendu accident, Byron l'avait emmenée écouter Etta Pringle au palais des congrès.

— La nage en eau libre ressemble à beaucoup de choses dans la vie, avait expliqué Etta ce jour-là. Rien ne peut remplacer la préparation, l'entraînement. Il faut enchaîner les kilomètres pour renforcer ses muscles, son endurance. Mais rien de tout ça n'a d'importance sans un mental solide.

La nageuse marathonienne avait tapé sur sa tempe avec son index, puis observé la salle en hochant la tête. Lorsqu'elle avait vu la mère de Byron, elle s'était arrêtée et avait plissé les yeux. Ah, ces gens des îles. Ils se reconnaissent à des kilomètres de distance. Rassuré sur le fait que sa mère était bien installée, il était allé passer un appel dehors. Une chose en entraînant une autre, lorsqu'il avait raccroché, la conférence était terminée.

Revenu dans l'auditorium, il avait vu la nageuse serrer sa mère dans ses bras, rire avec elle, avant qu'une armée d'assistants ne l'entraîne vers une sortie à l'autre bout de la salle. Il ne restait plus grand monde dans le hall. Frappant le sol avec ses béquilles, sa mère se dirigeait vers lui rapidement.

— C'était bien ? avait-il demandé.

— C'était bien, avait-elle répondu avec un grand sourire.

— Qu'est-ce qu'elle a dit ?

— Elle est contente que je sois venue.

Byron avait gloussé.

— Non, Ma, je veux dire, qu'est-ce qu'elle a dit sur la natation en eau libre ? Selon elle, c'est quoi le bon état d'esprit ?

— Elle a dit qu'il fallait aimer la mer plus qu'on ne la craint. Il faut tellement aimer nager qu'on est prêt à tout pour continuer.

Sa mère avait regardé par la vitre de la voiture.

— Comme dans la vie.

À présent, Byron pense aux filles dont leur a parlé sa mère dans son enregistrement. Les nageuses. Comment Ma les a-t-elle connues ? Que leur est-il arrivé ? Et qu'avait-il pu se passer de si terrible pour qu'elle attende la toute fin de sa vie pour révéler la vérité à ses enfants ?

Avant

Maman et Pearl

Avant sa disparition, la mère de Covey disposait d'une longue liste de clients avec Pearl. Le gâteau noir de Pearl était connu comme le meilleur de la ville – même si certains avaient du mal à l'admettre. D'après eux, Pearl était trop arrogante pour une simple domestique à la peau aussi noire. La mère de Covey était l'associée idéale pour Pearl, ses fleurs décoratives étaient de loin les plus belles. Ça aussi, cela mettait certaines femmes de l'élite mal à l'aise. La mère de Covey avait commis une grave erreur en ayant un enfant avec ce Chinois.

Covey le savait parce que les gens pensent que les enfants n'ont pas d'oreilles. Les professeurs dans les couloirs. Les clients au marché, à côté des carottes et des pommes de terre. Elle les avait entendus dire que Mathilda Brown était tellement belle qu'elle aurait pu s'élever en se mariant. Du moins, elle aurait pu faire bien mieux que Johnny « Lin » Lyncook. Cet homme-là, il passait son temps aux combats de coqs et on savait que rien de bien n'en résulterait. Qu'il soit autant apprécié par les habitants les plus aisés de la ville était un grand mystère.

Cela dit, il y avait des choses plus importantes à prendre en considération, par exemple la satisfaction d'exposer au milieu de la salle de réception du mariage de sa fille un gâteau noir digne d'être applaudi. Un gâteau dont on parlerait pendant des années. La mère de Covey créait des fleurs en sucre d'un bleu pervenche délicat ; ou bien, pour les mariées plus audacieuses, des hibiscus ou orchidées d'un rouge vif, d'un violet profond ou d'un jaune doré. À l'idée de déguster un gâteau de Pearl, on fermait les yeux de bonheur.

Mathilda et Pearl se répartissaient les profits des gâteaux. Le succès aidant, elles attiraient de nouvelles admiratrices bien placées, des femmes portant les bons noms de famille et ayant les moyens de faire avancer les choses. Certaines, avec le temps, en vinrent même à comprendre quel genre de malheur peut survenir à une femme moins fortunée.

Un jour, ces alliances porteraient leurs fruits et changeraient le cours de la vie de Covey. Celle-ci ignora longtemps que sa mère avait réussi à quitter l'île grâce à une ancienne cliente. Elle ne savait pas non plus que Pearl resterait l'employée de son père, entre autres pour s'occuper d'elle. Covey n'avait pas l'âge de comprendre ce qu'être mère signifiait, ce qu'il lui avait fallu comme détermination pour partir. Tout ce qu'elle savait, c'était qu'un gâteau noir emplissait l'existence d'amitiés, et la cuisine de rires.

Covey

Au printemps 1965, la vie de Covey prit un détour qui la mènerait éventuellement à Eleanor Bennett. Ce jour-là, le sol de la cuisine était couvert de gousses de tamarinier, qui crissaient sous les pieds de son père tandis qu'il approchait.

— Hmm, des beignets de tamarinier, dit son père en tendant la main vers le saladier et pinçant un peu de pulpe de tamarinier entre ses doigts pendant que Covey la pétrissait avec du sucre.

Pearl, décrite par certains comme la meilleure cuisinière de la paroisse, avait expliqué à Covey qu'il fallait ajouter du piment écossais et quelques gouttes de rhum aux fruits avant d'extraire la chair pour la rouler en boule. Cela dit, ce que Covey préférait, c'était plonger directement les fruits de la gousse ramassée sous un arbre dans un bol de sucre avant de les mettre dans sa bouche. L'acidité du fruit la faisait grimacer.

Covey éloigna la main de son père. Alors qu'il riait, elle nota que sa voix était pleine de sollicitude ; aussitôt sa colonne vertébrale se raidit, créant un mur entre elle et son père. Lorsqu'il mentionna Clarence Henry, Covey sut qu'elle n'allait pas aimer la suite.

— Little Man ? demanda Covey. Pourquoi ce délinquant vient-il chez nous ?

— Clarence Henry, corrigea Lin, qui insistait pour utiliser le nom de baptême de l'homme et non son surnom (hérité parce qu'il avait des épaules massives), vient te rendre visite.

— À moi ? Pourquoi ?

— Je crois qu'il entend te faire la cour.

Covey lâcha un rire mauvais.

— Me faire la *cour* ?

Elle ne savait pas ce qui était le plus ridicule, l'idée que Little Man aurait eu assez de manières pour faire la cour à quelqu'un, ou celle qu'elle était censée attendre la visite d'un gangster, d'une brute, qui avait pratiquement l'âge de son père. D'après ce qu'elle avait entendu, Little Man n'était pas du genre à être invité chez les gens, pas même un dimanche midi.

— Me faire la cour ? Et qu'est-ce *ki fè konpran dè di nonm-la...*

— *Patwa* !

Il suffisait qu'il dise cela pour qu'elle cesse d'utiliser le dialecte, qui lui avait toujours été interdit.

Elle reprit.

— Où cet homme a-t-il eu l'idée qu'il pouvait venir me faire la cour, alors que tu ne penses même pas que j'aie l'âge d'aller à la plage avec mes amis ?

— Je n'ai jamais dit que tu ne pouvais pas aller à la plage, j'ai dit que tu ne devais pas te baigner seule dans la mer pendant un putain d'ouragan.

Être grossier, en tout cas, ce n'était pas interdit à son père.

— Ce n'était pas vraiment un ouragan.

— Non, bien sûr que non, c'était une petite tempête mortelle de rien du tout.

— Je n'étais pas seule.

— J'étais là aussi, tu te souviens ? J'ai vu que tu *n'étais pas seule*. J'ai vu que tu avais dû tirer le bateau de secours sur la plage. Quelle blague.

Il mit ses mains sur ses hanches.

— De toute façon, ça n'a rien à voir, jeune fille. Clarence Henry vient cet après-midi et, donc, tu ferais mieux de te rendre présentable.

— Clarence Henry peut venir te faire la cour à toi, papa. Je ne serai pas là.

— Oh que si, Coventina.

Son père haussa la voix comme il le faisait souvent quand il avait bu, mais il y avait de la tendresse dans son regard, voire une requête. Non, une imploration, même, qui lui glaça le sang.

— Qu'est-ce que tu as fait, papa ? Qu'est-ce que tu as fait ?

— Covey, fais ça pour ton père, d'accord ? reprit-il d'une voix douce. Fais-moi plaisir. C'est dimanche. Accueille-le, donne-lui à boire. J'ai fait des affaires avec lui et il est intéressé par...

Covey frappa le comptoir de la cuisine du plat de la main, à côté de la petite pile de billes sucrées. Quelques-unes roulèrent sur le comptoir et tombèrent par terre.

— Tu as fait des affaires avec Little Man ? s'agaça-t-elle. Quel genre d'affaires, Pa ? Des affaires d'argent ? Tu lui dois de l'argent, c'est ça ?

Le père de Covey ne répondit pas, mais l'expression sur son visage en disait long. Covey pivota et sortit de la cuisine, écrasant une bille de tamarinier au passage. Elle comprenait pourquoi sa mère avait quitté son père. Ce qu'elle ignorait, c'est pourquoi elle l'avait quittée elle aussi.

— Coventina !

Elle ne se retourna pas quand il l'appela, mais elle tremblait. Elle pensa à la réputation de Little Man, un usurier sans scrupules dont les menaces pouvaient avoir de terribles conséquences. Ses mains tressautaient alors qu'elle ouvrit la porte de son armoire, de même quand elle tenta de remonter la fermeture à glissière de la robe qu'elle avait choisie.

Covey avait envie de disparaître, mais elle ne voulait pas que son père ait des ennuis. Si elle disait même un mot qui déplaisait à Little Man, son père risquait d'avoir de gros problèmes. Plus tard, quand elle invita Little Man dans le salon et qu'il s'installa dans un fauteuil avant de refermer ses doigts sur les beignets de tamarinier, elle garda ces pensées bien en tête.

— Délicieux, Coventina, dit Little Man en posant son regard sur sa clavicule puis sur sa taille. Tu es en train de devenir une jeune femme accomplie, en plus d'être très belle.

Coventina mordit dans un beignet de tamarinier pour masquer l'expression qui s'affichait sur son visage. Elle pensa à sa mère, qui n'aurait pas caché son dédain. Non, sa mère aurait posé ses mains sur ses hanches et si bien fusillé Little Man du regard qu'il se serait levé et dirigé vers la porte, comme son père l'avait fait à plusieurs reprises. Mais sa mère n'était pas là. Au moment où Covey avait le plus besoin d'elle.

Covey pensa aux couteaux que Pearl gardait dans un des tiroirs de la cuisine, les plus gros, les plus tranchants, ceux qui étaient réservés à la découpe de la viande et des cannes à sucre. Un jour, elle regretterait de ne pas avoir eu un de ces couteaux sur elle.

Le prix

Lin n'aurait pas su dire à quel moment précis son destin le plaça sur la route de Little Man. Il avait déjà des ennuis quand les premières manifestations contre les Chinois provoquèrent l'incendie de son magasin. Lorsque les combats de coqs ne se terminaient pas en sa faveur, Lin engageait ses biens propres, pensant récupérer ses mises, mais ses dettes ne cessaient de s'accumuler.

La situation empira au départ de sa femme, mais, pour autant, il fit en sorte que leur enfant ait toujours un nouvel uniforme pour l'école – même s'il était vite trop petit. Là-dessus, Lin et Mathilda avaient toujours été d'accord. Covey allait recevoir une bonne éducation, peu importe qu'elle soit une fille.

À court d'argent, il dut se tourner vers Little Man Henry. Lin aurait dû se méfier. Il aurait dû savoir que Little Man finirait par lui apporter l'addition. Parce que, de ce que Lin avait pu percevoir, dans ce bas monde, c'était ça qui constituait un homme : le prix qu'on était prêt à payer. La personne qui allait en souffrir le plus, c'était sa fille, la seule chose de valeur qu'il lui restait. Le jour où il aurait à se demander quel prix il était prêt à payer arrivait très vite.

Covey

Les Wailers étaient partout à la radio ce printemps-là, ce qui remontait toujours le moral de Covey, même en cette période. Pearl était rentrée chez elle et Covey monta le son de la radio, dansant sur la musique, soulevant ses cheveux pour rafraîchir sa nuque. Elle tournait le dos à la porte de la cuisine quand Little Man pénétra dans la maison.

Depuis l'incendie, son père lui avait demandé à plusieurs reprises de fermer la porte à clé quand elle était seule, mais Little Man était passé par-derrière. Pearl avait dû laisser le portail ouvert en partant. Little Man entra sans même s'annoncer.

Depuis plusieurs semaines, Little Man venait la voir tous les dimanches ; entre-temps, le magasin de son père avait été entièrement rénové. Le lien entre les deux était évident pour Covey. C'était d'autant plus alarmant que son père lui avait laissé entendre que Little Man voulait avoir une *relation plus intime* avec Covey.

Quand son père lui parlait de Little Man, Covey sortait de la pièce. Il retrouverait la raison, pensait-elle ; Little Man finirait par se rendre compte que passer du temps avec elle était ridicule. Pourtant, il était là, après être entré sans prévenir dans la cuisine un après-midi de semaine, comme si c'était chez lui.

— Les Wailers, dit Little Man. Excellente chanson.

— Mon père n'est pas là, répondit Covey.

— Je sais, enchaîna Little Man. C'est pour ça que je suis là.

Il fit quelques pas vers Covey.

— Tu n'es pas contente de me voir ?

Covey retint sa respiration. Little Man était si près qu'elle pouvait sentir son après-rasage trop fleuri. Si près qu'elle sentait son souffle sur son front.

— On pourrait apprendre à mieux se connaître, poursuivit l'homme.

Il essaya d'embrasser Covey, mais elle détourna le visage. Quand il se pencha de nouveau vers elle, elle le repoussa, et il lui attrapa les poignets pour les plaquer contre le mur. Il la tenait si fort qu'elle eut peur qu'il ne lui brise les os. Au lycée, Covey avait découvert l'existence d'un genre de crapaud en Asie qui peut se retourner sur le dos et faire le mort, afin d'éloigner les prédateurs. Elle s'immobilisa et orienta toutes ses pensées vers le ventre rouge parcouru de hachures noires du crapaud, son corps rempli de venin, au cas où.

Elle garda la tête tournée, la mâchoire serrée, les yeux plissés, cherchant à paraître féroce. Pour autant, elle était sûre qu'il pouvait entendre les battements frénétiques de son cœur sous sa poitrine. Qu'il ait déjà agressé des filles n'était un secret pour personne. Elle pensa au tiroir de la cuisine avec les couteaux. Il était si loin.

— Alors comme ça, tu es timide, hein ? Ou bien tu fais semblant ? demanda Little Man avant de baisser la voix. Es-tu aussi pudique quand tu descends à la plage avec le fils Grant ?

C'était donc ça, être tétanisée. Covey pensait que personne n'était au courant pour elle et Gibbs, sauf Bunny et Pearl, qui avait fini par l'apprendre. Mais Pearl ne lui avait-elle pas dit un jour que dans toutes les criques et tous les villages de la paroisse se trouvaient des gens qui devaient de l'argent à Little Man et à son frère ? Quand on était endetté auprès de quelqu'un de dangereux, on était prêt à espionner pour lui. Peut-être même à faire du mal, si cela pouvait protéger sa famille. Tant que les frères Henry ne nous remarquaient pas, ça allait. Mais Little Man avait remarqué Gibbs. L'entendre prononcer son prénom suffit à Covey pour comprendre que le jeune homme courait peut-être un danger.

— Pourquoi tu perds ton temps avec ce *bray* ? siffla Little Man en lui relâchant les poignets.

Il recula, mais que Little Man ait prononcé le nom de Gibbs avait épuisé les dernières forces de Covey et elle n'osa pas bouger.

— Tu penses que Gilbert Grant va aider ton père à éponger sa dette, Coventina ? Tu crois que Gilbert Grant, qui se soucie plus d'aller à l'université que de se trouver un travail, va pouvoir rassembler le genre de somme dont ton père a besoin s'il veut éviter qu'on lui ouvre le ventre avec un couteau ?

— Mon père..., commença Covey.

— Ton père, reprit Little Man, est un joueur qui n'a même pas réussi à garder sa femme à la maison. N'a pas réussi à garder les titres de ses magasins. Tu le savais, ça, Coventina ? Tu savais que ces magasins n'appartiennent même plus à ton père ? Oh, non ? Eh bien, c'est vrai. Ils sont à moi, maintenant. Si tu ne veux pas que ton père perde sa maison et si tu ne veux pas habiter dans une pauvre cabane, ou pire, tu as intérêt à te montrer docile avec moi, jeune fille.

Little Man se retourna et sortit de la cuisine sans rien ajouter. Le lendemain soir, quand son père lui annonça qu'il l'avait demandée en mariage, Covey n'eut même pas la force d'être en colère. Elle murmura : « Non, papa, s'il te plaît, papa. » C'était une sensation étrange pour Covey, une sensation nouvelle, qui l'avait privée de sa voix.

Elle resta assise dans sa chambre – pendant combien de temps ? elle l'ignorait. Elle sortit écouter les bruissements et les cliquetis du jardin, les reniflements de son père s'échappant de la fenêtre de sa chambre. Elle respira l'humidité qui commençait à recouvrir les feuilles, à faire pourrir les fruits déjà bien mûrs. Elle écrasa un moustique, essuya une larme. Rien n'avait changé et, en même temps, tout avait changé. Elle avait envie d'aller trouver Gibbs et de tout lui dire, mais c'était impossible. Plus maintenant. Cela dit, il en entendrait vite parler.

La stupeur qui l'avait saisie se dissipa. En dessous grandit un sentiment qui ressemblait aux grondements lointains du tonnerre, à une bourrasque venue de la mer, à l'arrivée d'un animal sauvage. À présent, elle était cet animal, elle ouvrait le portail et s'élançait dans la rue. Ses larmes baignaient ses joues, sa nuque, son t-shirt. Elle courut dans la rue et sa voix jaillit de ses entrailles, tel un rugissement.

Covey et Gibbs

Covey ne savait pas comment elle allait parler de Little Man à Gibbs, mais celui-ci savait déjà tout. Alors qu'elle et Bunny quittaient le lycée le lendemain, Gibbs s'élança à sa rencontre depuis la route qui passait entre le lycée et la falaise.

— C'est vrai ? demanda-t-il d'une voix forte.

— Chut, répondit Covey en accélérant le pas et regardant droit devant elle.

— Eh bien, c'est vrai ? répéta Gibbs en baissant la voix. C'est vrai, ce qu'on dit à propos de toi et Little Man ?

— Attends, attends, pressa Covey.

Ils marchèrent pendant un temps avec Bunny, tous deux silencieux, jusqu'à ce que Bunny dise *pli ayenditou* et continue seule sur le chemin. Covey et Gibbs firent demi-tour et empruntèrent un sentier descendant vers la plage.

— Quand comptais-tu me dire pour toi et Little Man ?

— Il n'y a pas de *moi et Little Man*, Gibbs. Tout ça, ce sont les manigances de mon père. Lui et Little Man pensent que je vais l'épouser, mais ça n'arrivera pas.

— Si Little Man veut épouser quelqu'un, il l'épouse.

— Mais c'est ridicule, non ? Mon père va vite s'en rendre compte. Et Little Man ? Tu l'imagines, lui, marié ? Ça lui passera. Il veut simplement montrer ses muscles, prouver que rien ni personne ne peut lui résister. Je ne vais pas épouser cet homme, Gibbs. S'il te plaît, reprit-elle en l'enlaçant. J'ai besoin que tu restes calme. Il faut simplement qu'on laisse passer un peu de temps.

— Du temps ? Quel temps ? répondit Gibbs. Je pars pour l'Angleterre dans deux semaines. Qu'est-ce qui va t'arriver ?

Gibbs posa ses mains sur les joues de Covey. Ce n'était pas la vie que Covey s'était imaginée à peine quelques jours auparavant. Elle avait espéré suivre Gibbs l'année prochaine, après avoir entrepris les procédures administratives, obtenu un financement et un billet pour traverser l'Atlantique. Elle avait prévu de déménager en Angleterre pour être avec lui. Elle avait prévu d'épouser Gibbs, d'aller à l'université comme Gibbs. D'avoir des enfants avec Gibbs.

— Covey, s'il te plaît, viens avec moi dès maintenant.

— Quoi, en Angleterre ? Mais je ne suis pas prête.

— Alors j'attendrai. On ira ensemble.

Covey hoqueta. Surtout pas. Il fallait l'éloigner le plus possible de Little Man.

— Non, tu ne peux pas rester. Tes études...

— Il n'y a pas d'autre solution. Tu ne le vois pas ? demanda Gibbs.

Cependant, Covey parvint à le convaincre qu'elle avait raison. Il partirait et, promit Covey, elle entamerait les démarches pour partir à son tour.

— Ne t'inquiète pas, lui dit-elle lors de leur dernier jour, alors même qu'elle commençait à s'inquiéter vraiment.

Ils se baignaient dans leur endroit préféré, une sorte de promontoire naturel où ils se rendaient quand ils avaient envie de nager seuls. Accrochée à Gibbs, dont la bouche imbibée de sel de mer était plaquée sur la sienne, Covey pensa à la façon dont Little Man avait prononcé le prénom de Gibbs ce jour où il l'avait surprise dans la cuisine. Il avait dit « Gilbert Grant » comme une malédiction, comme un avertissement, comme un ultimatum.

Le mariage

Plus de quatre mille ans après que les premiers mariages entre hommes et femmes furent enregistrés en Mésopotamie, une cérémonie similaire se préparait sur la côte nord d'une petite île des Antilles, en août 1965. Conformément à la tradition, l'union de Coventina Lyncook à Clarence Henry allait non seulement profiter à l'époux, mais aussi au père de la mariée, puisque du mariage résulterait l'annulation de la dette de Johnny Lin envers Little Man.

Debout sur le tabouret de la couturière, dans sa robe de mariée pincée ici et là par des épingles, Covey n'arrivait toujours pas à croire que son mariage avec Little Man aurait bien lieu. Conduite dans cette boutique par la mère de Little Man, elle avait choisi la robe la plus laide qu'elle avait pu trouver, une meringue immonde pleine de volants et de dentelles, dans l'espoir d'épuiser la patience et le porte-monnaie de sa future belle-mère.

Son père allait trouver une solution, non ? Il devait bien y avoir une alternative. En attendant, elle refusait de lui parler. En s'observant dans le miroir de la boutique, elle se demanda si, au pire, elle pouvait dissimuler un des couteaux de Pearl dans un des nombreux plis de la robe. S'il fallait en arriver là, aurait-elle le courage de s'en servir ? Qu'était-elle prête à faire ?

Et que ferait-elle ensuite ?

Covey continuait de croire que son père réglerait ses comptes avec Little Man, qu'il y aurait un sursis de dernière minute. La situation se tasserait, Bunny et elle pourraient participer à la course du port et Covey se rendrait en Angleterre pour retrouver Gibbs l'année suivante. Mais, avant, il fallait que Little Man renonce à elle.

Deux jours avant la cérémonie, lorsque Pearl se rendit à l'hôtel pour confectionner le gâteau du mariage, Covey comprit que son union avec Little Man était inévitable. Ignorant tout des problématiques délicates de ceux qui doivent travailler pour vivre, Covey était furieuse contre Pearl. Comment avait-elle pu accepter de faire un gâteau pour un mariage auquel Covey n'avait pas donné son consentement ? Pearl vint voir la jeune fille avec Bunny juste avant la cérémonie et Covey fut incapable de la regarder. Lorsque Pearl voulut l'embrasser, elle lui tendit à peine la joue.

Bunny serra son amie bien fort, la berçant de gauche à droite, avant de l'emmener dans le couloir où attendait son père. Alors qu'il soulevait le bras pour accueillir sa main gantée,

Covey sentit son esprit se détacher de son corps et partir, comme il le faisait quand elle nageait longtemps et qu'elle pouvait pratiquement voir ses mouvements depuis en haut, voir le courant dériver, la distance la séparant de sa destination.

Dans la salle de mariage, Covey flotta au-dessus des rangées d'invités, des costumes sombres et des chapeaux. Elle s'attarda à la hauteur du crâne dégarni de Little Man, puis dépassa les bouquets de fleurs en direction de la fenêtre martelée avant de se diriger vers le nord-est et l'océan Atlantique, dans l'espoir d'atteindre Gibbs, bien au-delà.

Soudain, Little Man appuya ses lèvres sur celles de Covey et elle reprit possession de son corps. Les invités applaudirent. La suite demeura floue. Il y eut un repas, quelques discours. Son père, le visage creux, se redressa et leva son verre en direction du couple, prononça quelques mots. Covey se retrouva au milieu d'une grande pièce, et on lui apporta le gâteau noir de Pearl. La jeune fille sentit Little Man poser ses doigts sur sa taille, et son cœur se transforma en petite bille d'acier.

Le gâteau noir

Ce qui survint ensuite avait été déclenché deux jours avant la cérémonie. Ce jeudi-là, Pearl alluma le feu sous une grosse marmite et ouvrit un paquet de sucre de canne. Elle plongea une cuillère dans le puits de cristaux marron, libérant des odeurs de terre et de mélasse. C'était le meilleur sucre non raffiné de l'île, mais il allait être gâché, ainsi que huit heures de travail, car le gâteau qui en résulterait serait servi lors d'un mariage qui n'était qu'une mascarade.

Un sacrilège.

Conformément à la tradition, les mariés devaient garder une part du gâteau pour marquer leur premier anniversaire de mariage. Les couples modernes qui s'étaient mariés par amour et possédaient un congélateur gardaient leur gâteau plus longtemps, découpant un morceau afin de célébrer chaque nouvelle année de mariage. Mais ce mariage, pensa Pearl, ne serait pas digne d'un tel honneur. Pour Pearl, le mariage de Covey était un jour de deuil et 1965 serait une année d'amers au revoir.

Pearl connaissait Covey depuis sa naissance. Elle avait été embauchée par ses parents grâce à une amie, et était venue sur la côte nord travailler pour eux, prenant seulement quelques congés pour accoucher de ses deux fils. Difficile de croire qu'avant de venir ici, Pearl n'avait jamais quitté la capitale. Elle avait grandi en entendant parler des célèbres lagons – comme tout le monde –, mais pas même les plus belles plages du sud ne l'avaient préparée à une telle beauté. Cette étendue d'eau aux couleurs changeantes et dont la profondeur semblait infinie ; ces plages, avec leurs criques aigue-marine entourées de végétations épaisses ; ce sable qui, la nuit, s'éclairait du fait de la présence de minuscules créatures bioluminescentes.

Pearl en était venue à aimer cette partie de l'île, en était venue à aimer un homme du coin et en était venue à aimer Coventina presque autant que ses propres enfants. Par ailleurs, la mère de Covey – miss Mathilda, comme elle l'appelait devant les autres – lui avait offert quelque chose à quoi elle ne s'attendait pas. Une amitié.

Pearl n'en voulait pas à Mathilda d'être partie. Leur maison était déjà remplie de regrets. Ce qu'elle ne parvenait pas à comprendre, en revanche, c'était comment Mathilda avait pu rester éloignée aussi longtemps de sa fille. Elle avait promis de récupérer Covey, elle avait même laissé de l'argent à Pearl dans ce but. *Lorsque le moment viendra*, avait dit Mathilda. Ce moment n'était jamais venu.

Six années s'étaient écoulées depuis le départ de la mère de Covey, et Pearl n'avait pas eu de ses nouvelles depuis les quatre dernières. Covey l'ignorait, bien entendu. La cuisinière ne lui avait jamais dit qu'elle et sa mère étaient restées en contact après son départ, et Pearl avait décidé que Covey n'en saurait jamais rien. Elle n'aimait pas penser que quelque chose de terrible ait pu arriver à Mathilda. C'était mieux que d'en conclure que, pour une raison ou une autre, elle avait changé d'avis.

Pearl avait essayé de compenser cette absence maternelle auprès de Covey, mais elle savait bien que ce n'était pas la même chose. Elle s'assurait que Covey mangeait et prenait soin d'elle-même. Tous les jours, avant de rentrer chez elle, elle la serrait bien fort dans ses bras, même quand la jeune fille la dépassa en taille. Cette histoire de mariage avait transformé leur relation.

À dix-sept ans, Covey était une jeune femme. Toutes les têtes se retournaient à son passage, ce qu'elle ne semblait d'ailleurs pas remarquer. Tout ce qui comptait pour elle, c'était le fils Grant, Bunny et la natation. La natation, toujours et encore. Mais Little Man avait mis fin à tout ça. Il venait à la maison presque tous les après-midi à présent. Sa voix était enjouée, mais ses yeux étaient durs comme la pierre.

Quand elle n'avait pas le moral, Covey se faufilait dans la cuisine, s'effondrait sur le tabouret et prononçait le prénom de Pearl comme elle le faisait depuis qu'elle était petite. *Peaaarrrrl.* À mesure que le jour du mariage approchait, Pearl vit Covey lui échapper. Elle cessa de venir dans la cuisine. Ne parlait que lorsqu'on lui adressait la parole. Pearl en eut le cœur brisé, bien qu'elle sût très bien pourquoi Covey se comportait ainsi.

Plus tôt dans la semaine, Covey était entrée dans la cuisine et avait trouvé Pearl en train de rassembler des ingrédients pour le gâteau.

— C'est quoi, ça ? avait-elle demandé.

Avant que Pearl n'ait pu répondre, Covey était sortie de la pièce et, aussi sec, leur relation s'était trouvée changée. Pearl comprenait que la jeune fille se sente trahie. Par Pearl, par son père, par tous ceux qui auraient dû la protéger et lui éviter ce destin. Mais comment Pearl aurait-elle pu s'y opposer ?

Cuisiner avait toujours été un remède. Pearl déposa une cuillerée de sucre dans la marmite et prit une grande respiration. Le fumet la ramena aux après-midi de son enfance, à l'odeur des cannes à sucre dans les champs qu'on découpe et qu'on pèle, à la sensation du jus qui emplissait sa bouche lorsqu'elle mordait dans les fibres, à l'ombre orangée d'un flamboyant. Pearl avait partagé cette expérience avec Covey quand elle était petite, comme elle l'avait fait avec ses fils ensuite.

Covey voulait que Pearl la suive dans sa nouvelle maison, mais son futur mari s'y était opposé. L'hostilité évidente de Little Man envers Pearl lui avait facilité la tâche : elle savait ce qu'elle devait faire. Après le mariage, elle démissionnerait. Elle recevait tout le temps des propositions de la part des épouses des hommes riches de la ville. Cependant, Pearl avait choisi d'aller travailler dans un des *resorts* en haut des collines. Le salaire était plus élevé et les invités ne restaient pas suffisamment longtemps pour que Pearl se retrouve mêlée à leurs vies.

Une seule question demeurait : comment Pearl pouvait-elle aider Covey à se libérer de Little Man ?

Cette brute.

Le sucre brunissait, dégageant de la fumée, et Pearl le remua avec une cuillère. Lorsqu'il fut presque noir, elle prit une casserole d'eau bouillante et la versa sur le sucre, détournant le visage car la mixture crépitait et éclaboussait. Elle ajouterait ce mélange à la pâte pour la foncer, mais seulement après avoir battu le beurre, ajouté les œufs, la farine, les épices et, enfin, les fruits qui trempaient dans le rhum et le porto depuis des semaines. Ce gâteau serait une œuvre d'art.

Tout en cassant les œufs pour la pâte, Pearl se demanda s'il n'existait pas un moyen d'empoisonner une partie du gâteau sans risquer la vie de Covey et des autres invités. Elle avait quelque chose à disposition, quelque chose qui agissait vite, quelque chose qu'elle avait fourré dans la poche de son tablier sans réfléchir. Pearl ouvrit les bocaux de fruits et laissa les effluves d'alcool lui chatouiller le nez. Lorsqu'elle glissa les deux pâtes dans le four, elle était déprimée, indécise.

Peu de gens seraient tristes de voir Little Man Henry aller au diable, mais on ne pouvait pas s'en prendre à un homme aussi puissant sans risques. Même si Pearl trouvait un moyen de n'empoisonner que sa part de gâteau, il y aurait un élan forcé d'indignation de la part des citoyens et de la police, et les preuves la désigneraient comme coupable.

Pearl sortit le flacon de poison de sa poche et le fit pivoter entre ses doigts afin d'examiner l'étiquette. Non, Pearl n'avait pas l'intention de finir en prison. Elle ne pouvait pas faire ça à ses enfants ni à la mémoire de son défunt mari. Par ailleurs, elle n'était pas convaincue que ça réglerait les problèmes de Covey. La famille de Little Man pourrait bien l'obliger ensuite à épouser son frère en remplacement. Pearl remit le flacon dans sa poche.

Elle avait besoin de réfléchir. Pearl savait comment les autres la percevaient. Rares étaient ceux qui la croyaient capable de régler ses problèmes par la ruse ou l'argent. Être sous-estimée avait certains avantages. C'était d'ailleurs pour cette raison que Pearl pensait qu'elle allait trouver une solution. Ces pensées l'apaisèrent. Ça et quelques mots de prière adressés au Seigneur pour qu'Il la délivre de ce désastre.

Le matin du mariage, Pearl décora le gâteau de fleurs en sucre, des pervenches délicates qui épateraient les invités et dont seule Covey pourrait déchiffrer le sens caché. Pearl avait ajusté son colorant pour qu'il prenne une teinte lilas. La partie supérieure du gâteau, croulant sous les fleurs, était celle qui revenait aux mariés.

Malgré sa détresse, Covey sourirait en les voyant, Pearl en était certaine. Covey n'avait jamais aimé le lilas. Comme sa mère avant elle. Covey comprendrait ce que Pearl essayait de lui dire.

Pearl glissa la main dans la poche de son tablier, attrapa le flacon qu'elle transportait depuis trois jours et le posa sur le comptoir de la cuisine avant de transvaser le reste du glaçage dans une poche à douille. Au même moment, elle entendit un *pssst* et se retourna. Bunny se tenait dans l'encadrement de la porte. Pearl poussa le flacon derrière un saladier et fit signe à Bunny d'entrer.

— Comme tu es belle, admira Pearl.

Bunny tournoya sur elle-même, faisant virevolter les pans pâles de la robe qu'elle avait choisie pour le mariage de Covey. Elle lui montra ses chaussures assorties avant de ravaler son sourire. Elle se dirigea vers Pearl, s'adossa au plan de travail et inclina la tête en avant.

— Je sais, Bunny, je sais, dit Pearl avant de désigner le gâteau d'un geste du menton. Mais regarde.

— Il est ravissant, Pearl, observa Bunny, au bord des larmes, puis elle fit la grimace. Mais les fleurs. Elles sont lilas.

— Oui, déclara Pearl en opinant fièrement de la tête.

— Covey déteste le lilas.

— Absolument, conclut Pearl.

Elle posa ses mains sur ses hanches et attendit que Bunny fasse le lien.

Enfin, Bunny sourit et hocha lentement la tête. Elle se redressa, tendit l'index vers le saladier et déroba un peu de glaçage sur le bord. Elle se lécha le doigt, puis recommença.

— Non, allez, intervint Pearl. J'ai encore du travail. Je te verrai à la cérémonie.

— D'accord, à tout à l'heure, dit Bunny en s'essuyant la main sur un torchon.

— Tiens-toi bien, dit Pearl en s'accroupissant pour attraper un autre paquet de sucre raffiné.

Lorsqu'elle se releva, Bunny était déjà de l'autre côté de la pièce.

L'après-midi du mariage, on apporta sur une desserte roulante le gâteau noir caché sous un voile de dentelle blanche. Il y eut un moment de silence tandis que les quatre serveurs soulevaient le voile. Les invités applaudirent la nouvelle création de Pearl, mais Covey resta immobile, observant le gâteau, le visage impassible. On aurait dit qu'elle n'était même pas dans la pièce. Il lui fallut quelques instants, mais ensuite son visage se modifia. D'abord, elle sembla perplexe, comme l'avait été Bunny. Elle regarda Pearl, regarda de nouveau le gâteau, et ses traits s'adoucirent. Enfin, elle comprit. C'était une maigre consolation, mais c'était au moins ça.

Personne ne fut plus choqué que Pearl par la soudaine brutalité de ce qui se passa ensuite. Vers quatre heures de l'après-midi, Clarence « Little Man » Henry, trente-huit ans, usurier sans scrupules et meurtrier occasionnel, se leva de la table où lui et sa nouvelle épouse, Coventina « Dolphin » Lyncook, bientôt dix-huit ans, terminaient leur assiette de gâteau au rhum, trébucha en arrière sur sa chaise et s'écroula mort sur le sol carrelé blanc.

Pearl se précipita à travers la pièce afin d'atteindre Covey. Quand elle arriva, la mariée avait disparu.

Lin

— Mr Lyncook ?

Lin redressa la tête. Personne ne l'avait appelé par son nom anglais depuis un moment. La plupart l'appelaient Lin, notamment les officiers de police qui fréquentaient son magasin. Seules sa femme et les institutrices de l'école l'appelaient Johnny. Ce soir, il était Mr Lyncook pour tous ceux qui étaient là. Sa fille avait disparu et était soupçonnée de meurtre. La police suivait la procédure. Un jeune officier s'était approché de lui, accompagné de la jeune policière qui, peu avant, avait ramassé la robe de mariée de sa fille sur la plage et la lui avait gentiment donnée, comme si elle était fragile.

— Nous interrompons les recherches pour la nuit, lui annonça le policier.

Lin le connaissait. C'était le frère aîné de Bunny. Lin était allé aux combats de coqs avec le père de ce jeune homme. Il l'avait vu grandir. Le garçon avait l'habitude de l'appeler

Monsieur Lin. Enfant, il était aussi fin qu'un roseau de rivière.

Lin observa la robe de mariée de Covey, roulée en boule dans ses mains. Lin avait espéré que ce mariage entre Covey et un homme riche réglerait tout, mais sa fille l'avait accusé de l'avoir vendue à Little Man pour éponger ses dettes. Et maintenant, ça. Sa fille, elle avait fui comme seule elle savait le faire, c'est-à-dire par la mer.

— Vous ne pouvez pas… ? bredouilla Lin. N'y a-t-il pas… ?

— Je suis désolé, Mr Lyncook, continua le policier. Regardez le ciel.

Lin plissa les yeux en direction des nuages gris qui s'amoncelaient, écouta le fracas des vagues sur les rochers tandis que la tempête approchait. Même Covey ne survivrait pas à ça, là-bas, toute seule. Il ne cessait de se répéter qu'il était trop tard, mais peut-être que non ? Peut-être abandonnaient-ils trop vite ?

L'officier de police tourna le dos à la mer et s'éloigna, suivi de Lin qui, la tête baissée, traînant ses chaussures dans le sable, ne vit pas les deux sbires de Little Man se diriger vers lui. Little Man Henry était un homme puissant. Son frère n'avait pas hésité à ordonner qu'on l'agresse, même en présence de policiers. C'était un secret mal gardé, de toute façon : la police tolérait la plupart des agissements illégaux de la famille Henry, qui faisait passer la pilule à grand renfort d'enveloppes de billets. Mais cette embuscade en public, c'était quand même aller trop loin.

Lorsque les policiers repoussèrent les voyous, Lin n'avait que quelques blessures superficielles. Cependant, les policiers n'arrêtèrent pas les agresseurs, ils les éloignèrent et les avertirent de ne pas recommencer. Lin ne s'attendait pas à ce qu'ils obéissent. Il ramassa la robe de mariée de sa fille dans le sable et la secoua. Le froissement du tulle libéra une odeur de gardénia mélangé au sucre et au rhum du gâteau de cérémonie. Lorsque son assiette s'était brisée au sol, maculant sa robe de gâteau et de glaçage, Covey, comme tout le monde, avait dû être distraite par son mari qui était à genoux et suffoquait.

— Elle détestait le lilas, dit Lin à voix haute.

— Pardon, monsieur ? répondit le policier.

Lin secoua la tête et roula de nouveau la robe en boule. Covey détestait le lilas et Pearl le savait, et pourtant Pearl avait mis un glaçage lilas sur le gâteau de mariage de sa fille. Lin observa la plage, à présent assombrie par le crépuscule et la tempête, et pensa à la dernière fois qu'il avait vu Pearl. Elle se tenait derrière les dunes avec un petit groupe de curieux, près de la route grevée de nids-de-poule qui longeait la plage. Ils fixaient tous la mer, légèrement penchés en avant, comme si leur simple volonté, associée à celle de Lin, pouvait leur ramener Covey. Même Pearl avait fini par laisser tomber.

La domestique avait passé plus d'années avec sa fille que sa propre mère. Elle en savait certainement plus sur Covey que Lin lui-même. Elle était attachée à sa fille, Lin en était sûr. Lin revit Pearl, debout devant la plage, qui essuyait ses larmes avec un pan de sa jupe, et une idée troublante vint se loger dans un coin de son cerveau.

Bunny

Bunny sentit un jet d'eau salée lui asperger le visage. À cette distance des brisants, ce n'était pas bon signe. Elle se tenait sur la route de la plage avec Pearl et les autres, et observait la mer agitée à la recherche d'un signe de Covey. Bunny savait que même la meilleure des nageuses pouvait commettre une erreur d'appréciation. Dans sa hâte, Covey avait-elle compris à quel type de vent elle avait affaire, à quel type de ciel ? Son amie devait savoir qu'elle ne pouvait pas nager très longtemps.

À présent, Bunny tentait d'imaginer les calculs de la jeune fille. Quelle distance pouvait-elle parcourir avant de devoir revenir vers la plage ? La police avait sans doute pensé la même chose, mais ils étaient déjà sur le départ. Ils avaient renoncé à Covey. Ils ne la comprenaient pas, ne comprenaient pas les courants, du moins pas comme Bunny.

L'autre jour, lors de leur dernière traversée, la mer était plus calme. Elles avaient facilement avancé dans l'eau, puis s'étaient assises sur le sable pour se sécher au soleil en silence, tout en léchant leurs lèvres pleines de sel et se tressant les cheveux. Il n'y avait plus rien à dire, elles avaient déjà beaucoup pleuré, beaucoup spéculé. Son cœur s'était fendu un peu plus chaque fois que Covey lui parlait de ses projets d'Angleterre avec Gibbs, mais Bunny aurait largement préféré cette option à ce mariage forcé avec un autre homme, à cet anéantissement de tous ses rêves.

Malgré le crépuscule, Bunny vit que la tempête arrivait vite. Covey l'aurait su, mais comment être sûre que Covey avait eu le temps de trouver un endroit où se réfugier avant d'être projetée sur les rochers ou entraînée au large ? Ce n'était pas une question de force ou de vitesse. C'était une question de chair, d'os et de sang. De respect pour la nature et sa puissance. Tout à coup, Bunny comprit ce que Covey avait tenté de faire.

Évidemment, pensa Bunny. Évidemment. Bunny attrapa la main de Pearl et l'entraîna vers la maison de Covey.

Pearl

— Elle n'est pas morte, déclara Bunny à Pearl. Je n'y crois pas.

Pearl dévisagea Bunny. Elle éprouvait une réelle tendresse pour la jeune fille, qu'elle connaissait depuis presque aussi longtemps que Covey.

— Bunny, soupira Pearl.

— Non, affirma Bunny, et l'obstination dans sa voix lui fit monter les larmes aux yeux.

Bunny, comme Covey, était devenue une belle jeune femme presque du jour au lendemain. Bunny n'était encore qu'une toute petite chose quand elle était entrée dans la cuisine avec Covey pour montrer à Pearl sa première médaille de natation. Tout en agitant le disque en bronze, elle envoyait valser des pommes de terre partout dans la pièce. Elle avait toujours tendance à trébucher et à renverser des choses, cette enfant, mais elle était devenue aussi belle, grande et forte qu'un arbre.

La mère de Bunny avait expliqué à Pearl que sa maladresse était survenue des suites d'une forte fièvre. Parfois, Bunny avait encore des courbatures et, quand elle était fatiguée, elle boitait. La fièvre avait modifié son organisme, avait dit la mère de Bunny, mais c'était gérable tant que Bunny restait concentrée. La natation l'aidait. À présent, à dix-sept ans, Bunny surplombait Pearl. Elle avait les épaules larges et carrées, le regard déterminé.

— Pearl, si quelqu'un peut survivre dans cette eau, c'est Covey, reprit Bunny.

Mais quatre heures s'étaient écoulées depuis la disparition de Covey et les dernières lueurs couleur pêche avaient quitté le ciel.

— Cette grande course pour laquelle vous vous entraîniez, dit Pearl. Vous étiez prêtes ?

— Oui, presque.

— Il aurait fallu nager combien d'heures ? Autant que cet après-midi ?

— Non, moins.

— Alors comment peut-elle s'en sortir toute seule, surtout avec une tempête qui arrive ?

Bunny secoua la tête.

— Elle ne peut pas, Pearl, mais c'est bien là où je veux en venir.

Bunny donna un coup de coude dans une casserole derrière elle et le couvercle tomba par terre avec fracas.

— Je pense qu'elle n'a même pas essayé.

Pearl posa ses mains sur ses hanches et pivota vers Bunny afin de la regarder de son bon œil.

— Qu'est-ce que tu essaies de me dire, Bunny ?

— Il y a un endroit qu'on connaît, expliqua Bunny d'une voix tremblante. Près de la côte. Si elle y est, alors tout va bien.

Sans rien dire, Pearl tendit à Bunny une lampe torche, un article de luxe en provenance du magasin de Mr Lin. Elle posa un sac en toile épaisse sur la table de la cuisine et y rangea une serviette, des vêtements secs, de la nourriture. Elle sortit ensuite de la pièce et revint avec une petite boîte en bois pleine de billets. Cette boîte, c'était la seule chose de valeur ayant appartenu à la mère de Covey – un objet magnifique avec des gravures autour du couvercle. Après le départ de Mathilda, Covey avait l'habitude de s'asseoir sur le bord du lit de ses parents, la boîte dans les mains. Elle soulevait le couvercle et le laissait tomber, le soulevait et le laissait tomber, encore et encore.

Pearl déchira un morceau de papier et écrivit l'adresse d'une personne de confiance. On pouvait se fier à cette femme parce que, comme Pearl, elle était largement sous-estimée, sauf par quelques femmes d'influence qui comptaient désormais sur elle. Cependant, elles ne prononçaient jamais son nom en présence de leurs maris et auraient nié avoir eu toute interaction avec elle.

Alors que Pearl lui tendait le sac, Bunny percuta une bouteille d'huile avec la lampe torche et la renversa.

Concentre-toi, Bunny, pensa Pearl.

— Je suis désolée, Pearl, s'excusa Bunny en attrapant la bouteille qui se déversait sur le comptoir de la cuisine.

— Laisse ça, lui demanda Pearl en attrapant un torchon. Je m'en occupe.

Si Pearl ne pouvait pas laisser Bunny seule dans la cuisine, elle savait qu'elle pouvait lui faire confiance pour retrouver Covey, si celle-ci était encore en vie. Bunny connaissait la côte aussi bien que Covey.

— Tu sais que je ne peux pas venir avec toi, Bunny, dit Pearl. Les hommes de Little Man sont partout. Tu dois y aller seule. Fais comme si de rien n'était et, si tu la retrouves en vie, ne reste pas avec elle, dépose-lui ces affaires et pars. Marche lentement. Ne fais pas de bruit, ne trébuche pas.

Pearl désigna ensuite le nom griffonné sur le morceau de papier.

— Assure-toi que Covey comprenne qu'elle ne doit parler à personne, sauf à cette femme-là. Elle saura quoi faire.

Puis elle poussa Bunny vers la porte.

— Et ne reviens ici avant le jour sous aucun prétexte, d'accord ?

Covey

Covey était couverte d'éraflures lorsqu'elle s'échoua sur la plage. Elle portait uniquement la nuisette qu'elle avait enfilée sous sa robe de mariée. Une violente nausée s'empara d'elle en premier, puis elle perdit connaissance. Lorsqu'elle revint à elle, des gouttes de pluie lui martelaient le corps. Elle éclata en sanglots. Qu'est-ce qui lui était passé par la tête ? Où irait-elle ? Qui pouvait l'aider ? Elle avait entendu les voix sur la plage cet après-midi, et elle s'était enfuie. La police pensait qu'elle avait assassiné Little Man. Sa seule chance, à présent, c'était que tout le monde la croie morte.

Cachée derrière un rocher, Covey avait sorti la tête de l'eau tout à l'heure, et observé son père. Une brèche dans la pierre lui permettait de reprendre sa respiration. Ici, elle avait laissé Gibbs l'embrasser plus d'une fois. Seule, elle avait lutté, s'agrippant à ce qu'elle pouvait, se coupant sur la roche, plongeant la tête sous l'eau dès que passait le bateau de police. Le bateau avait ralenti, mais n'avait pas avancé parmi les rochers. Tout le monde savait qu'il était difficile de résister aux vagues de bord, qu'on finirait tôt ou tard – et plutôt tôt que tard – par être recraché comme un amas d'algues déraciné.

Covey avait vu son père déporter son regard vers la mer, puis baisser la tête et s'en aller. Dans ses mains, la robe de mariée roulée en boule de Covey. Il s'était arrêté, avait de nouveau regardé la mer, était reparti, s'était arrêté. Lorsque Covey avait repris sa respiration, elle avait entendu un cri. Deux hommes avaient poussé son père par terre, mais le frère de Bunny les avait séparés. Certainement ceux de Little Man.

Son père s'était penché pour ramasser sa robe, la mine désolée.

Pa.

Eh bien, c'était trop tard. Il ne pouvait que s'en prendre à lui-même. Johnny Lyncook aurait dû réfléchir à deux fois avant de parier aux combats de coqs, avant de s'endetter jusqu'au cou, avant de la vendre comme un sac de pois rouges. Oui, qu'ils croient tous que Covey était morte, son père inclus. Il lui avait volé son destin, mais elle comptait bien le récupérer.

Covey sursauta. Il y avait quelqu'un dans la grotte sombre. Elle retint sa respiration.

— Covey !

C'était Bunny.

Évidemment !

Bunny était la seule personne en dehors de Gibbs à connaître cet endroit. Et ce dernier était trop loin à présent pour pouvoir l'aider.

— Ne tarde pas trop. Si tu changes d'avis, lui avait dit Gibbs alors que Covey, agrippée à sa chemise, pleurait sur son torse, écris-moi, viens me trouver.

C'était impossible maintenant. Elle était en fuite, recherchée par les autorités, incapable même de passer un coup de fil international. Si elle voulait s'en sortir, si elle voulait protéger les gens auxquels elle tenait, elle devait leur fermer la porte, tout abandonner.

Bunny se tenait au-dessus d'elle, avec une lampe torche, qu'elle alluma puis éteignit aussitôt. Bunny, cette chère Bunny, elle était venue avec une serviette, des vêtements secs, de l'eau, de la nourriture et de l'argent de la part de Pearl. Bunny, qui avait l'adresse de quelqu'un de confiance. Bunny, qui aimait tant Covey qu'elle ferait en sorte qu'elle puisse s'échapper.

Londres

Covey regarda par la fenêtre du bus et aperçut l'université, pas loin. Elle demanda l'arrêt et sortit, les jambes tremblantes. Le campus était une large étendue de colonnes, d'angles et de verdure. Ce genre d'étrangetés était courant à Londres. Toute cette pierre, toute cette vie. Covey avisa un banc sur le trottoir, s'y assit pour observer les gens qui allaient et venaient. Elle serra son cardigan contre elle et contempla les visages animés, qui parlaient, riaient, fronçaient les sourcils. Des gens qu'elle aurait pu être, des vies qui auraient pu être la sienne.

Il y avait d'autres personnes à la peau foncée ici, avant tout des étudiants, mais elle pensa avoir remarqué un professeur, aussi. Les cheveux gris, une veste en velours côtelé, un air de contentement. Quand bien même, elle ne devrait avoir aucun mal à trouver Gibbs. Il était plus grand et plus foncé que la plupart. Par ailleurs, il reconnaîtrait Covey, elle en était certaine, même sans sa queue de cheval, même avec ce bonnet qui cachait ses cheveux et lui descendait sur le front. Elle aimait imaginer que Gibbs ressentirait sa présence, qu'il percevrait son arrivée, comme le courant qui se brise sur un récif, et se précipiterait vers ce banc où elle était assise à présent, le cœur tambourinant sous sa poitrine.

Elle avait le sentiment d'être arrivée en Angleterre depuis des années, mais cela ne datait que de l'automne dernier. Elle se souvenait du ruban d'eau sombre qui la séparait du bateau tandis qu'elle comptait les minutes avant son départ de l'île. Elle n'avait cessé de regarder par-dessus son épaule tout en suivant les autres passagers sur la rampe d'accès, mais elle n'avait pas à s'inquiéter. Tout le monde en ville la croyait morte. Jamais ils ne penseraient à la chercher ici, de l'autre côté de l'île, sur un bateau en partance pour Londres et Liverpool.

Le British Nationality Act de 1948 offrait à tous les citoyens du Commonwealth le droit d'entrer en Grande-Bretagne. À l'automne 1965, Covey venait d'avoir dix-huit ans. Sous le nom de sa mère, elle avait déclaré qu'elle se rendait à Londres pour travailler comme nounou dans une famille qui connaissait quelqu'un qui connaissait Pearl. Une famille qui avait les moyens d'accueillir Coventina Brown, en dépit des nouvelles lois qui limitaient l'immigration des insulaires.

En échange de son passage et d'un faux passeport, Covey avait promis à son employeur un an de travail. La famille qui l'avait embauchée n'avait pas conscience des risques encourus. Ils pensaient simplement permettre à une jeune parente d'une amie d'amie d'accéder à de nouvelles opportunités de l'autre côté de l'Atlantique. Ils avaient suffisamment de moyens et avaient la peau suffisamment claire pour que les autorités ne posent pas de questions. Mais la connaissance de Pearl à la capitale avait mis en garde Covey. Elle ne devait pas se faire prendre, car elle avait une responsabilité envers tous ceux qui l'avaient aidée à s'enfuir.

— Ce n'est pas tout à fait légal, ce qu'on fait pour toi, tu sais, lui avait dit l'intermédiaire de Pearl.

Covey l'appelait Miss Eunice et n'avait jamais découvert son vrai nom. Tout ce qu'elle savait, c'est qu'elle était sage-femme et qu'elle s'y connaissait en remèdes traditionnels, si bien que bon nombre de femmes venaient la consulter pour des « problèmes féminins ».

Miss Eunice avait rappelé à Covey qu'il y avait des lois contre la falsification de documents. Il y avait des lois contre le fait de voyager sous un faux nom. Il y avait des lois contre le fait d'aider quelqu'un soupçonné de meurtre à s'enfuir. Vouloir retrouver Gibbs, essayer de contacter Pearl ou Bunny, se montrer trop familière avec des personnes sur le navire – tout ça pouvait lui attirer de gros ennuis, et en attirer à ceux qui l'avaient aidée.

Le conseil de Miss Eunice : « On ne sait jamais qui a la langue bien pendue, n'est-ce pas ? N'oublie pas que tu pars dans un endroit où les gens ne sont pas tous noirs. Tu es une femme des îles, tu dois mieux te comporter qu'eux. »

Covey devait prendre soin de sa coiffure, de ses chaussures. Ses robes ne devaient pas remonter au-dessus des genoux. Elle devait éviter les salles de bal et de concert, les manifestations. Il y en avait de plus en plus en Angleterre, organisées par des minorités qui en avaient marre d'être mal logées, d'être matraquées par la police, de recevoir des formations qui ne menaient nulle part. Il fallait aussi qu'elle réduise ses chances de croiser quelqu'un de chez elle. Sois discrète, lui avait dit Miss Eunice. Évite les ennuis.

Pour résumer, avait pensé Covey, sois seule.

Mais Covey comprenait. Elle devait se tenir à distance de la famille de Little Man. Disparaître, laisser le temps passer. Plus tard, elle pourrait sans doute reprendre ses études en Angleterre. Peut-être même pourrait-elle partir à la recherche de Gibbs. Les mauvaises nuits, quand elle avait du mal à s'endormir, Covey pensait à tous les projets qu'elle et Gibbs avaient élaborés. Cependant, elle ne pouvait pas prendre le risque de le contacter trop tôt. Peut-être un jour. Peut-être pas.

Ne pas pouvoir nager rendait la situation encore plus difficile à vivre. Quand elle pouvait, Covey partait se promener. L'étrange nouveauté de son environnement la distrayait quelque peu. En grandissant, elle avait vu des photos et des reportages sur Londres et elle avait pensé connaître la ville ; en réalité, elle n'en avait pas la moindre idée. La circulation, les publicités, les boutiques en briques. Les mannequins vivants, ces jeunes femmes qui présentaient les vêtements dans les vitrines. Les secrétaires qui déambulaient dans la rue en jupe courte, même l'hiver. La rivière couleur de plomb qui tranchait au milieu de tout ça, l'odeur de charbon, omniprésente.

De temps en temps, Covey tombait sur des bâtiments en ruine, dont les poubelles se déversaient jusque dans la rue. Les habitants, blancs ou noirs, devaient se protéger du froid tout en vivant dans un niveau de pauvreté insoupçonnable – même dans sa ville natale, elle n'avait jamais vu ça. Cela lui faisait penser à toutes ces choses dont elle ne pouvait plus profiter. La moiteur chatoyante de l'air, les effluves d'un fruit bien mûr, l'odeur sucrée-salée de la mer des Caraïbes. Certains jours, même l'odeur agressive des bouses de vache séchant au soleil lui manquait, ou le bruit des mouches. Il faudrait du temps à Covey pour s'habituer à son nouvel environnement.

Pour s'habituer à ces regards qui ne la lâchaient pas.

À ces gens qui marmonnaient quand elle passait.

Ou bien qui l'ignoraient.

Être considérée comme une femme des îles.

Ces quelques mois difficiles sapèrent la détermination de Covey à rester dans son coin. Elle fit la connaissance d'autres jeunes femmes comme elle, des filles des Antilles qui fondaient en entendant son accent si familier. Il y avait une grande maison où les gens de pays différents venaient pour se rencontrer, échanger

– heureusement, elle ne croisa personne de sa ville.

En écoutant leurs histoires, Covey comprit qu'elle avait eu de la chance d'être embauchée par cette famille, qui lui avait donné des chaussures et des gants pour l'aider à traverser les premiers frimas. Ils lui avaient aussi prêté des livres de leur bibliothèque. Les autres filles avaient lutté pour trouver un logement, avaient été chassées de résidences annonçant pourtant avoir des chambres à louer, devaient payer plus pour une chambre avec lavabo que les filles blanches.

Les employeurs de Covey lui parlaient avec respect parce qu'ils étaient amis avec un homme bien placé au gouvernement dont les liens remontaient jusqu'à Pearl. La femme de cet homme du gouvernement connaissait Miss Eunice et, apparemment, Miss Eunice était une amie d'enfance de la femme du marchand en gros qui fournissait le père de Covey et d'autres commerçants. Aucun des hommes n'avait jamais entendu parler de Miss Eunice, mais beaucoup de femmes s'étaient un jour tournées vers elle. Et toutes avaient goûté au gâteau noir de Pearl.

Contrairement à Covey, les jeunes femmes comptaient retourner aux Antilles dès leurs études terminées, mais, en réalité, peu le feraient, faute de moyens. Certaines tomberaient amoureuses, d'autres disparaîtraient et la rumeur dirait qu'elles étaient parties quelque part pour accoucher.

— Et Judith ?

— Judith ? Cela fait un moment que je ne l'ai pas vue.

Ensuite, un silence, un hochement de tête, quelques regards échangés. Toutes savaient que le sujet était clos.

Ces jeunes femmes parlaient beaucoup de leur vie avant l'Angleterre. N'ayant pas la possibilité d'évoquer son passé, Covey s'inventa une enfance. Qui ne comprenait ni un père chinois ni une mère l'ayant abandonnée. Elle évoqua de manière un peu floue une grand-mère qui l'avait élevée et avait vécu bien plus longtemps que ses vraies grand-mères. Elle racontait avoir grandi dans une partie isolée de l'île où elle n'avait jamais mis les pieds.

Certaines jeunes femmes avaient été recrutées pour suivre des formations d'infirmières.

— Le National Health Service a toujours besoin d'infirmières, tu sais, dit l'une d'elles à Covey. Tu devrais y réfléchir. Je pourrais t'aider.

Covey fut vite convaincue. Elle quitterait son emploi de nounou pour intégrer une école d'infirmières. Elle n'était pas sûre que le métier lui convenait, mais elle était prête à tout pour avancer, pour reprendre le contrôle de son destin. Elle pensa à son père, qui avait perdu le contrôle de son destin. C'était Covey qui en payait le prix.

Certes, elle avait souhaité venir en Angleterre, mais pas dans ces conditions. C'était le soir, au moment du coucher, que sa solitude la frappait le plus. Parfois, quand elle était trop mal pour lire, elle s'asseyait sur le bord de son lit et passait sa main sur sa boîte en bois, dont le couvercle en ébène était lisse comme la peau d'un enfant. Les gravures lui chatouillaient le bout des doigts. Elle soulevait le couvercle et le laissait retomber, le soulevait et le laissait retomber, encore et encore, tout en pensant à sa mère. Tout en pensant à sa maison.

Tout ce qu'il restait à Covey de l'île, c'était cette boîte et ce qu'elle avait réussi à préserver dans sa tête et son cœur. Elle essayait de ne pas trop penser à Pearl, Bunny ou Gibbs. Elle se disait que, tôt ou tard, la situation évoluerait et qu'elle aurait la possibilité de reprendre le cours de son existence. Mais, d'ici là, sa vie ne lui appartenait pas complètement. Il n'y avait pas que les erreurs de son père et la cruauté de Little Man qui l'avaient menée ici, il y avait aussi la gentillesse de quelques-uns. Elle leur devait de rester invisible.

Cependant, les mois passant, elle avait de plus en plus de mal à ignorer le fait que Gibbs était quelque part, qu'ils étaient de nouveau sur le même morceau d'île. Parfois, tout en annonçant qu'elle allait au cinéma, Covey prenait le bus jusqu'à l'université où Gibbs était censé étudier. Elle commençait sa quête alors que le bus ralentissait devant la vieille place, puis s'asseyait sur le banc et cherchait Gibbs parmi les étudiants qui déambulaient sur la pelouse.

Elle revint plusieurs fois sur le campus. À chaque occasion, elle fouillait la foule à la recherche de Gibbs. Pourtant, elle redoutait aussi le fait de le trouver. Pourrait-elle le voir et ne pas l'appeler ? Pourrait-elle lui parler et ne pas le toucher ?

Certes, Gibbs lui avait dit de le contacter, mais quand on venait d'une petite île comme la leur, il y avait toujours quelqu'un qui connaissait quelqu'un. Quand on venait d'une petite île comme la leur, on entendait parler d'hommes qui, comme Little Man, trouvaient toujours des gros durs pour faire du mal à ceux qui les avaient offensés, même de l'autre côté de l'océan. Qu'est-ce qui relevait de la légende et qu'est-ce qui relevait de la réalité, Covey l'ignorait. Elle ne pouvait pas prendre le risque de le découvrir.

Un jeune homme assis sur le banc à côté de Covey ouvrit un livre. Elle se demanda s'il pouvait percevoir les crampes qui lui tordaient l'estomac. Enfin, elle se leva et traversa la rue. Un bus allant dans l'autre direction s'arrêta devant elle. Elle attendit que tout le monde monte à bord, balaya une dernière fois des yeux la pelouse de l'université, puis grimpa à son tour, laissant son espoir se recroqueviller sur lui-même.

De nos jours

Mrs Bennett

B & B, à présent, vous avez certainement compris ce que j'essaie de vous dire, que Coventina Lyncook, c'est moi, la jeune femme qui est allée vivre en Angleterre sous le nom de Coventina Brown. Ou, du moins, c'était moi. C'était il y a cinquante ans, une autre vie. Mais tout est lié.

Je sais, vous devez être sous le choc. Je suis désolée. Personne d'autre que moi ne peut vous expliquer tout ça. J'aurais pu laisser tomber, ne rien dire, vous laisser poursuivre le cours de votre vie, mais ensuite ? Vous avez une sœur. Si je ne vous avoue pas la vérité maintenant, avant de disparaître, vous serez tous les trois perdus à jamais, vous ne pourrez pas vous retrouver. J'ai passé tellement de temps à vous cacher ça, mais je vous dois la vérité à présent. Je vous dois de vous raconter mon passé parce que c'est aussi votre histoire.

Byron et Benny

Ma est troublée, Byron peut l'entendre au son de sa voix. Il se tourne vers Benny et voit ses yeux qui brillent. Veulent-ils faire une pause ? demande Mr Mitch. Byron hoche la tête. Il a besoin de s'isoler, de réfléchir. Trop de noms, de lieux, de dates. Ne devrait-il pas tout noter ? Non, ce serait bizarre. Il regarde Mr Mitch. Lui, il a pris des notes, bien entendu.

Ce que Byron retient pour le moment : sa mère était une jeune mariée en fuite. Sa mère a eu un autre enfant. Sa mère était peut-être une meurtrière. Ou pas ? Elle n'avoue rien, mais ne dit pas non plus qu'elle n'a pas tué cet homme. Comment Ma a-t-elle pu leur faire ça ? Comment a-t-elle pu déclencher cette bombe et les laisser se débrouiller tout seuls avec les débris ? Byron se tourne de nouveau vers sa sœur. Elle le regarde de ses yeux de Benny, les sourcils froncés ; puis, tout à coup, son visage se lisse et elle se lève, et Byron a un aperçu de la Benny d'avant.

Benny, la bienveillante. Benny, et cette façon gentille qu'elle a de proposer un café, un thé, un verre d'eau, sans vraiment y réfléchir, comme s'ils étaient simplement là à discuter dans le salon en toute décontraction. Comme si c'était une pause agréable et non pas une excuse permettant d'ignorer l'enregistrement pendant encore quelques minutes, une manière de s'éloigner des tourments que ça a générés dans la maison.

*

Benny sait que s'affairer dans la cuisine l'aidera à se calmer. Elle se déplace lentement et pense à tout ce qu'elle a entendu. Est-ce que sa mère a tué cet homme ? Non, c'est impossible. Elle refuse d'y croire. Sa mère s'est enfuie parce qu'elle a saisi une occasion. Comment est-ce possible que Byron et elle aient vécu avec Ma toutes ces années sans se douter de rien ?

Benny jette le filtre à café usagé, en sort un neuf d'une boîte. Elle écoute le bruit des grains qui tombent dans le filtre, respire l'odeur du café, s'imagine que sa mère est là, à côté, alors qu'elle dispose des cookies sur un plateau. Sa mère n'appelait jamais ça cookies, mais biscuits. Benny ouvre le tiroir à épices, comme ça, pour voir. Elle tripote les flacons de quatre-baies, d'herbes de Provence, de cumin et d'estragon. Des épices du nord et du sud. Alors qu'elle se dirige vers le réfrigérateur en chaussettes, elle se souvient du bruit des chaussons de sa mère frappant le sol.

Benny se tient devant le réfrigérateur et laisse l'air frais lui envelopper les orteils. Elle repense au dernier gâteau que sa mère a préparé. Elle sait qu'il attend dans le congélateur, mais elle ne peut pas l'ouvrir pour l'instant. Elle pose son front sur la porte supérieure du réfrigérateur. *C'est ton héritage*, lui disait sa mère quand elles faisaient un gâteau noir, et Benny pensait savoir ce que voulait dire sa mère. Mais, à présent, elle se rend compte qu'elle ne savait pas grand-chose.

Une pensée lui a traversé l'esprit, récemment : comment Ma, orpheline très tôt, avait-elle pu apprendre à faire un gâteau noir dans la cuisine de sa mère ? Benny en avait conclu que Ma avait appris auprès des nonnes qui dirigeaient l'orphelinat. Mais est-ce possible ? Des nonnes qui font des gâteaux noirs ? Comme ces sœurs qui font du fromage ? Comme ces moines qui font du chocolat ?

Les histoires d'enfance de sa mère ont toujours été vagues. Une chronologie embrouillée, des détails incohérents. Beaucoup de détails incohérents. Benny a grandi avec le sentiment qu'il y avait des choses que sa mère préférait taire de son passé. Ses parents lui ont souvent dit qu'ils avaient eu des enfances difficiles et elle n'a pas cherché à en savoir plus. Eh bien, elle en a enfin l'occasion, et cette idée la terrifie. Benny a l'impression que, plus elle apprend à connaître sa mère, plus celle-ci s'éloigne.

Mrs Bennett

Parfois, les histoires personnelles qu'on ne raconte pas aux autres ont plus d'importance que celles qu'on raconte. Je vous ai dit que j'avais grandi dans un orphelinat, mais, bien entendu, ce n'est pas vrai. J'ai une bonne raison. J'avais une amie en Angleterre qui a été élevée par des bonnes sœurs dans une autre partie de l'île que là où j'ai grandi. Lorsqu'on s'est rencontrées, je me sentais encore très seule, loin de tous ceux à qui je tenais, et ne sachant ni quand, ni si je les reverrais. Eh bien, elle m'a prise sous son aile et a rempli les vides de ma vie. J'en avais besoin. Sans elle, je ne serais pas là aujourd'hui.

Pardon. Un instant. On peut arrêter, s'il te plaît ?

Oui, l'enregistrement.

Je suis désolée, mais c'est trop dur.

DEUXIÈME PARTIE

Avant

Elly

Le père d'Elly ne reviendrait pas, lui rappelaient les nonnes de l'orphelinat. Il était parti au ciel rejoindre la mère d'Elly et, maintenant, il y avait une nouvelle famille à la recherche d'une petite fille. Lorsque l'heure de se préparer arriva, les nonnes appelèrent Elly, mais elle ne vint pas. Ça ne l'intéressait pas. Elle préférait déterrer des coquillages dans le jardin.

Il n'y avait pas de sable dans cette région, pas de plage à des kilomètres à la ronde, seulement de la terre marron-jaune. Cependant, il y avait des coquillages, des millions-millions de coquillages beiges, blancs, roses, et, même à son âge, Elly savait que les coquillages étaient magiques. Elle savait qu'elle vivait sur une terre de miracles, où tout pouvait arriver, où Pa pourrait un jour revenir la chercher. Peut-être qu'il l'emmènerait au ciel avec lui et maman, avait dit Elly, mais les sœurs lui répondirent qu'il était trop tôt pour ça, qu'il lui faudrait d'abord vivre avec une autre famille.

Un criquet bondit dans l'herbe et s'accrocha au genou d'Elly avant de repartir. Si seulement Elly pouvait rester là jusqu'au dîner, il y aurait peut-être un gâteau apporté par les dames qui faisaient des dons à l'orphelinat. Elly leva la tête, imagina l'odeur du gâteau, puis enfonça davantage son bâton dans le sol. Elle prit une pincée de terre, la mit dans sa bouche et mâcha, feignant de ne pas voir sœur Mary qui venait l'escorter au dortoir. Quand sœur Mary lui tendit la main, elle baissa la tête.

— Tiens-toi bien, dit la religieuse en tressant les cheveux d'Elly.

Les chaussures d'Elly avaient été vernies, sa tunique amidonnée et repassée. Sœur Mary lissa les plis de sa chemise.

— Regarde-moi ça, continua sœur Mary. Ton père serait très fier.

Mais son père était juste là, avait envie de répondre Elly. Elle pouvait le voir. Elle l'avait observé depuis la fenêtre à plusieurs reprises, son esprit s'élevant parmi les arbres et prenant la forme d'un papillon dont les ailes jaune et noir reflétaient le soleil. Il venait voir si elle allait bien, voletant de l'autre côté de la vitre.

— Regarde, un machaon, lança sœur Mary en désignant la fenêtre, les yeux brillants.

Sœur Mary avait un rhume. Elle ne cessait de s'essuyer le nez avec un mouchoir. Ses yeux étaient rouges et humides.

— Le plus grand papillon de la région, tu le savais, ça ? reprit sœur Mary en touchant la joue de la petite fille.

Elly se força à sourire et fit non de la tête.

— On n'en voit plus beaucoup ces temps-ci, remarqua sœur Mary en lui prenant la main pour l'entraîner vers la porte.

Elles franchirent le couloir ensemble le plus lentement possible. Elly voulait rester avec sœur Mary, mais elles en avaient déjà longuement discuté. Elle pensa à son père machaon et sut que même si la Mère supérieure ne voulait plus d'elle à l'orphelinat, où qu'elle aille, elle ne serait pas seule.

Il va sans dire que la Mère supérieure se montra furieuse quand, quelques mois plus tard, la famille d'adoption rendit la petite fille. Elly ignorait que c'était possible. La Mère supérieure lui expliqua que personne ne voulait d'une menteuse. Elly s'était mal comportée, continua-t-elle, en racontant ces mensonges sur cet homme. Cependant, Elly savait qu'elle ne devait pas mentir et, dans la mesure du possible, elle évitait. Quand bien même, on l'avait renvoyée chez les nonnes et la seule qui semblait heureuse, c'était sœur Mary, qui serra Elly dans ses bras, la coiffa et lui dit : « Allez, récite tes prières et va te coucher. Demain, école, à la première heure. »

Le lendemain, sœur Mary montra à Elly une photo d'un machaon qu'elle avait découpée dans un magazine et la glissa dans un cahier d'exercices de la petite. Elly comprit qu'elle était chez elle. Le lendemain, elle retourna dans le jardin fouiller la terre.

Elle découvrit que l'île n'avait pas toujours été une île. Il y avait bien longtemps, les éruptions volcaniques et les mouvements tectoniques avaient poussé la terre sous la mer, où des strates de vie et de débris avaient formé une couche de sédiments qui, un jour, surgirent de l'eau. À présent, trente millions d'années plus tard, Elly était là, enfonçant ses doigts dans la terre humide d'un orphelinat, écoutant les vibrations du monde et percevant, même à cet âge-là, qu'elle ne pourrait vivre sans.

Elly ne savait pas comment les coquillages étaient arrivés en ce lieu précis, le lieu d'Elly, entre le goyavier, le quenettier et le margousier. Elle savait seulement qu'elle éprouvait du bonheur à les ramasser, les peindre, les écraser dans ses mains ou les mettre au fond de sa poche pour les toucher de temps en temps. Elle rangeait ses préférés dans une boîte en carton où elle gardait aussi quelques pièces et un joli peigne trouvés dans la terre.

Dans le dortoir, la nuit, Elly passait parfois des heures à tripoter les coquillages. Plus tard, elle aura parcouru suffisamment de livres pour savoir que les coquillages n'étaient pas tant au mauvais endroit qu'à la mauvaise époque. Les seins d'Elly commençaient à pousser lorsqu'elle comprit qu'elle et les coquillages étaient faits pour se trouver. Ce fut son premier aperçu de son destin.

Elly était née pour remuer la terre, pour comprendre son passé et son avenir en étudiant les fossiles, les cailloux, les sédiments. Elle pouvait se rendre en classe avec un nœud dans les cheveux, des chaussures propres, ses manuels, mais elle savait désormais que tout ça était superficiel, que ce qu'elle était au plus profond d'elle-même, ce n'était pas ce que les gens lui donnaient, lui disaient, lui refusaient, que tout ça n'avait rien à voir avec sa place dans le monde.

La Bible dit : *Tu redeviendras poussière,* et Elly comprit ce que cela signifiait. Elle sut qu'elle avait toujours fait partie du monde et qu'elle en ferait toujours partie ; elle n'avait rien à craindre, rien du tout. Elle ferait tout pour réaliser ses rêves. Elle étudierait la terre, les coquillages, les roches qui formaient le cœur du monde, parce que c'était son destin.

Le portail

Le 7 juin 1692, trois puissants tremblements de terre secouèrent l'île. Le sol se ramollit comme de la pâte à modeler, un violent tsunami détruisit la plus prospère des villes de l'île, repaire de pirates célèbres. Trois mille personnes périrent. Deux mille moururent lors de l'épidémie qui s'ensuivit.

Au printemps 1961, un groupe d'orphelins plongeaient à tour de rôle un seau dans les eaux peu profondes de la marina. Alors que les filles remontaient de minuscules poissons en attendant de partir pour la journée sur une des îles mineures, l'une d'elles se coupa le pied sur les restes d'un portail vieux de trois cents ans. Les locaux savaient que le portail se trouvait sous l'eau, mais les filles vivaient à l'intérieur des terres. Elles n'étaient jamais venues à la marina et certaines n'avaient même jamais vu la mer de près.

Elly l'ignorait sur le moment, mais, en s'ouvrant le pied sur ce portail, elle changea le cours de sa vie. Elle atterrit à l'hôpital avec une infection et une fièvre qui, affirmèrent les sœurs, manqua de peu de la tuer. Lorsque la fièvre passa, Elly observa tous les matins une infirmière défaire le bandage autour de son pied, tamponner la plaie avec un morceau de gaze imbibé d'un produit qui piquait et refaire un bandage propre.

— Est-ce que ça vous plaît d'être infirmière ? lui demanda Elly un jour.

— Oui, répondit l'infirmière. C'est un métier respectable pour une jeune femme. Et je peux aider les gens.

L'infirmière sectionna le bandage avec des ciseaux, puis regarda Elly.

— Tu penses que peut-être, un jour, tu aurais envie de faire ce métier ?

Elly haussa les épaules.

— J'ai envie d'aller étudier en Angleterre.

— Ils ont un grand besoin d'infirmières en Angleterre, enchaîna son interlocutrice. Le gouvernement recrute des jeunes femmes pour aller y étudier. Tu devrais y réfléchir.

Elly savait déjà que les services de santé britanniques finançaient les études d'infirmières de femmes issues du Commonwealth en échange d'un engagement de quelques années. Elle en avait entendu parler à la radio à l'orphelinat. Faire une formation d'infirmières pouvait être la première étape de son destin. C'est ainsi qu'Elly sortit de l'hôpital avec un projet.

Elle avait encore deux ans avant de terminer ses études secondaires, mais, à présent, elle savait ce qu'elle voulait faire. Elle ne ménagerait pas ses efforts et, lorsque le temps viendrait, elle traverserait l'océan pour devenir infirmière. Elle trouverait peut-être un emploi dans un hôpital ou un cabinet médical. Par la suite, elle s'inscrirait à l'université pour étudier ce qui la passionnait vraiment. Il existait un terme désignant ce qu'Elly comptait devenir, elle l'avait lu dans un livre. Plus tard, elle serait géologue.

Elle arrivait au bon moment. En ces temps-là, les mécènes de l'orphelinat étaient encore généreux, si bien qu'elle put financer sa traversée de l'Atlantique. Elle avait les meilleurs résultats scolaires de l'île et ce genre de choses faisait la fierté des donateurs. Lorsque, six ans plus tard, elle fit la connaissance de Coventina Brown, Elly terminait sa formation d'infirmière et envisageait déjà la suite.

Le gâteau

— Allez, Elly, lança Coventina.

Elly ferma les yeux, mais elle percevait la lueur des bougies à travers ses paupières closes. Elle prit une grande inspiration et souffla. Elle fêtait ses vingt et un ans. Il n'y a pas si longtemps, elle n'était qu'une gamine malingre grandissant dans un orphelinat à des milliers de kilomètres de là.

Elly, dix ans, toujours affamée, toujours éveillée.

Elly, pieds nus sur les carreaux dans l'obscurité.

Elly, qui prie pour qu'il n'y ait pas de scorpions dans le couloir.

Elly, devant la porte de la cuisine, à la recherche de la boîte en fer.

Elly, qui respire l'odeur de fruits imbibés de rhum.

Elly, qui ramasse les miettes de gâteau au fond de la boîte.

Qui se lèche les doigts. Qui remet le couvercle.

À présent, elle avait son propre gâteau. Les bougies d'anniversaire étaient pour elle. Les applaudissements, les étreintes – tout pour elle. Les filles avec qui elle partageait la cuisine de cet appartement londonien avaient laissé les fruits tremper pendant des semaines et mis les œufs de côté rien que pour elle. Elly n'avait toujours pas de mère, ni de père, mais elle n'était plus seule.

— Tiens, lui dit Coventina en lui tendant un couteau.

Coventina avait fait le gâteau, Edwina avait préparé le glaçage et Elly l'orpheline était heureuse. Elle s'était trouvé une nouvelle famille dans cette ville froide et humide, à un océan de distance de son île natale.

Elly ne savait pas quand elle pourrait retourner sur l'île. Pas avant plusieurs années, sans doute. Elle avait glissé une photo d'un papillon dans une Bible que lui avait donnée sœur Mary. Elle avait aussi un carton contenant une lettre de sœur Mary et quelques coquillages du jardin de l'orphelinat, ainsi qu'un vieux peigne et des pièces qu'elle avait trouvés en creusant le sol. Un jour, elle irait montrer à sœur Mary la photo de ses camarades de l'école d'infirmières. Elles étaient élégantes, souriantes, et se tenaient les unes à côté des autres comme si elles avaient toujours été ensemble et le seraient toujours.

Covey et Elly

Lorsque Covey fit la connaissance d'Eleanor au CHU, Eleanor dit : « Appelle-moi Elly, c'est comme méli ou déli ! » Elle avait l'air d'être une fille *sérieuse*, mais elle sortait souvent ce genre de choses qui faisait sourire Covey. Elle avait conscience de prendre un risque en se liant avec une fille de la même île et en décidant de s'installer avec des jeunes femmes qui se connaissaient toutes. Quand bien même, lorsque Elly lui dit : « Tu viendrais vivre avec nous ? », cela lui apparut comme une évidence.

Dans l'écho cotonneux du rire d'Elly, dans les assiettes de petits pois et riz sur la table de la cuisine, dans le fait de marcher ensemble dans la rue – une nouveauté pour elle –, Covey prit conscience du fait qu'elle n'allait pas bien, avant. Elle n'avait pas appartenu à un groupe depuis le club de natation. Elle n'avait pas eu une amie depuis Bunny.

— Chut ! s'agaça une des filles de la chambre d'à côté un soir.

Elly et elle parlaient trop fort, comme d'habitude. Le règlement était précis à ce sujet. Mieux valait être réprimandées par leurs colocataires que par la propriétaire. Elles auraient dû être au lit, mais, à la place, elles étaient toutes les deux assises par terre entre leurs deux lits et observaient une carte qu'Elly avait dépliée sur la moquette.

— Voilà où nous sommes, dit Elly. Tu vois, là ? Les rochers dans cette partie de l'Angleterre sont parmi les plus récents. Essentiellement recouverts d'argile et autres sédiments laissés par d'anciens glaciers.

— Des glaciers, répéta Covey.

L'idée d'une force de la nature aussi puissante, lente et froide pouvant modeler le monde l'intriguait. Elle pensa à la mer, au fait que, enfant, on lui avait appris à l'école que le monde, c'était de la terre entourée d'eau alors qu'en réalité, c'était l'inverse.

— Cette terre, là, poursuivit Elly en glissant son doigt sur la carte, a été formée au cours d'un processus violent et s'est soulevée pour devenir ce qu'elle est aujourd'hui.

Elle haussa les sourcils.

— C'est assez similaire à ce qui s'est passé pour notre île, tu comprends ?

Covey hocha la tête, retenant un sourire. À cet instant, Elly ressemblait davantage à une institutrice quadragénaire qu'à une jeune femme à peine plus âgée qu'elle.

— Tout est relié, si tu remontes assez loin dans le temps.

Covey pensa à l'océan qui s'étirait de là où elles se tenaient jusqu'au lieu éloigné où elles avaient toutes les deux grandi. Sans le vouloir, Covey se mit à parler de sa vie d'avant.

— Sur l'île, je nageais, confia-t-elle. Je nageais dans la mer. Sur des kilomètres et des kilomètres.

— Vraiment ? s'écria Elly. C'est génial, ça !

Covey révéla qu'elle venait en fait du nord de l'île et non du sud, comme elle le disait à tous ceux qui demandaient.

— Nous avons la plus belle des baies.

Jusque-là, Covey s'en était tenue à l'histoire inventée de son passé. Elle n'avait jamais parlé à Elly ou à qui que ce soit de son mariage forcé avec Little Man, de sa mort ou même de Gibbs, bien qu'elle ait avoué à Elly qu'elle était partie de chez elle à cause d'un conflit familial. À présent, elle se força à ne pas en dire plus.

— Tu as essayé de nager ici ? demanda Elly.

Covey fit une grimace.

— J'ai essayé, mais je n'ai pas pu. L'eau est trop froide. Ce n'est pas pour moi.

— Je ne sais pas nager, avoua Elly. Je ne suis allée qu'une seule fois à la plage.

La bouche de Covey forma un petit « oh ». Pour elle, c'était inimaginable, surtout pour quelqu'un vivant sur une petite île comme la leur.

Elly expliqua à Covey qu'elle avait grandi à l'intérieur des terres, bien au-dessus de la mer, où il restait des coquillages dans le sol laissés par un océan préhistorique. Les yeux brillants, elle glissa alors sa main dans la poche de son cardigan, puis ouvrit la paume, révélant trois coquillages blancs et roses.

— Regarde. Ça, continua-t-elle en se penchant vers Covey, c'est ce que je vais faire, plus tard. Après l'école d'infirmières.

— Ramasser des coquillages ? demanda Covey.

— Non, rit Elly. Les étudier. La géologie. Tout ce qui concerne la terre. Les océans, les volcans, les glaciers. Seulement, il me faut d'abord une lettre de recommandation, pour convaincre une université de m'accepter. Il y a quelques femmes, mais…

Elle s'interrompit, expira d'un coup. Covey hocha la tête. Elly n'avait pas besoin de le dire. Covey n'ignorait rien de ce que son amie taisait dans leurs conversations. La façon dont les gens les voyaient et le fait que cela déterminait les rôles qu'elles étaient censées jouer dans la vie.

À voix basse, elles partagèrent la peine qu'elles avaient ressentie face aux insultes et autres préjugés dont elles avaient fait l'expérience. C'était ce que représentait la Grande-Bretagne pour elles, la mère patrie, même cinq ans après l'indépendance de leur île. Elles avaient passé leur enfance sous domination britannique et avaient reçu une éducation britannique.

Covey et Elly estimaient qu'elles appartenaient avant tout aux collines, grottes et littoraux de l'île où elles avaient grandi, mais aussi qu'elles faisaient partie de la culture qui avait influencé tant d'aspects de leur vie quotidienne. Partir s'installer en Grande-Bretagne, c'était censé être comme venir vivre chez un parent – un refuge pour deux jeunes femmes qui avaient tout perdu.

Évidemment, la réalité de l'autre côté de l'Atlantique fut tout autre. À Londres, dit Elly, elle avait eu le sentiment d'être une entité dédoublée, une sorte d'hybride, quelqu'un qui avait sa place mais qui était aussi exclue, qui était la bienvenue mais parfois non. À la fin des années 1960, l'optimisme et le soulagement de l'après-guerre commençaient à s'épuiser. Les gens s'inquiétaient de la pénurie de ressources. Cela accentuait l'intolérance déjà existante, en dépit de tous les reportages sur le manque de main-d'œuvre, que le gouvernement cherchait à pallier grâce aux immigrants.

— Ne t'inquiète pas, Elly, lui dit Covey. Tu trouveras un moyen.

— Je sais, répondit Elly en repliant la carte. Je trouverai. Mais toi ?

— Moi ? s'étonna Covey en prenant une grande inspiration.

Ne dis rien, Covey. Ne dis rien.

— Être infirmière, c'est une belle perspective pour moi.

— Avec le certificat que tu vas obtenir, tu ne pourras pas prétendre à un bon salaire ni à des promotions. Tu sais qu'ils n'autorisent pas les filles des îles à passer les diplômes les plus avancés.

Covey examina ses mains, qui étaient sèches et craquelées à l'endroit où naissaient les doigts. Elle semblait passer plus de temps à nettoyer des bassins hygiéniques qu'à traiter des patients. Elly avait-elle raison ?

— Pour l'instant, ça me va, répondit Covey sans pour autant relever la tête. Je ne saurais pas quoi faire d'autre.

Ce qui était la vérité.

Mais Coventina n'était pas faite pour être infirmière, Elly le voyait bien. Tout comme Elly, d'ailleurs. Pour cette dernière, les études d'infirmière étaient une étape vers autre chose, et elle projetait déjà la suite. Elle n'avait jamais confié son intention d'être géologue à quiconque avant Covey. Elle n'en avait même jamais parlé à sœur Mary.

Le moment venu, Elly demanda à sa conseillère de l'aider à s'inscrire à un cours de géologie à l'université. Certes, elle avait plutôt des connaissances en biologie et en chimie, mais elle avait lu de nombreux ouvrages de géologie sur son temps libre. Elle était persuadée de pouvoir se qualifier pour le cours qu'elle visait.

Tout en exposant ses arguments, Elly serrait entre ses doigts un coquillage dans la poche de sa veste. Elle était consciente qu'il lui faudrait insister pour convaincre, mais elle ne s'attendait pas à échouer. La même femme qui lui avait dit qu'elle avait l'esprit scientifique lui refusait à présent une lettre de recommandation. Elly serra le coquillage si fort entre ses doigts qu'il se brisa.

Sa conseillère lui rappela que le milieu de la santé offrait de nombreuses opportunités à une fille des îles prometteuse comme elle. Peut-être pouvait-elle orienter Elly vers une formation avancée ? Elly était déjà en train de quitter la pièce. Elle avait un rêve à réaliser.

Sur le chemin de la maison, ce soir-là, elle parla à Covey de son projet.

— Il faut que j'aille là où on ne peut pas me forcer à rester infirmière. Il faut que je traverse de nouveau l'Atlantique, Covey. Au Canada, ils me prendraient.

— Au Canada ? dit Covey. Mais comment ?

— Peut-être que je n'ai pas besoin d'aller au Canada. Mais je ne peux pas rester ici, où personne ne veut m'aider. Il me faut un meilleur salaire ou un loyer moins élevé. Il faut que je fasse des économies et que je trouve le moyen d'entrer dans une autre université.

— Mais tu es censée rester. Cela fait partie de notre accord de formation.

— Oui. Et c'est pour ça qu'il faut qu'on parte d'ici le plus vite possible.

— *On* ?

— Oui, Coventina. Nous deux, ponctua Elly.

Elle s'arrêta de parler et se rapprocha de Covey.

— Qu'est-ce que tu fais ici ? La moitié du temps, tu ne dors pas la nuit. Tu crois que je n'ai pas remarqué ? Pourquoi veux-tu rester ? On pourrait changer de ville. Ce serait sympa.

Il y avait un train qu'elles pouvaient prendre vers une autre ville. Une ville où il faisait froid, oui, mais une ville proche de la mer, et Elly connaissait quelqu'un qui connaissait quelqu'un qui pouvait leur obtenir un emploi administratif dans une importante société d'import-export.

— Ils font du commerce avec les îles, expliqua Elly. Il y a des Antillais qui y travaillent. Tu pourrais rencontrer un gentil garçon, ajouta-t-elle, les yeux brillants.

Covey était fatiguée. Elle ne voulait pas tout recommencer. Mais Elly était prête à partir, et que ferait Covey sans elle ? Elly était son amie et, parce qu'elle était bien décidée à revendiquer sa juste place dans le monde, Covey se laissa prendre au rêve. Elles firent leurs bagages et partirent pour Édimbourg. Le train traversa des campagnes incroyablement vertes qui remontèrent le moral de Covey. Elle se dit que c'était le meilleur moyen de survivre, de mettre encore plus de kilomètres entre elle et sa vie d'avant. De ne plus regarder en arrière. De penser à Gibbs un peu moins chaque jour.

Devenir Elly

Au début, Covey ne se souvint pas de grand-chose. Le sifflement d'une sirène, le grincement des roues métalliques sur les rails, le choc, les tourbillons.

Lorsqu'elle revint à elle, elle attrapa les lanières du sac de son amie – ce fut la première chose qu'elle reconnut à travers le nuage de poussière et de fumée. Bien plus tard, elle se souviendrait des hurlements, des odeurs, de son corps qui lui faisait mal partout, de la sensation brûlante du métal chaud sur ses genoux tandis qu'elle rampait et appelait Elly. Covey aperçut le bras d'Elly et la montre qu'elle avait achetée à l'emporium. Elle saisit le bras de son amie. Elly, Elly ! cria-t-elle. Puis elle vit le reste d'Elly et cette vision lui fit perdre connaissance.

Quand elle se réveilla, elle était à l'hôpital avec un tube dans le bras et un terrible mal de tête. Elle pouvait sentir ses cheveux sur l'oreiller, une odeur d'huile brûlée et de fumée se mêlant à celles des draps en coton, de l'alcool à brûler et du bassin hygiénique. Elle vit le sac à main d'Elly posé sur une chaise à côté du lit d'hôpital. Où était son sac à elle ? Où était son chapeau ?

Elle souleva la couverture et vit qu'elle portait une chemise de nuit en coton. Où étaient ses vêtements ? La boîte en bois de sa mère se trouvait dans sa veste. Elle l'avait remplie de billets de banque et mise dans une poche qu'elle avait cousue dans la doublure de la veste pour le voyage. Régulièrement, elle touchait la zone autour de sa taille afin d'en sentir la forme. Malgré la douleur, Covey tourna davantage la tête. Là, elle était là. La veste avait disparu, mais quelqu'un avait sorti la boîte et l'avait placée sur un plateau à roulettes. Elle tendit la main afin de l'attraper.

Une infirmière l'aperçut, prit la boîte et la lui donna. Covey posa la boîte sur son ventre et la serra dans ses mains tremblantes.

— Comment ça va, Eleanor ? demanda l'infirmière.

— Covey.

L'infirmière fronça les sourcils.

— Pardon ?

— Coventina, précisa Covey.

L'infirmière sortit de la chambre, puis revint avec une autre femme.

— Coventina Brown ? demandèrent-elles, et Covey hocha la tête. Coventina était ton amie ?

Covey ouvrit la bouche pour parler.

— Nous sommes désolées, Eleanor, dirent-elles en secouant la tête. Coventina n'a pas survécu à l'accident.

Elles parlaient d'Elly, n'est-ce pas ? Covey ferma la bouche ; le sel de ses larmes lui irritait la commissure des lèvres. Elle pensa à la main molle de son amie. Pauvre Elly. Une soudaine nausée l'envahit et elle se pencha vers le bord du lit.

L'une des infirmières ramena Covey vers son oreiller et lui essuya le visage avec une serviette. Covey détourna la tête et tenta de bouger, mais une douleur à la jambe la fit crier.

— Doucement, Eleanor, dit l'infirmière. Ça va aller, mais tu es mal en point.

— Covey, répéta-t-elle.

— Je sais, Eleanor. Nous sommes désolées, c'est terrible, ce qui arrive.

Covey pleurait à chaudes larmes, à présent. Elle se remémora les derniers moments après l'accident. Elly était encore en vie quand Covey l'avait trouvée, elle en était sûre. Son amie avait émis une sorte de miaulement quand Covey avait essayé de la tirer, de l'extraire de sous quelque chose de lourd. Si Covey ne s'était pas évanouie, aurait-elle pu sauver son amie ? Puis elle se rappela le corps d'Elly, qu'un amas de métal écrasait. Sans doute que non. Elly était bel et bien partie, n'est-ce pas ?

Son amie avait toujours rempli le monde de sa lumière. Comment cette lumière pouvait-elle être éteinte pour toujours ?

Covey dormit d'un sommeil agité, se réveillant parfois dans une pièce sombre et saturée par les reniflements et sifflements des autres femmes dans la salle. Combien de jours s'étaient écoulés ?

— Est-ce qu'il y a quelqu'un qu'on peut contacter ? lui demanda l'infirmière un matin. Tu as de la famille ? Des amis ?

— Elly.

— Elly ? C'est une parente ?

— Eleanor.

— Ah, Elly, c'est le diminutif d'Eleanor, dit l'infirmière. C'est ce que tu préfères ? Veux-tu qu'on t'appelle Elly ?

Covey était trop fatiguée pour la reprendre. Cependant, son cerveau s'éclaircissait. De la famille ? Il ne fallait pas qu'on prévienne sa famille ni ses amis, et Elly n'avait pas de famille. Covey pensa que peut-être certaines de leurs colocataires à la pension auraient aimé savoir, ou peut-être même cette nonne sur l'île dont Elly parlait souvent. Mais Covey ? Y aurait-il une annonce dans les journaux ? Serait-elle citée comme survivante ?

Et si quelqu'un de l'île apprenait qu'elle était vivante et venait à sa recherche ? Si quelqu'un la retrouvait, comprendrait-il le rôle de Pearl dans sa fuite ? Ou de Bunny ? Et la famille qui l'avait accueillie ? Les enfants étaient encore petits, mais Covey savait que ça ne ferait aucune différence pour la famille de Little Man s'ils décidaient de se venger. Non, encore maintenant elle devait à tous ceux qui l'avaient aidée de rester invisible.

Tôt le lendemain matin, alors que les autres dormaient encore, Covey attrapa le sac à main d'Elly, le posa à côté d'elle dans le lit, y glissa la main et le vida, un objet après l'autre. Du rouge à lèvres. Des livres sterling. Un billet de train. Un passeport. À l'intérieur du passeport se trouvait une photo avec des jeunes femmes souriantes, dont Covey et Elly. Covey sourit tandis qu'une larme roulait sur ses lèvres. Les gens demandaient souvent à Elly et Covey si elles étaient sœurs et elles en riaient. En regardant la photo à présent, Covey comprit, dans leurs sourires, dans la couleur de leur peau, dans la façon dont elles inclinaient toutes les deux le menton en arrière, pourquoi les gens pensaient ça.

Elly.

Covey fouilla davantage dans le sac et en sortit une petite bourse contenant ses coquillages, ses pièces et son peigne écaille de tortue. Le trésor d'Elly. Covey posa un des coquillages sur son nez, cherchant l'odeur de la terre. Son amie n'avait jamais laissé personne la convaincre de renoncer à son rêve. Si elles étaient montées dans ce train en direction d'Édimbourg, c'était grâce à sa détermination. À présent qu'Elly n'était plus là, Covey se retrouvait de nouveau sans projets d'avenir. Sans amie. Qu'allait-elle devenir ?

Covey aurait aimé lui parler de Gibbs, de leurs projets. Elle aurait aimé lui expliquer qu'elle essayait de renoncer à ce rêve et que c'était difficile.

Plus tard, Covey ressortit la photo des jeunes femmes. Elle la contempla pendant longtemps, passant son doigt sur les minuscules visages souriants, la serra contre son cœur un instant, puis la déchira en mille morceaux qu'elle enfouit au fond du sac. Sa main tomba alors sur une enveloppe envoyée par avion. C'était une lettre de sœur Mary. Covey lut la lettre deux fois, puis déchira aussi le papier bleu soyeux, dont les morceaux rejoignirent ceux de la photo.

— Eleanor Douglas, murmura-t-elle. Eleanor Douglas.

Elle se répéta le nom en boucle. Elly avait été son amie, mais elle ne pouvait plus rien pour elle maintenant. Pour la deuxième fois en deux ans, Covey avait failli mourir. Pour la deuxième fois en deux ans, on lui offrait une seconde chance. Pour la deuxième fois en deux ans, elle comptait bien la saisir.

L'infirmière de nuit s'approcha de son lit.

— Comment vas-tu, Elly ? demanda-t-elle.

Covey hocha simplement la tête et resta silencieuse.

Elly, Elly

Quelqu'un appelle Elly, mais elle est très fatiguée. Elle bascule dans un rêve. Elle déterre des coquillages dans le jardin. Un papillon descend vers elle et volette autour de son visage. C'est une terre de miracles. Il n'y a pas d'odeur de métal brûlé dans ce jardin, pas de douleur, seulement quelqu'un qui appelle, *Elly, Elly*, qui lui tient la main, qui l'entraîne. Qui l'entraîne. Quelqu'un qui est venu la ramener à la maison.

Eleanor Douglas

À l'été 1967, les journaux annoncèrent qu'un train express circulant à grande vitesse au nord de l'Angleterre avait percuté un train de marchandises qui avait déraillé. Parmi les victimes se trouvait une jeune femme des Antilles identifiée grâce à des documents découverts sur place comme étant Coventina Brown, vingt ans environ. Miss Brown se rendait à Édimbourg pour occuper un poste administratif dans une entreprise locale.

La société d'import-export n'hésita pas à confirmer son offre d'emploi à l'une des survivantes de l'accident, Miss Eleanor Douglas, vingt-deux ans, lorsque cette dernière se présenta à leurs bureaux quelques semaines plus tard. Au départ, la jeune femme semblait désorientée, ne répondait pas toujours quand on l'appelait, mais elle était respectueuse et rattrapa vite son retard. Il s'avéra qu'elle était douée pour les chiffres, même si elle ne se servait jamais d'une calculatrice, et son supérieur eut la satisfaction de se dire qu'il avait pris la bonne décision.

La perte

Byron et Benny entendent leur mère demander à Mr Mitch d'arrêter l'enregistrement encore une fois.

— À ce moment, votre mère était dans tous ses états, remarque Mr Mitch. La perte de son amie Elly l'a dévastée et emprunter son identité fut un point de non-retour.

Byron et Benny observent leurs mains.

— Je continue ?

Byron et Benny hochent la tête, incapables de parler.

C'est souvent comme ça avec les gens, pense Benny. On peut voir une personne sans avoir la moindre idée de ce qu'elle renferme. Papa était-il au courant ? se demande-t-elle. Ma leur avait menti sur tant de choses que Benny ne peut même pas imaginer comment son histoire va les amener jusqu'à la sœur dont ils ignoraient l'existence et encore moins à leur vie actuelle. Benny a-t-elle autant menti sur sa vie ? Non, pas comme ça. Pas à ce point.

Elle comprend soudain qu'elle soupçonnait sa mère de leur mentir sur un point, au moins : ses maux de tête. Des maux de tête si violents qu'elle restait au lit tout le week-end. Même à l'époque, Benny avait le sentiment que ce n'était pas tant des maux de tête qu'un mal-être qui la plongeait dans l'abîme.

Sa mère avait toujours été la plus exubérante de la famille, la plus endurante, celle qui, un jour, avait attendu et attendu avec Benny dans l'eau que sa fille parvienne à prendre la vague et à se mettre debout sur une planche pour la première fois.

— Ne te presse pas, Benny, lui disait sa mère. Sois attentive, tu sauras quand ce sera le bon moment.

Benny n'a jamais été très douée pour le surf, mais la sensation d'avoir saisi le bon moment, d'être montée sur la planche pour la première fois, était gravée en elle, lui donnant le sentiment que, même pendant les périodes les plus sombres, la vague viendrait la hisser au-dessus de sa détresse. Jusqu'à ce qu'elle admette enfin qu'il lui fallait de l'aide.

Lorsque la thérapeute de Benny lui avait demandé l'année dernière s'il y avait des antécédents de dépression dans la famille, Benny avait pensé à sa mère et dit : *Peut-être*. Parce qu'elle pouvait se rappeler ces moments où Ma se murait tout à coup dans le silence à table, ou bien ne venait tout simplement pas manger, prétextant une migraine qui la clouait au lit.

Certains matins, quand elle était petite, papa chassait Benny de la chambre parentale en disant : « Ta mère a besoin de se reposer », et Ma restait au lit toute la journée. Une fois, le père de Benny avait laissé la porte légèrement entrouverte et Benny avait vu sa mère allongée dans le lit, éveillée, en train de fixer le plafond.

Benny se demande à présent si ces périodes de déprime étaient inscrites dans son anatomie ou si elles résultaient des difficultés traversées. Sa mère avait dû parfois éprouver le sentiment que son passé et tous les efforts déployés pour le cacher étaient trop lourds à porter. Quelle était l'étendue de ce qu'elle avait tu ? Et que lui restait-il à révéler ?

Mrs Bennett

La deuxième fois que je suis morte, c'était plus facile. La mort d'Elly m'a dévastée, mais une porte s'est ouverte et je l'ai franchie. J'avais tous les documents nécessaires dans son sac à main. Rappelez-vous, B & B, Elly était orpheline et les gens qui nous attendaient en Écosse ne nous connaissaient pas personnellement, ils savaient seulement que l'une de nous était décédée et que l'autre avait toujours besoin d'un emploi.

Mes collègues et voisins à Édimbourg étaient sympathiques et j'ai appris à me détendre. Deux années s'étaient écoulées depuis ma disparition de l'île et je me faisais à l'idée que personne ne viendrait à ma recherche. Eleanor Douglas était une orpheline qui avait grandi dans une région isolée de l'île et Coventina Brown tout comme Coventina Lyncook étaient à présent officiellement décédées. Il n'y avait personne pour s'inquiéter. Personne pour se poser les bonnes questions quand j'ai disparu pour la troisième fois. Parce que oui, B & B, il y a eu une troisième fois.

Du bois flottant

Johnny « Lin » Lyncook observa la baie où sa fille avait disparu deux ans plus tôt et se demanda ce qu'il aurait pu faire différemment. Dans le sable à côté de lui se trouvait un morceau de bois flottant tellement imposant que personne n'avait jamais tenté de le déloger. Au fil des années, il avait planté des racines dans le cœur de ceux qui vivaient dans cette baie, qui passaient devant tous les jours, qui s'embrassaient dans son ombre, qui l'apercevaient depuis la mer. De temps en temps, un petit morceau disparaissait pendant la nuit et réapparaissait dans un jardin, sur une véranda, sur une table en verre. La beauté d'une chose en justifie le pillage.

Le gros morceau de bois flottant gardait encore la forme du tronc qu'il avait été des années auparavant, seulement il avait été lavé et poli par la mer, fouetté par les tempêtes et cuit lentement par le soleil. Il était déjà là quand Lin était arrivé sur l'île avec ses parents et il était toujours là quand sa fille avait disparu quelques jours avant son dix-huitième anniversaire. La fille de Lin était de la couleur de ce bois flottant, ses bras et ses jambes avaient la force de cet arbre, et son visage était de ceux que Little Man avait voulu posséder.

La beauté d'une chose en justifie le pillage.

Lin se tenait à présent à côté du bois flottant. Pour la première fois depuis des années, il avait l'esprit clair – cela faisait des années que ce n'était pas le cas. Retirant ses sandales, il avança vers le bord de l'eau. Lui qui n'avait jamais été du genre à douter de lui-même ne faisait plus que ça. Il pensait qu'avec le temps cela s'améliorerait et, pourtant, il ne cessait de se demander ce qu'il aurait pu faire différemment. D'abord, la mère de sa fille l'avait quitté et, à présent, son enfant était morte. Elle s'était précipitée dans l'eau et noyée à peine quatre heures après avoir été mariée à Little Man.

Tout le monde avait vu Little Man plaquer sa main sur sa poitrine et tituber. Il avait ensuite lâché son verre de champagne, était tombé en avant sur les éclats ; un filet de bave avait coulé de sa bouche. S'il n'avait pas été aussi détestable, les gens auraient pu croire qu'il était mort jeune à la suite de problèmes cardiaques, mais personne ne doutait qu'il avait été assassiné, tant de gens ayant ardemment désiré sa mort. Lin ne fut pas désolé de voir Little Man disparaître, mais il refusait de croire que sa fille était responsable.

Cependant, Covey s'était enfuie de la salle de réception dès que son nouveau mari s'était effondré. Lin pouvait concevoir que c'était presque un aveu de culpabilité. Deux années s'étaient écoulées depuis que la robe de mariage de Covey avait été retrouvée abandonnée sur la plage. Dans les premiers jours, l'absence de corps avait donné espoir à Lin. Covey avait pu s'échouer, inconsciente, sur une autre plage, elle avait pu être coincée dans une poche d'air dans une grotte quelque part jusqu'à la marée basse. À présent, Lin devait accepter qu'il ne reverrait plus jamais sa fille.

Que le frère de Little Man Henry le fasse tuer n'était qu'une question de temps, mais, pour l'instant, il était plus utile à la famille vivant que mort. Lin leur devait toujours de l'argent et il était le mieux placé pour gérer les magasins, qui désormais leur appartenaient. Lin avait perdu ses commerces, sa fille, et sa souffrance devait satisfaire en partie les Henry.

Que ça lui plaise ou non, bon nombre de personnes pensaient que Covey avait empoisonné Little Man, et la plupart préféraient éviter Lin. Seule Pearl semblait peu se soucier de la réaction de la famille Henry. Elle venait toujours à la maison les dimanches après-midi cuisiner pour Lin, bien qu'elle ait un autre emploi dans la villa sur la colline.

Pearl parlait à peine à Lin quand elle venait à la maison, mais elle entrait dans la cuisine comme si rien n'avait changé. Elle lui laissait du ragoût de bœuf ou une marmite de riz et petits pois et un peu de plantain frit, parfois du calalou – quelque chose qui lui tiendrait plusieurs jours car, de toute manière, il ne mangeait pas beaucoup. Lin se rendit compte qu'il connaissait Pearl depuis aussi longtemps qu'il connaissait sa fille et, quand bien même il savait peu de choses sur elle, son absence quotidienne accentua son sentiment de perte – si une telle chose était possible.

Si Lin avait été meilleur homme, il aurait refusé que Covey épouse Clarence Henry. Mais à quel prix ? Little Man lui aurait sans doute pris Covey quand même, ce qui aurait été pire. Sa fille unique, souillée et abandonnée sans même un sou à son nom. Peut-être valait-il mieux qu'elle soit morte, finalement. Peut-être que Lin aussi serait mieux mort. S'il avait été meilleur homme, il ne se serait pas retrouvé dans cette situation – et c'était ça, la triste vérité.

Lin prit une grande respiration et avança dans l'eau. Il partirait comme sa fille. S'il y avait quelque chose de l'autre côté, comme beaucoup de gens le croyaient, il l'y retrouverait peut-être. Il sentit le sable sous ses pieds, goûta le sel sur sa langue, essayant de convoquer une image de sa fille sous un de ses meilleurs jours, tellement heureuse d'être dans l'eau qu'elle aurait fait n'importe quoi pour y aller. Il espérait garder cette image dans sa tête avant de mourir.

Plus tard, Lin se révéla incapable de se souvenir du moment exact où quelqu'un l'attrapa par le col. Tout était gris. Il se souvint de deux enfants au-dessus de lui sur le sable. Leurs ventres étaient gonflés comme deux gourdes marron, leurs jambes étaient toutes maigres. Ils appartenaient sans doute à l'une de ces familles vivant dans les cabanons à l'intérieur des terres, pas très loin d'ici. Il avait vendu des articles à crédit à ces familles jusqu'à ce que le frère de Little Man y mette fin.

Les garçons avaient réussi à tirer Lin jusqu'au sable sec. Il était resté allongé là, épuisé et honteux. Il n'avait même pas réussi à se tuer. Peu de temps après son retour à la maison, Pearl était arrivée en courant, agitant les bras dans tous les sens. Elle ignorait tout de ce qu'il venait de traverser.

Que disait-elle ? Elle déblatérait à propos d'un gars du coin, qu'on appelait Short Shirt. Ne voyait-elle pas que Lin était trempé jusqu'aux os ?

— Il travaillait pour Little Man, vous vous rappelez ? demanda Pearl.

Le jeune homme, disait-elle, avait été surpris en train de verser du poison dans le verre du frère de Little Man et la police l'accusait à présent d'avoir assassiné Little Man deux ans auparavant. Mr Lin ne comprenait-il donc pas ? Covey n'était plus la principale suspecte.

Et voilà qui était bien. Avec un peu de chance, cela signifiait que la famille de Clarence Thomas allait cesser de le menacer, qu'il n'avait plus à craindre que quelqu'un le frappe avec une planche et le jette aux crocodiles de la rivière. Mais il était trop tard pour sauver sa fille. Par ailleurs, il était encore obligé de travailler comme employé dans les magasins.

Un homme plus honorable serait sans doute retourné à la plage pour tenter de se tuer une deuxième fois, mais Lin était fondamentalement lâche. Il était aussi joueur, et ne pouvait s'empêcher de penser qu'un jour il trouverait le moyen de récupérer tous ses biens. Tous, sauf sa fille Covey.

Short Shirt

La plupart des gens en ville connaissaient Short Shirt Higgins, mais jamais Pearl n'aurait pensé qu'il jouerait un rôle dans l'histoire de Covey Lyncook. Short Shirt était maigre comme une ombre, mais grand, d'où son surnom. Malgré sa croissance, les chemises que sa sœur lui avait cousues quand il était au lycée lui allaient toujours. Simplement, les pans inférieurs remontaient toujours un peu plus vers le haut jusqu'à révéler la peau marron de son ventre.

Pour un pauvre *jenn* comme Short Shirt, la vie offrait peu d'options en dehors de travailler pour Little Man Henry. Au bout d'un temps, Short Shirt gagna de quoi s'acheter deux chemises qui recouvraient son torse et des pantalons qui descendaient jusqu'à ses chevilles. Le surnom resta.

À vingt-cinq ans, plus personne ne l'appelait par son nom de baptême, sauf ses parents et sa sœur. Sa sœur, cela dit, ne parlait plus vraiment. Plus tôt dans l'année, elle avait été tabassée et laissée pour morte sous un laurier-rose. La police affirmait ignorer qui était responsable, mais Short Shirt savait, et il comptait bien le lui faire payer.

La sœur de Short Shirt s'était plainte, à plusieurs reprises, de l'attitude persistante de Percival Henry, le frère de Little Man. Qu'était-il censé faire, lui qui était employé par la famille ? À l'hôpital, sa sœur lui serra la main et murmura le nom de son agresseur avant de perdre connaissance. À sa sortie, elle était fragile, parlait lentement et était en proie à de fréquentes crises de tremblements, car Percival Henry l'avait essentiellement frappée à la tête.

La mère de Short Shirt lui avait fourni la solution presque malgré elle. Ayant grandi dans les anciennes collines boisées au cœur de l'île, elle avait appris à ses enfants à éviter certaines plantes comme l'ortie tropicale, le comocladia et l'arbre empoisonné, les exhortant à mémoriser l'aspect de tous ces végétaux qu'ils ne devaient jamais porter à la bouche.

Un après-midi en 1967, Short Shirt fut surpris en train de faire couler de l'eau sur la feuille d'une plante empoisonnée au-dessus d'un verre destiné à Percival Henry. *Short Shirt, ça alors !* Ce n'était pas son genre, mais voilà ce qui pouvait arriver au cœur d'un jeune homme dont la sœur avait été traitée comme un déchet alors que, en réalité, elle était une princesse.

Personne n'aimait les frères Henry et leur comportement, mais tout le monde était d'avis qu'on ne pouvait pas empoisonner les gens, à moins d'être sûr et certain de ne pas se faire prendre. Après son arrestation, Short Shirt avoua et expliqua son mobile, mais nia obstinément toute implication dans la mort de Little Man deux ans auparavant. Il n'était même pas en ville ce jour-là. Au final, Short Shirt fut condamné à une peine de prison pour le meurtre de Percival Henry, mais ne fut jamais poursuivi pour celui de Clarence Henry.

Pearl savait que Short Shirt n'avait pas pu tuer Little Man, mais, pour elle, l'essentiel était que cette affaire avait soulevé suffisamment de questions pour qu'il y ait des doutes sur la culpabilité de Covey. La rumeur disait que Coventina Lyncook avait très certainement saisi l'occasion, en voyant son mari s'écrouler, pour s'enfuir sans se retourner. Et qui n'aurait pas fait pareil ? Peut-être qu'un jour, espéra Pearl, Covey pourrait rentrer à la maison.

Elle tenta d'informer sa protégée de ce qui s'était passé avec Short Shirt, mais ses contacts en Grande-Bretagne n'avaient plus de ses nouvelles depuis un moment. *S'il vous plaît, essayez de la retrouver*, demanda Pearl. Au bout d'un temps, Pearl reçut des nouvelles. Il y avait eu un terrible accident. Pourquoi une telle chose était-elle arrivée à une enfant qui avait traversé tant d'épreuves, une enfant qui méritait un peu de bonheur ? Pearl leva les bras au ciel et s'en prit au Dieu en qui elle avait donné sa confiance.

Bunny

Avant que la nouvelle ne parvienne que Coventina Lyncook, voyageant sous le nom de Coventina Brown, avait été tuée dans un accident de train en Angleterre, la plupart des gens de sa ville natale ignoraient qu'elle fût en vie. Ceux qui avaient déploré sa perte à la suite de sa disparition en mer le jour de son mariage étaient à présent doublement peinés, notamment le père de Covey et Gibbs Grant. Gibbs était en Angleterre pour ses études lors de l'accident de train et comprit alors qu'il se trouvait à proximité de Covey pendant tout ce temps.

Lorsque Pearl lui parla du déraillement, Bunny partit en courant vers la plage et arpenta la crique dans tous les sens, dans l'espoir d'un enchantement, que peut-être elle pourrait y trouver Covey, allongée, inconsciente mais en vie, comme elle l'avait trouvée le soir de son mariage. Elle aurait dû partir en Grande-Bretagne avec Covey, pensa Bunny, ou l'y rejoindre peu de temps après. Ou peut-être que ça avait été une erreur, de l'aider à s'enfuir.

Sans se dévêtir, Bunny avança dans la mer et nagea vers l'horizon – *nage, nage, nage*. Elle imagina que Covey était juste devant elle, se dit que rien n'avait changé, mais au bout de deux heures elle fut obligée de retourner sur la plage et d'affronter la vérité. Elle courut jusque chez elle, en larmes. Ses vêtements mouillés collaient à elle comme de longues algues. Une fois rentrée, elle se mit au lit.

L'année suivante, Bunny était assise sur un banc au club de natation, enroulée dans un peignoir en éponge, et étirait et recroquevillait ses orteils dans ses sandales en caoutchouc tout en attendant son entraîneur. Elle hochait la tête au rythme d'une chanson de Johnny Nash émanant de la radio sur la table de l'entraîneur. Après une année passée à pleurer Covey, Bunny avait enfin compris qu'elle devait continuer sans son amie et que, si elle voulait vraiment honorer sa mémoire, il fallait qu'elle franchisse la porte que Covey lui avait entrouverte. Bunny était douée pour la nage en eau libre, lui avait dit son entraîneur. Un jour, elle serait célèbre.

Une autre femme, de quelques années plus âgée que Bunny, entra dans la piscine. C'était la policière dont parlaient les journaux, la première femme policière de la ville. Patsy *Quelque chose*. Elle était sur la plage avec le père de Covey le jour du mariage. Le frère de Bunny, qui était aussi policier, lui avait dit que cette Patsy était sympa. La policière regarda Bunny et lui fit un signe de la tête. Bunny l'imita en retour et la chaleur qui se répandit à l'arrière de sa nuque lui fit penser à Covey.

Bunny penserait à Covey chaque fois qu'elle mettrait ses lunettes de plongée et partirait nager. Bunny appartenait à la mer, où Covey l'avait emmenée en premier. Dans la mer, malgré sa peur. Son entraîneur lui avait trouvé un spécialiste de la nage en eau libre, et ça avait été une révélation. Bunny comprenait à présent ce qu'elle était en mesure d'accomplir.

Dans les pires moments, elle puisait son courage en imaginant que son amie était juste devant elle dans l'eau et, avec le temps, le fait que Covey avait semblé plus heureuse avec Gibbs Grant qu'avec elle cessa de la déranger. Avec le temps, savoir que son amie avait connu le bonheur lui apportait tout le réconfort dont elle avait besoin.

Bunny avait eu du mal après le départ de son amie et seule la nage l'avait aidée. La nage et Jimmy, qui réparait des bateaux avec son père depuis l'école primaire.

Par la suite, elle fut gênée d'expliquer à Patsy qu'elle avait pu laisser un homme l'embrasser et lui faire l'amour. Contrairement à bien d'autres femmes, personne ne l'avait forcée, la première fois. Non, Jimmy était un jeune homme enthousiaste, drôle, travailleur et attentionné. Il l'avait toujours soutenue pour la natation. Il n'avait jamais pensé – comme le faisaient bien d'autres – qu'une femme qui passait son temps en pleine mer comme Bunny était *une abomination pour le Seigneur*.

— Ce garçon en pince pour toooooi, avait plaisanté Covey un jour, lorsque Jimmy avait accepté que son canoé motorisé serve de bateau de secours lors d'une nage.

Bunny avait fusillé Covey du regard, mais elle savait que c'était vrai.

Jimmy n'avait jamais remis en question les rêves de Bunny et, comme c'était dans l'ordre des choses, Bunny n'avait pas résisté quand Jimmy lui avait fait la cour, avait voulu la prendre dans ses bras. Dans l'effervescence de l'adolescence, c'était plus facile pour Bunny de se comporter comme les autres jeunes femmes. Elle aimait sentir les bras de Jimmy autour d'elle. Elle se dit que c'était l'absence de Covey, sa perte, qui engourdissait ses sentiments, son désir. Elle comprit qu'elle s'était trompée lorsqu'elle rencontra Patsy. Jimmy comprit aussi.

Ils avaient à peine arrêté de se fréquenter quand Jimmy fut tué dans un accident de bus. Avec quelques camarades, ils s'étaient accrochés à l'arrière d'un bus en circulation et, alors que le bus avançait sur une route de terre cahoteuse entourée de champs de canne à sucre, il était tombé. Bunny sut qu'elle avait aimé Jimmy, même si elle n'aurait jamais pu l'épouser. Il existe différentes manières d'aimer quelqu'un et perdre un être cher est toujours douloureux. Cette douleur la conforta dans son envie de vivre sa vie comme elle l'entendait.

Quand Bunny comprit que son petit ventre n'était pas dû à la nourriture qu'elle ingérait mais à une grossesse avancée, Patsy et elle se préparaient à partir en Angleterre et s'organisaient pour que le petit frère de Patsy, qui était encore jeune, les rejoigne rapidement. Patsy avait été claire dès le début : elle avait promis à son père, le seul parent qui lui restait, qu'elle prendrait soin de son frère, et ce serment avait renforcé les sentiments de Bunny envers elle.

À l'époque, il était courant pour deux femmes célibataires de vivre ensemble. On s'y attendait, même. Il était également facile de laisser répandre la rumeur que le père du bébé était mort dans les îles. Maintenant, elle était là, obligée de se construire une nouvelle vie loin de chez elle. Quelle chance d'avoir une colocataire du même pays pour lui tenir compagnie.

— Comment ça ? demanda son nouvel entraîneur lorsqu'elle lui annonça la nouvelle.

C'était lui qui avait organisé son départ en Angleterre.

— Comment comptes-tu t'entraîner si tu as un travail et un enfant ? demanda-t-il, puis son visage s'adoucit. Tu ne vas pas me laisser tomber, hein, Bunny ?

Il jouait sa réputation sur cette jeune femme talentueuse qu'il avait fait venir.

— Non, monsieur, répondit Bunny.

— Et redresse la tête, jeune femme. Quel genre de championne laisse ainsi sa tête retomber comme un vieux fruit ?

Bunny rit.

— Voilà qui est mieux.

L'entraîneur s'approcha d'elle et Bunny, qui était grande, dut baisser la tête pour le regarder dans les yeux.

— Beaucoup de gens comptent sur toi, Bunny, tu comprends ? Mais la seule chose qui importe, c'est toi. Est-ce que tu peux compter sur toi-même quand tu es là-bas, dans l'eau ? Ce n'est pas une mince affaire. La Manche te réduira en miettes si tu ne la traites pas avec respect.

— Oui, monsieur.

D'autres personnes attendaient de pouvoir soutenir Bunny, des gens qui appréciaient cette nageuse en eau libre venue des îles, en dépit de l'époque et des tensions grandissantes entre locaux et immigrés, en dépit de sa peau noire. Ils avaient compris que l'incroyable talent de Bunny et son sourire éclatant ne pouvaient qu'embellir l'image du Commonwealth.

D'abord, il lui fallait conquérir ces vagues couleur bronze, qui étaient plus froides que tout ce que Bunny avait pu connaître, et ce courant étrange qui ne cessait de la faire dévier de son cap ; la nausée, aussi – beaucoup, beaucoup de nausée –, et le profond désespoir qui l'assaillait parfois, quand elle n'était pas sûre de pouvoir traverser la Manche, tout en sachant qu'elle n'était pas faite pour autre chose.

Un bel avenir

La nouvelle Eleanor Douglas avait enfin cessé de regarder par-dessus son épaule où qu'elle aille, terrifiée à l'idée d'être reconnue. Son nouvel emploi se trouvait près du port d'Édimbourg et son studio n'était pas loin de l'eau. À son arrivée, elle boitait encore et elle eut le sentiment que l'air marin lui faisait du bien, même si l'eau ici était tellement froide qu'elle ne pensait pas un jour s'y baigner.

Son supérieur avait été d'un grand soutien. Il lui avait donné une journée pour s'installer et pour se familiariser avec le trajet du bus. Les autres employés de bureau la regardaient timidement, lui parlaient doucement, au début. Ils avaient entendu son histoire, pensait-elle. Qu'elle avait survécu à un accident de train dans lequel elle avait perdu une amie chère.

Cette nouvelle ville était, comme Londres, un brouhaha de circulation avec des bus surdimensionnés, des rues grises et des gens ayant pour l'essentiel le visage rose, mais c'était aussi différent. Il y avait des éclats de couleurs entre les immeubles. Cette large colline qui ressemblait à une énorme miche de pain oubliée. Et ce grand château en haut de la falaise, quel endroit ! Cependant, il y avait aussi un profond sentiment de perte, l'absence de tous ceux qui avaient compté pour elle. Elle essaya de ne pas penser à Gibbs ; quand cela arrivait, elle s'endormait en pleurant.

Le nouveau supérieur d'Eleanor la félicitait pour son travail. Elle était compétente, et très belle, en plus. Il restait tard au bureau pour lui montrer comment tenir les comptes. Il lui expliqua que cela l'aiderait à monter dans les rangs. Il lui assura qu'elle avait un bel avenir devant elle. Au bout d'un certain temps, Eleanor s'autorisa à le croire.

Jusqu'à ce que son supérieur se tienne un peu trop près.

Jusqu'à ce qu'il essaie de l'embrasser.

Jusqu'à ce qu'il mette ses mains, là.

Jusqu'à ce que la suite plonge Eleanor dans le silence et la stupeur.

L'impensable

Benny se lève, secoue la tête d'un côté à l'autre.

— Non, je ne peux pas, dit-elle, et elle sort de la pièce.

Byron se penche en avant et pose une main sur son front. On dirait qu'il va pleurer.

Mr Mitch incline la tête. Si seulement Eleanor avait pu parler de tout ça à sa famille avant. Depuis que des gens en maltraitent d'autres, les femmes ont été soumises à ce genre de violence. Il est grand temps qu'elles cessent d'en avoir honte.

Benny parcourt le couloir en direction de la chambre de ses parents. Elle attrape un petit cadre sur la table de nuit de sa mère, une photo Polaroid prise de ses parents devant le bureau de l'état civil le jour de leur mariage. Du pouce, elle essuie les traces de poussière sur le verre. Ça pourrait être n'importe quelle belle occasion. Deux personnes souriantes, une robe pâle, un costume marron, un petit bouquet de pivoines.

Benny examine le visage de sa mère. À un moment donné, sa mère a rencontré son père. À un moment donné, elle est retombée amoureuse. À un moment donné, sa mère a été heureuse, non ? Une personne peut encore trouver le bonheur même après avoir traversé tout cela, non ? Benny a besoin de le croire. Non, elle a besoin d'en être sûre. Benny repose le cadre sur la table de nuit et retourne au salon. Sans regarder Byron ni Mr Mitch, elle s'assied et place un coussin sur son ventre.

Mrs Bennett

B & B, je suis désolée que vous ayez à entendre ça, mais il faut que vous compreniez tout ce qui s'est passé. Mon travail dans cette société d'import-export à Édimbourg m'avait fourni un refuge, un endroit où je pouvais me reposer et recommencer à rêver. Vous pouvez imaginer comment je me suis sentie l'année suivante quand je me suis retrouvée dans une situation compliquée. Quand j'ai été obligée de m'enfuir encore une fois.

On grandit en pensant que si quelqu'un nous fait subir quelque chose de terrible, on aura la force de réagir, de se défendre, de s'enfuir. Je savais que j'en étais capable. Mais, cette fois-ci, c'était comme si j'étais gelée de l'intérieur. Je ne savais vraiment pas quoi faire, et je n'avais personne de confiance vers qui me tourner.

Je me suis rendue au travail le lendemain en pensant qu'il fallait que je dise ou que je fasse quelque chose, mais mon supérieur s'est comporté comme si de rien n'était. Sauf que moi, je savais que si, parce que, tout à coup, il passait l'essentiel de son temps dans son bureau, jamais dans la grande salle, il ne restait plus le soir pour me montrer les livres de comptes, jamais plus il ne me parla directement, il s'adressait aux employés de bureau de manière collective. J'aurais dû être choquée de le voir ainsi tout effacer, mais la vérité, c'est que j'étais soulagée. Moi aussi, du coup, j'ai voulu tout gommer. J'ai continué de travailler, de rentrer chez moi, de pousser la commode devant ma porte, le soir, et de rester éveillée pendant une bonne partie de la nuit.

Un jour, alors que je récupérais ma paie, j'ai annoncé à mon employeur que je retournais en Angleterre. Il m'a tout de suite promis une bonne lettre de recommandation. Bien entendu, il ne m'a pas demandé de rester. Il ne m'a pas non plus demandé pourquoi je partais. Parce qu'il savait ce qu'il avait fait. Il ne m'a pas regardée en me parlant. Il a fixé ses mains qui triaient les enveloppes sur son bureau et m'a tendu la mienne.

— Suivante, a-t-il lancé en faisant signe à la jeune femme derrière moi.

Je ne pourrais pas décrire ce que j'ai ressenti. Quelque chose qui n'était pas tout à fait de la colère, ni de la peur, mais une sorte de tristesse béante. Il m'a fallu attendre de sentir mon bébé bouger et donner des coups dans mon ventre pour analyser ce qui s'était passé. Lorsque j'ai perçu ce mouvement dans mon utérus, j'ai compris deux choses. La première, c'était que mon bébé serait une fille et, la deuxième, c'était qu'elle ne devait jamais savoir comment elle avait été conçue.

La séparation

En 1970, Eleanor était de retour à Londres. Il ne lui restait que quelques pièces en poche et elle serrait dans sa main un prospectus qu'on lui avait distribué dans la rue. En larges caractères, il était écrit : Tu n'es pas seule. Au début, elle pensait que cela faisait référence à Dieu. À l'époque, certaines églises faisaient autant de publicité que les grands magasins. En fait, le prospectus ne parlait pas de religion, il parlait de jeunes femmes comme elle. Célibataires et enceintes. Ce n'était explicitement écrit nulle part, mais les mots « jeune femme en détresse » lui sautèrent aux yeux comme un code secret.

Voilà. C'était de ça qu'elle avait besoin, de ce genre d'assistance. Eleanor avait gagné assez d'argent avec la société d'import-export pour revenir à Londres. Elle n'avait cessé de trembler pendant tout le voyage en train, hantée par le souvenir de l'accident.

Elly.

Elle était revenue à Londres parce qu'elle n'avait nulle part où aller. Mais, en arrivant, elle se rendit compte qu'elle ne pouvait pas faire appel à ses anciennes connaissances. Croiser la route des personnes qui avaient fréquenté la véritable Eleanor était impossible. Par ailleurs, une fois son ventre bien visible sous sa robe, elle n'aurait plus d'endroit où aller.

Était-ce déjà évident ? Sans doute, puisqu'une femme d'une quarantaine d'années lui avait déposé ce papier dans les mains alors qu'elle patientait à l'arrêt de bus. Elle prit le bus jusqu'à l'adresse indiquée et se retrouva face à un bâtiment en briques, dans un quartier de la ville qu'elle ne connaissait pas. Là, on lui donna à manger et un endroit où dormir, en lui assurant qu'elle avait pris la bonne décision. Quel soulagement d'être entourée d'autres femmes, bien qu'elles dorment toutes dans un grand dortoir et soient obligées d'entendre les autres soupirer, ronfler, pleurer.

Les religieuses lui expliquèrent qu'elle ne pouvait espérer que son enfant ait une bonne vie avec une mère comme elle. Mais elle n'avait rien fait de mal, avait-elle répondu. On l'avait forcée. Ça n'avait pas d'importance, estimaient-elles. Ce qui importait, c'était l'avenir qu'elle voulait pour son enfant. Ce qui importait, c'était qu'elle aurait du mal à trouver un emploi, c'était qu'elle serait peut-être obligée de faire des choses terribles pour survivre. Son enfant serait stigmatisé. Ce qui importait, c'était que son enfant méritait mieux.

Ce qu'elles voulaient dire : son enfant méritait mieux qu'Eleanor. Elle méritait quelqu'un qui n'était pas Eleanor.

Eleanor voulait garder son bébé, mais elle se rendit compte que la personne qu'elle était différait de la personne que les autres percevaient. Qui on est en son for intérieur ne permet pas forcément de survivre dans ce monde. La vérité, c'était qu'Eleanor n'était pas certaine de pouvoir s'en sortir avec son enfant.

— Tu auras un meilleur avenir, murmurait Eleanor à son ventre saillant.

Pour que son bébé ne connaisse jamais la honte, se jurait-elle.

Son bébé. Tout se passa très vite. La douleur, le liquide, les hurlements. Eleanor avait donné naissance à un être aux longs doigts et aux pleurs charmants, qui avait une petite tache de naissance sur le haut de son front pâle et une bonne touffe de cheveux noirs. Jusqu'à cet instant, elle n'aurait pas cru possible d'aimer quelqu'un d'autre à ce point.

Elle lui donna le prénom de sa mère et l'allaita pendant six semaines. Lorsqu'elle voyait son bébé, ses seins lui tiraient jusqu'à ce que la bouche en ventouse de son bébé s'accroche à son téton. Lorsqu'elle ne s'en occupait pas, elle était à genoux à frotter le sol ou faisait des lessives, soulevant le pan de sa robe pour essuyer la sueur sous son menton.

Un jour, l'une des nonnes dit à Eleanor de passer sa plus belle robe. Elles mirent le bébé dans une poussette, puis se rendirent en taxi dans un bureau dont les murs étaient jaunes et où il y avait des armoires à dossiers et des publicités pour du matériel de puériculture. Là, une femme demanda à Eleanor de signer un bout de papier et lui prit son bébé des bras.

— Non, attendez, dit Eleanor. Est-ce que je pourrais...

Les reniflements du bébé se transformèrent en sanglots tandis que la femme disparaissait avec elle dans le couloir. Eleanor aussi se mit à pleurer.

— Ça suffit, dit la bonne sœur en sortant. Comporte-toi comme une dame.

Eleanor quitta le foyer pour jeunes mères bien décidée à être réunie un jour avec son bébé, à trouver un moyen de la récupérer. Tout ce qu'elle fit à partir de là, c'était dans l'idée de pouvoir s'en occuper seule. Trouver un logement, un emploi de secrétaire, se rendre au travail à pied afin d'économiser le bus, faire un détour pour éviter de passer dans les rues où, sur les fenêtres, en dépit de la loi, étaient affichés des panneaux décrétant *Pas de Noirs, pas de chiens, pas d'Irlandais*.

Eleanor se nourrit de sardines en boîte et de fruits, et elle parvint à économiser plusieurs livres. Au bout de quelques mois, elle tenta de retrouver l'agence qui lui avait pris son bébé, mais elle n'était plus là. Elle retourna au foyer et supplia les bonnes sœurs de lui dire où était sa fille, mais elles menacèrent d'appeler la police et de la faire interner.

Par la suite, aucun des bonheurs de sa vie, ni l'amour d'un homme, ni la joie de donner naissance de nouveau, ni celle de plonger dans la mer, ne parviendrait à apaiser le tourbillon qui s'était formé en elle et qui ne cessait de l'entraîner vers le fond.

Parfois, Eleanor rêvait d'une poussette vide ; quand elle revenait au foyer pour jeunes mères, elle se penchait en avant pour voir si, par miracle, son bébé était revenu.

Mrs Bennett

Bien des années plus tard, j'ai appris qu'il y avait eu d'autres jeunes femmes comme moi dans différentes régions du pays, des femmes qui s'étaient senties obligées de donner leur bébé, mais à l'époque personne n'était au courant. En tout cas, moi, je n'en savais rien, je ne l'ai découvert que lorsque les journaux télévisés ont commencé à en parler.

Je me souviens encore de ces jours après sa disparition. Où que je sois, je marchais lentement et j'observais toutes les femmes avec des poussettes, tentant par tous les moyens de voir si mon bébé se trouvait à l'intérieur. Je m'arrêtais pour les complimenter, leur faire des risettes, les regarder. Leurs doigts recourbés, leur bouche minuscule, toujours affamée. Et moi, seule, qui cherchais, toujours affamée.

Réunis

Eleanor avait pris l'habitude de comparer sa vie à une longue traversée à la nage. *Respire fort et lentement, prends les choses un mouvement à la fois.* Lorsque plusieurs kilomètres ont été parcourus, le monde peut paraître sans fin. Quand on cherche à être invisible dans une ville où les gens nous ont connu, les rues, les immeubles, les lignes de bus, les magasins peuvent vous attraper dans leurs filets sans qu'on s'y attende, jusqu'à ce que l'inévitable – inévitablement – survienne.

— Eh bien, je n'ai pas su quoi dire, déclara une voix familière.

Eleanor faisait la queue à la boucherie près de son lieu de travail. Au son de cette voix, elle se retourna en direction de deux femmes, qui penchaient la tête l'une vers l'autre et riaient, et elle reconnut un des visages. C'était Edwina, une de ses colocataires au foyer où Elly et elle avaient vécu, du temps où Eleanor était encore Covey.

Edwina portait son uniforme d'infirmière et semblait en pleine forme. Eleanor dut lutter pour ne pas l'interpeller, se précipiter vers elle et la prendre dans ses bras. Elly et elle avaient passé de bons moments avec Edwina et les autres filles. Mais tout ça devait rester dans le passé. À tout moment, Edwina pouvait se retourner et voir Eleanor. Détournant le visage, Eleanor posa son panier plein par terre et s'élança dans la direction opposée.

Elle en vint alors à envisager de quitter la Grande-Bretagne. Le Canada et les États-Unis accueillaient des jeunes femmes éduquées venant des îles. Eleanor possédait le diplôme d'Elly, et l'Amérique du Nord, après tout, avait fait partie des projets d'Elly. Mais le bébé d'Eleanor était quelque part dans ce pays. Gibbs aussi. Comment pouvait-elle partir si loin ?

Au fil des mois, Eleanor en vint à admettre que, quand bien même elle pourrait retrouver sa fille, ce qu'elle était en mesure de lui offrir ne se mesurait sans doute pas à la vie qu'elle pouvait avoir par ailleurs. L'écart était aussi grand et profond qu'un canyon. Il fallait qu'elle accepte cette dure réalité, que la voie qui avait été choisie pour son bébé, si douloureux que ce soit pour Eleanor, était peut-être la meilleure.

Eleanor ouvrit son parapluie et sortit sous la pluie, traînant des pieds sous le ciel gris et sévère. Près de chez elle, elle perçut un brouhaha d'accents antillais, leva la tête et vit un petit groupe de jeunes hommes de l'autre côté de la rue. Ils se tenaient sous l'avant-toit d'un immeuble dans l'attente que la pluie se calme.

Bonne chance, marmonna-t-elle sous cape. Puis elle s'arrêta et les observa de nouveau.

L'un des hommes se tourna vers elle. Aucun doute. Elle connaissait cet homme. C'était Gibbs. En un instant, elle fut à nouveau Covey. Le garçon auquel elle avait été obligée de renoncer quand son père l'avait mariée à Little Man était là. L'amour qui devait partager sa vie. L'homme qu'elle craignait de ne plus jamais revoir.

— Gibbs !

Covey essaya de crier – en vain. Elle descendit du trottoir afin de traverser la rue, mais ses jambes se dérobèrent sous elle.

*

Gibbs avait déjà vécu ça. Cette certitude d'apercevoir Covey alors qu'il la savait morte. Ça lui arrivait de temps en temps. Il la voyait dans un bus, sur un pont, dans un magasin. Quand quelqu'un nous manque à ce point, on s'imagine des choses.

Après avoir appris que Covey avait disparu en mer, Gibbs avait pensé tout laisser tomber. Il ne savait pas ce qu'il faisait ici, si loin de chez lui. Il n'avait pas trouvé l'accueil et le soutien qu'il espérait, ni auprès de sa mère patrie ni auprès de ses professeurs. Seule son envie de leur prouver qu'ils se trompaient sur son compte le poussait à persévérer. Que ferait-il s'il rentrait chez lui, de toute façon ? Covey n'y était pas. De plus, ses parents étaient décédés. La mère de Gibbs était malade depuis quelque temps et, peu après sa mort, son père l'avait suivie. Mort d'un cœur brisé, lui avait dit son oncle.

Puis Bunny l'avait appelé. Un coup de fil longue distance pour lui raconter toute l'histoire. Que Covey avait survécu, qu'elle s'était enfuie en Angleterre, et pourquoi Pearl et elle ne lui avaient rien dit. Il s'en était fallu de peu, vraiment de peu, mais cette fois-ci elle était vraiment partie. Covey était décédée lors de ce terrible accident de train dans le nord et, cette fois, ils avaient les documents pour le prouver – les autorités avaient sa photo.

Gibbs ignorait qu'il lui restait des morceaux de cœur pouvant encore se briser. D'abord ses parents, et maintenant ça. Comment survivait-on à ça ? Il s'allongea dans son lit et y resta des semaines, jusqu'à ce qu'un de ses professeurs – parmi les quelques bienveillants – lui propose de l'aider à rattraper son retard. Gibbs était doué, affirmait le professeur, il pouvait y arriver, et Gibbs se laissa entraîner.

Cette fois-là, lorsque Gibbs vit Covey à un coin de rue, il pensa que c'était un autre de ses rêves éveillés. Il pensait régulièrement aux projets que Covey et lui avaient imaginés : poursuivre leurs études, fonder une famille. Il pensait encore au club de natation où il l'avait rencontrée, à la crique où ils s'étaient embrassés pour la première fois. Cinq longues années s'étaient écoulées. Cependant, il voyait bien que ce n'était pas une illusion. La jeune femme en face le connaissait. Elle articulait son nom, tendait un bras vers lui. Qu'il ne perde pas connaissance à son tour, quand il comprit que Covey était en vie, était très étonnant.

Gibbs traversa la rue en courant et la rattrapa avant que son visage ne heurte le sol. Quand Covey revint à elle, Gibbs la serrait dans ses bras et il ne la relâcha que le jour de sa mort, quatre décennies plus tard. Covey et Gibbs s'étaient retrouvés.

À l'époque

À l'époque, disparaître était plus facile. À l'époque, on pouvait ouvrir un compte en banque ou obtenir un permis de conduire avec une partie de son nom de baptême, voire avec un surnom. Pas d'empreintes digitales, de reconnaissance faciale, de modélisation orthopédique ; personne ne transmettait vos analyses sanguines par mail. On ne connaissait pas vos préférences en matière de shopping ni les anniversaires de tous ceux à qui vous aviez un jour envoyé un colis. Personne ne gagnait d'argent en postant votre âge, votre adresse et quelques informations imaginaires sur vous sur Internet afin de pousser d'autres personnes à payer pour des informations vraisemblables, mais relativement floues.

À l'époque, il était plus facile pour un jeune homme, le fils unique de deux personnes déjà décédées, de raccourcir son nom et passer de Gilbert Bennett Grant à Bert Bennett, puis de lentement faire modifier ses papiers pour qu'ils adhèrent à cette nouvelle réalité, et de couper ensuite tous liens avec son passé afin d'être avec la femme aimée. Il était alors plus facile pour une jeune femme de croire qu'ils pouvaient se construire une famille en vase clos parce que l'amour et la fidélité étaient les deux seules choses importantes en ce bas monde. Et c'est donc ce que firent Bert et Eleanor.

De nos jours

Benny

Ainsi, son père aussi avait menti sur son passé. Benny n'est pas tant en colère que triste. Plus Benny en apprend sur sa mère, plus elle comprend qu'elle n'a pas été la seule de sa famille à payer le prix fort pour avoir voulu suivre sa propre voie.

Finalement, Eleanor Bennett avait eu plus de chance dans sa vie que bon nombre de gens. Elle avait retrouvé son premier grand amour et ils avaient eu deux enfants ensemble. Pourtant, elle avait subi des pertes si lourdes que Benny ne peut même pas les imaginer. Sa première famille. Son identité. Son premier enfant. Elle en a porté le deuil toute sa vie.

Benny se voyait comme une âme courageuse ; elle avait toujours insisté pour être fidèle à elle-même en dépit des moqueries, de l'éloignement de sa famille, de la solitude. Elle était fière de ne pas être rentrée à la maison la queue entre les jambes parce que ça n'avait pas marché avec Joanie, ou avec Steve, et tout le reste. Mais, ces derniers temps, Benny a un peu honte de n'avoir rien de concret à montrer. Sa mère, au moins, pouvait témoigner de ce qu'elle avait traversé.

Après tout ce qu'elle avait enduré, pourquoi Ma n'avait-elle pas fait preuve de davantage d'empathie envers Benny ? Pourquoi ne lui avait-elle pas donné de conseils ? Pourquoi n'avait-elle pas fait plus d'efforts pour la retenir ? Et qu'est censée faire Benny de toutes ces émotions, maintenant que Ma n'est plus là ?

Byron

Les parents de Byron avaient-ils un jour dit la vérité ?

Étaient-ils à ce point doués pour le mensonge ? Ou bien est-ce que Byron n'avait tout simplement pas voulu voir ? À mesure que Byron en apprend davantage, certaines choses gagnent en cohérence. Un an plus tôt, sa mère, si confiante, si téméraire, s'était repliée sur elle-même, était devenue crampon. Plus tactile que d'habitude, plus distraite aussi. Il sentait qu'elle subissait un profond bouleversement qui dépassait la perte de son mari ou l'absence de Benny. Il n'avait pas cherché à en savoir plus.

Byron refusait de croire que ce qui tourmentait sa mère ne s'en irait pas tout seul, comme c'était le cas quand il était enfant et qu'elle avait un petit coup de déprime. Byron se sentait de plus en plus impatient, agité. Il était déçu par la façon dont les choses se passaient au bureau. Il était surpris, aussi, que ça le perturbe toujours. Frustré que Lynette, qui vivait encore chez lui, exige plus de temps avec lui alors même qu'il essayait de rentabiliser au maximum sa notoriété publique.

Byron s'était comporté en égoïste, il en est conscient à présent. Il avait eu besoin que sa mère reste cette femme lucide et optimiste qui avait toujours été là pour lui, qui lui disait de se recentrer, de garder le cap et *Tu verras, Byron*, tout va bien se passer. Après tout, pensait-il à l'époque, ça s'était bien passé pour ses parents, non ?

TROISIÈME PARTIE

Un an plus tôt

Etta Pringle

Etta Pringle retira ses sandales et monta sur la plateforme en bois installée sur la plage. Tout en avançant, elle salua la foule. Les applaudissements laissèrent place aux bruits de son enfance. La mer, les branches de palmier dans la brise, le souvenir de la voix de sa mère qui la dispute. *Une jeune femme ne retire jamais ses chaussures en public !* aurait-elle dit. Etta sourit, puis se prépara à l'élan de nostalgie qui allait suivre. Au moins, sa mère avait vécu assez longtemps pour voir ce qu'elle avait accompli. Pour voir ses petits-enfants grandir. Pour se convaincre que tout allait bien pour sa fille unique.

Etta tourna son visage vers le soleil et ouvrit les bras. La foule l'encouragea. Encore vingt-quatre heures et elle serait dans un avion. Sa mère était décédée, son frère était en Angleterre, Etta n'avait aucune raison de traîner sur l'île, même si c'était elle qui avait demandé que la cérémonie ait lieu ici, dans sa ville natale, dans cette crique où tout avait commencé. Et où tant de choses avaient dérapé.

— Etta Pringle n'est pas qu'une fille du coin qui a réussi, déclara le Premier ministre. Etta Pringle est une femme qui a conquis le monde, une nage à la fois, à commencer par cette baie, derrière nous.

Son surnom d'enfance résonna dans la foule. Etta rit et leva les pouces.

— À présent, poursuivit le Premier ministre, notre championne, formée ici, embête à juste titre les politiciens comme moi pour qu'on fasse plus pour la protection de l'environnement. Parce qu'aucune mer, pas même la nôtre, qui est la plus belle au monde, n'est épargnée par les débris, les déchets plastiques, la montée des eaux, le changement climatique.

Encore des applaudissements, ensuite une médaille et enfin le baptême de ce morceau de plage, appelée désormais Plage Etta Pringle. Etta projeta son regard au-delà des vagues qui s'écrasaient sur les rochers. Dans cette même baie, une autre nageuse, bien plus rapide, bien plus audacieuse, avait mené Etta pour la première fois au-delà de la ligne des dix kilomètres et lui avait permis de prendre conscience de son destin.

Etta avait traversé le détroit de Magellan à la nage, fait le tour de Manhattan, franchi la Manche, survécu dans les eaux glaciales de Sibérie, avait été la première femme noire à briser tous ces records. Elle avait élevé deux enfants avec une autre femme à une époque où ce genre de choses était tabou. Elle s'était adressée à des stades remplis de spectateurs, leur avait parlé du fait de surmonter tous les obstacles sur le chemin. Cependant, il y avait un obstacle dans sa vie qu'Etta n'était jamais parvenue à surmonter.

Etta observa la foule. Ils étaient là. Les garçons Henry. Il y avait toujours quelqu'un de la famille Henry qui traînait dans les parages, à l'affût de la personne qui commettrait une erreur et aurait besoin de cette aide particulière qui jamais ne pouvait être remboursée. Une toute nouvelle génération de Henry avait suivi, sans grand changement. Des gens vivaient pour en exploiter d'autres. Ces derniers nourrissaient leurs rancunes pendant des années. C'était bien pour ça qu'Etta devait quitter l'île.

Il y avait un endroit

Pendant qu'on honorait Etta Pringle, Eleanor Bennett se trouvait chez elle en Californie, à près de quatre mille kilomètres de là, devant son ordinateur. Elle nota avec satisfaction que #EttaPringle circulait beaucoup sur les réseaux sociaux. Cela aurait bien plu à Bert, le mari d'Eleanor, que Dieu ait son âme. Eleanor et lui avaient été fiers de voir qu'une femme des îles, une nageuse en eau libre noire, était devenue aussi célèbre. Mais, depuis la mort de Bert cinq ans auparavant, Pringle était devenue encore plus populaire. Les jeunes appréciaient la vigueur optimiste de ses discours.

À présent, une plage avait été nommée en son honneur. *Tu te rends compte, Bert*, pensa Eleanor. Suivre la cérémonie sur Internet lui fit monter les larmes aux yeux. Elle eut soudain très envie d'être entourée des gens de son île, de se rappeler ce qu'elle était avant, avant que Bert et elle ne prennent toutes les mesures possibles pour éviter les ressortissants des Caraïbes, et ceux qui se souviendraient de leur histoire. Des Antillais, ne cessait de lui rappeler son fils. C'était plus politiquement correct. N'était-ce pas drôle, cette façon qu'avait son fils de lui dire comment désigner son pays natal ?

Même après toutes ces années, il était rare d'entendre une voix antillaise dans son quartier. Elle monta donc dans sa voiture et roula vers le nord de Los Angeles – l'un des grands avantages de la retraite, c'était de pouvoir faire des choses à la dernière minute. Dans le quartier de Crenshaw, il existait des magasins où Eleanor pouvait trouver des aliments en provenance des îles. Du plantain, une boîte d'ackee, un bocal de pâte de hareng fumé, une bouteille de sauce épicée. Elle pouvait aussi trouver des nouilles chinoises et une tête de *bok choy* sans avoir à expliquer à quiconque ce qu'était du *suey mein*. Sans avoir à expliquer que ce n'était pas tant chinois qu'antillais.

Un peu plus d'une heure plus tard, Eleanor déambulait dans les rayons du magasin, passant ses doigts sur les bocaux, sur les sacs en toile de jute, observant des visages essentiellement foncés se pencher pour lire les étiquettes, écoutant le brouhaha de tous ces accents différents. Près du matériel de pâtisserie, une vendeuse vêtue d'une jupe violette et d'un haut jaune faisait une démonstration.

— Pour ce qui est du glaçage du gâteau noir, disait la femme à un petit groupe, il faut une base en massepain ou pâte d'amande.

Tout en parlant, elle saupoudra une planche à découper de sucre glace.

— Quand le gâteau est prêt, recouvrez-le d'une couche de massepain avant d'appliquer le glaçage. Sinon, le rhum et tous les autres ingrédients qui en font tout l'intérêt vont empêcher le glaçage de prendre.

Elle hocha la tête et avança le menton.

— Ça vous est déjà arrivé ? Oui ?

La vendeuse étala un bon morceau de massepain sur le sucre glace pendant que les gens posaient des questions. Puis elle appuya dessus avant d'attraper un rouleau à pâtisserie.

— Est-ce que vous avez déjà regardé cette dame anglaise sur YouTube ? Celle qui parle tout le temps de cuisine exotique ? Vous voyez de qui je parle, n'est-ce pas ? Certaines de ses émissions sur les traditions locales sont intéressantes. Elle, elle affirme que le gâteau noir n'est pas une recette traditionnelle antillaise.

Elle pencha la tête sur le côté, haussa les sourcils. Des rires parcourent l'assistance.

— Elle affirme qu'on n'aurait pas de gâteau noir si les Européens n'étaient pas venus dans cette partie du monde et n'avaient pas apporté certaines denrées. Elle dit que la recette est un mélange de cultures différentes. De cultures différentes ? À son avis, c'est quoi, les Caraïbes ?

Quelqu'un fit claquer ses dents ; une rumeur d'approbation s'échappa de la foule.

Eleanor inspira l'odeur d'amande et fut projetée dans la maison de son enfance. Le massepain est étalé sur la table de la cuisine, maman et Pearl discutent et se chamaillent. Eleanor essayait de ne pas trop penser à cette époque, à ce temps où elle était encore Covey, à cette période avant que sa mère disparaisse. Mais, aujourd'hui, elle se laisse imaginer ce que ce serait de retourner sur l'île.

Si elle pouvait se promener dans sa ville natale sans être vue ? Pour voir son ancienne école, le club de natation, la maison où elle avait grandi, avec ses murs en ciment blanc, son toit en tôle ondulée et l'hibiscus rouge en fleur dans un coin ? Si elle pouvait s'arrêter pour cueillir une sapotille dans le jardin voisin, pour arracher une branche d'un cocotier nain et en retirer l'écorce ? Se faufiler dans le jardin où son père jouait aux dominos avec des amis, se tenir près de lui et être tout simplement sa fille de nouveau, celle qu'elle était avant que ses faiblesses à lui ne prennent le dessus ?

Si sa mère pouvait être encore là ?

Si elle pouvait retourner au pays sans avoir à expliquer où elle avait été pendant tout ce temps ? Alors oui, Eleanor y retournerait, elle ramasserait des gousses de tamarinier dans le jardin derrière sa maison, elle s'assiérait sur les marches de la véranda près des touffes orange et pointues d'un oiseau de paradis. Elle montrerait à ses enfants comment ouvrir les gousses, en retirer les fils et rouler la pulpe dans un saladier rempli de sucre. Elle les emmènerait à la crique et irait nager dans la mer.

Mais on ne pouvait pas disparaître pendant cinq décennies et revenir ensuite comme si de rien n'était. De toute manière, elle n'y retournerait pas sans ses trois enfants. Et, au bout de cinquante ans, Eleanor ne savait toujours pas où était l'une d'entre eux.

De la décence

Que penserait Byron s'il connaissait toute l'histoire ?

Eleanor serra son fils contre elle avant qu'il ne s'avance vers sa voiture garée dans l'allée. Elle l'observa – les yeux vifs, le dos droit, comme son père – et sut qu'elle ne ferait jamais rien de plus important que ça, élever une bonne personne pour l'envoyer ensuite dans le monde. Le monde a besoin de gens décents encore plus qu'il n'a besoin de gens brillants – et son fils l'était aussi.

Ce beau jeune homme avait une faiblesse, pourtant. Il pouvait être têtu. Avec Benny, par exemple. Il s'était tellement attaché à sa petite sœur qu'il n'avait jamais pu voir la jeune femme qu'elle était devenue. Benny avait grandi, s'était affirmée, et Byron avait résisté à cette évolution, tout comme, elle l'admettait, Eleanor et Bert. Il avait pris ses distances avec Benny au fil des ans, même si elle continuait de le suivre dans toutes les pièces comme un chiot. Sur ce point, Byron était comme son père. Lorsqu'il ne pouvait pas contrôler ou comprendre quelque chose, il s'en éloignait.

Eleanor perdrait-elle l'estime de son fils si elle lui avouait la vérité ?

Le mari d'Eleanor connaissait la vérité, au moins une partie. Bert avait laissé passer tous ces mensonges pendant des années parce qu'il pensait protéger sa famille, parce qu'il savait qu'on avait volé son destin à la femme qu'il aimait. Mais il ne savait pas tout ce qu'elle avait perdu. Il n'était pas au courant pour le premier enfant. Eleanor avait menti à son mari pendant toutes ces années parce qu'elle avait compris que, si elle voulait qu'il continue de l'aimer, elle ne pouvait pas lui demander de porter tous ses fardeaux, elle ne pouvait pas prendre le risque qu'il voie qui elle était vraiment. Personne ne souhaitait connaître l'autre à ce point.

Sauf, bien entendu, si elle pouvait dire : *Tu vois ? Elle est là, mon bébé perdu. Je l'ai retrouvée. Tout est arrangé.*

Alors que ses bras enserraient la poitrine de son fils, Eleanor sentit son cœur à lui battre à travers la maille de sa chemise. Elle sentit cette chair de sa chair dans ses bras et pensa à son premier enfant, un bébé pâle et en pleurs que ses seins parvenaient à calmer et qui lui avait été arraché des bras à six semaines. Eleanor sentit à présent les battements de cœur de cet autre enfant murmurer sous sa peau, résonner à l'arrière de son crâne.

Byron fit demi-tour dans le cul-de-sac et la salua lentement de son bras musclé et marron.

Regardez-moi ce sourire ! Eleanor avait envie de courir après la voiture, d'appeler Byron en criant, de lui expliquer que non, les élever, lui et sa sœur, ce n'était pas la chose la plus importante qu'elle ait faite dans sa vie. Ce qui définissait le mieux Eleanor, ce n'était pas ce qu'elle avait gardé auprès d'elle, mais ce à quoi elle avait accepté de renoncer.

Pourquoi n'avait-elle pas déchiré ces papiers qu'on lui avait fait signer ce jour où on lui avait pris son bébé ? Pourquoi ne s'était-elle pas enfuie tant qu'elle avait son bébé dans les bras ? Pourquoi n'avait-elle pas frappé aux portes, braqué une banque, fait tout son possible pour garder son enfant ? Est-ce que sa fille restait éveillée la nuit en pensant, comme Eleanor, à la mère qui l'avait abandonnée ? Est-ce que, à force de ne pas trouver de réponses, ses questions s'étaient gravées dans ses os, comme c'était le cas pour Eleanor quand elle pensait à sa propre mère ?

En cinquante ans, l'époque avait changé. Les adoptions forcées avaient fait la une des journaux télévisés. On voyait des femmes grisonnantes comme Eleanor embrasser leur enfant biologique, le visage couvert de larmes. On avait exigé du gouvernement qu'il demande pardon. Quelqu'un en avait même fait un film. Elle avait pensé relancer ses recherches pour retrouver sa fille, demander de l'aide aux autorités. Mais, chaque fois, elle avait hésité. Son bébé était désormais une femme d'une quarantaine d'années qui poserait des questions sur son père. Les autres enfants d'Eleanor auraient envie de savoir aussi.

Qu'est-ce que préférerait sa fille ? Eleanor pensa à sa propre mère, qui était partie pour ne jamais revenir. Qu'est-ce qu'Eleanor aurait envie de savoir sur les motivations de sa mère ? La vérité pouvait-elle être plus douloureuse que l'attente ? Eleanor pouvait dire à sa première-née qu'elle avait rencontré un beau garçon il y a toutes ces années et cédé à la tentation. Ce genre de choses s'admettait, maintenant. Mais elle avait peur que sa fille ne la regarde dans les yeux et ne sache qu'elle mentait.

De quoi lui en voudrait-elle le plus ? De l'avoir abandonnée ou de l'avoir retrouvée ?

Par ailleurs, il y avait cet autre problème, qui n'avait rien d'anodin. Si Eleanor Douglas devait faire sa réapparition en Angleterre, quelqu'un pourrait faire le lien avec Coventina Brown, née Coventina Lyncook, qui avait été tuée dans un accident de train en 1967, après avoir soudain fui un autre pays où elle était soupçonnée de meurtre. Un meurtre qui n'était toujours pas résolu.

La fausse histoire qu'Eleanor avait élaborée pour ses proches était désormais un filet qui l'emprisonnait. Pour couronner le tout, Eleanor avait aussi renoncé à sa benjamine. Elle avait laissé Benny s'éloigner d'elle et de Bert au moment où elle avait sans doute eu le plus besoin d'eux. Sur le moment, Eleanor n'avait pas vu les choses comme ça.

Eleanor aimait ses enfants plus que tout, mais Bert s'était tant privé pour elle. Il avait risqué sa carrière en cachant la vérité. Elle se devait d'être loyale envers l'homme qui les avait aimés et protégés, elle et les enfants. Quand Bert se montrait têtu, Eleanor prenait sa défense. Comment expliquer ça à son enfant ? Elle ne pouvait pas être honnête avec elle, pas si cela impliquait de révéler que sa vie reposait sur un tissu de mensonges ? Le mari d'Eleanor était décédé depuis cinq ans, mais Benny n'était toujours pas rentrée à la maison.

Le monde n'était pas un endroit facile pour les filles comme Benny. Alors, de temps en temps, Eleanor tendait la main vers sa benjamine. Elle lui laissait des messages. Elle voulait que Benny sache que sa mère pensait à elle, l'aimait toujours, en dépit de leurs malentendus. Mais Benny n'avait pas appelé, n'était pas venue la voir.

Apparemment, Benedetta avait décidé de vivre sa vie sans Eleanor. Qu'était-elle censée faire ? Qui était-elle, à présent, sans ses filles, sans son mari, qui était la seule personne qui la connaissait vraiment ? C'était comme si elle n'avait jamais existé.

Après le départ de Byron, Eleanor rentra chez elle, dans cette maison où elle vivait depuis quarante-cinq ans, que son mari avait achetée peu de temps avant la naissance de Byron. Elle était fatiguée. Fatiguée de tout. Elle ferma la porte, s'y adossa, et prit une décision.

L'accident

Cinq ans après la mort de son mari, Eleanor Bennett se rendit dans son garage, sortit son longboard et descendit vers le sud, le long de la côte, à la recherche de la bonne vague et dans l'espoir d'un accident. Ses amis veufs l'avaient prévenue de cette éventualité. Ils lui avaient conseillé d'attendre simplement que ça passe, de persévérer, et c'était ce qu'elle avait fait. Elle avait même fait quelques rencontres. Mais une énorme partie d'elle-même s'était écroulée. Bert était parti, ce qui signifiait que Gibbs aussi. Si Gibbs était parti, alors Covey aussi.

Eleanor était fière d'être une survivante. On l'avait élevée pour qu'elle soit forte. Elle l'avait été suffisamment pour s'enfuir, pour renoncer à son passé, pour garder la tête haute et avancer. Pendant des années, ce qu'elle avait reçu en retour – sa famille, sa maison, ses journées pleines de rires – lui avait semblé être une confirmation. Souvent, Eleanor pensait que ça en avait valu la peine. Certes, pas pour tout.

Pas pour ce qui comptait vraiment. Elle avait toujours espéré que les choses s'arrangeraient au final, qu'elle retrouverait sa première fille, qu'elle pourrait tout expliquer à ses autres enfants, qu'elle ne se sentirait pas comme elle se sent maintenant.

Sans espoir.

Assez, assez, assez. Les conditions étaient idéales, un bon vent du sud. Lorsque les autorités parleraient à ses enfants, peut-être seraient-ils bienveillants, peut-être diraient-ils que les derniers instants d'Eleanor avaient été remplis de soleil et d'air marin, qu'elle avait vécu sa vie de manière intense jusqu'à la dernière seconde.

Oui, mais voilà. Une femme noire et costaude d'une soixantaine d'années sur une planche de surf, en hiver, sans combinaison, en plus, ne pouvait pas passer inaperçue en Californie du Sud. Le maître-nageur en service qui la suivait du regard avait donné l'alarme. Lorsque son collègue et lui étaient parvenus jusqu'à elle, elle était déjà dans un sale état. La planche avait décollé et lui était retombée sur la tête ; elle avait ensuite été projetée vers le fond et s'était brisé le tibia. Par la suite, elle ne se souviendrait pas d'avoir été sortie de l'eau.

Eleanor s'était retrouvée à l'hôpital avec des broches dans la jambe, des côtes fêlées et une vilaine blessure à la tête. Dans l'ensemble, ça allait. Après le départ de Byron, elle était restée allongée, droguée mais éveillée, les yeux fixés sur le halo de la télévision et espérant que les calmants continueraient de masquer toute l'étendue de sa détresse. Elle ignorait ce qui était pire : qu'elle ait survécu ou qu'elle ait voulu en finir.

Byron

Cable, l'ami de Byron, devait son surnom au fait que, quand Byron et lui étaient enfants, il adorait regarder sur le câble les vieux classiques à la demande que leurs parents regardaient enfants. Il connaissait tous ceux où les Noirs avaient les bons rôles, mais appréciaient tous les classiques, en réalité, du moment que les domestiques et valets noirs n'avaient pas trop souvent les yeux grands ouverts et exorbités – ça, ça pouvait vraiment l'énerver. Cela dit, parfois, il regardait quand même. Byron et lui s'étaient disputés à plusieurs occasions à ce sujet.

Cable adorait les vieux films parce qu'ils véhiculaient une vision du monde très simple. Les gentils s'en sortaient toujours. Ou bien ils mouraient en héros. Cable croyait à la gentillesse des gens, croyait au sacrifice, surtout pour les autres, croyait en la rédemption. Selon lui, les choses allaient forcément s'arranger, même les pires. C'était le genre d'ami dont tout homme a besoin dans la vie.

Quand Cable l'appela pour lui proposer de prendre une bière, Byron s'excusa : sa mère était à l'hôpital.

— Un accident de surf ? Mrs Bennett ? Et tu ne m'as rien dit ?

— Désolé, c'est arrivé hier matin, répondit Byron. Elle a une blessure au front, sa jambe est bien amochée. On a dû l'opérer. Mais ça va aller.

Vingt minutes plus tard, Cable était à l'hôpital.

— En surfant, hein ? rumina-t-il en prenant une gorgée de son café. C'est arrivé où ?

— Balboa, dit Byron.

— Newport Beach ?

Byron hocha la tête.

— Le Wedge ?

Byron hocha de nouveau la tête. Ils restèrent assis en silence pendant un moment et Byron pouvait entendre les rouages grincer dans le cerveau de son ami. Byron savait ce que pensait Cable. Byron le pensait aussi. Lui avait surfé le Wedge, mais sa mère avait préféré l'observer depuis la plage et l'encourager. Paradis des bodyboarders, le Wedge était connu parce que les vagues y étaient les plus imposantes de toute la Californie – l'endroit pouvait être dangereux.

— Que faisait-elle là ? demanda Cable.

Byron secoua lentement la tête.

— Tu es sûre que ta mère n'a pas des pulsions suicidaires, Byron ? Ma mère en a eu, après la mort de mon père.

— Ta mère ? Mais elle semble aller bien.

— Elle va mieux. Il faut que tu gardes un œil sur ta mère, Byron. C'est une bonne surfeuse, assez bonne pour connaître ses limites.

Byron retira ses lunettes et observa son ami d'enfance d'un air sévère.

— J'entends ce que tu dis, Cable. Mais cela fait cinq ans que papa est mort. Je crois que ma mère s'ennuie ; ça, je te l'accorde. Elle a dû se dire qu'elle allait le tenter, et elle a eu tort.

Cable resta silencieux, mais haussa les sourcils, prit une autre gorgée de café. Byron s'était détourné et avait soupiré.

— Et merde.

— Quoi qu'il en soit, il faut qu'on fasse quelque chose. On doit lui trouver un homme, Byron. Sans vouloir manquer de respect à Mr Bennett, tu sais que j'aimais ton père comme un oncle, mais là, ça ne va pas. On doit lui trouver un homme, quelqu'un qui puisse suivre son rythme. Il faudrait qu'il ait quinze ans de moins. Au moins.

Byron secoua encore la tête et rit.

— Pourquoi tu ris ? Ne ris pas.

Tout le monde méritait un ami comme Cable. Il pouvait faire rire Byron même dans les pires moments. Mais plus tard, allongé dans son lit, Byron avait repensé à sa conversation avec Cable.

Pulsions suicidaires ?

Sous sa cage thoracique vibrait une sensation étrange, une sorte de panique. Il avait attrapé son téléphone portable pour appeler Benny, puis l'avait reposé sur la table de nuit. Il fallait que Benny soit au courant, qu'elle soit là.

Leur mère avait besoin d'être entourée de ses enfants. Mais c'était à sa mère de prendre cette décision. Ou bien à cette égoïste de Benny de se bouger les fesses et de donner des nouvelles. De sa propre initiative. Dans le cas contraire, ils continueraient à vivre comme ils le faisaient depuis avant la mort de son père.

C'est-à-dire sans Benny.

Et l'absence de Benny s'infiltrerait dans les fissures de leurs vies.

Par la suite, Byron vit l'accident de surf de leur mère comme un tournant dans leurs vies. Quand sa mère sortit de l'hôpital, Byron annula quelques voyages professionnels et retourna dormir dans sa maison d'enfance. Sa mère, toujours dans l'impossibilité de conduire ou de travailler dans le jardin partagé, loua une chaise roulante pendant quelques semaines et s'organisa des *séances de jeux*, comme elle les appelait. Byron la conduisit à un des anciens studios de cinéma, à un musée, à un concert. Puis il l'emmena voir la célèbre nageuse noire au palais des congrès. À ce moment-là, elle se débrouillait bien avec ses béquilles et semblait plus heureuse qu'elle ne l'avait été ces derniers mois.

Ce fut pendant cette période que Byron rencontra pour la première fois Mr Mitch, l'avocat qui apparemment en savait plus sur Byron et Benny qu'eux-mêmes. Il aurait dû se douter que sa mère avait une idée en tête et que Mr Mitch, comme tant d'autres avant lui, avait déjà succombé au charme de sa mère.

Comme d'habitude

D'après les prévisions météorologiques, l'année 2017 allait être une des plus chaudes pour la Californie et cela ne surprenait pas du tout Byron. En ce qui le concernait, toute l'année avait été *bizarre*. Il ignorait que l'année à venir serait la dernière de sa mère. Il savait simplement qu'il était prêt à ce qu'elle se termine. Tous ces incendies. L'accident de sa mère. Cette promotion qu'on lui avait refusée. Sa relation avec Lynette qui tournait mal. Ils se disputaient sans cesse et, la moitié du temps, il ne savait même pas vraiment pourquoi.

— Ma ? appela-t-il en essuyant ses chaussures sur le paillasson de l'entrée.

Une poussière crayeuse mélangée à de la cendre, résidu des incendies au nord, accrochait à ses bottes.

— Bonjour, mon chéri, dit sa mère depuis le couloir. Comment s'est passée ta journée ?

L'humeur de sa mère semblait s'améliorer en même temps que ses blessures.

— Comme d'habitude, répondit Byron.

Des gens étaient morts dans les terribles incendies qui avaient ravagé le nord de l'État, des maisons avaient été détruites. Les collines étaient anéanties, les plantes brûlées. À la première pluie, le risque de coulées de boue serait élevé. Ce qui éroderait davantage le sol, polluerait l'eau, ralentirait les jeunes pousses et, de nouveau, fragiliserait l'écosystème. Chaque année, des journalistes appelaient Byron pour qu'il commente l'écoulement des eaux polluées dans l'océan à la suite de tempêtes, bien que ça ne soit pas sa spécialité.

Byron était populaire dans les écoles. Son audience incroyable sur les réseaux sociaux aidait autant que sa personnalité d'athlète au cerveau bien fait. Le dernier aspect plaisait particulièrement aux professeurs, qui invitaient Byron dans leurs écoles pour montrer qu'on pouvait être à la fois bon en maths et au foot, et que l'un ne devait pas être une excuse pour négliger l'autre.

Byron était content de servir de modèle aux élèves, surtout ceux qui restaient démographiquement sous-représentés dans les métiers scientifiques et technologiques. Mais, en voulant que les élèves se libèrent des freins les empêchant de poursuivre certaines carrières, les établissements scolaires ne faisaient souvent que renforcer les stéréotypes.

Cette histoire de sport en était un exemple parfait. Tout le monde voulait que Byron mette en avant ses victoires en athlétisme à l'université, tout le monde lui demandait s'il avait joué au basket. On s'attendait à ce qu'il mentionne ces sports-là face à des gamins des cités. Personne ne posait à Byron des questions sur le sport qui pourtant le définissait le mieux en tant que Californien : le surf.

C'était sa mère qui avait appris à Byron à surfer. On les regardait toujours de travers : ce petit gamin noir et son immense mère, portant leurs planches de surf à une époque où la plupart des habitants de Los Angeles pensaient que le sport avait été inventé par des hommes blonds. Parfois, elle le déposait sur le sable et partait seule dans l'eau ; quand elle revenait sur la plage, c'était souvent sous les encouragements.

— Certaines personnes pensent que le surf, c'est une relation qui se tisse entre toi et la mer, lui dit sa mère un jour que Byron se débattait avec sa planche. Mais le surf, en réalité, c'est une relation qui se tisse entre toi et toi-même. La mer, elle fait ce qu'elle veut.

Puis elle cligna de l'œil.

— Ce que tu dois faire, Byron, c'est savoir qui tu es et où tu es, à chaque instant. Il faut que toi, tu trouves ton centre et que tu le gardes. C'est comme ça qu'on attaque une vague. Par la suite, à toi de déterminer si tu dois davantage t'entraîner, si le courant est plus fort que d'habitude, la vague trop puissante. Tu vas peut-être même décider que tu n'es pas fait pour le surf, et ce n'est pas grave. Mais tu ne peux pas savoir tout ça si tu n'es pas dans le bon état d'esprit.

Ce qui était vrai pour le surf l'était aussi pour la vie.

Avant de se rendre dans le collège où on l'attendait ce matin, Byron fit quelque chose d'un peu différent. Il déposa son sac à dos et son ordinateur portable sur le siège passager de sa Jeep et revint ensuite à la maison chercher sa planche. Pourquoi n'avait-il pas fait ça plus tôt ? pensa-t-il en glissant la planche dans le coffre.

— Combien d'entre vous en ont une ? demanda Byron à plusieurs dizaines d'élèves en désignant son longboard.

Deux mains seulement se levèrent, mais Byron prit la vague, tissant des liens entre le surf, la physique et ses recherches sur le sol océanique.

L'idée de parler de surf était venue à Byron la veille au soir, alors qu'il était assis dans sa voiture et attendait qu'un policier ait fini d'examiner ses papiers. C'était la quatrième fois depuis le début de l'année qu'on l'arrêtait et, pour ne pas s'énerver, Byron avait pris de grandes respirations et s'était imaginé en train de courir vers l'eau avec sa planche sous le bras. Il avait alors décidé de modifier son éternel discours.

— Comme la plupart d'entre vous, je suis né ici, en Californie du Sud, reprit Byron. Et je suis allé à l'école primaire, au collège, au lycée et à deux universités en Californie, toujours près de la côte.

Il agrippa sa planche d'une main et tapa trois fois dessus de l'autre.

— Vous le savez, la Californie est connue pour le surf. Moi, j'aime surfer, mais, pendant toutes ces années passées dans le comté d'Orange, j'ai rarement vu un autre Noir sur une planche de surf. À votre avis, pourquoi ?

Un garçon leva la main.

— La tradition ? proposa-t-il.

— La tradition, répéta Byron. Je comprends pourquoi tu dis ça. Mais de quelle tradition parle-t-on ?

Il posa la planche contre le pupitre et s'avança vers le public.

— Aux Antilles, où sont nés mes parents, les gens noirs surfent. D'ailleurs, c'est ma mère qui m'a appris à surfer. Les gens surfent dans les pays africains, où vivent près d'un milliard de personnes et où, comme vous le savez, la plupart des gens sont noirs, ou bruns. Et en Asie ? L'Asie a une très longue tradition de surf. Alors pourquoi pas ici, dans la capitale mondiale du surf ?

Certains enfants étaient penchés vers lui, à présent.

— Soyons précis, reprit Byron. Il existe un groupe important de surfeurs noirs plus au nord. Ils donnent même des cours le week-end. Mais quand j'étais enfant, dans ma région, ça n'existait pas. Il y a plusieurs raisons expliquant pourquoi le surf tend à se limiter à certains groupes de gens en Californie.

Byron était aux anges. Tout un groupe d'adolescents, pendus à ses lèvres.

— Je ne vais pas m'étendre là-dessus ici, c'est une tout autre histoire. Ce que je veux vous dire, c'est que c'est aussi vrai pour mon métier. Quand j'étais à l'université, j'étais le seul homme noir de mon école doctorale.

— Oui, je sais, vous vous dites que c'était en des temps préhistoriques, reprit-il en levant les mains.

Des rires.

— Mais non, ce n'était pas il y a si longtemps. Je suis heureux de vous dire que j'ai fini mes études, que je fais un travail qui a du sens et que j'adore. À présent, je vois que des étudiants de tous bords et de toutes origines entament des recherches dans ma discipline. Les temps changent, c'est vrai. Pourtant, le nombre d'étudiants qui choisissent les sciences et les poursuivent jusqu'à la thèse, ou bien jusqu'à trouver des emplois qui offrent de réelles opportunités de carrière, est encore trop faible. Alors, où est-ce que je veux en venir ?

Des mains s'agitèrent.

— Très bien, je vais prendre vos questions dans un instant, mais laissez-moi conclure : si vous voulez surfer, n'attendez pas de trouver quelqu'un qui vous ressemble pour aller surfer. Et si ma discipline vous intéresse, les sciences océanographiques, les radiosondages, ou bien la chimie, la biologie, les technologies de l'information, n'attendez pas que quelqu'un vous donne la permission pour vous lancer. Allez-y, étudiez, faites des demandes d'admission à toutes sortes de programmes de recherche, parce que nous avons besoin de plus de jeunes gens talentueux, de tous horizons, et vous ne pourrez pas gagner si vous ne jouez pas.

Byron se tourna vers le jeune qui avait dit « tradition ».

— Donc, oui, la tradition nous dit parfois que seules certaines personnes peuvent étudier certains sujets, ou participer à tels sports, ou jouer dans un orchestre, ou je ne sais quoi, mais la tradition se limite à ce que les gens d'avant ont fait ou pas ; ça n'a rien à voir avec ce qu'ils sont capables de faire. Ni avec ce qu'ils feront plus tard.

Un tableau noir avait été installé dans le gymnase. Byron s'y rendit, se saisit d'un morceau de craie et écrivit.

— Je suis très honoré que votre proviseur m'ait invité aujourd'hui pour vous parler, pour servir de modèle. Mais je vais me répéter. Si vous ne voyez personne devant vous qui vous ressemble, il faut y aller quand même.

Il pivota de nouveau vers les collégiens.

— Allez-vous laisser les idées que les autres ont de vous et de ce que vous devez faire vous barrer la route ?

Il sourit, repensant à ce que sa mère lui disait quand il était à l'école.

— Je ne vais pas vous mentir, il y aura de nombreux obstacles à affronter, entre autres financiers ou discriminatoires. Ceux de la génération d'avant vous travaillent sur ces problèmes, on est nombreux à essayer. Mais si vous vous posez la question du financement, c'est que vous pensez déjà à vous lancer, et ça, c'est le meilleur service que vous puissiez vous rendre.

Applaudissements.

Byron se décala pour révéler ce qu'il avait écrit sur le tableau : surfez la vague.

— Voilà ce que j'aimerais vous dire. Dans la vie, il faut prendre la vague et la chevaucher. Alors, que faire s'il n'y a pas de bonnes vagues dans votre coin ? Eh bien, il faut aller la chercher. Et ne jamais cesser de la chercher, d'accord ? Une solution, c'est de poursuivre ses études. Ne sous-estimez pas l'importance d'une bonne éducation. Parce que vous ne pourrez pas gagner…

Byron enroula ses deux mains autour de ses oreilles et se pencha vers l'assistance.

— … si vous ne jouez pas ! répondirent-ils.

À la fin des questions-réponses, certains élèves vinrent le voir pour lui poser des questions sur les programmes scientifiques, les stages, ce genre de choses, mais il vit que quelques-uns cherchaient simplement à examiner sa planche. Et c'est très bien, pensa Byron tout en posant pour des selfies. C'était un début. Pour autant, il savait que même si tous ces gamins suivaient ses conseils, ça ne suffirait pas. C'était la raison pour laquelle il comptait bien créer sa propre bourse d'études, un jour.

— Alors, tu as passé une bonne journée ? lui demanda sa mère.

— Oui, Ma, comme d'habitude. Comment va ta jambe ?

— Ça va mieux, Byron. Un peu mieux chaque jour.

Sa mère se servait toujours de sa canne après son accident. Elle aurait dû savoir qu'elle ne pouvait pas affronter cette vague. Tous ces discours sur le fait de savoir qui on est et où on est à chaque instant n'avaient pas empêché sa mère de faire n'importe quoi et de manquer de se briser la nuque. Sauf si, comme l'avait suggéré Cable, elle savait très bien ce qu'elle faisait.

Plus que quiconque, plus que son père, sa mère lui avait appris à penser de manière stratégique, à agir de manière calculée. Avant, il pensait qu'il ressemblait beaucoup à sa mère, mais, ces derniers temps, sa mère avait dévoilé un aspect irréfléchi de sa personnalité qui défiait sa propre logique et le rendait nerveux.

Un peu comme Benny.

Je m'appelle Benny

L'année précédant la mort de sa mère, Benedetta Bennett se trouva un jour devant un pupitre dans une salle commune au cœur de Midtown, à Manhattan, et lança : « Bonjour, je m'appelle Benny. » Dès que les mots sortirent, elle sut qu'elle avait fait une énorme erreur. Son trouble accentué par les vibrations du micro, Benny tremblait. Une couche de transpiration maculait le bas de son dos. La taille de son pantalon la grattait. Elle leva la tête vers l'assistance ; leurs visages accueillants la firent grimacer.

Trente paires d'yeux. Pendant ces quelques douces secondes d'amour fraternel, ils n'avaient pas la moindre idée, n'est-ce pas ? Bientôt, ces mêmes regards lui enjoindraient de sortir de la pièce et elle se dépêcherait d'atteindre la porte au fond. Ils ne pouvaient pas savoir que, une demi-heure plus tôt, elle avait failli s'étaler de désespoir sur le trottoir glacé.

Benny était descendue du bus à la fin d'une journée de travail dans un de ses nombreux emplois et avait ensuite marché, marché, marché. Incapable de se débarrasser de ce sentiment plombant, elle avait senti ses genoux se dérober sous elle. Au même moment, un homme était passé à côté d'elle, puis avait gravi les marches d'un bâtiment. Quelque chose dans son regard l'avait saisie. Son visage d'une quarantaine d'années, bien qu'encadré par une coupe de cheveux de star de cinéma et masqué au niveau du menton par une écharpe en cachemire, lui avait semblé refléter ses propres blessures intérieures, mais tout en dégageant un sentiment à la limite du soulagement. L'homme avait ouvert une énorme porte, s'était interrompu, puis retourné vers Benny. La porte était couleur vert forêt et le vert forêt, c'était la couleur préférée de Benny. Elle l'avait suivi à l'intérieur.

Benny avait traversé une entrée mal éclairée qui sentait les vieux papiers et l'école primaire pour pénétrer dans une pièce large et chaleureuse. Des chaises étaient alignées en rang et il y avait une table avec de la nourriture et des prospectus. Elle avait hoché la tête en signe de remerciement quand quelqu'un lui avait tendu un gobelet de café et un cookie sans gluten. Elle s'était repue des murmures de bienvenue, de ce sanctuaire de visages inconnus, de la chaleur du gobelet entre ses doigts. Déjà, elle se sentait mieux. Elle aurait pu s'arrêter là, mais non. Elle avait pris place entre un jeune homme portant un pull bleu clair et une femme dans une jupe écarlate, et avait laissé la vague de bienveillance et son besoin de catharsis la pousser jusqu'au-devant de la salle.

Jusqu'ici, personne n'avait voulu savoir qui elle était, d'où elle venait ou pourquoi elle était là, parce que, après tout, ils étaient tous là pour les mêmes raisons. Le *pourquoi, exactement ?* de leur présence en cette soirée précise et le *qui, exactement ?* qu'ils avaient été ou espéraient être ne nécessitaient aucune élaboration tant qu'ils ne prenaient pas la parole. À présent, elle agrippait le bord du pupitre d'une main et serrait un cookie à moitié consommé de l'autre.

— Je m'appelle Benny et je suis alcoolique.

Avec ces quelques mots, Benny avait officiellement perturbé une réunion d'anciens alcooliques, faute d'avoir pu trouver un autre endroit où on l'accueillerait sans poser de questions, pour quelque raison que ce soit. Où on la soutiendrait même quand elle leur dirait qu'elle n'était pas allée à l'enterrement de son propre père. Où on l'écouterait sans surprise et sans jugement quand elle expliquerait pourquoi. Où elle pourrait dire, à des gens qui ne pourraient peut-être pas comprendre mais qui l'écouteraient quand même, qu'elle en avait marre que son authenticité en tant que personne soit remise en doute en permanence simplement parce qu'elle ne voulait pas endosser les rôles que les autres avaient choisis pour elle ou parce qu'elle voulait jouer un rôle qui, selon les autres, ne lui convenait pas.

Benny savait qu'elle ferait mieux de fuir sans rien dire de plus, mais le cookie était fait maison et avait un goût de gingembre. Pour la première fois depuis très longtemps, quelqu'un l'écoutait. Alors, elle parla. Elle leur dit tout. Quand elle eut terminé d'évoquer le rejet de son père, la déception de sa mère, son frère qui ne voulait plus lui parler, son amant qui lui avait fait du mal, elle enchaîna et admit qu'elle était venue à cette réunion sous un faux prétexte, parce qu'elle n'avait pas su quoi faire d'autre. Elle ne souhaitait manquer de respect à personne, dit-elle, elle allait partir tout de suite. Elle s'écarta du micro et se précipita vers la sortie tout en marmonnant : « Je suis désolée... »

Alors qu'elle avançait dans l'allée centrale, une femme prit la parole et dit : « Tu sais, il y a des groupes de soutien pour ce genre de problèmes », et une autre personne déclara : « Au moins, tu as été honnête. » Monsieur Coiffure de star, qui avait malgré lui fait entrer Benny, lui souhaita « Bonne chance ». Benny avait le visage en feu, mais aussi le sentiment que, mine de rien, sa première et unique réunion d'alcooliques anonymes lui avait été d'une grande aide.

Elle descendit les marches de l'escalier et marcha pendant quarante minutes jusqu'à arriver chez elle. Dans son canapé, elle s'enroula dans une couverture, dont la chaleur et les effluves de vieil ail étaient réconfortants. *Ça suffit, ça suffit, ça suffit*. Benny alluma son téléphone portable et appela la maison, mais personne ne décrocha. Plus tard, elle se rendrait compte que sa mère était à l'hôpital après son accident de surf et que Byron n'avait pas pris la peine d'appeler sa sœur pour la tenir au courant. Voilà le genre de choses qui arrivait quand on gardait trop longtemps ses distances.

Le gâteau

Benny resta allongée pendant des heures à se demander ce qu'elle aurait dit si sa mère avait décroché. À quatre heures du matin, elle se leva et entreprit de nettoyer le plan de travail de la cuisine. Elle vida le four des casseroles et marmites qu'elle y entreposait, sortit des œufs du réfrigérateur et ouvrit un des placards du bas à la recherche du plus important des ingrédients, les fruits trempés dans du rhum et du porto. Elle versa la mixture dans un bol, y ajouta des dattes et des cerises griottes. Pas de cédrat, en revanche. Elle n'avait jamais aimé ça. Sa mère non plus.

Quelques heures plus tard, Benny posa deux gâteaux noirs au-dessus du four pour qu'ils refroidissent et alla se préparer pour partir travailler. Elle ressentait toujours le besoin de parler à sa mère, mais elle n'avait pas le courage de rappeler. Les gâteaux, ce serait son message. Elle avait pris des photos. Elle les enverrait à sa mère, accompagnées d'une lettre.

Sa mère pourrait ainsi voir que Benny avait tout retenu, qu'elle l'avait écoutée avec attention, que sa technique s'était améliorée. Faire un gâteau noir, c'était comme entretenir une relation. Sur le papier, la recette était assez simple. Sa réussite dépendait de la qualité des ingrédients, mais surtout de la manière dont on les manipulait, du bon enchaînement des étapes et des ajustements qu'on y apportait selon l'humidité dans l'air ou le fonctionnement du four.

Benny gérait mal ses relations, mais elle savait faire un gâteau.

Première photo : le bocal de fruits posé à côté des œufs. Un jour, Benny espérait élaborer une version sans œuf de cette recette parce que les temps changeaient et que la nourriture allait devoir changer aussi, mais cela exigerait pas mal d'essais et choquerait sans doute sa mère.

Clic.

Deuxième photo : le noircissement du sucre. La fumée qui s'élève doucement de la marmite, le feu qu'on éteint juste à temps, la cuillère en bois qui se dresse de la casserole. *Clic*.

Troisième photo : deux moules à gâteau remplis de pâte, chacun cuisant au bain-marie dans le four. *Clic*.

— C'est la seule chose qui m'est restée quand j'ai perdu ma famille, lui avait dit un jour sa mère en tapotant de l'index sur sa tempe. Je range tout ici. La recette du gâteau noir, mon éducation, ma fierté.

Quatrième photo : un gros plan sur un des gâteaux qui refroidit sur le plan de travail. De la couleur de la terre humide et de l'odeur du paradis. *Clic.*

Préparer le glaçage l'occuperait toute une journée, au bout de laquelle Benny prendrait une photo de sa décoration fétiche, une grande fleur d'hibiscus rouge orangé, entourée de feuilles vertes sur une base d'un blanc tout simple. Elle était prête à parier que sa mère n'avait jamais rien vu de tel. Elle serait fière de Benny. Lors des rares occasions où sa mère lui téléphonait, c'était pour une raison précise, comme un anniversaire ; mais, un jour, Ma avait simplement appelé et laissé un message.

— Tu te souviens de nos gâteaux ? avait-elle demandé. Ça rendait ton père et Byron fous quand on leur interdisait l'accès à la cuisine.

Benny pouvait entendre sa mère sourire. Puis sa mère avait marqué un temps avant de reprendre, lui expliquant que Byron allait bien, qu'il voyageait beaucoup, qu'il passait souvent à la télé. Ma laissait ces messages sur le portable de Benny au milieu de la nuit, heure de la côte Est, et devait se douter que le téléphone de Benny serait éteint. C'était comme si elle avait envie de reprendre le contact, mais pas vraiment.

Elle appelait toujours du fixe. Benny pensait que sa mère devait avoir un portable à présent, mais elle ne connaissait pas le numéro.

Dans son dernier message, la mère de Benny disait : « J'ai beaucoup lu et réfléchi. À propos des gens comme toi. Qui ont des relations compliquées. »

Elle n'était pas encore en mesure de nommer cette différence, mais elle faisait des efforts.

Benny était sûre que sa mère aurait accepté la réalité bien plus tôt s'il n'y avait pas eu la résistance de son père. Sa mère avait toujours fait les choses à sa façon. Sauf quand il s'agissait du père de Benny.

Elle l'avait d'ailleurs transmise à Byron, cette indéfectible loyauté envers Bert Bennett. Benny avait aimé son père, l'avait admiré, et elle aussi lui avait été loyale, jusqu'au jour où il avait cessé de lui être loyal. C'était lui qui avait tracé une ligne dans le sable.

Non ?

Ma avait raison sur un point. Benny avait des relations compliquées. Les gens avaient tendance à s'identifier à un bord ou à l'autre, mais pas trop aux gens comme eux, ceux entre les deux, ou *ni l'un ni l'autre*. C'était vrai pour la politique, la religion, la culture, et c'était encore plus vrai pour les lois de l'attraction.

Benny devait faire attention, elle mélangeait trop la pâte. Elle était en train de s'énerver. Elle pensait au fait qu'on l'avait traitée de girouette, qu'on l'avait accusée d'être perdue, malhonnête. En essayant de vivre le cœur grand ouvert, Benny s'était mise dans une position délicate – on se méfiait d'elle. Heureusement que l'époque avait un peu évolué depuis ses années difficiles à la fac. Quand bien même, il subsistait encore beaucoup d'incompréhension.

Quand les gens ne comprenaient pas quelque chose, ils se sentaient souvent menacés.

Quand les gens se sentaient menacés, ils devenaient violents.

Enfin, Benny écrit

Les photos des gâteaux étaient prêtes, glissées dans une enveloppe à bulles. Benny tira un tabouret vers le plan de travail et attrapa un stylo.

Chère Ma, commença-t-elle.

La première erreur de Benny fut d'écrire sa lettre à la main : elle écrivait lentement. Sa deuxième erreur fut de penser qu'elle pouvait tout expliquer dans une lettre, non seulement parce qu'il y avait beaucoup à dire, mais aussi parce qu'il y a des choses qui sont trop laides pour être écrites. Pour autant, elle avait envie d'essayer, bien que cinq ans se soient écoulés depuis la mort de son père.

Je sais que cela fait un moment qu'on ne s'est pas parlé. J'ai reçu tes messages. Je voulais simplement te dire que je les ai appréciés et que je pense à toi tout le temps. Je suis vraiment désolée pour l'enterrement de papa. Je suis désolée de ne pas avoir été là. En fait, j'étais là, mais je ne me suis pas manifestée. Je t'ai vue dans ta robe couleur pêche, celle que papa aimait tant, et je suis contente que tu aies mis ça plutôt que le noir traditionnel. J'imaginais ces dames (tu sais de qui je parle) choquées par le fait que la veuve du très estimé Bert Bennett avait choisi de porter une robe aussi vive à l'enterrement de son mari ! Papa aurait trouvé ça drôle.

Si je ne suis pas venue vous voir, toi et Byron, c'est pour une bonne raison. Je sais que j'aurais dû le faire avant, mais j'aimerais t'expliquer...

Benny parla de Steve, de l'université, des choses qu'elle essayait d'accomplir, de ses déceptions. Elle était désolée, disait-elle, d'avoir laissé tant de temps passer, mais elle n'était pas désolée d'être comme elle était, même si être comme ça ne lui avait pas apporté beaucoup de réconfort ces derniers temps. Benny termina la lettre, la ferma, mais il lui fallut du temps avant de la glisser dans une boîte aux lettres. Lorsqu'elle le fit enfin, on était à l'automne 2018, et Benny sait aujourd'hui que c'était trop tard.

De nos jours

Mrs Bennett

B & B, je sais que votre père était strict avec vous. Il nourrissait tellement d'attentes et d'espoirs pour vous deux. Moi aussi. À présent, je vois bien la pression que cela représentait. Mais votre père était mon amour et il m'a donné un très beau garçon et une très belle fille, et il vous aimait plus que vous ne pourrez jamais l'imaginer. Peut-être qu'un jour vous aurez des enfants et que vous comprendrez.

Benedetta, je pense à toi en ce moment. Tu dois savoir que ton père se souciait énormément de toi. Tu étais sa petite fille chérie. Mais la jeune femme que tu es devenue en grandissant était tellement différente de ce à quoi on s'attendait. Cela ne veut pas dire qu'on ne t'aimait pas. Mais oui, on avait nos opinions et on s'attendait à ce que tu nous écoutes. Nous nous inquiétions pour toi, nous avions peur que tu n'aies du mal à trouver ton chemin.

Je me rends compte que les temps ont changé. Avant, dans ce pays, une bonne éducation permettait de prendre les devants, surtout pour les gens comme nous, avec tous ces préjugés qui pouvaient nous barrer la route. À présent, personne ne semble savoir comment faire pour qu'un jeune ait une bonne carrière ou une vie de famille stable. Vous, les jeunes, vous avez tellement de liberté, même quand il s'agit de qui aimer. Mais j'ai aussi l'impression que vous êtes moins bien encadrés, malgré tous ces tutos sur Internet. On dirait qu'il y a désormais tellement de choix qu'on ne peut plus savoir lequel est le bon. Et les préjugés sont encore tenaces. Peut-être moins solides, dans certains cas, mais toujours là.

Quoi qu'il en soit, nous avions le sentiment qu'un diplôme universitaire ne pouvait pas faire de mal, surtout s'il provenait d'une université prestigieuse. Quand tu as quitté la fac et refusé d'y retourner, on a eu le sentiment que tout ce qu'on avait essayé de construire pour toi, ce filet de sécurité qu'on pensait que tu garderais toute ta vie, se délitait. Ça me fait mal de l'admettre, mais on était aussi blessés, après tout ce qu'on avait fait pour toi.

Je ne suis pas sûre que tu te rendes compte, Benny, de la chance que tu as eue de réussir si bien à l'école. Comment le pourrais-tu ? À l'exception de ce petit passage à vide au lycée, il te suffisait de te présenter en cours et tu étais la première de ta classe. Il était évident que tu avais un don, Benny, et on a eu le sentiment que tu le jetais par la fenêtre.

À propos de ce jour de Thanksgiving. Je sais, ton père et moi t'avons appris que l'amour et la loyauté comptaient plus que tout. Mais que se passe-t-il quand l'amour et la loyauté sont en conflit l'un avec l'autre ? Mes enfants, je vous aime plus que tout au monde, mais ma loyauté envers votre père était le socle de notre famille. Il fallait que je sois là pour lui, comme il avait toujours été là pour moi. Sans lui, nous n'en serions pas là. Ton père avait besoin de temps pour assimiler tout ce que tu nous avais expliqué sur ta vie sociale. Seulement, tu es partie en claquant la porte et sa fierté s'est mise en travers du chemin. La tienne aussi, je pense.

Je ne pensais pas que huit ans s'écouleraient sans qu'on se voie. D'abord, tu es partie et n'as jamais appelé. Ensuite, ton père est tombé malade. Je me disais que je te préviendrais quand il irait mieux, que je te demanderais de venir nous voir, mais en un clin d'œil il est parti. C'est vrai, je n'avais pas envie de te parler après ça. J'avais besoin de garder mes distances pour préserver ma santé mentale. Quelle idiote j'ai été, Benny. Encore une fois, j'avais perdu du temps, du temps qui n'était pas à moi.

Régulièrement, je laissais un message sur ton téléphone portable, mais tu n'as jamais répondu. Maintenant, j'ai ta lettre, celle avec les photos du gâteau. Les photos que tu étais censée m'envoyer bien des mois auparavant. Je t'ai appelée quand je les ai reçues. Je t'ai laissé un message. J'adore ces photos ! Et, maintenant, je sais. Pourquoi tu as quitté l'université. Pour Steve. Pourquoi ne m'as-tu rien dit ? Pourquoi n'as-tu pas demandé de l'aide ? Pourquoi nous, les femmes, laissons-nous la honte prendre le pas sur notre bonheur ? Je pensais que les choses avaient évolué depuis mon enfance, mais, apparemment, pas assez.

La trahison

Trahi.

Voilà ce que ressent Byron en entendant les mots de sa mère. Il ne sait même pas de quoi elle parle. Il ne comprend pas ce qu'il s'est passé avec Benny. Et c'est qui, ce Steve ? Tout ce que Byron sait, c'est qu'il a été mis à l'écart. Lui, qui a tout fait pour sa mère alors que Benny était Dieu sait où.

Combien de fois Byron a-t-il eu envie de voir Benny, mais s'est retenu par loyauté envers Ma ? Combien de fois a-t-il maudit sa sœur de ne pas faire le premier pas, de ne pas tendre la main ? Combien de fois a-t-il appelé à droite à gauche afin de prendre des nouvelles de sa sœur sans lui parler directement ? À présent, il apprend que sa mère et sa sœur étaient en contact et qu'aucune des deux n'a pris la peine de le lui dire.

Pendant un temps, Byron était tellement en colère contre Benny après son absence à l'enterrement de leur père qu'il ne voulait pas lui parler. C'était la dernière d'une série d'étapes qui ne faisaient que perturber leur mère. Abandonner ses études. Déménager d'une ville à une autre. Prendre des cours de cuisine en Italie, d'art en Arizona. Partager de moins en moins de choses sur sa vie avec eux. C'était comme si sa petite sœur au grand cœur s'était transformée en salope égocentrique. *N'emploie pas ces mots pour parler d'une femme*, lui aurait dit sa mère, mais c'étaient ces mots-là précisément qui avaient traversé l'esprit de Byron. C'était la vérité, non ?

Après l'accident, Byron avait eu envie de prendre son téléphone, d'appeler Benny et de dire : *Benedetta, s'il te plaît, rentre à la maison*. L'idée que Ma, cette tête de mule excentrique, aurait voulu faire autre chose que vivre sa vie, après la mort de leur père, avait profondément secoué Byron. Mais il avait réfléchi : pourquoi serait-ce à lui d'appeler sa sœur ? C'était quand, la dernière fois qu'elle avait appelé Byron ?

Bien que Byron ait eu conscience toute sa vie adulte de la fragilité de son existence en tant qu'homme afro-américain – de la précarité de son emploi, de sa popularité, de son intégrité physique, toujours, de son intégrité physique –, il s'était toujours senti en terrain conquis dans sa maison d'enfance. La disparition virtuelle de sa sœur et la perte de son père avaient fait vaciller les fondations de son existence, mais c'était le soi-disant accident de sa mère, et l'état d'esprit qu'il révélait, qui avait failli en déloger la pierre de voûte.

Byron avait envisagé d'appeler Benny la dernière fois qu'il avait été arrêté par la police. Par la suite, il avait été submergé par un besoin de lui parler, d'entendre sa voix, de l'entendre prononcer son prénom, de lui raconter ce qui s'était passé, de savoir que Benny, au moins, était en sécurité, même si lui ne l'était pas. Ne le serait peut-être jamais. Il ne pouvait pas parler à sa mère de ça. On ne pouvait pas parler à ses parents de leurs pires cauchemars. Il avait pris son téléphone et parcouru la liste de contacts jusqu'au nom de Benny, mais il était resté assis là dans sa voiture, les yeux rivés sur l'écran, les mains tremblantes.

Au moins, Byron sait que sa mère n'est pas morte sans avoir eu des nouvelles de Benny. C'est une bonne chose, non ? Quand bien même, il se sent trahi. Il sait que Benny et lui vont devoir avoir une vraie conversation, bientôt. Le souci, c'est qu'il ne sait pas par quoi commencer.

— Euh, attendez, dit Byron. C'était quoi, ça ?

Il demande à Mr Mitch d'interrompre l'enregistrement. Il se rend compte qu'il a raté une partie de ce que sa mère disait. Mr Mitch appuie sur « Pause » et tend la main vers une boîte de mouchoirs sur la table basse. Byron remarque que le nez de Mr Mitch est rouge vif. *Qu'est-ce qu'il a, ce type ? Il ne pleure pas, si ?*

— Pardon, renifle-t-il, j'ai des allergies.

Mais oui, pense Byron. Des allergies. À cette période de l'année.

— Vous voulez une tasse de thé ou quelque chose d'autre, Mr Mitch ? demande Benny.

— Non, ça va, merci. Mais, s'il vous plaît, appelez-moi simplement Mitch. Ou Charles. C'est comme ça que votre mère m'appelait. Charles.

La manière dont il dit *votre mère* fait retentir une alarme dans la tête de Byron. Bien entendu. Pourquoi n'a-t-il rien vu ? Il y avait quelque chose entre Charles Mitch et Ma, c'est ça ? Cet homme est en deuil, lui aussi.

— OK, répond Benny.

Elle serre de nouveau le coussin contre elle, comme elle le faisait quand elle était petite, là, sur son nombril. Peut-être pas le même coussin ; une autre couleur ? Sa mère a sans doute donné le vieux à un refuge il y a des années. Elle donnait souvent de petits morceaux de leur existence à des familles dans le besoin. Leurs vieux jouets, leurs vieux livres, leurs vieilles couvertures. *Ces choses ne vous définissent pas*, disait-elle, *ce ne sont que des objets*. Certes. À l'exception de son horrible canapé. Combien de fois Byron avait-il tenté de la convaincre de s'en débarrasser ? Et qui avait eu la mauvaise idée d'inventer le velours froissé ?

Sa petite sœur lui manque. La personne qui est assise en face de lui, ce n'est pas vraiment sa Benny. C'est une femme qui a vécu sans lui pendant les huit dernières années et qui le regarde comme si elle s'attendait à ce qu'il oublie tout ça. Elle est là maintenant et le reste n'a pas d'importance ? Ben voyons. Et toute cette souffrance à lui ? Sa souffrance a de l'importance. Demain, il y aura une cérémonie pour leur mère, et après ? Ce sera terminé ? Est-ce que Benny et lui vont simplement partir chacun de leur côté ? Ne va-t-il rien lui rester de sa vie d'avant ?

Mr Mitch

Le truc avec l'identité... Il y a notre histoire familiale, il y a la façon dont on se voit et il y a celle dont les autres nous voient. Tous ces éléments constituent notre identité, que cela nous plaise ou pas. Charles Mitch est fier d'appartenir à l'association des avocats noirs de Californie, mais il pense qu'une partie de son succès professionnel tient au fait que bon nombre de personnes n'ont pas remarqué son héritage africain.

Les gens ont du mal à voir au-delà de la couleur de peau de Charles. Et ce, en dépit de sa participation au mouvement des droits civiques (et de cette photo de lui, étudiant). En dépit de son travail bénévole avec les jeunes délinquants de couleur (bien qu'il ait aidé d'autres jeunes aussi). En dépit de l'apparence de ses enfants (qui tiennent de leur magnifique mère, qu'elle repose en paix).

Le truc, quand on a le nez d'un homme blanc... Quand notre cœur se brise, tout le monde le voit parce que notre nez devient écarlate, tout comme les contours de nos yeux. Pas étonnant qu'il y ait tant d'hommes en Amérique qui cachent leurs sentiments. Oui, le cœur de Charles Mitch s'est brisé. La femme de Charles était l'amour de sa vie. Et, ensuite, il est tombé amoureux de nouveau, cette fois-ci d'Eleanor Bennett, la veuve d'un collègue avocat, une femme qui finirait par révéler à Charles qu'elle n'était qu'un fantôme.

Charles Mitch

Charles sait depuis environ un an qu'Eleanor n'est pas vraiment Eleanor. Ils se fréquentaient depuis un moment, mais elle ne le lui avait révélé qu'après son accident de surf. Il lui avait fallu un long moment pour comprendre ce qu'elle lui disait. L'accident n'était pas un simple accident, lui avait-elle expliqué – mais qu'elle ait survécu, oui.

— Seul mon mari savait vraiment qui j'étais, avait dit Eleanor à Charles ce jour-là. J'ai l'impression que plus personne ne me reconnaît.

Et moi ? avait voulu demander Charles, mais il avait retenu ses paroles.

— C'est normal, avait répondu Charles. Tu as vécu avec Bert pendant près de quarante ans. Tu as élevé des enfants avec lui. Lorsque ma femme est morte, j'ai aussi eu le sentiment de disparaître avec elle. Si je me suis accroché, c'est parce que les enfants étaient encore jeunes.

— Mais là, c'est différent, avait-elle insisté.

Eleanor lui avait alors raconté ce que Bert et elle avaient fait. Qu'ils étaient venus s'installer en Californie en partie pour s'éloigner des autres Britannico-Antillais de la côte Est.

— Je vois ce que tu veux dire, avait dit Charles.

Mais ce qu'il pensait, c'était : *Je sais encore qui tu es. Enfin, je crois.*

Charles et Eleanor s'étaient rencontrés pour la première fois bien des années auparavant au domicile d'une connaissance commune, quelqu'un qui, comme Charles et Bert Bennett, proposait d'aider des familles noires qui ne pouvaient pas se payer un avocat. Quelque temps après la mort de sa propre femme, quand Charles s'était fait à l'idée de peut-être rencontrer quelqu'un d'autre, il avait vite pris ses distances avec Eleanor. Elle lui faisait de l'effet – son cœur lui semblait plus léger –, mais elle était mariée et Charles Mitch n'était pas du genre à voler la femme d'un autre.

Il se souvenait que Bert n'aimait pas parler de son enfance aux Antilles. Bert avait dit à Charles qu'Eleanor et lui étaient tous deux orphelins. Charles se souvenait aussi de la façon dont Bert et Eleanor se regardaient quand ils évoquaient leurs enfants. Non, Charles n'aurait jamais pu voler cette femme à son mari, même s'il avait essayé.

Charles avait été vraiment désolé de voir Bert partir comme il était parti : un déclin rapide, mais long quand même, et voir le visage d'Eleanor devant le cercueil de son mari l'avait fait souffrir. Elle observait le cercueil, puis regardait au loin, comme si elle s'attendait à ce que Bert jaillisse d'entre les arbres. Ce n'est que plus tard qu'il comprit qu'elle cherchait Benny.

Après la mort de Bert, Eleanor était venue consulter Charles dans un cadre professionnel, mais leurs relations avaient ensuite pris une tournure plus personnelle. Avec le temps, certaines des fêlures dans le cœur de Charles se refermèrent.

Ce soir-là, à l'hôpital, les infirmières avaient laissé Charles rester tard dans la chambre d'Eleanor. Il s'était penché en avant, avait posé son coude sur l'oreiller près de sa tête pendant qu'elle parlait. La fois d'après, elle lui avait souri, et Charles avait eu le sentiment qu'ils avaient tous les deux reculé du bord de la falaise. Lorsque Eleanor était allée suffisamment mieux pour que son fils retourne chez lui, Charles et elle avaient recommencé à se voir. Eleanor avait prévu d'organiser un déjeuner pour qu'il rencontre Byron, mais des examens de suivi avaient révélé un problème.

Au début de l'année 2018, quelques mois après l'accident de surf, le dossier médical d'Eleanor indiquait qu'elle avait presque soixante-treize ans alors que Mrs Bennett, née Coventina Lyncook, n'en avait que soixante-dix. Le reste, cependant, était vrai. Groupe sanguin : O négatif. Maladie : stade avancé. Pronostic de survie à un an : quinze pour cent environ.

Eleanor Douglas Bennett, née Coventina Lyncook, reçut la nouvelle sans sourciller. Elle était la fille d'un joueur invétéré. Elle était déjà morte et revenue par deux fois. Elle avait toujours nagé à contre-courant. Mais si, cette fois-ci, elle ne s'en sortait pas ? avait-elle demandé à Charles. Elle ne pouvait pas laisser ses enfants comme ça. Il fallait qu'elle leur avoue quelque chose.

Le reste de l'histoire

Si Charles est ici aujourd'hui, s'il réécoute avec douleur Eleanor raconter son histoire, c'est parce qu'il lui a fait une promesse, en tant qu'avocat et ami. Il a promis à Eleanor d'aider ses enfants à traverser cette épreuve. Ça n'allait pas être facile pour eux. D'accord, mais qui est là pour Charles ?

En 1970, il y avait moins de quatre mille étudiants noirs inscrits en fac de droit dans tout le pays. L'un d'eux était Charles Garvey Mitch. Dans les quarante années qui avaient suivi jusqu'à sa semi-retraite, Charles avait tout vu, tout entendu, que ce soit dans sa vie professionnelle ou personnelle. Il ne fut donc pas choqué, pas vraiment, quand Eleanor Bennett, toujours munie de sa canne après son accident, entra en titubant dans son bureau et annonça à Charles qu'elle avait besoin de lui raconter le reste de l'histoire, celle du bébé. De toute manière, peu de gens révélaient toute la vérité la première fois. Et encore moins à son amant.

À ce jour, Charles n'arrivait pas à décider si Eleanor avait eu dans sa vie beaucoup de malchance ou beaucoup de chance. Elle était venue dans son bureau, avait-elle dit, parce qu'il fallait que ce soit un rendez-vous strictement professionnel – entre eux, c'était déjà devenu intime. Elle était venue dans son bureau, avait-elle dit, parce qu'elle avait besoin de son aide. Elle lui avait ensuite parlé de sa fille. Pas celle à qui elle ne parlait plus. L'autre.

Charles avait accepté d'aider Eleanor. Il lui avait prodigué des conseils juridiques, avait ensuite mené des recherches. Jouer ce double rôle n'était pas facile. Charles avait affronté des situations compliquées. C'était un homme noir pâle qui avait grandi dans les années 1950 et 1960. Il avait perdu sa femme bien trop tôt. Il avait élevé deux garçons afro-américains et il avait passé des nuits blanches à se demander comment les protéger du monde. Il avait appris à contrôler ses émotions. Pour autant, cela ne voulait pas dire qu'il ne ressentait rien.

Après la mort de sa femme, Charles avait eu quelques histoires. Mais avec Eleanor, c'était différent. C'était de l'amour. Il n'avait pu que souffrir quand Eleanor lui avait raconté ce qu'elle avait vécu. Aucun homme ne devrait avoir à entendre ça. Aucune femme ne devrait le vivre. Après leur rendez-vous, Charles était rentré seul. Il avait trébuché sur le seuil de sa maison, fermé la porte et appuyé son front dessus avant de se retourner pour se laisser glisser jusqu'au sol.

Avant

Bert

Au début des années 1970, Bert et Eleanor Bennett emménagèrent dans un bungalow pastel d'une petite ville voisine d'Anaheim où les agents immobiliers avaient accepté de montrer des maisons à des familles noires. Dans le comté d'Orange, on trouvait Disneyland, des bases navales, des plages, et Los Angeles était à une vingtaine de kilomètres au nord. Il y avait des usines aérospatiales, d'automobiles et de caoutchouc pas trop loin. Le marché de l'emploi était florissant, même pour un couple noir. La Californie du Sud se révéla être la réponse pour ce jeune couple à la recherche d'un endroit où construire sa vie. Ils ne pouvaient pas être plus loin de New York et des autres Antillais, et couraient le moins de risques possible d'être reconnus.

Bert trouva un emploi à l'usine de caoutchouc, et Eleanor un poste dans une administration fédérale. Les supérieurs d'Eleanor virent rapidement qu'elle avait une facilité avec les chiffres et un œil très avisé, et ils la promurent au fil des ans, lui payant même une formation en comptabilité. Lorsque Benny commença l'école, Los Angeles avait élu son premier maire afro-américain et Bert était avocat. Ses études de droit entreprises en Angleterre lui avaient permis de mieux affronter les épreuves d'entrée aux facultés de droit des États-Unis et de franchir le portail invisible qui empêchait tant d'Américains noirs et latinos de faire pareil.

Le soir du jour où leur fils débuta son doctorat à San Diego, Bert et Eleanor s'adossèrent à leurs oreillers, clinquèrent leurs alliances l'une contre l'autre comme s'ils trinquaient et se prirent la main. Ils savourèrent leur réussite, ayant vu pire, et se dirent que leurs vies et celles de leurs enfants allaient continuer de s'améliorer. Encore et toujours.

*

Bert et Eleanor ne pouvaient pas retourner sur leur île, mais Eleanor voulait transmettre une tradition familiale à ses enfants. Le gâteau noir, par exemple. Ce gâteau, c'était tout ce qu'il lui restait de son enfance et elle insista pour qu'il occupe une place importante dans celle de ses enfants aussi. Cela se résuma à la mise en place d'un périmètre de sécurité autour de la cuisine quelques week-ends pendant l'hiver : elle et Benny se trouvaient d'un côté et Bert et Byron végétaient de l'autre, alors qu'ils auraient aimé traîner dans la maison en pyjama.

Eleanor n'avait pas eu l'intention de diviser la famille entre femmes d'un côté et hommes de l'autre, assura-t-elle. C'était simplement que Benny était la seule autre personne de la maison qui avait envie de cuisiner pour Noël. Ils avaient élevé une fille qui ressemblait à Bert comme deux gouttes d'eau, mais qui avait cette même étincelle dans le regard que sa mère quand elle se tenait dans la cuisine avec un tablier autour de la taille et un œuf dans la main. Elles adoraient travailler ensemble, ces deux-là, et manipuler des ingrédients mystérieux qui pouvaient pratiquement prendre vie.

Tous les ans, sans faute, ce même échange avait donc lieu.

— Mamaaan, râlait le fils de Bert, d'un ton cent pour cent américain et sans la moindre trace de l'accent de ses parents.

— Non ! répondait Eleanor derrière un paravent.

— Caféééé.

— Non, monsieur.

— Une tasse, c'est tout ce que je demande.

L'un des yeux d'Eleanor apparaissait alors entre le paravent et le mur.

— Tu connais la règle. Je fais ça un mois par an et tu connais la règle.

— Je ne suis là que de temps en temps et tu ne m'autorises même pas une simple tasse de café ?

Eleanor avait toujours voulu une cuisine isolée, avec une porte principale qui fermait. En Angleterre, elle avait vu ses premières cuisines *fermables*, comme elle les appelait, et confiait régulièrement à Bert son envie de refaire la leur lorsque les enfants auraient quitté la maison.

Quand Bert emmenait Eleanor au restaurant, elle jetait des regards envieux en direction des portes battantes qui menaient aux cuisines. « Comme ça », disait-elle. « Une porte comme ça, ça irait. »

Lorsqu'ils arrivèrent en Californie, personne ne vendait des maisons avec des cuisines fermées. Par ailleurs, Bert et Eleanor ne savaient pas s'ils allaient rester longtemps. Mais oui, bien des années plus tard, ils étaient toujours là, dans leur maison familiale de plain-pied sur la côte Pacifique, avec une cuisine ouverte et un immense cactus devant la fenêtre de leur chambre, et un garçon et une fille californiens qui avaient appris à surfer les vagues d'ici, vagues qui auraient couvert de honte celles qu'ils avaient surfées dans leur enfance.

À quinze ans, Benny était pratiquement aussi grande que Bert, mais elle aimait toujours passer ses bras autour de sa nuque et dire *Papaaaa*, en étirant les syllabes, ce qui le faisait rire. Puis elle se mit à changer. Elle avait des sautes d'humeur et ses notes reflétaient ces hauts et ces bas. Ce qui était particulièrement perturbant parce que, de manière générale, tout ce que Benny avait à faire pour être la meilleure de sa classe, c'était de s'y asseoir.

Eleanor affirma que c'était une phase, mais Bert, lui, était inquiet pour sa petite fille.

Thanksgiving, 2010

Bert ne comprenait pas ce que disait Benny. Ou peut-être que si, mais il ne comprenait pas comment cela pouvait s'appliquer à elle. C'était déjà terrible qu'elle ne soit pas retournée à l'université, terrible qu'elle ne parvienne pas à se concentrer assez longtemps pour obtenir un emploi et se garantir une certaine stabilité économique. Cette idée de *café conceptuel*, ça ne rimait à rien ! Mais ce n'était pas son projet de café qui contrariait Bert, du moins pas aujourd'hui.

Ces dernières années, Eleanor et lui avaient encouragé leur fille à inviter quelqu'un à la maison pour Thanksgiving, mais elle ne l'avait jamais fait. Benny vivait à une journée de voiture en Arizona et ils voulaient en savoir plus sur ses amis, être impliqués dans sa vie. Enfin, Benny leur annonçait qu'elle viendrait peut-être avec quelqu'un pour Noël, mais, d'abord, il y avait quelque chose qu'elle devait leur expliquer.

Que Dieu nous garde. Fallait-il vraiment qu'elle déballe et dise tout ça ? À quoi s'attendait-elle ? Était-ce pour ça qu'elle avait abandonné l'université ? Était-ce pour ça qu'elle voulait s'enfermer dans une espèce de *trou noir conceptuel* ? Pour ne pas avoir à affronter le monde réel et avoir de vraies relations ? Comment pouvait-elle mener une vie décente dans une telle confusion ?

Bert, qui avait repris ses études de droit depuis le début sous son nouveau nom aux États-Unis. Bert, qui s'était coupé de sa vie sur l'île et en Angleterre pour protéger sa femme et ses enfants. Bert, qui avait appris à sa petite fille à faire du vélo, à économiser son argent de poche, à bien écrire une dissertation, se sentait à présent trahi. Pourquoi travaillait-il tant depuis toutes ces années ? Qui était cette femme devant lui à présent, avec ce visage grimaçant, qui lui criait dessus ?

Ce n'était pas la fille qu'il avait élevée. C'était une personne qui avait tourné le dos aux occasions qu'il lui avait fournies à la sueur de son front. Qui ne cessait de changer d'avis sur ce qu'elle voulait faire et qui ne savait pas quel genre de personnes lui convenait. Benny ne cessait de se compliquer la vie alors qu'il avait tout fait pour la lui simplifier. Cette fille qu'il avait élevée devrait lui être plus reconnaissante. Cette fille qu'il avait élevée aurait dû dire : *Pardon, papa*, et se précipiter dans ses bras.

Bert pivota et sortit de la pièce. Sa femme accourut à ses côtés peu après, les yeux humides. Derrière lui, Eleanor glissa ses bras autour de sa taille et posa sa tête sur son dos.

— Bert, souffla-t-elle, mais il était incapable de parler.

Ensuite, Eleanor fit ce qu'elle faisait de mieux pour leur couple. Elle resta là, sans bouger, sans parler, mais présente. Il y a bien longtemps, ils avaient failli se perdre pour toujours. Ils avaient failli ne pas avoir cette belle famille qu'ils avaient construite ensemble. Après ça, elle ne l'avait jamais quitté.

— Laisse-moi juste quelques instants, d'accord ? répondit-il. Quelques instants. Ensuite, je retournerai lui parler.

Mais quand Bert et Eleanor retournèrent dans le salon, Benny était partie et les premiers invités franchissaient déjà la porte de la cuisine. Ce jour-là, Bert eut le sentiment que beaucoup de choses l'avaient dépassé.

Si seulement

Si seulement Bert avait su qu'il ne serait plus là dans six mois, il serait sorti de la voiture. Il aurait traversé la rue, il aurait frappé à la vitre, il aurait souri. Mais non, il resta à l'arrière du taxi devant un restaurant new-yorkais où Benny travaillait et l'observa à travers la porte vitrée. Il voulait lui parler, mais pour dire quoi ? Une année s'était écoulée et il ne se sentait toujours pas à l'aise avec la vie qu'elle avait choisie. Si ça avait été n'importe qui d'autre, n'importe qui d'autre que son propre enfant, il aurait laissé couler. Aurait dit : chacun ses goûts, c'est l'amour qui compte. Mais là, c'était sa petite fille chérie.

Les jeunes désiraient toujours faire les choses à leur façon, et Bert n'avait pas dérogé à la règle. Ces jours-ci, ils semblaient avoir besoin de consommer tout ce qui était disponible et de le faire savoir aux autres en temps réel, sans prendre le temps de l'introspection. Non, il n'y avait pas que l'amour qui comptait. Voilà, peut-être, ce qu'il dirait à Benny s'il s'en donnait la peine : *Qu'es-tu prête à faire ? Est-ce que ça en vaut la peine ?*

Par ailleurs, que faisait Benny ici, sur la côte Est ? Avait-elle des amis à New York ? Comprenait-elle l'amitié comme lui et sa femme ? Et la loyauté ? Elle avait déménagé ici sans même envoyer sa nouvelle adresse uniquement parce que Bert et Eleanor n'avaient pas été capables de prétendre qu'ils comprenaient ? Elle avait renoncé à eux comme ça, aussi facilement. Avait-elle la moindre idée de ce qu'ils avaient dû faire pour leur offrir cette vie, à elle et à son frère ?

Obtenir des nouvelles de Benny demandait de sacrés efforts. Pour la deuxième fois, Bert avait dit à sa femme qu'il allait à un rendez-vous hors de la Californie, mais combien de rendez-vous professionnels un avocat californien pouvait-il avoir en dehors de la Californie en un an ? Leur État avait été le premier à mettre en place des lois contre la traque et le harcèlement. S'il n'était pas le père de Benny, il s'accuserait lui-même de traquer sa fille. Mais Bert avait eu besoin de voir Benny de ses propres yeux, et il ne voulait rien dire à Eleanor tant qu'il ne savait pas quoi dire à sa fille.

Il observa Benny qui aidait une femme âgée à mettre son manteau. Comme elle était prévenante. Sa fille avait encore une bonne dose de respect pour les autres. Enfant, elle avait toujours eu un grand cœur, mais quelque chose avait changé. Après leur dispute à Thanksgiving, Bert avait été surpris de revenir dans le salon et de constater que Benny était partie, contrarié de ne pas la voir revenir pour le repas, avec tous ces invités à la maison, en plus, et, plus tard, fâché qu'elle n'ait même pas appelé pour s'excuser. Benny n'était pas comme ça. En tout cas, pas avant.

Ce jour-là, Benny avait accusé Bert d'étroitesse d'esprit, mais c'était Benny qui s'était refermée en grandissant, qui était moins patiente, qui refusait la discussion. Elle était partie parce qu'elle ne pouvait pas affronter ses parents, ne pouvait pas accepter qu'ils aient des doutes. Et depuis quand, dans cette famille, on s'inquiétait de savoir si les autres étaient du même avis ?

Où seraient-ils, aujourd'hui, si Bert avait eu peur de suivre des cours du soir en droit – le seul homme noir et le plus âgé du groupe ? Où seraient-ils, aujourd'hui, s'il avait eu peur de déménager dans un État avec toutes ces plantes grasses, ces crotales, ces tremblements de terre et ces gens aux voix trop aiguës ? Où seraient-ils, aujourd'hui, s'il avait eu peur de fonder une famille avec une femme qui ne pouvait pas s'autoriser à avoir un passé ? Qui ne pouvait pas autoriser Bert à en avoir un ? De temps en temps, il pensait à son oncle et à ses cousins restés sur l'île. Il aurait aimé prendre son téléphone et avoir de leurs nouvelles. Mais un tel geste pouvait détruire sa vie.

Bert gigota dans son siège et appuya sur l'endroit où il avait mal. Il observa sa fille, qui hochait la tête et souriait à la femme, et hocha la tête en même temps. Il se faisait trop de soucis, non ? Elle était toujours sa Benny, regardez-la. Elle était encore jeune. Elle trouverait sa voie, elle remettrait sa vie sur les rails. Elle leur reviendrait, à lui et à sa mère, sa belle petite fille chérie.

Ma petite fille chérie

Le jour où Bert Bennett fut enterré, le bras gauche de Benny était en écharpe, posé contre ses côtes fêlées, et un de ses yeux était enflé au point de rester fermé. Un bandage recouvrait la moitié de son visage. *Accident de vélo*, avait-elle dit au chauffeur qui l'avait récupérée à l'aéroport la veille. *Ah*, avait-il répondu d'un ton neutre et professionnel.

Ce même chauffeur était venu la chercher à son hôtel avant l'enterrement. Il avait attrapé la ceinture de sécurité et aidé Benny à la mettre. Il faisait déjà bien chaud dehors, mais Benny abaissa la vitre, respirant l'odeur des trottoirs imbibés de soleil, du jasmin en fleur, de la terre remuée, et même des effluves de sel dans la brise venue de l'ouest. Ça sentait la maison.

Le cimetière remontait au temps où Los Angeles comptait moins de trente mille habitants et était entouré de champs. C'était le premier de la Californie du Sud, avec de larges pelouses bien vertes qui semblaient avant tout destinées à des pique-niques. Cela fit penser Benny à ces barbecues que ses parents organisaient dans le parc près de chez eux. Elle aidait son père à attacher les ballons aux arbres avec des morceaux de papier où il était écrit *Fête des Bennett* et ils restaient là avec tout un tas d'autres familles jusqu'à ce que le soleil se couche.

Benny se voyait bien retirer ses chaussures et déambuler sur l'herbe jusqu'à trouver l'emplacement de la tombe de son père, mais elle n'avait pas l'intention de sortir de la voiture. Elle posa sa main sur sa joue tuméfiée.

Elle demanda au chauffeur de suivre la route à travers le cimetière jusqu'à apercevoir un groupe de personnes, toutes tête baissée, aux peaux de toutes les nuances, et portant des vêtements bleu marine ou noirs de toutes les tailles. Son père était un homme populaire, un homme qui avait réussi, un pilier de la communauté noire. On disait de lui qu'il construisait des ponts entre les gens, qu'il était un homme tolérant ; mais, la dernière fois que Benny l'avait vu, deux ans auparavant, il avait refusé de l'écouter.

Ses parents lui avaient toujours dit qu'on pouvait mesurer la qualité d'une personne à sa capacité à aimer. Mais quand Benny avait tenté de leur rappeler ce principe, son père avait érigé un mur entre eux, s'était levé et était parti. Comme ça, en un éclair, il lui avait tourné le dos. Et Benny n'avait jamais revu son père.

Alors que la foule se morcelait, Benny aperçut son frère. Il se dirigeait vers un rassemblement de voitures garées. Il avait son bras autour de leur mère et la tête penchée vers elle. Ma portait une très belle robe légère – la préférée de son père. La couleur avait fait sourire Benny, en dépit des larmes coulant sur ses joues.

Benny regarda son frère ouvrir la porte de la voiture pour leur mère, le vit maintenir sa main sur son bras jusqu'à ce qu'elle soit installée. Byron avait été aussi protecteur avec Benny, avant.

— C'est bon, dit Benny au chauffeur. On peut y aller.

Alors que la voiture roulait dans les allées du cimetière, Benny se consola en se disant que son père n'aurait jamais voulu la voir dans cet état. Ils ne s'étaient pas parlé depuis deux ans et, pourtant, elle était certaine que si elle lui avait raconté ce qui lui était arrivé quelques jours plus tôt, il l'aurait enveloppée dans ses bras comme il le faisait quand elle était petite, il aurait posé son menton sur le haut de son crâne et murmuré : *Ma petite fille chérie*.

Etta Pringle

Etta Pringle parcourut le programme dans sa main. *Venez rencontrer Etta Pringle, nageuse d'endurance et experte en développement personnel*. Elle voyageait tellement ces temps-ci qu'elle vérifia par deux fois la date et l'endroit avant de parler dans le micro. *27 février 2018, Anaheim, Californie*.

Etta sourit tandis que le maître de cérémonie l'introduisait : une gamine des îles qui avait ensuite conquis le monde. Il raconta qu'elle avait nagé à Catalina et dans la Manche, qu'elle avait fait le tour de l'île de Manhattan. Qu'elle avait affronté certaines des eaux les plus froides de la planète.

Etta parlait librement à son public des défis qu'elle avait affrontés, mais il y avait une chose qu'elle ne pouvait pas leur confier, à savoir que, où qu'elle aille, Etta Pringle, Bunny pour les intimes, pensait toujours à sa chère amie Covey Lyncook. Parfois, elle avait même l'impression de la voir.

La perte de quelqu'un pouvait avoir cet effet-là sur les gens.

Après la mort de Covey, Bunny avait eu la chance de tomber de nouveau amoureuse, cette fois d'une personne qui ressentait la même chose. Patsy et elle avaient élevé un fils et le petit frère de Patsy en Angleterre et les avaient vus grandir, devenir des universitaires et des parents. Patsy était devenue une des premières femmes noires à intégrer Scotland Yard. Pendant tout ce temps, les mers qui, chaque année, avaient éprouvé la force et la résolution de Bunny avaient été, au final, une bénédiction. À présent, à soixante-dix ans, Bunny avait passé bien plus d'années de sa vie à nager sans Covey qu'avec elle, mais elle ne pouvait toujours pas affronter les vagues, ou ses peurs, sans imaginer Covey à quelques mètres devant elle.

À présent, Etta aperçut quelqu'un qui lui faisait penser à Covey. Lorsque Bunny eut fini de parler et que les lumières se rallumèrent pour les questions du public, elle prit quelques secondes pour bien observer la femme assise sur le bord de la rangée qui la regardait comme l'aurait fait Covey. Bunny détourna le regard, mais elle revint tout de suite sur la femme et plissa les yeux. Bunny, qui avait mis son corps à rude épreuve pendant six décennies, eut peur tout à coup que ses jambes ne la soutiennent pas, tant le choc était grand, mais si.

Bunny avait beaucoup parlé en public, elle avait appris à rester concentrée, à poursuivre malgré les distractions. Les gens qui se lèvent pour aller aux toilettes. Qui parlent au téléphone. Une mouche qui virevolte autour de son visage. Mais rien ne l'avait préparée à ça. Bunny glissa ses pieds nus dans ses chaussures et se dirigea vers les marches sur le côté de l'estrade. Elle trébucha sur le tapis. *Bunny, concentre-toi !*

Elle répondit à une dernière question tout en avançant dans l'allée centrale. Le public appréciait ce genre de rapprochement. Ils aimaient voir que la femme qui avait bravé les puissants courants du détroit de Molokai était faite de chair et d'os. Ils aimaient voir qu'elle boitait légèrement, qu'elle avait un grain de beauté sur le côté du visage, qu'elle portait un parfum que certains dans la salle avaient pu acheter aussi.

Bunny remonta et descendit l'allée deux fois, portée par le sentiment que, cette fois-ci, elle n'était pas en train d'halluciner, que son chagrin ne lui faisait pas imaginer des choses. Elle s'arrêta. Il ne pouvait y avoir aucun doute. Cette femme aux cheveux courts assise dans le public, c'était Covey. Comment était-ce possible ? Bunny avait envie de se pencher et de tirer Covey de son siège, mais elle savait qu'elle ne pouvait pas. Il y avait des caméras partout. À la fin de la conférence, Bunny attendit que la foule se disperse, puis se précipita vers Covey.

— Bunny, dit Covey en équilibre sur une de ses béquilles et en la prenant dans ses bras.

Tout de suite après, Covey lui serra l'avant-bras et lui murmura quelque chose à l'oreille d'un ton pressé. Bunny se redressa, fit un pas en arrière, mais garda la main droite de Covey dans la sienne.

Bunny prit sa plus belle voix de conférencière.

— Je suis ravie que vous soyez venue m'écouter, dit-elle. Comment vous appelez-vous, déjà ?

— Je m'appelle Eleanor Bennett, répondit Covey en s'appuyant sur ses béquilles. J'ai vu que vous veniez faire une conférence près de chez moi et je ne voulais rater ça pour rien au monde, même si je me déplace avec ça, ajouta-t-elle en vacillant.

— Comment vous êtes-vous...

— Je me suis cassé la jambe en surfant.

— En surfant ! s'écria Bunny.

Covey hocha la tête. Elles rirent toutes les deux.

— En tout cas, j'espère avoir bientôt l'occasion de vous revoir, dit Bunny en glissant une carte de visite dans la main de Covey.

Covey avait des cheveux blancs sur les tempes. Covey était magnifique. *Covey était vivante !*

Une jeune femme avec un tailleur-pantalon noir et des tresses blondes s'approcha d'elles et orienta Bunny vers la porte de sortie à droite de la salle. Un amas de caméras de télévision les suivit, empêchant Bunny de voir son amie d'enfance. Quand bien même, la salle lui parut tout à coup remplie d'une lumière qui éclairerait Bunny pendant longtemps. Bunny avait eu une bonne vie ; à présent, elle savait qu'elle serait encore meilleure.

À l'hôtel, Bunny eut à peine le temps de faire ses valises avant de partir pour l'aéroport. Elle riait aux éclats quand son assistante frappa à la porte.

— Etta, dit son assistante.

— Encore dix minutes, répondit Bunny. Je te retrouve dans le hall d'entrée.

Bunny s'assit sur le bord du lit et se laissa tomber en arrière, les bras écartés, les pieds au sol. Elle fixa le plafond.

Elle flottait.

Il fallait qu'elle parle à Covey dès que possible. Bunny attrapa son téléphone portable, mais se rendit compte qu'elle n'avait pas son numéro. Eleanor. Elle avait dit qu'elle s'appelait Eleanor. Eleanor Bennett. Mais où habitait-elle exactement ? Et comment retrouver une personne avec un nom aussi commun ? Etta comptait bien la retrouver, mais elle allait sans doute devoir patienter avant de pouvoir lui parler. Mais pas longtemps, elle en était sûre.

Eleanor

Elle n'avait parlé à Bunny qu'une minute, mais elle se sentait transportée. Voir Bunny au palais des congrès, prendre son amie dans ses bras après toutes ces années, remit toutes sortes de choses en place pour Eleanor. Pour la première fois, elle se sentait en paix avec le fait d'être Eleanor Bennett. Pour la première fois depuis longtemps, elle eut aussi le sentiment d'être encore Covey.

S'il n'avait tenu qu'à elle, vu son âge, Eleanor aurait été prête à abandonner une vie entière de mensonges, à expliquer aux gens qui elle était, voire à retourner sur l'île, en dépit des risques. Mais vivre une vie, sous quelque nom que ce soit, c'est se mélanger à celle des autres. Ça laissait des traces, il y avait des conséquences. On n'était jamais simplement soi et, par égard pour ceux qu'on aimait, il était important de ne pas l'oublier.

Parce que les gens qu'on aime font partie de notre identité. Ils en constituent même une large part.

QUATRIÈME PARTIE

2017

Marble

Marble Martin était souvent passée à la télévision, mais ça la surprenait toujours, toute cette activité autour du présentateur et des invités jusqu'à la dernière seconde avant le direct. Cette fois-ci, un autre invité, un magnat du café avec un pull bleu, ne faisait qu'ajouter à l'agitation générale en se disputant avec Marble pendant les publicités.

— Je pense que vous dites cela parce que vous essayez de vendre votre livre, déclara-t-elle.

— Attendez, attendez, intervint la présentatrice. Gardez ça pour l'émission.

Une femme avec des ongles peints en turquoise leur indiquait le temps restant jusqu'au retour du direct avec des signes de la main. La présentatrice sortit un chewing-gum de sa bouche, le plia dans un morceau de papier de soie et le tendit à un assistant, qui le lui prit. L'instant d'après, la lumière s'alluma et elle se pencha vers la caméra comme on se confie à une amie.

— Marble Martin, annonça la présentatrice, gourou de la cuisine ethnique et auteur d'un best-seller sur les recettes traditionnelles, *Something True*, affirme que le vrai café italien n'existe pas. Mais le P-DG de Caffé Top, Renzo Barale, n'apprécie pas du tout. Que lui répondez-vous, Marble ?

— Je ne dis pas qu'il n'existe pas une culture du café italien, répondit Marble. Les mélanges de grains de café italiens sont célèbres, de même que ses techniques de fabrication. Moi-même, j'adore un bon espresso napolitain. Je dis simplement qu'il ne faut pas ignorer les apports agricoles et historiques d'autres pays et revendiquer une tradition culinaire à cent pour cent.

— On ne cherche pas à ignorer, comme vous le dites, les apports des autres pays, répliqua M. Café. Notre café Deluxe est un mélange de grains qui viennent d'une bonne dizaine de pays différents et dont nous apprécions les origines. Mais c'est nous qui choisissons les grains qui vont dans nos mélanges, et c'est nous qui avons inventé les techniques d'élaboration qui font du café italien le meilleur dans le monde.

Le pull de M. Café, remarqua Marble, était de la couleur de l'océan Atlantique.

— Ce que je dis, reprit Marble, c'est que certains ingrédients sont nés, cultivés et développés dans des zones géographiques spécifiques et au sein de cultures culinaires précises. D'autres sont importés et, oui, trouvent leur place dans de nouvelles traditions avec le temps, mais ils ne seraient pas là s'il n'y avait pas eu d'échanges commerciaux, de transport au long cours et, dans bien des cas, d'exploitation coloniale.

— Nous n'exploitons pas les cultivateurs de café, s'indigna M. Café. Nous achetons nos grains dans le cadre d'accords de commerce équitable.

— Je ne suis pas en train de dire que votre entreprise exploite les cultivateurs de café, je faisais simplement référence au fait que certains ingrédients intégrés tout naturellement dans la cuisine européenne sont produits dans d'autres pays et que, ces siècles derniers, leur exportation a été possible grâce au travail forcé ou mal rémunéré. La canne à sucre, par exemple.

Marble constata que le gourou du café l'écoutait enfin.

— Ce qui m'amène à un autre exemple : le cake aux fruits des fêtes de fin d'année. En Grande-Bretagne, il est fait avec du sucre de canne qui provient des Antilles. Aux Antilles, il est fait avec des raisins secs et des groseilles importés de pays moins chauds. Ma grand-mère, qui était anglaise mais a vécu longtemps à Trinidad avec ses parents qui étaient missionnaires, fait un gâteau au rhum absolument divin. Elle appelle ça un gâteau noir. Mais est-ce vraiment antillais ? À l'origine, la canne à sucre ne provient même pas de cette partie du monde. Elle vient d'Afrique, qui l'a eue de l'Asie. Alors, dites-moi, à qui appartient ce gâteau ?

Sa propre logique fit rire Marble.

— On ne peut pas toujours savoir à quel moment une tradition culturelle se termine et une autre commence, continua-t-elle. Surtout en cuisine. Mon livre s'intéresse aux traditions familiales qui sont rattachées à une zone géographique ou culturelle, ou bien à une agriculture locale et à des habitudes, depuis si longtemps que si ces recettes ont des racines ailleurs, pour les trouver, il faudrait qu'on remonte plus de mille ans en arrière.

Marble attrapa un exemplaire de son nouveau livre et le tourna vers la caméra afin d'en montrer la couverture.

— Je m'intéresse donc au miel français présent dans une recette française ou au sel gallois dans un ragoût gallois. Pour moi, c'est différent du gâteau au rhum que j'ai mentionné, qui comprend du sucre et du rhum de Jamaïque, du porto du Portugal, des groseilles et des raisons d'Amérique du Nord ou d'Europe, des dattes de Tunisie, des épices d'Indonésie.

— Vous êtes une puriste culinaire, dit la présentatrice.

— Non, pas du tout, répondit Marble. La diaspora alimentaire, tout comme celle des gens, a permis l'élaboration de nombreuses traditions culturelles. Mais je suis fascinée, en effet, par l'agriculture autochtone, par les traditions culinaires fortement ancrées dans un terroir, et c'est de ça que parle le livre.

— Et votre propre culture culinaire, Marble Martin ? demanda la présentatrice. Quelles traditions gastronomiques vous sont propres ?

Marble recula sur son siège et sourit.

— Mes goûts sont un reflet de qui je suis et, comme beaucoup de gens, je suis dans un entre-deux. Je suis née et j'ai grandi à Londres, d'un père qui venait du nord et d'une mère dont la mère, fille de missionnaires, a grandi dans les Antilles. J'ai mangé des choses différentes en grandissant et, quand j'ai besoin de nourriture régressive, je me tourne le plus souvent vers les Antilles.

— C'est-à-dire ?

— Les matins d'hiver, ma mère me faisait du porridge à la semoule de maïs, comme le faisait sa mère, avec un peu de vanille et de noix de muscade.

Pour Marble, le porridge à la semoule de maïs, c'était ce qui s'approchait le plus du paradis. Alors que le porridge refroidissait, une croûte se formait sur le dessus et, quand on en brisait la surface avec une cuillère, des vapeurs qui sentaient les épices et le lait s'en échappaient.

— Mais ce porridge n'était pas issu des traditions de ma grand-mère, poursuivit Marble. Sa famille l'avait adopté alors qu'elle vivait aux Antilles et l'avait rapporté en Grande-Bretagne. Et les épices, à l'origine, sont toutes importées d'Asie. Ce qui fait de moi un produit de la diaspora alimentaire.

Marble sourit et se pencha vers le magnat du café. Elle perçut l'odeur de bergamote dans son eau de Cologne.

— Les Italiens font un plat qui est bien plus épais que du porridge, une polenta, qu'ils servent avec des plats en sauce. Mais ça n'a commencé que lorsque Christophe Colomb a rapporté du maïs en Europe depuis le Nouveau Monde. Ce que vous trouverez dans mon livre, c'est une ancienne polenta faite avec des fèves et de l'épeautre qui ressemble plutôt à ce que les Romains mangeaient très certainement. Il y en a aussi une autre faite à partir de noisettes.

M. Café hochait la tête. Après l'émission, il demanda à Marble sa carte de visite et lui glissa la sienne dans la main avant de l'inviter à venir visiter le siège de son entreprise la prochaine fois qu'elle serait en ville. Peut-être bien, lui répondit-elle. Ses mains étaient soignées, mais rugueuses. La prochaine fois qu'elle le verrait, il lui expliquerait qu'il aimait jardiner et qu'il jouait de la guitare. Il avait envie de la revoir, lui dirait-il, d'apprendre à mieux la connaître.

Et Marble lui dirait que c'était une bonne idée, même si elle était de moins en moins sûre de qui elle était – qui était vraiment la personne que ce gourou du café voulait apprendre à mieux connaître ? Jusqu'à il y a peu, elle se serait décrite comme une Londonienne diplômée en histoire de l'art devenue experte en gastronomie. Elle aurait ajouté qu'elle était aussi mère. À présent, elle disait simplement : *Je m'intéresse à la cuisine solidement ancrée dans un terroir*. Parce que c'était accrocheur, bien qu'imprécis, et parce que c'était tout ce qu'elle avait envie de révéler sur ce que sa vie était devenue.

La recette de l'amour

Le séjour prolongé de Marble en Italie fut le résultat d'une histoire prévisible. Elle était venue poursuivre ses études en histoire de l'art et elle était restée par amour pour un homme. Mais, au début, il n'y avait que l'art. Et la nourriture, bien entendu. Un jour, alors qu'elle admirait une ancienne mosaïque romaine montrant un bol rempli de champignons, elle eut l'idée d'un livre autour de traditions culinaires.

Le livre démarra comme un passe-temps, presque un dévouement amoureux. Par la suite, quand Marble reçut des invitations pour des émissions de télé et des conférences, elle pensa : *pourquoi pas ?* Les gens ne cessaient-ils pas de se réinventer ? La formule de Marble était simple. Elle ferait des recherches sur une recette traditionnelle et agrémenterait son histoire d'une anecdote inspirée par une famille moderne, une communauté ou un restaurant.

Le terrain et le climat mis à part, l'histoire de la cuisine était souvent liée à l'histoire de qui avait colonisé qui, qui avait été basé là pendant une guerre, qui avait été obligé de nourrir ses enfants avec ce qu'il restait. Évidemment, c'était aussi une question de géographie, et Marble décida de restreindre son point de vue aux plats faits avec des ingrédients locaux ou bien à des plats qui avaient été produits localement pendant plus d'un millénaire.

L'une des réalités perverses de la vie, c'était que gagner sa vie en étudiant l'art antique ou en faisant de l'archéologie aurait été très difficile pour Marble, alors que parler de nourriture lui permettait de gagner d'énormes sommes d'argent. Elle avait vu les émissions de télé-réalité, elle avait vu les titres des livres sur Internet. Marble élabora une ruse. Elle prétendrait parler de cuisine, alors qu'en réalité elle parlerait d'histoire, de culture et de tout le reste.

La première étape de ce projet consista à changer de nom. Elle lança une campagne soigneusement orchestrée pour s'assurer que, sur les réseaux sociaux, on la référençait sous son nom choisi, Marble, et pas son nom de naissance, Mabel. Puis elle fit une demande de subvention pour soutenir ses recherches sur l'histoire des traditions culinaires. Les plats traditionnels comme personnages de récits culturels et familiaux.

C'est ainsi qu'elle rencontra son mari. On l'invita à parler à des touristes de la culture du farro en Ombrie et il était là. Il avait quitté Rome pour un week-end et suivait cette conférence afin d'améliorer son anglais.

Il était là.

La chimie est une chose étrange. Plus tard, Marble put faire la liste des choses qui avaient permis qu'un lien s'établisse entre elle et l'homme qu'elle allait épouser ; mais, en réalité, au départ, c'était surtout une question de chimie – comme une brise qui traverse un champ d'oliviers et agite légèrement les feuilles de sorte qu'elles reflètent le soleil. Pas uniquement l'attirance sexuelle. La chimie. L'un n'était pas forcément lié à l'autre.

Dès l'instant où elle le vit, elle put s'imaginer coucher avec lui, mais aussi, plus simplement, passer son bras dans le sien et marcher, lentement, sur un pont, parler de nourriture, débattre de sujets politiques, discuter de tout et de rien. Sur le moment, elle ne pouvait pas imaginer ce que leur amour allait devenir en grandissant, en dépit de leurs différences culturelles et personnelles, en dépit des disputes et des déceptions. Elle ignorait que, au bout de quelques années, une autre personne pouvait tout à coup faire partie de son ADN.

Quand on a un amant aussi riche, il est facile de s'embarquer dans un mariage. Une jeune Anglaise avec un Italien d'âge moyen dans les années 1990, faisant les trajets d'une ville à l'autre. Bien entendu, Marble était au courant de ce que les gens pensaient. Un businessman fortuné, une opportuniste sans scrupules, ça allait forcément mal se terminer. Mais lorsque le mariage prit en effet fin, la sidération fut totale.

Marble alla se coucher un samedi soir, légèrement ivre après une soirée arrosée, et se réveilla le lendemain matin désormais veuve. Son mari était mort dans son sommeil, de manière très paisible, à bien y réfléchir, mais avec quarante ans d'avance.

Au cours des années suivantes, Marble ne cesserait d'entendre le bruit sourd de l'attaché-case de son mari cognant contre la porte alors qu'il glissait ses clés dans la serrure. Elle continuerait de défaire son côté du lit comme elle le faisait quand il rentrait tard. Elle s'imaginait dire à son jeune fils : *Voilà ton papa, mon chéri, il est rentré*. Mais son mari était mort tellement tôt qu'il ne connut jamais son fils.

Le sucre

Ce fut l'histoire avec le sucre qui valut à Marble d'être appelée dans le bureau du P-DG. Elle n'était pas montée dans le bureau de George depuis des mois, depuis avant qu'elle commence à fréquenter M. Café. Ce n'était pas nécessaire. Ils se voyaient régulièrement, lors de toutes ces occasions qui permettent au directeur d'une boîte de production de croiser une de ses animatrices stars. Chaque fois qu'elle venait à Londres, elle déjeunait avec lui.

Parfois, la femme de George, Jenny, se joignait à eux. Marble aimait bien les voir ensemble. Les badinages, les petites moqueries, les gestes de tendresse. George était un type bien et Marble était désolée de le voir à présent aussi mal à l'aise. *Un téléspectateur influent* l'avait appelé à la suite de l'épisode sur le sucre. En langage George, cela voulait dire qu'un annonceur l'avait contacté sur sa ligne privée pour se plaindre de l'émission, court-circuitant la régie publicitaire au passage.

— C'est à cause du mot qui commence par E ? demanda Marble.

— Oui, il me semble que c'est à cause du mot commençant par E, répondit George.

Marble avait simplement rappelé à son public des choses que tout le monde savait, et l'avait fait parce que quelqu'un avait écrit au programme et demandé pourquoi Marble ne proposait pas plus de desserts à base de sucre de canne.

Comme beaucoup de téléspectateurs le savent, je m'intéresse à la nourriture locale, traditionnelle. De nombreuses recettes considérées comme traditionnelles utilisent de la canne à sucre, mais je préfère les recettes faites avec des ingrédients locaux, des ingrédients indigènes ou produits de manière locale depuis plus de mille ans. C'est pour cela que j'ai tendance à éviter les recettes qui utilisent de la canne à sucre, sauf si elles proviennent d'Asie, d'où, pour autant qu'on sache, la canne à sucre est originaire.

Le sucre a beaucoup voyagé depuis son territoire d'origine. Il a été importé en Afrique et en d'autres régions du monde, dont l'Amérique, depuis l'Asie. Au début du XVIIe siècle, le sucre de canne et le liquide pressé dans ses tiges ont conquis les Antilles, transformant certains hommes en rois du commerce et d'autres en esclaves.

Marble était fière de cette émission.

— Maintenant, ne te mets pas en colère, Marble, lui dit George. Je t'informe simplement, d'accord ? Tu as déjà eu cette dispute avec le roi du café italien sur l'exploitation des producteurs. Et, maintenant, tu affirmes que tout ce qui est fait en Europe avec du sucre ne peut pas être considéré comme traditionnel.

— Du sucre de canne.

— Hein ?

— Du sucre de canne. Pas du sucre de betterave.

— OK.

— Et pas seulement traditionnel.

— Hein ?

— Local. Des recettes traditionnelles avec des origines locales.

— Oui.

— Et puis, on ne s'est pas disputés, le roi du café et moi. On avait des points de vue différents. En plus, il a fini par comprendre ce que je voulais dire.

C'était d'ailleurs le seul vrai moment de tension entre Marble et M. Café, mais ils en avaient ensuite parlé. Le mois suivant, ils avaient dîné ensemble, ils étaient restés tard à discuter. Ils s'étaient retrouvés le week-end d'après à Milan, s'étaient longuement embrassés avant de reprendre chacun leur train de retour. Ça, elle ne comptait pas le dire à George. Elle ne voulait pas qu'il se rappelle que son mari aussi était italien. Elle ne voulait pas qu'il la prenne en pitié.

— C'est simplement que tu es censée être une gourou de la cuisine, pas une éditorialiste politique.

— Qu'essaies-tu de me dire, George ? Que je devrais me contenter de partager des recettes et ne pas parler aux gens des ingrédients et d'où ils viennent ? Ce n'est pas ça que je fais, je ne suis pas cuisinière. Ma spécialité, c'est l'origine, l'histoire des plats. Si je parle de la manière dont ces ingrédients voyagent dans le monde, je ne peux pas ne pas évoquer les faits politiques, sociaux et économiques qui y sont rattachés. Ça ne veut pas dire que je fais des éditos politiques.

George se leva, fit le tour de son bureau et s'assit à côté de Marble.

— Marble, je suis ton plus grand fan, tu le sais. J'ai adoré cette émission sur l'okra.

— Tu es fan de l'argent que je te fais gagner, répondit Marble en haussant un sourcil.

— De l'argent qui te permet de faire les émissions dont tu as envie, répliqua George.

— Arrête, là, tu deviens méchant.

— Et toi, tu te comportes en diva.

Ils rirent.

— Vraiment, George, je ne sais pas ce que tu attends de moi. Comptes-tu me censurer ?

— Alors, moi non plus, je ne sais pas ce que j'attends de toi. Non, je ne compte pas te censurer, mais peut-être pourrais-tu faire plus attention à la manière dont tu présentes les choses ? Évidemment qu'on ne peut pas ignorer l'histoire, mais on ne veut pas non plus que nos téléspectateurs s'en veuillent d'utiliser du sucre.

— Ah, fit Marble en hochant lentement la tête.

— Tu sais qu'on essaie de vendre les droits de distribution au marché international.

— Hmm, hmm, répondit Marble.

Elle se leva, se pencha vers lui et lui fit une bise sur la joue.

— Comment va Jenny ?

— Elle va bien. Les enfants lui manquent. Pourquoi tu ne viendrais pas à la maison ? C'est plus facile pour elle en fin de journée. Elle a moins de temps au déjeuner.

— Oui, très bien. Je vais l'appeler.

Marble n'en voulait pas à George ; en revanche, ce coup de fil l'agaçait. Elle retourna à son bureau et cliqua sur un lien qui la conduisit à l'épisode sur le sucre.

Je ne pense pas qu'on puisse pleinement revendiquer une tradition si on refuse de voir ce qui a été pris aux autres cultures au fil du temps, pour le meilleur ou pour le pire.

Assise là, à se regarder sur l'écran, Marble sut de quoi parlerait son prochain livre. Elle allait faire un virage à cent quatre-vingts degrés. Elle attrapa un crayon et écrivit *Sucre*.

Wanda

Elle avait toujours été une belle enfant, sérieuse et charmante, suffisamment espiègle pour être intéressante sans pour autant s'attirer d'ennuis. Mais, par la suite, la fille de Wanda Martin eut la vie dure. Elle lutta pour faire aboutir sa grossesse après la mort de son mari. Wanda et son mari supplièrent Mabel de rester à Londres à temps plein, mais Mabel insista pour retourner en Italie avec son bébé. Elle s'y trouvait toujours, seize ans plus tard, bien que son fils passât l'essentiel de l'année dans un pensionnat en Grande-Bretagne.

Heureusement, grâce à son travail, elle revenait chez elle de temps en temps. Wanda était au comble du bonheur quand sa fille se trouvait dans les parages. Elle aimait la simplicité de la situation, pouvoir se rendre chez sa fille en vélo, prendre une tasse de thé avec elle, verser quelques gouttes d'eau à son orchidée pendant que Mabel plissait les yeux devant son écran d'ordinateur. Encore quelques minutes et

Wanda repartirait chez elle, mais d'abord elle appuya sa hanche dans le dos de sa fille et lut quelques lignes sur son ordinateur.

— Non, Mamou, dit Mabel en plaquant ses mains sur l'écran.

Wanda adorait que sa fille, qui avait presque cinquante ans, l'appelle encore Mamou. Elle se pencha pour mieux voir.

La canne à sucre. Une plante avec une tige épaisse comme du bambou, pressée pour en extraire un liquide qui, au final, a changé le monde.

— Je ne veux pas que quelqu'un lise, Mamou.

— C'est pour quoi, ma chérie ?

Sans la regarder, sa fille lui répondit :

— J'envisage d'écrire un autre livre. Je prends quelques notes pour plus tard, quand je serai de retour chez moi.

Chez elle ? Où ça, à Rome ? Mais non, ce n'était pas possible. C'était ici, chez elle, près d'eux, à Londres. Il y avait ici tout ce dont sa fille et son petit-fils avaient besoin dans la vie, non ? Wanda et son mari s'en étaient assurés. Parce que, par-dessus tout, c'était qui ils étaient. Ils étaient le père et la mère de Mabel.

Avant

Parce que l'argent fait tourner le monde

Parce que l'argent fait tourner le monde, un nourrisson à la peau laiteuse né pendant l'hiver 1969 d'une secrétaire célibataire antillaise n'a pas été proposé à l'adoption dans le circuit normal, mais a été directement déposé dans les bras d'un couple londonien aisé qui avait versé pour ce privilège une somme conséquente au foyer pour mères célibataires. Pour Wanda et Ronald Martin, il ne s'agissait pas d'acheter un bébé, mais d'accélérer un processus. Ils avaient rempli des dossiers. Ils s'étaient rendus aux entretiens. Ils avaient attendu et attendu. Ils avaient espéré. Ils avaient failli perdre espoir.

Lorsque leur fille entra dans l'adolescence, ses parents adoptifs, qui étaient blancs tous les deux, constatèrent qu'elle était sans doute plutôt métisse, mais ils firent semblant de ne rien voir. La race n'était-elle pas un concept dépassé de toute façon ? Pour autant, il était évident que leur fille ne leur ressemblait pas. Elle était plus grande, plus foncée, plus épaisse.

Ils lui dirent qu'elle tenait de la famille de son grand-père. Ils se dirent qu'elle avait toujours été à eux. Ils se dirent qu'elle était leur petite fille chérie et que rien ne pourrait changer cela.

Un problème de taille

Ce n'est qu'une fois adolescente que Mabel Martin commença à s'inquiéter du fait qu'elle ne ressemblait pas à ses parents. C'était peu après avoir été pelotée et appelée *Mon caramel* par ce garçon américain du collège qui sentait le gibier, mais avant de se sentir complexée et gênée par sa poitrine et sa taille parce qu'elle était désormais plus grande que Randall, le garçon qui vivait à deux maisons de chez elle et dont elle était tombée éperdument amoureuse.

À dix-sept ans, Mabel était aussi plus grande et moins anguleuse que ses parents. Sa mère lui fit remarquer qu'elle devait sa corpulence et son nez à son grand-père maternel, qu'elle n'avait jamais connu et qu'elle ne pouvait voir que sur le portrait marronnasse et abîmé qui trônait sur la commode de sa mère. *Tu vois ?* disait la mère de Mabel en souriant. Non, Mabel ne voyait pas, mais elle souriait et hochait la tête.

À présent, presque trente-cinq ans plus tard, Mabel, désormais Marble, se trouvait sous un casque chauffant dans un salon de coiffure à Rome lorsqu'elle sentit son téléphone vibrer. Elle vit les mots *Succession de* apparaître sur son écran et comprit aussitôt que le mail de ce cabinet d'avocat américain, dont elle ne connaissait pas le nom, avait un lien avec le fait qu'elle faisait un mètre quatre-vingts et n'avait pas le teint rosé de ses parents. Marble sut alors qu'elle avait attendu ce message toute sa vie.

Elle était désormais assez âgée pour comprendre que si ses parents lui avaient menti sur ses origines pendant toutes ces années, c'était soit par amour, soit par peur, voire les deux, parce que, en cet instant, ce furent les deux émotions qui la submergèrent. L'amour de ses parents, la peur de ce qu'elle pourrait apprendre, la peur de ce qu'elle pourrait ressentir. Oui, plutôt de la peur.

Parce que, quand bien même ses parents l'avaient aimée, choyée, et avaient cru en ses rêves, leur présence ne pouvait retirer la minuscule bardane qui s'était logée quelque part dans sa cage thoracique et qui, petit à petit, avait grossi, au point de la gêner à chaque respiration. Le sentiment que quelqu'un, il y a bien longtemps, s'était dit que ça ne valait pas la peine d'aimer et choyer bébé Mabel et de croire en ses rêves.

Ses doutes sur son héritage familial s'amplifièrent après la naissance de son fils, à mesure que son visage se révéla. Sa peau rose, veineuse, fonça, prit une coloration olive, et ses cheveux se firent doux et volumineux.

— Ton petit-fils ne te ressemble pas du tout, Mamou, tu ne trouves pas ? avait-elle lâché un jour qu'elle se sentait mesquine.

— Non, pas du tout, ma chérie, avait répondu sa mère. Tu as un petit garçon italien, c'est tout.

Ce qui aurait pu être un raisonnement valable, sauf que le mari de Marble était blond et ses parents avaient la peau très pâle. Quand son fils, Giò, atteignit l'adolescence, la seule chose qu'il pouvait dire avoir héritée de son père, c'étaient les taches de rousseur sur le nez.

Après que Marble eut envoyé Giò en pension en Grande-Bretagne, elle continua de vivre à l'étranger une bonne partie de l'année. Elle craignait que, en passant trop de temps avec ses parents, ils ne finissent par percevoir l'incertitude grandissante dans son regard. Elle avait discrètement abordé le sujet assez de fois pour comprendre qu'ils n'allaient jamais accepter d'évoquer le fait qu'elle ait pu naître d'autres parents qu'eux.

Certains jours, Marble leur en voulait. D'autres, elle observait son père et sa mère, qui semblaient rapetisser avec l'âge, et se sentait coupable. Son fils était la plus belle chose qui lui soit arrivée. Ses parents pensaient-ils la même chose d'elle ? Craignaient-ils de la perdre ? Une telle chose était-elle possible ?

Oui ?

De nos jours

Mrs Bennett

B & B, après cinquante ans, on pourrait croire que le temps était venu pour moi d'accepter le fait que je ne retrouverais jamais ma première-née, mais je n'y arrivais pas. Enfin, ce que je veux dire, c'est que je ne pouvais pas vivre avec cette idée, surtout après la mort de votre père, quand je me sentais tellement seule. Comme vous le savez, je me sentais si mal que je suis allée surfer sur la péninsule et que j'ai failli me briser la nuque. C'était un geste idiot, je le sais, mais je ne peux pas non plus dire que je suis désolée d'y être allée parce que, étrangement, c'est ce qui m'a conduit à votre sœur.

Si je n'avais pas atterri à l'hôpital et eu besoin d'examens supplémentaires, je n'aurais pas découvert que j'étais malade. Lorsque j'ai été diagnostiquée, je me sentais bien. S'ils n'avaient pas démarré la chimio, si je ne m'étais pas retrouvée un jour à la maison avec deux flacons de médicaments devant moi et trop fatiguée pour faire autre chose que regarder des vidéos sur l'ordinateur, je ne serais peut-être pas ici aujourd'hui à vous raconter toute l'histoire.

B & B, vous savez que je fais cet enregistrement parce que je ne pense pas vivre encore longtemps. Je ne vais pas vous mentir, je suis désolée de partir si tôt. Mais au cours de cette petite période, depuis ce jour où j'ai eu l'idée débile de me suicider, j'ai vécu une vie entière de bonheurs. Et je peux les partager avec vous, à présent.

La chayote

Eleanor Bennett venait tout juste de remplir son pilulier et parcourait Internet à la recherche d'informations sur les valeurs nutritionnelles des aliments. Elle avait décidé que le seul moyen de ralentir la maladie, c'était avec un régime. Elle pouvait sentir les médicaments détruire tous les bons éléments dans ses vieux os. Alors qu'elle lisait un article, une de ces publicités énervantes surgit sur son écran, avec l'image d'une chayote. À la vue de la peau verte et fripée de la chayote, elle fut ramenée à ses années d'enfance sur l'île.

Après la disparition de sa mère, elle trouva un grand réconfort auprès de Pearl, de ses étreintes quotidiennes et de sa présence maternelle. Sauf le lundi, parce que, le lundi soir, il y avait de la soupe. Et pas n'importe quelle soupe, pas de la bouillabaisse, pas un bouillon bœuf-carottes, non, une soupe contenant le terrible chocho.

En Californie, elle avait appris que ce légume était une chayote. Le terme « chocho », le terme local pour le *sechium edule*, lui faisait penser à un mot espagnol qui aurait désigné la partie intime du corps d'une femme. C'était une association qui, après des années passées à résister à cette courge bulbeuse, à la couleur vert lézard et au goût de liquide vaisselle, lui apportait une certaine satisfaction perverse. Elle aimait croire que le chocho, s'il avait été une personne, aurait été maladroit. Jamais elle n'aurait pu imaginer qu'un jour il serait à l'origine de la surprise de sa vie.

La simple vision de cette chayote sur son écran suffit à faire grimacer Eleanor, mais elle cliqua sur la vidéo quand même. La spécialiste expliquait que la chayote avait été aperçue sur un marché de campagne en Italie.

— Pas aux Antilles, disait la femme. Pas en Asie, mais ici, en Europe méridionale.

Elle connaissait cette chroniqueuse. Il y avait quelque chose de familier dans sa voix. À ce moment-là, la caméra s'éloigna de la chayote, survola la gorge de la présentatrice et Mrs Bennett se retrouva face à une femme d'une cinquantaine d'années qui lui ressemblait comme deux gouttes d'eau, hormis une peau plus claire et des cheveux plus foncés, et dont la voix, comprit alors Eleanor, était une légère variation de la sienne.

C'était là, comme le nez au milieu de la figure, mais Eleanor avait du mal à y croire. Ce n'était pas possible. Eleanor avait cherché sa fille en vain pendant des années et voilà qu'elle apparaissait, comme ça, sur l'écran de son ordinateur. Son bébé, Mathilda. Ce n'était pas possible. À moins que si ? Il y avait un nom écrit en bas de l'écran. Eleanor ouvrit une fenêtre sur Internet et tapa *Marble Martin*. Sa photo apparut. Ainsi que sa bio. Elle était née à Londres en 1969. Cette femme était Mathilda, le bébé d'Eleanor, elle en était sûre, à présent, parce que son cœur enfla tout à coup dans sa poitrine et vint combler le trou qui avait toujours été là.

En dépit du choc, Eleanor parvint à prendre conscience de l'ironie de la situation. Les pires nuits de ces cinquante dernières années, alors qu'elle restait engourdie de tristesse d'avoir perdu sa première-née, alors qu'elle cherchait sa fille en vain, alors qu'elle protégeait son mari et ses enfants de ses angoisses, elle repensait aux lundis soir de son enfance, quand éviter la chayote avait été son principal objectif, quand elle croyait encore que sa mère allait rentrer, et avant qu'elle découvre qu'on pouvait aimer un enfant même quand son existence avait été forcée.

Étrange que ce soit le souvenir d'être obligée de manger cette soupe brûlante, puis d'être enveloppée dans les tendres bras de Pearl, qui se révélerait être sa plus grande source de réconfort.

Le diagnostic

Diagnostic. Diagnostic. Diagnostic.

Toutes ces années, Eleanor avait simplement voulu retrouver sa fille. À présent qu'elle savait qui elle était et comment la contacter, elle s'aperçut qu'elle ne pouvait pas. C'était trop tard. Ça ne serait pas correct de sa part de débarquer sans prévenir dans la vie de sa fille, elle, une parfaite étrangère, et de lui annoncer qu'elle allait mourir. Pas avec ce diagnostic.

— Je pense qu'elle aimerait quand même te connaître, dit Charles. Je pense qu'elle apprécierait d'entendre que tu as passé ta vie à la chercher, que tu n'as jamais vraiment voulu la donner. Imagine un tel cadeau.

Charles était bon. Il était convaincant. Mais, le lendemain matin, Eleanor avait de nouveau changé d'avis.

— Ça va trop vite, admit Eleanor à Charles. Il faut que mes autres enfants soient d'abord au courant. Ensuite, on pourra l'appeler.

Eleanor prit la main de Charles.

— Je suis désolée que ça se passe comme ça pour nous, déclara-t-elle. Cette maladie débile.

Charles se pencha vers elle et l'embrassa sur le front, puis sur la joue, puis dans un creux de la nuque, enfonçant son nez dans sa peau jusqu'à ce qu'elle éclate de rire.

Sa petite fille chérie

Elle l'appela une fois, mais n'eut pas le courage de parler.

Eleanor avait un numéro de téléphone anglais pour Marble Martin. Ça ne lui semblait pas possible, mais c'était à ça que servaient les enquêteurs, lui avait expliqué Charles. De ce qu'elle avait lu dans la pile de documents compilés par Charles, la jeune femme vivait entre Rome et Londres. Elle lut que Marble était en quelque sorte un nom d'artiste et qu'elle avait été baptisée Mabel Martin. Son cœur bondit quand elle découvrit le deuxième prénom de sa fille. Mathilda, le prénom de sa propre mère. Les gens qui avaient adopté le bébé d'Eleanor avaient gardé le prénom qu'elle lui avait choisi.

Eleanor pouvait la rappeler n'importe quand, lorsqu'elle se sentirait prête. Elle ne voulait pas lui faire peur, la choquer, ni trahir les gens qui l'avaient élevée et aimée pendant cinquante ans. Il fallait gérer ça avec tact. Par ailleurs, sa fille n'aurait peut-être pas envie de lui parler. Elle devait s'y préparer.

Pour le moment, avoir entendu sa fille dire *Allô ? Aaallô ?* lui suffisait. Quelle chose étrange que d'entendre sa propre voix en retour. Cela confirmait que, après toutes ces années de séparation, la petite fille chérie d'Eleanor faisait partie d'elle, elle avait emporté quelque chose de sa mère avec elle quand on l'avait retirée de force de son sein.

L'iguane

Lorsque le téléphone sonna, Marble était allongée sur un transat et observait un iguane. Elle pensait qu'elle avait eu raison de venir sur cette plage, loin de tout. Bien qu'elle ait essayé, elle n'avait pas réussi à faire taire ses doutes sur ses parents et ses origines. Elle avait besoin de réfléchir. Elle avait besoin d'être quelque part où personne n'attendrait rien d'elle. Cet endroit était parfait. Elle le sut à l'instant où elle vit cet œil noir luisant la fixer depuis l'arbre. Pendant qu'elle le regardait, l'iguane fit ses besoins qui tombèrent sur le sable, près de son visage, mais le caca, ça ne dérangeait pas Marble.

C'était une œuvre d'art, l'immobilité de cette créature, ses doigts longs et fins agrippant le tronc, cette crête sur son dos. Marble déporta son regard vers les vagues turquoise qui rampaient sur le sable blanc, inspira l'odeur de noisette émanant de sa peau qui chauffait au soleil, puis parcourut les unes des journaux sur sa tablette.

Il y avait eu un incendie dans une centrale nucléaire en France, un tremblement de terre important en Italie, encore des réfugiés qui s'étaient noyés dans la Méditerranée. Et des affrontements à peu près partout ailleurs. Les gens avaient des ennuis, de gros ennuis, mais, pendant ces quelques jours, Marble voulait se concentrer uniquement sur les siens, loin des plateaux télé, des micros et des salles de réunion. Ici, elle pouvait laisser ses émotions flotter au-dessus d'elle, sans honte, et ne rien faire d'autre qu'observer un lézard tacheté aussi gros que son chien. Elle pensa à son chien à la maison et espéra que le fils du voisin ne lui donnait pas trop à manger.

Comment ça va, monsieur chiot ? demandait systématiquement le garçon au chien, et Bobby répondait toujours en bondissant. Ce garçon, qui était à présent un jeune homme, en fait, allait à la même école que son fils, grimpait aux arbres avec son fils, venait souvent voir son fils quand il rentrait pour les vacances scolaires. Quand Giò était en pension, le fils du voisin venait s'asseoir sur les marches de l'immeuble de Marble et traçait des lignes dans le gravier avec un bout de bois en attendant que Marble lui ouvre. Au cours des années, elle eut du mal, en voyant ses épaules s'élargir, une moustache apparaître, à le voir grandir devant elle alors que son fils était si loin. Mais ce garçon connaissait son fils depuis qu'ils étaient tous les deux en couches et donc, un jour, elle lui avait dit : *Tu veux t'occuper de mon chien pour moi ?*

L'iguane bougea la tête, puis revint à son immobilité grise et blanche. Marble ferma les yeux et s'imagina être ce lézard, puis se transformer en pierre recouverte de lichen et dormir pendant les longues heures froides de la nuit avant d'être réveillée par les chauds rayons du soleil. Elle s'accrochait à cette idée lorsque son téléphone sonna.

Un numéro inconnu.

— Allô ? dit Marble.

Personne ne lui répondit, mais elle entendit une respiration.

— Aaallô ?

Rien. Plus de signal.

Elle attendit un peu avant de ranger son téléphone. Si c'était important, la personne ne tarderait pas à rappeler.

Mais personne ne rappela.

De nos jours

L'héritage

Benny est dans la salle de bains. Elle se lave les mains et se regarde dans le miroir. Comme toujours, elle distingue uniquement les traits de son père sur son visage, et le sourire tordu de sa mère. À présent, elle sait ce qu'elle a hérité d'autre de sa famille maternelle. Sa peau, pour commencer. Benny est très pâle, comparée à son père et à ses parents ; si elle n'avait pas autant ressemblé à son frère, elle se serait posé des questions sur ses origines. Elle avait dû hériter ça du père de sa mère.

Ça ne l'avait jamais dérangée auparavant, le fait de ne pas tout savoir sur sa famille. Benny et Byron avaient grandi en pensant que leurs deux parents étaient orphelins. Ne pas avoir de réponse, c'était normal. Voilà ce qu'ils étaient, une famille afro-américaine d'origine caribéenne, un clan d'histoires oubliées et de cultures aux contours vagues.

À présent, Benny se pose des questions sur les générations d'avant ses parents, leur arrivée depuis des régions lointaines, les vies qu'ils avaient vécues, leurs influences culturelles. Benny réfléchit aussi à un autre trait dont elle a hérité, cet esprit de défiance qui lui provient de sa mère – elle le sait, désormais. Sa mère aussi a eu du mal à trouver sa voie, tant étaient lourdes les attentes des autres, qui avaient décidé quel genre de femme elle devait être. Sa mère aussi n'avait eu de cesse de fermer des portes et d'avancer.

Si seulement elle avait pu leur parler de tout ça plus tôt.

Dans son enregistrement, Eleanor explique que leur père a en effet perdu ses deux parents, mais il était déjà un jeune adulte. Après que Gibbs Grant était venu étudier en Angleterre et avait disparu des radars, les gens de l'île avaient sans doute pensé que, comme d'autres avant lui, il s'était simplement laissé emporter par le courant de cette nouvelle vie d'immigré. Sa famille maternelle avait peut-être essayé de le retrouver, mais ils n'auraient jamais pu imaginer qu'il se cachait à la vue de tous sous un nom d'emprunt avec une femme que tous croyaient morte.

La mère de Benny dit avoir eu le sentiment d'être un fantôme après la mort de son mari, parce qu'il n'y avait plus personne qui connaissait sa véritable identité. La réalité de cette situation commence à faire son chemin dans le cerveau de Benny. Avec le temps, Eleanor Bennett n'a cessé de renoncer à des morceaux d'elle-même, si bien qu'à la fin il ne restait plus grand-chose. Famille, pays, nom, même un enfant. Et elle ne s'était pas sentie en mesure de nommer ces pertes. Benny et Byron n'auraient jamais été en mesure de combler les trous persistants, si ?

Benny et Byron n'avaient jamais suffi.

Benny attrape une serviette sur le porte-serviettes, s'assied sur le rabat des toilettes et enfouit son visage dans l'étoffe afin de s'assurer que son frère et Mr Mitch ne l'entendent pas pleurer.

*

Byron est dans la cuisine et moud du café. Il observe ses mains. Benny et lui se ressemblent beaucoup, ils pourraient être jumeaux, n'étaient-ce les neuf ans et la différence de pigmentation qui les séparent. Apparemment, Benny tient du père de leur mère, ce Lyncook, l'homme dont les erreurs ont forcé Eleanor à fuir l'île.

Avec des parents caribéens, Byron et Benny avaient toujours considéré comme une évidence le fait qu'ils devaient avoir des ancêtres aux origines diverses. Mais, dans son cœur, Byron est d'abord un enfant de la Californie et un homme noir. C'est son identité. Bien entendu, pour les autres, il est un homme noir, d'abord, ensuite et pour toujours, ce qui ne le dérangerait pas si ça n'excluait pas tout le reste.

Si Byron a des doutes sur le poids de la couleur de la peau dans ce monde, il lui suffit de regarder Benny. Sa sœur a toujours été mauvaise conductrice, capable de vous terroriser jusqu'à la moelle sur une autoroute, mais Benedetta Bennett, avec sa peau couleur sable, n'a jamais été arrêtée par la police, alors que Byron l'est trois ou quatre fois par an.

La situation est telle que Byron a même peur de conduire la nuit. La situation est telle qu'il a déjà décliné des invitations d'amis dans certains quartiers après une certaine heure – non par peur de la criminalité, mais par peur d'être arrêté par la police. La situation est telle que, la dernière fois qu'il a eu besoin d'une voiture, il a acheté un modèle standard, pour ne pas risquer d'attirer le regard d'une personne convaincue que les hommes noirs ne devraient pas conduire tel type de véhicule. Parce qu'il y a ça, aussi. Ce qu'il n'avouerait à personne, sauf à Cable.

À quoi ressemble sa sœur anglaise ? se demande-t-il. Comment évolue-t-elle dans ce monde ? Byron ne peut pas résister. Depuis son téléphone, il lance une recherche sur Marble Martin. Apparemment, elle a beaucoup de followers en Grande-Bretagne. Il fait défiler son écran jusqu'à trouver une photo. C'est un choc. Est-ce que cette Marble sait à quel point elle ressemble à leur mère ? Elle est aussi pâle que Benny, mais il n'y a pas de doute : ces yeux, ce nez, cette bouche, ce sont les yeux, le nez et la bouche de leur mère. En la voyant, Byron est saisi d'un désir qu'il ne peut décrire que comme le mal du pays.

Byron ouvre le congélateur afin d'y ranger les grains de café et aperçoit un truc en forme de disque enveloppé dans de l'alu. Il est là. Le gâteau noir. Il tend la main, le touche. *Je veux que vous vous asseyiez ensemble et que vous partagiez ce gâteau*, avait écrit sa mère dans sa note. *Vous saurez quand le moment sera venu*, avait-elle dit. À présent, il comprend.

Anonyme

Benny ouvre sa valise et en sort son pull gris argenté. Elle refuse de ne mettre que du noir à l'enterrement de sa mère demain. Elle secoue le pull et le pose sur le dossier de sa chaise de bureau. Elle n'avait pas prévu d'être ici, dans son ancienne chambre. Elle n'a jamais dormi dans cette pièce sans ses parents.

Benny avait pensé que passer la soirée dans un endroit neutre serait plus facile. Elle a toujours trouvé du réconfort dans l'anonymat du voyage, dans les *no man's land* que sont les salons d'aéroport, les voitures de location avec leur odeur de plastique, les cartes magnétiques des hôtels qui permettent d'effacer toute trace de son passage lors du check-out. Tous ces espaces dépourvus de poids émotionnel. Mais, cette fois-ci, c'était différent.

Benny avait réservé une chambre d'hôtel pas loin, mais quand elle s'était retrouvée toute seule dans une chambre standard à quelques kilomètres de sa maison d'enfance, elle avait été submergée par une tristesse qui allait bien au-delà de la mort de sa mère. Une sorte de courant d'air ascendant s'était emparé d'elle quand elle avait touché les robinets de la salle de bains, les interrupteurs de la chambre, les petits récipients de crème artificielle à côté de la machine à café.

La chambre était grande, propre, silencieuse, comme elle les aimait après un vol aussi long, mais elle n'était qu'à cinq kilomètres de la maison. Quand Byron lui avait proposé de rester, Benny avait pensé refuser. Byron ne lui parlait pas vraiment, se contentait du minimum. Les clés, le café, la crémation. Mais, après avoir écouté la première partie de l'enregistrement de sa mère, après avoir dit au revoir à Mr Mitch, elle avait regardé le fauteuil de son père et su qu'elle ne pouvait pas retourner à l'hôtel. Elle avait dû s'en douter, elle avait emporté sa valise avec elle.

Les profondeurs

Le téléphone de Byron vibre sur le comptoir de la cuisine. Il a oublié son rendez-vous chez le coiffeur de ce matin. Une coupe, pas de coloration. Ces traces de gris sur ses tempes ne le dérangent pas, mais son coiffeur lui a recommandé de les garder un peu. Byron annule le rendez-vous, il n'a pas le temps, bien qu'il sache que sa mère y serait allée. Sa mère ne serait pas allée à un enterrement sans passer d'abord chez le coiffeur.

Elle lui aurait dit que c'était une forme de respect que d'être bien coiffée, d'avoir des vêtements repassés, d'acheter si besoin un nouveau chemisier. À certains égards, elle était très conventionnelle, mais pas tant que ça, en réalité. Un des mantras de sa mère, quand Benny et lui étaient enfants, avait toujours été : *On s'habille avec respect !* Ça, ça n'avait jamais changé.

Au début de sa vie professionnelle, Byron n'aurait jamais pensé voir des collègues masculins avec des sourcils épilés et des femmes avec des extensions capillaires. Les temps changent, les gens devraient se sentir libres de se faire beaux, de jouer avec les tendances. Simplement, il n'avait jamais pensé que ce serait une nécessité professionnelle pour les géologues, ingénieurs et mathématiciens d'être toujours prêts pour une photo Instagram n'importe quel jour de la semaine. C'était plus que du respect, c'était de la mise en scène.

Byron se dit qu'il devrait remercier les réseaux sociaux et tout ce qui prouvait que les gens appréciaient son travail. Lui-même continue d'être intrigué par sa profession. Avec toutes les technologies sonar dont elles disposent maintenant, ses équipes peuvent amasser des kilomètres carrés de données haute résolution lors d'une seule expédition en pleine mer. Certains jours, Byron trouve ça tellement beau qu'il en rit.

Byron pense que bon nombre de ceux qui le suivent sur les réseaux saisissent l'importance de la cartographie sous-marine, que ce n'est pas qu'une question de technologie permettant de voir la forme de la terre sous la mer. Il s'agit de comprendre le climat, les tsunamis, les zones de défense, les zones de pêche, les câblages Internet, la pollution et bien d'autres choses encore. Il s'agit de notre avenir. Et, bien entendu, de gros sous aussi. L'argent, toujours.

Byron reste parfois allongé dans son lit le matin à observer le plafond et à se demander si le travail qu'il fait va servir l'humanité ou simplement un groupe de profiteurs qui vont utiliser ses informations pour fouiller les fonds marins à la recherche de matériaux rares et précieux, pétrole et autres richesses naturelles. Qui, pour la plupart, entretiennent son confort de vie.

Les gens parlent de la gestion responsable des ressources naturelles, ils parlent de développement durable, de modération, mais Byron n'en a pas beaucoup vu au cours de ses vingt ans de carrière. Il pensait qu'en faisant bien son travail, en interagissant avec le public, en visant ce poste de directeur, il pourrait améliorer les choses. Mais, à présent que ses deux parents sont partis, il ne sait pas si sa vie a vraiment eu un impact positif sur quelqu'un ou quelque chose.

Ses parents ont sacrifié tellement pour leur offrir une belle vie, à Benny et à lui. Est-ce qu'il les honore ? Est-ce qu'il en fait assez ?

Byron ne saurait dire si, en lui faisant croire pendant toutes ces années qu'il était quelqu'un d'unique, ses parents lui ont fait un cadeau ou pas. Il espère, au moins, que sa visibilité comptera pour quelque chose, au moins pour ces gamins qui lui ressemblent et qui auraient peut-être envie de suivre ses traces, ou pour ceux qui ont simplement besoin de voir quelqu'un qui en face leur ressemble, qui est souriant, bien habillé et traité avec respect.

À l'écoute

En 1978, la NASA avait lancé son premier satellite géostationnaire, conçu pour observer les océans. Quarante ans plus tard, quand Byron rendait visite à des élèves, il aimait leur parler de la femme noire qui avait été chef de projet du programme Seasat. Mais les enfants étaient toujours plus intéressés par le fait que cette même femme avait joué un rôle important dans le développement du GPS. *Stylé !* disait toujours quelqu'un (à remplacer par n'importe quel terme à la mode).

Comme beaucoup de gens, Byron n'avait pas appris tout ça à l'école, mais il se sentait déjà tiré dans cette direction. Le trajet de vingt minutes pour la plage. Le surf. Connaître la démarche à suivre en cas de tremblement de terre. Byron avait grandi avec une conscience avancée de la terre, de ses océans, de leur agitation permanente, et avait su qu'il voulait passer l'essentiel de son temps à écouter la mer.

Byron entend Benny s'affairer dans sa chambre, se préparer pour l'enterrement de Ma. Byron a pu observer que le recensement à distance, obtenir des informations sur des endroits sans y être physiquement, est bien plus facile que d'essayer de comprendre un autre être humain qui serait dans la même pièce. Il ne sait absolument pas comment analyser Benny, comment lui parler. Il n'existe aucune machine pour l'aider avec ce genre de chose.

Au revoir

Ce n'est pas vraiment un enterrement. Le corps de leur mère n'est pas présent. Les cendres d'Eleanor Bennett seront livrées à Benny et Byron dans les prochains jours. Mais le pasteur affirme qu'Eleanor Bennett est là en esprit, dans cette église où elle a travaillé comme bénévole, où elle avait tant d'amis.

Benny glisse son bras dans celui de Byron qui, heureusement, ne s'écarte pas. Elle a le sentiment que le creux du coude de Byron est la seule chose de solide dans sa vie actuellement. Benny essaie de ne pas penser à tous les secrets entourant la vie de sa mère. Byron et elle ne connaissent pas encore toute l'histoire. Ils n'ont pas terminé l'enregistrement, ils doivent encore rencontrer cette sœur dont ils ignoraient l'existence jusqu'à hier. Ils ont besoin de savoir ce qu'il reste de la mère dont ils se souviennent.

Le pasteur voulait que Benny dise quelque chose, mais elle ne pouvait pas. Byron est monté sur l'estrade et a remercié les gens d'être venus, a dit que leur mère aurait apprécié, et puis est revenu s'asseoir. Heureusement que Mr Mitch était là. Au moins, il avait pris la parole pour dire davantage de choses au nom de la famille. Du moins, c'est ce que croit Benny. Elle a cessé d'écouter après : « Chacun d'entre nous a connu un aspect différent d'Eleanor Bennett. Mère, amie, bénévole... » À un moment donné, il s'est éloigné du pupitre les larmes aux yeux. Ça, Benny s'en souvient. Charles Mitch, qui se faufile à côté de Byron, ses yeux et son nez rouges comme des coquelicots.

Il y a encore des gens qui se lèvent pour parler. Ça commence à être insupportable. Benny s'appuie sur le bras de Byron. Il pose sa main sur la sienne et le contact avec sa paume, chaude et sèche, balaie toute la poussière de son cœur.

*

Quelqu'un tapote le visage de Benny à présent, l'enveloppe dans une étreinte laineuse, invoque le nom de sa mère avec chaleur. Benny cherche un moyen de s'échapper, observe la foule dans le salon à la recherche de Byron et le voit jouer des coudes pour se rendre à la cuisine. Elle le suit et, l'espace d'un instant, elle s'attend à voir Ma à côté de lui près de l'évier, riant, plaisantant.

Sa mère.

Si seulement Benny avait été au courant du passé de sa mère plus tôt. Une mariée en fuite, obligée de déménager encore et encore, luttant pour se récupérer à chaque nouvelle perte. Si Benny avait su tout ça, elle aurait pu parler à ses parents de ses problèmes à l'université. Cela aurait peut-être empêché cette longue accumulation d'incompréhension entre eux. Benny doute que son père aurait été plus à l'aise avec le fait qu'elle ait lâché ses études ou avec sa vie amoureuse, mais la colère qu'il aurait ressentie en découvrant la façon dont sa petite fille avait été maltraitée aurait peut-être éclipsé tout le reste.

À la place, Benny s'est éloignée. Pire, par la suite, elle avait pris l'habitude de garder la tête baissée, d'essayer de bien s'entendre avec les gens, de ne pas les froisser, de ne pas les blesser. Mais dans quel but ?

La vérité, c'est que Benny voulait aller à cette université presque autant que ses parents voulaient qu'elle y aille. Mais, alors qu'elle espérait que son monde s'ouvrirait enfin au-delà de l'étouffement de l'adolescence, elle avait découvert que les cases où elle pensait entrer – que ce soit celles de la race, de l'orientation sexuelle, des penchants politiques – réduisaient en fait son monde.

Souvent, il suffisait d'un regard pour qu'elle comprenne qu'elle s'était trop éloignée de la case où on l'avait placée. Comme ce regard lancé par cette fille blanche avec qui elle avait sympathisé alors qu'elle sortait d'un salon de coiffure pour femmes noires. Ou ce regard échangé un après-midi avec une colocataire noire alors qu'elle entrait dans la salle commune en riant avec deux filles blanches. Ou bien ces regards appuyés à plusieurs marches de fiertés, mais sans que personne vienne jamais lui parler. Pour autant, les regards, ce sont des choses glissantes qui nous échappent. Un bon coup de pied dans la figure, c'est plus concret.

La jeune femme qui l'avait poussée et frappée à l'université l'embêtait depuis des semaines. *Tu penses que tu vaux mieux que nous ?* avait-elle demandé à Benny cette nuit-là. Mais non, Benny n'avait pas le sentiment de valoir mieux que quiconque. En revanche, elle ne voyait pas pourquoi elle vaudrait moins.

Puis elle vit la déception dans les yeux de ses parents et la perplexité dans ceux de Byron. Alors elle s'échappa en Europe pour prendre des cours de cuisine.

En Italie, Benny tomba amoureuse d'une nouvelle ville, d'une nouvelle femme, d'une idée de la personne qu'elle pourrait être. Elle pensa que la réponse à ce que son amante italienne appelait son *disagio* était peut-être de rester en Europe, pour que la distance avec sa ville natale camoufle le canyon qui s'était créé entre elle et sa famille. Mais, en réalité, son malaise l'avait suivie.

Il y eut un dîner. Une tablée internationale mais anglophone, tous connaissances de connaissances. Ils entamèrent leur soirée de manière gaie et bruyante, humant les arômes qui se dégageaient de la cuisine, échangeant des descriptions du menu, lorsque quelqu'un dit :

— D'où est-ce que tu viens ?

— Moi ? demanda Benny. De Californie.

Bien que Benny ait quitté la Californie avant de venir vivre en Italie, elle se considérait comme une Californienne, d'abord et toujours. Si cela avait existé, elle aurait possédé un passeport californien. Non, Californien du Sud. Parce que oui, il y avait une différence.

Mais, avant qu'elle ne puisse évoquer ses parents, quelqu'un s'immisça dans la conversation et dit : « Benny vient des îles. » Pourquoi y avait-il toujours quelqu'un pour répondre à cette question à sa place ? À la place de Benny, qui n'avait jamais été en Floride et encore moins dans les Caraïbes. Et qui disait encore les « îles » de nos jours ?

— Et toi ? demanda Benny à un autre convive, ne voulant pas se lancer dans ce débat.

Voulant déplacer l'attention loin d'elle. La femme qui avait répondu à la place de Benny rit à la question de Benny.

— Elle est américaine ! Ça ne se voit pas ? Regarde-moi cette chevelure blonde.

Sans s'en rendre compte, Benny toucha ses cheveux, sentit les douces aspérités au-dessus de ses tempes. Trois semaines plus tard, après une dispute avec son amante italienne, elle se dit que, après avoir terminé son stage, elle ferait mieux de rentrer à la maison. Après tout, les choses ici n'étaient guère différentes.

Bien entendu, Benny avait commencé à oublier la raison pour laquelle elle était venue en Europe. Pas tant pour la formation culinaire que pour mettre de la distance entre elle et sa famille. Quand on a le mal du pays, on oublie facilement ce genre de choses. *A posteriori*,

Benny a le sentiment qu'elle a passé une grande partie de sa vie d'adulte à vouloir rentrer chez elle ; mais, maintenant qu'elle y est, elle constate que rien n'a jamais été comme elle le pensait.

La mère de Benny est partie pour de bon, et la seule chose qu'il lui reste d'elle, c'est un message audio, qui ne cesse de le lui rappeler.

Mrs Bennett

Benedetta, dans la lettre que tu m'as envoyée, tu disais que tu ne pensais pas que je comprendrais les raisons de ton silence, mais évidemment que je comprends. Tant de vies ont été modelées par la violence, bien plus qu'on n'aimerait penser. Et tant de vies ont aussi été modelées par le silence, bien plus qu'on n'aimerait penser. Quand je suis tombée enceinte de ta sœur, c'était contre ma volonté et aucun de mes proches n'en a jamais rien su, jusqu'à maintenant. Il fallait aussi que je l'empêche de découvrir la vérité. C'est une des raisons pour lesquelles je me suis laissé convaincre de renoncer à elle.

Et puis j'avais honte. Ce qui m'était arrivé m'avait complètement prise par surprise. Je pensais travailler dans une entreprise respectable, avec un employeur généreux. Je pensais être en sécurité. Après, je n'ai cessé de penser : qu'est-ce que j'ai fait de mal ? Qu'est-ce que j'ai fait pour que ça me tombe dessus ? Mais ces questions n'avaient aucune raison d'être. Quand il s'agit de subir des violences, ces questions n'ont jamais aucune raison d'être. Mais on se les pose quand même, et elles nous entraînent vers le fond. Elles peuvent même nous écraser. Heureusement, j'ai vite compris qu'il fallait tout simplement que je quitte cet emploi.

Benny, c'est ça que je voulais te dire face à face, mais je ne peux plus attendre. Quand ton père et moi avons hésité à t'accepter telle que tu étais, tu t'es enfuie. Bien entendu, j'aurais aimé que tu sois plus patiente avec nous, mais tu étais en souffrance et tu étais prête à disparaître pour te protéger. J'étais très déçue, mais, avec le temps, je me suis rendu compte que je comprenais ta démarche. J'espère que tu n'auras pas peur de refaire ce même choix si besoin, si tu as le sentiment que c'est ce que tu dois faire pour survivre. Remets-toi en question, oui, mais sans douter de toi. Ce n'est pas la même chose.

Simplement, ne va pas penser que prendre la fuite, t'éloigner des autres, suffit pour réussir sa vie. Ça ne doit pas être une solution de facilité en cas d'ennuis. J'ai vécu assez longtemps pour savoir que ma vie a été autant déterminée par la méchanceté des gens que par leur gentillesse, leur attention et leur écoute. Et c'est en ça que ton père et moi t'avons failli. Tu n'as pas trouvé suffisamment de cette bienveillance dans notre maison pour oser y rester.

Benny et Steve

Il survient toujours un moment où, tout en sachant qu'il ne vaut mieux pas, Benny répond aux appels de Steve, où il la fait rire, où elle accepte de le revoir. Mais cette fois-ci, alors que son téléphone vibre dans son sac et qu'elle constate que c'est encore Steve qui l'appelle, elle décide de ne pas décrocher. Pas cette fois-ci. Ni la prochaine, d'ailleurs.

— Je crois que c'est ton téléphone, remarque Byron.

— Oui, je sais, répond Benny.

Elle appuie sur l'écran pour refuser l'appel et regarde l'heure. Mr Mitch discute avec quelqu'un sur son ordinateur, sur la véranda. Benny a le temps de parler à son frère. Elle se tourne vers lui.

— Byron, j'ai quelque chose à te dire.

Benny parle. Elle raconte à Byron les brutalités qu'elle a subies à l'université. Elle lui parle de Steve. Qu'il était parfait en tout, au début, jusqu'à ce qu'ils croisent un jour une ancienne petite amie de Benny.

— Mais on a déjà parlé de ça, Steve, lui avait dit Benny après qu'ils s'étaient disputés.

— Je suis désolé, lui avait répondu Steve. Mais je n'arrive pas à m'y faire.

À quoi ? À ce qu'elle était ? *Perdue*, voilà comment Steve la considérait, mais Benny n'aurait pas su dire quand elle s'était sentie perdue pour la dernière fois. En revanche, elle se souvenait bien d'avoir été rejetée.

Ils s'étaient disputés. Benny avait crié. Steve l'avait frappée. S'était excusé, l'avait suppliée de ne pas partir.

— On se redonnait toujours une chance, explique Benny à présent. Je me remettais avec lui et puis je le quittais. Ça ne fonctionnait pas. Steve se montrait chaque fois plus agressif.

Elle incline la tête en avant, pose sa main sur son front.

— Byron, c'est à cause de Steve que tu ne m'as pas vue à l'enterrement de papa.

Elle sent Byron lui prendre la main et pousse un long soupir avant de lui parler de cette nuit, six ans plus tôt.

Ce que Steve lui avait dit cette nuit-là, avant de la pousser contre la table, était terrible. Ce qu'il lui avait dit – avant qu'elle ne s'agrippe à la nappe, entraînant les assiettes, les couverts, les verres et les bougies vers le sol, avant qu'il ne lui écrase le visage contre le parquet et sur un éclat de terre cuite bleue, avant le bruit de son bras gauche qui se brise – était un mot qu'elle ne pensait jamais entendre de la bouche d'un homme qui lui avait fait l'amour.

Parce que oui, c'était de l'amour, elle en était certaine, Leonard Cohen chantait dans les enceintes alors qu'elle tentait de se relever, et ils adoraient tous les deux Leonard Cohen, et Mary J. Blige, et René Pape à l'opéra, ils avaient tous les deux des goûts éclectiques en musique, et, bien qu'elle ait expliqué à Steve, encore et encore, qu'elle était avec lui parce qu'elle voulait être avec lui – et ce n'était pas plus compliqué –, il avait quand même pété un plomb parce que, encore une fois, ils avaient croisé Joanie. En quoi Benny était-elle responsable, avait-elle demandé à Steve, du fait que Joanie vivait dans leur quartier ?

Au début, Steve s'était montré grognon. Il n'avait pas terminé le repas que Benny lui avait cuisiné, il n'avait même pas voulu goûter à la tourte de patate douce. C'était une nouvelle recette, lui avait-elle révélé. Il était censé être son goûteur, avait-elle plaisanté en se forçant à sourire. Mais, ensuite, Steve avait haussé la voix et prononcé ce mot, et Benny était encore en train d'essayer de s'en remettre quand il lui avait attrapé les cheveux avec force, au point de briser la pince qui retenait ses tresses.

Puis la table.

Puis le sol.

Puis le sang.

Et c'était tout. À ce moment-là, Benny avait décidé de mettre fin à cette relation ; seulement, elle avait quand même eu besoin d'une ambulance pour parvenir à cette conclusion.

Elle rentrait tout juste des urgences lorsque Byron l'avait appelée pour lui annoncer que leur père venait de mourir.

— Le pire, dit-elle à Byron, c'est que je me suis juré de ne jamais plus revoir Steve, mais je l'ai revu. Je n'arrêtais pas de penser : il va changer, il a simplement besoin de temps, il va m'accepter telle que je suis.

Byron secoue la tête.

— Je sais, Byron, je sais. J'aurais dû m'en douter. Ça n'avait rien à voir avec moi, en fait. Eh oui, je le savais, mais quand on est pris par quelque chose, on a du mal à avoir du recul. Tu ne vois pas ce qui paraît évident à d'autres.

Byron hoche la tête.

— Et, maintenant, je pense à Ma et à tout ce qu'elle a traversé, et je l'entends me dire : *Qu'est-ce que tu es prête à faire ?* Tu te souviens de ça, Byron ? Et ce qu'elle a dit dans son enregistrement. Que parfois, s'en aller, c'est bien. Sans doute que je n'aurais pas dû vous tourner le dos aussi vite, mais j'aurais dû fermer la porte à Steve il y a bien longtemps.

Byron observe Benny – presque un mètre quatre-vingt-cinq et trente-six ans – et voit, dans les courbes de sa bouche et la forme de ses épaules, la petite fille qui le suivait partout. Il a envie de la prendre dans ses bras, mais quelque chose dans l'inclinaison de son menton, dans la lueur de la petite cicatrice sur sa joue, l'en empêche. À la place, il se lève et lui tend la main pour l'aider à faire de même.

— Benny, je suis désolé, dit-il.

Benny hoche la tête, les lèvres serrées.

— Sincèrement. Je suis vraiment désolé. J'ai eu un comportement de merde.

Elle hoche de nouveau la tête, sa main toujours dans la sienne.

— Moi aussi, dit Benny.

— Ouais, répond Byron en haussant les sourcils.

Et ils éclatent de rire.

La plus jolie petite fille

Benny a six ans et zigzague dans les allées du supermarché pendant que sa mère lit les étiquettes des boîtes de conserve. Elle croise une charmante dame qui lui dit qu'elle est trop mignonne, qu'elle est très gentille. Et quel âge as-tu ? Et comment t'appelles-tu ? Regarde-moi ces beaux cheveux, dit la dame en caressant ses boucles. Benny est heureuse, vibrionnante. Jusqu'à ce que son grand frère vienne la chercher, lui disant : Ah, tu es là, retournons voir maman, et la gentille dame lui adresse un de ces regards, en le parcourant des pieds à la tête, puis elle regarde de nouveau Benny, à la peau si pâle comparée à son frère, et elle plisse les lèvres avant de se détourner. Benny sent sa joie s'évaporer, cette dame ne l'aime plus, mais peu importe, son grand frère lui a pris la main, ses petits doigts pâles sont entremêlés aux siens, longs et bruns, et Benny sait que du moment qu'elle est avec Byron, elle sera toujours heureuse et en sécurité.

Benny

Benny est assise sur le lit de sa mère. Sur le lit de ses parents. Elle aurait dû comprendre ça sur ses parents, son père et sa mère, si parfaits, qui ont tout réussi, qui avaient exigé que leurs enfants soient excellents en tout, au point que cela avait failli écraser Benny. Elle aurait dû se rendre compte plus tôt que leurs exigences et leur résistance vis-à-vis de son orientation étaient en partie dues à la peur.

Benny feuillette un *National Geographic* qu'elle a trouvé sur la table de nuit de sa mère. Il y a un article sur un type qui a escaladé El Capitan sans corde. *Punaise*. Sa mère adorait ce genre d'exploits. Les gens qui gravissaient des montagnes, qui traversaient l'Antarctique, qui parcouraient les océans en solo, qui nageaient dans les océans les plus dangereux. Benny, qui voulait trouver chaleur et réconfort dans ce monde, descendait d'une femme qui se rêvait aventurière.

Mais pas qu'en rêve. Parfois, après avoir sorti Benny et Byron de l'eau, elle y retournait toute seule. Elle avançait toujours plus loin dans la mer avec sa planche de surf, s'attaquait sans cesse à des vagues trop grosses pour elle. Parfois, elle tombait lourdement et revenait en titubant sur la plage comme un petit enfant. Quand Benny était petite, ces moments où sa mère disparaissait sous une vague la terrorisaient. Mais son père n'était jamais inquiet, il riait et se rallongeait sur sa serviette. Sa mère aussi riait en arpentant le sable.

Ses parents se comportaient toujours comme s'il ne pouvait rien leur arriver de terrible, comme s'ils avaient déjà tout vécu. Benny les avait vus fâchés, elle les avait vus inquiets, mais elle ne les avait jamais vus avoir peur, du moins pas jusqu'à ce jour où elle leur avait parlé d'elle, de la vie qu'elle avait envie de mener, et avait vu quelque chose changer dans leurs regards. Elle aurait dû comprendre que ce n'était pas simplement de la désapprobation. Eleanor et Bert Bennett craignaient que leurs enfants ne parviennent pas à avoir la vie facile dont ils rêvaient pour eux, après tout ce qu'ils avaient fait pour s'en assurer. Et, donc, ils faisaient partie du problème.

Benny ramasse l'enveloppe que Mr Mitch lui a donnée. Elle contient des reçus que sa mère a récupérés des dossiers de son père. Des billets d'avion, d'hôtels, de restaurants, et une page déchirée d'un calendrier de 2011. Benny examine de nouveau les lieux, les dates, et chacun lui fait l'effet d'un baume au cœur. Son père était venu à New York plusieurs fois. Il avait noté diverses adresses sur un calendrier. L'appartement de Benny, le restaurant où elle travaillait, le studio où elle prenait des cours de peinture le samedi après-midi.

Après ce terrible Thanksgiving de 2010, Benny et son père ne s'étaient plus reparlé, mais elle sait désormais qu'il ne l'avait jamais quittée des yeux.

Mrs Bennett

Byron, mon fils. Le jour où tu es né, ton père a pris ton minuscule pied dans sa main et m'a regardée. Il n'y a pas de mots pour ce genre de sentiment. Puis tu es arrivée, Benny, souriante dès le premier jour, et grâce à vous, mes enfants, et à votre père, j'avais de nouveau de l'amour dans ma vie. Mais pas un jour n'est passé sans que je pense à votre sœur. C'était un immense vide dans ma vie, semblable à la mort d'un être cher, encore et encore. Cela dit, je n'étais pas la première personne sur cette terre à avoir vécu deux vies distinctes, une connue de tous et une autre enfermée dans une boîte.

Votre père n'a jamais su pour le bébé qui a été adopté. Je ne lui ai jamais raconté ce qui m'était arrivé dans cette société d'import-export. Je ne pouvais pas. J'avais tellement honte. Je lui avais simplement dit que mon chef m'avait fait des avances et que j'avais décidé de passer à autre chose. Cela n'avait rien d'inhabituel. Les femmes ont toujours fait ça. Face à ce genre de pression, on passe à autre chose. On fait comme si de rien n'était, alors que notre vie vient d'être mise sens dessus dessous.

Je ne cessais de me dire que si je parvenais à retrouver ma fille, j'en parlerais à Bert et il comprendrait, il l'accepterait, il me pardonnerait de le lui avoir caché. Mais je n'arrivais pas à la trouver, et donc j'ai gardé mon secret. Les années passant, j'ai eu de moins en moins le courage de le lui dire.

Je sais que Bert ne m'en aurait pas voulu pour ce que mon supérieur m'avait fait, mais pour le reste ? Il aurait pu se poser des questions. À propos du fait que j'étais allée en Écosse seule, après la mort d'Ellie. Que j'étais restée sur l'île avec mon père, quatre ans plus tôt, au lieu de partir avec lui comme il m'avait suppliée de faire. Que, à la fin, je n'avais pas été en mesure d'empêcher cette agence de me prendre mon bébé. J'avais peur qu'il pense ça, parce que moi, je le pensais.

Après sa mort, je n'avais plus besoin de m'inquiéter, mais il fallait quand même que j'affronte mon regard dans le miroir tous les matins et que j'assume mes doutes. J'avais l'impression que tout ça était ma faute, parce que j'avais insisté pour faire les choses à ma façon, parce que j'avais refusé la vie que d'autres voulaient que je vive. Il m'a fallu longtemps pour surmonter ces sentiments.

Ce qui m'amène à toi, Benedetta. Je vois bien, à présent, que ton père et moi t'avons poussée à ressentir ça aussi, que tu as cru devoir choisir entre être toi-même et obtenir notre soutien. Et toi, Byron ? Est-ce qu'on t'a aussi donné le sentiment qu'on ne pouvait t'accepter que si tu faisais les choses à notre façon, même si cela impliquait de laisser ta sœur se débrouiller seule ? Ça n'a jamais été notre intention. Nous vous aimions tellement tous les deux et avions une telle estime de vous que jamais nous n'avons pu penser que vous pouviez en douter.

Une histoire de poisson

Byron glousse. Il se sent étrangement léger, à présent que la cérémonie d'adieu à sa mère est terminée. Hier, la maison était pleine, mais Benny et lui sont enfin seuls dans la cuisine et il a l'impression qu'il peut passer du rire aux larmes et *vice versa* sans en avoir honte.

— Quoi ? demande Benny. Quoi ?

Byron sort un plat de l'évier, celui avec le dessin de poisson au fond. Après avoir écouté la suite de l'enregistrement de leur mère, Byron et Benny ont préparé un petit déjeuner tardif pour Mr Mitch en déposant des restes dans ce plat. Mr Mitch est à présent dans le salon et étale des documents sur une table pour la suite de leur discussion. Il leur a révélé qu'il avait déjà envoyé un mail à leur sœur. Il faut qu'ils apprennent à le dire à voix haute. *Notre sœur*.

— Le poisson, bafouille Byron.

Il peut à peine articuler tellement il rit. Il retourne le plat pour que Benny puisse bien le voir.

— Le poisson, tu te souviens ?

Le lac Castaic. Benny avait huit ans, Byron dix-huit. Eux, enfants de la côte Pacifique, avaient été emmenés dans l'intérieur des terres pour pêcher au bord d'un lac artificiel. Leur mère avait considéré que c'était totalement ridicule, mais ils avaient adoré. Les collines tout autour, l'eau si calme. Ils ignoraient jusque-là qu'une eau pouvait être aussi tranquille.

Tout à coup, leur père s'était mis à crier : « Je l'ai, je l'ai ! », et avait tiré sur sa canne. Un achigan à grande bouche avait jailli de l'eau, accrochant au passage les rayons du soleil, et était allé s'écraser sur le visage de leur mère.

— Ahhh ! avait crié Eleanor Bennett en agitant les mains et repoussant son mari.

— Quoi ? Tu as peur d'un petit poisson ? avait répondu Bert Bennett.

Il avait détaché le poisson de l'hameçon et l'avait déposé dans un seau. Il riait.

— Allez, chérie, ne sois pas fâchée.

Non, pas *chérie*.

Covey.

Le père de Byron a dit « Covey » ce jour-là, il en est sûr à présent, mais ce n'est que trente ans plus tard que ce mot prend tout son sens. Jusqu'à il y a deux jours, Byron ignorait que Covey était le prénom d'une personne, encore moins de sa mère. Il avait simplement pensé que sa langue avait fourché. Il s'en souvient encore parce que c'était drôle, la façon dont ce mot s'était inséré dans la phrase. *Allez, Covey, ne sois pas fâchée.*

Sa mère avait adressé à leur père un regard sombre, attrapé le seau où se trouvait le poisson et l'avait retourné, libérant le poisson dans le lac.

— Eh ! s'était exclamé leur père. C'était mon poisson !

— Plus maintenant, avait répondu leur mère.

Byron et Benny avaient ri à en pleurer.

— Vous deux, taisez-vous, avait dit leur mère, et ils avaient redoublé de rire.

Le Noël suivant, leur père avait offert ce plat à leur mère, pour faire une blague. Ce plat s'était révélé être un de ses préférés. Elle s'en servait pour faire des gratins, des viandes en sauce, même un gâteau au café, mais jamais du poisson.

Byron et Benny gloussent toujours, sèchent leurs larmes. Benny tend la main, Byron lui donne le plat, et elle l'essuie avec un torchon. Elle le regarde avec ces yeux, les mêmes yeux que lui, et il lui sourit. Puis, quand elle se met à pleurer, il pose un bras sur son épaule.

La recette

Benny attend d'être seule dans la cuisine pour fouiller dans le tiroir fourre-tout. Elle doit secouer le tiroir d'à côté tout en tirant sur le sien, c'est le seul moyen de l'ouvrir. Au moins ça, ça n'a pas changé.

C'est dans ce tiroir que sa mère gardait ses crayons à papier mâchouillés, ses stylos qui fuyaient, des blocs-notes récupérés dans les pharmacies ou chez le plombier, des trombones de toutes les couleurs et des petits bidules en plastique dont personne ne savait à quoi ils servaient sauf Benny, qui finissait toujours par trouver.

Ma lui tendait un truc du tiroir fourre-tout et lui demandait : *C'est quoi, ça ?* Benny observait l'objet pointu, tordu ou ratatiné, le tripotait entre ses mains, l'approchait de son visage afin d'en deviner la raison d'être. À présent, Benny passe ses doigts sur le bord du tiroir. Le voilà, là où il a toujours été, ce morceau de papier plié en quatre où sa mère a noté sa recette du gâteau noir.

Benny déplie le papier et parcourt la liste d'ingrédients du bout des doigts. *Rhum, sucre, vanille*. Avec un verbe, de temps en temps. *Mélangez, incorporez, versez*. Ce n'est que maintenant que Benny se rend compte que la recette ne contient aucun nombre, ne précise aucune quantité. Est-ce que ça a toujours été le cas ? Pourtant, c'est bien le même papier que dans son enfance, elle en est sûre. Benny voit, à présent, que la recette de sa mère n'a jamais été une suite d'instructions précises, mais plutôt une liste d'indices sur la façon de procéder.

Ce que Benny a appris de sa mère lui a été transmis par le geste, par la parole, par leur proximité. Ce que Benny a appris de sa mère, c'est à faire confiance à son intuition et à partir de là.

Byron

Le téléphone de Byron sonne. C'est Lynette. Au final, elle n'est pas venue à la cérémonie de sa mère. Il s'interroge. Il repense à ce qui est arrivé à Benny quelques années auparavant, à la raison pour laquelle elle n'est pas venue à l'enterrement de leur père. Il ne parvient pas à se remettre du fait que sa mère et lui n'avaient absolument aucune idée. On ne sait jamais quelles difficultés une personne peut traverser.

Lorsque Byron décroche, Lynette est en larmes. Il peine à la comprendre.

— Un quoi ? demande-t-il.

— Un phare cassé, Byron, bredouille Lynette. Jackson essayait simplement de prendre son portefeuille, pour sortir son permis de conduire, et l'officier de police a braqué son arme sur nous. J'ai cru qu'on allait mourir.

— Jackson ? Mon Dieu, est-ce qu'il va bien ?

Jackson, le neveu de Lynette. Un type super. Byron a suivi son entrée dans le monde professionnel et ça l'a rempli de fierté. Un jeune scientifique qui prend confiance en lui, un jeune homme noir qui ouvre des portes.

— Il voulait simplement m'accompagner chez le médecin.

— Le médecin ? Tu es malade ? Que s'est-il passé ?

— Non, Byron, je ne suis pas malade. Je... je ne me sentais pas bien. Je t'expliquerai plus tard. On espérait être à l'heure pour la cérémonie de ta mère, mais ils ont arrêté Jackson.

— Quoi ?

— Vrai de vrai. Ils lui ont passé les menottes, Byron. Et pourquoi ? On ne sait pas, parce qu'ils l'ont relâché. Aucune charge n'a été retenue contre lui, mais c'était horrible. On était là, assis dans la voiture, et tout à coup c'était comme si tout s'arrêtait. Il y a eu une seconde, une très longue seconde où...

Byron l'entend inspirer un grand coup. Il imagine Lynette, assise là, à côté de Jackson. Il aurait pu se passer n'importe quoi. Il essaie de ne pas y penser, de ne pas penser à tout ce qui aurait pu mal se passer. Mais ne pas s'inquiéter, c'est aussi impossible que se blanchir la peau.

— Je sais, Lynette. Je sais. Est-ce que ça va aller ?

— Je crois, oui, merci, Byron, dit Lynette, mais il entend de nouveau sa voix se briser.

— Je vais venir, décide-t-il. Je peux venir ?

— Hmm, hmm, marmonne-t-elle, et elle pleure de nouveau.

Après avoir raccroché, Byron parcourt les unes sur son ordinateur portable. Jackson est partout sur Internet. Il y a une vidéo.

Qu'était-il censé faire ? On lui a demandé son permis de conduire.

Comment une personne est-elle censée sortir son portefeuille ?

Est-il interdit aux gens noirs en Amérique d'avoir des mains ?

Byron aimerait croire que cette épidémie de maltraitance, ces brutalités envers de jeunes Noirs américains sans défense, ce n'est que ça : une épidémie, certes longue, mais qui peut être maîtrisée. Il veut continuer à croire aux officiers de police, il veut respecter les risques qu'ils prennent, sachant que, chaque jour, ils pénètrent en territoire inconnu. Il veut savoir qu'il peut décrocher son téléphone et appeler la police s'il en a besoin. Il y a beaucoup de colère qui monte. Beaucoup de souffrance. Où vont-ils tous finir – Noirs, Blancs, tous les autres – si la situation ne s'améliore pas ? Que dirait son père, s'il savait que ça se passe encore comme ça aux États-Unis en 2018 ? Une pensée soudaine le traverse, une pensée blasphématoire : peut-être est-ce mieux que son père ne soit plus là, qu'il ne sache pas.

Byron se tourne vers Mr Mitch et Benny.

— Regardez, dit-il en brandissant son téléphone portable pour qu'ils voient la vidéo. C'est le neveu de...

Il s'interrompt. Il ne veut pas dire *petite amie*, mais il ne veut pas dire *ex* non plus.

— C’est le neveu d’une de mes amies dans la voiture.

Benny lui prend son téléphone, l’observe un instant, puis sort le sien et fait défiler l’écran.

— Je suis désolé, je dois y aller, déclare Byron. Je dois y aller tout de suite.

La manifestation

La plupart des gens autour de Byron tiennent leur smartphone au-dessus de leur tête, leur bras tendu ondulant lentement de gauche à droite, comme pour une prière. D'autres ont de petites bougies dans la main, dont la lueur éclaire le dessous de leur menton – l'odeur de cire fondue lui donne la nausée. Byron est debout dans la foule, les mains sur les hanches. Il n'aime pas les manifestations de rue, Lynette le sait.

Byron estime que la voie royale du militantisme, c'est de grimper l'échelle sociale, d'accumuler des biens, d'exercer son influence au cœur du pouvoir. Mais Lynette lui explique que ce n'est pas tant une manifestation qu'une veillée, pour tous ceux qui n'ont pas eu la chance de Jackson. Pour tous ces gens qui n'ont pas survécu à une arrestation de routine. Pour tous ceux qui sont encore en deuil. *Dont nous*, dit Lynette. *On doit se donner l'autorisation de faire notre deuil, de s'éclaircir les idées*, continue-t-elle, *pour pouvoir ensuite retourner dans les mairies, les tribunaux, les conseils d'administration et les salles de classe, et provoquer des changements*.

Jackson est tout devant, avec son avocat et ses parents. Mr Mitch est là aussi. Il connaît les organisateurs de la veillée. Mr Mitch connaît tout le monde, apparemment, un point qu'il a en commun avec le père de Byron. Des gens parlent dans le micro, des politiques, des militants et même cet acteur célèbre. Enfin, un groupe s'approche pour chanter. Lynette affirme que Jackson ne voulait pas toute cette attention, mais il veut aussi que la police dise la vérité, il veut que la police reconnaisse le tort qu'ils lui ont fait. Byron se tourne vers Benny. Elle a les yeux fermés et chante avec la foule.

Byron essaie de penser à Jackson, mais il ne cesse de baisser les yeux vers le ventre de Lynette, trop serré dans son manteau. Lynette ne lui a rien dit, mais il est évident qu'elle est enceinte et qu'elle l'est depuis un moment. Elle n'a pas mentionné un autre homme. Ils n'ont pas eu le temps de parler d'autre chose que de Jackson. Ce qu'a vécu Lynette, aussi. Lynette tremblait encore quand Byron est arrivé chez elle, bien des heures après l'incident avec la police.

J'ai besoin de te parler d'un truc, avait dit Lynette au téléphone avant la cérémonie funéraire de sa mère. Était-ce de ça qu'elle voulait lui parler ? Il se passe trop de choses en ce moment, Byron va devoir prendre son mal en patience.

Pour l'instant, tout ce qu'il peut faire, c'est essayer de regarder ailleurs.

Une grossesse

Ils sont assis l'un en face de l'autre dans une pièce au fond de la maison de Lynette, qui parle à Byron de sa grossesse. Le terme est dans trois mois. Elle explique à Byron qu'il peut demander un test ADN s'il veut, mais elle est certaine que le bébé est le sien. Pour autant, insiste-t-elle, le bébé est à elle avant tout. Byron n'a aucune obligation. Ils pourront se revoir pour en parler, s'il a sincèrement envie de faire partie de la vie du garçon à venir.

Aucune obligation ? Qu'est-ce que ça veut dire, ça ?

Byron ne veut pas terminer là-dessus. Il ne veut pas élever la voix contre Lynette, comme ça. Il ne veut pas claquer la porte en sortant de la maison. Mais pourquoi le traite-t-elle ainsi ? Le bébé est à elle ? Plus qu'à lui ? C'est elle qui a quitté Byron. C'est elle qui a choisi de ne pas lui parler de sa grossesse. C'est elle qui l'a privé de toute possibilité de participer.

Si la mère de Byron était là, elle dirait sans doute que Lynette a raison : après tout, c'est elle qui va accoucher de ce bébé. Le père de Byron, en revanche, serait d'accord avec Byron : il dirait que Lynette aurait dû prévenir Byron de sa grossesse. Pour autant, ça ne change rien au fait que Byron est seul dans sa cuisine, ce soir, à se demander si le garçon que Lynette attend va lui ressembler. À se demander à quel moment, précisément, Lynette a décidé qu'elle pouvait vivre sa vie sans Byron. Comme il aimerait retourner à ce moment et tout changer.

Byron est toujours debout devant son plan de travail quand le ciel nocturne vire au gris du petit matin. Il n'a pas le temps de dormir. Charles Mitch va arriver à la maison dans deux heures pour qu'ils terminent d'écouter l'enregistrement de sa mère. D'abord, Byron doit parler à Lynette, bien qu'il ne sache pas vraiment quoi dire. Comment peut-il lui faire comprendre qu'il a très envie de la voir de nouveau ? Qu'il désire voir son enfant grandir, le protéger en ces temps incertains. Il a besoin qu'elle lui dise, qu'elle lui dise ce qu'il doit faire, qu'elle lui dise ce qu'elle veut.

Il se rend alors compte que cela fait des années qu'il se trompe. Il ne sait pas vraiment être là pour les gens qu'il aime.

Dès qu'il est douché et habillé, Byron appelle Lynette. Son téléphone sonne et sonne encore. Il la rappelle, mais elle ne répond pas. Le cœur battant la chamade, Byron attrape ses clés et ouvre la porte arrière, mais Mr Mitch est déjà là, il se gare dans l'allée.

Qui je suis

B & B, je ne sais pas ce que vous ressentirez après avoir entendu tout ce que j'ai à dire. Je me suis enfuie de chez moi, j'ai changé de nom, je me suis inventé un passé. Jusqu'à présent, vous ne saviez pas vraiment d'où je venais ni ce que j'avais fait avant d'arriver aux États-Unis. Vous ne saviez pas que vous aviez une sœur aînée. Vous êtes peut-être contrariés, je le conçois. Vous vous demandez aussi peut-être si vous m'avez réellement connue, si vous pouvez me faire confiance. Quand votre père est mort, moi aussi, j'ai traversé des moments de doute, où j'ai pensé : Qui suis-je ? Que reste-t-il de moi ? Mais je me suis alors rendu compte que la réponse se trouvait là, devant moi, depuis le début. Et c'est ça que j'aimerais vraiment que vous compreniez : vous avez toujours su qui je suis. Je suis votre mère. C'est ce que je suis de plus authentique.

Marble

Lorsque Marble reçoit un message de la part de l'avocat d'Eleanor Bennett, elle est dans un de ces salons spécialisés dans les extensions capillaires pour femmes africaines de Rome – le terme *africana*, ici, ne se référant pas au continent, mais à un vaste ensemble de pays d'Afrique, d'Europe et des Amériques.

Marble n'est pas la seule non-*africana* à fréquenter ce salon. Il y a toujours une ou deux femmes qui savent qu'elles peuvent trouver ici des extensions à prix intéressant ou des gens comme Marble qui sont soulagés d'avoir affaire à un *parrucchiere* qui sait y faire avec des cheveux épais et bouclés comme les siens. Marble aime ces heures paresseuses passées chez le coiffeur, à onduler sur sa chaise au rythme de la radio et à discuter avec les autres femmes, dont les peaux sont un mélange de noir, de marron, de beige, qui forment cette petite communauté multilingue.

Marble sent son téléphone vibrer dans son sac à main. Dès que ses cheveux sont enveloppés dans une serviette, elle plonge la main dans son sac et tapote sur l'écran de son téléphone. Elle lit l'e-mail plusieurs fois. Le sujet : *Succession d'Eleanor Bennett*. L'avocat aimerait programmer un rendez-vous téléphonique pour lui parler d'un sujet confidentiel qui la concerne et en rapport avec cette Mrs Bennett. Si elle s'en était tenue à la formulation du message, elle n'aurait pas deviné tout de suite. Si elle avait été menue et blonde, comme sa mère, elle n'aurait pas deviné tout de suite. Si elle ne vivait pas avec un sentiment grandissant de malaise vis-à-vis de son identité, elle n'aurait pas deviné tout de suite.

Elle fixe un rendez-vous téléphonique avec l'avocat pour le lendemain et, après, elle reste assise là, tremblante. Elle lutte pour ne pas appeler sa mère à Londres. Quand Marble a besoin de parler à quelqu'un, elle se tourne en général d'abord vers sa mère. Ça a toujours été comme ça, même quand son mari était en vie. Mais ce n'est pas le genre de nouvelle qu'une fille peut partager avec sa mère au téléphone. Ce n'est pas le genre de colère qu'une fille peut exprimer au téléphone. Elle ouvre son téléphone et consulte les horaires des vols. Elle doit se rendre à Londres ce soir.

Wanda

Wanda et Ronald Martin prennent place à la table de la salle à manger pour le dîner dans leur belle maison londonienne lorsqu'ils entendent quelqu'un essuyer ses chaussures sur le paillasson devant la porte. C'est Marble. Ils connaissent le poids et le rythme de ses pieds. Ils connaissent la façon dont elle appuie sur la sonnette.

— Je ne savais pas qu'elle était à Londres.

— Moi non plus.

— Pourquoi n'ouvre-t-elle pas la porte ?

— Peut-être qu'elle a oublié ses clés à Rome.

Wanda ouvre la porte d'entrée. Sa poitrine se gonfle, pleine de cette sensation qu'elle ressent chaque fois que sa fille est là, mais quand elle aperçoit le visage de Marble, tout retombe. Elle sait immédiatement pourquoi sa fille est venue les voir sans prévenir.

Cinquante ans.

Leur fille a presque cinquante ans.

Wanda avait espéré que, après cinq décennies, ils seraient à l'abri.

Wanda avait espéré que Ronald et elle n'auraient jamais à avoir cette conversation avec Marble, cette conversation à propos d'une autre femme, une jeune femme célibataire des Caraïbes. La mère biologique de leur fille. Wanda considère que sa vie n'a commencé qu'à l'instant où elle a pris Mabel dans ses bras, il y a tant d'années. À présent, face à sa fille, Wanda craint que la merveilleuse vie dont elle, Ronald et leur enfant ont profité toutes ces années ne soit sur le point de s'effondrer.

Benny

Quel sentiment étrange. Benny s'apprête à rencontrer sa sœur pour la première fois. Marble Martin vient aux États-Unis et, après quelques semaines passées à New York, Benny s'apprête à retrouver Byron en Californie. Quand Benny a entendu pour la première fois le prénom *Marble* sur l'enregistrement de sa mère, ça lui a paru familier, mais il lui a fallu un moment avant de comprendre pourquoi.

À l'automne dernier, une amie de Benny lui avait parlé d'une experte anglaise qui faisait des émissions de télé consacrées à la cuisine locale. Benny avait noté son nom dans son agenda, mais n'avait pas été plus loin. Elle avait bien trop de choses à gérer. Gagner sa vie, tenter d'obtenir un prêt, aller en thérapie. Puis sa mère était décédée et, quand elle était rentrée à New York, elle s'était sentie alourdie par le poids de tout ce qu'elle avait appris sur sa famille.

Marble Martin.

Benny a décidé que, finalement, elle ne veut pas voir à quoi elle ressemble. Byron dit que Marble Martin ressemble à leur mère. Benny ne veut pas voir ça. Elle va attendre de la rencontrer.

Elle est penchée au-dessus d'un carnet de croquis dans une salle d'attente d'aéroport quand une femme portant une veste vert émeraude s'arrête à côté d'elle.

— C'est joli, dit la femme, qui est aussi grande que Benny, et très belle. C'est un peigne ?

— Oui, un *peineta*, répond Benny en soulevant son carnet pour que la femme puisse mieux voir.

— Ah oui, un de ces accessoires que les Espagnoles portaient pour tenir leur *mantillas*, reprend la femme en levant son bras droit en l'air avec un élan qui lui évoque tout de suite le flamenco.

La manche ample de sa veste retombe, révélant un poignet de la couleur du cuivre et un bracelet dont la pierre ressemble à l'iris d'un œil.

— Exactement, dit Benny en riant.

— Celui-ci a l'air très spécial.

— Il l'est. C'est celui de ma mère. Enfin, il était à ma mère. En écaille de tortue.

— Ou une imitation. On n'a plus le droit de fabriquer des objets en écaille de tortue.

— Je sais, mais celui-ci est très ancien.

— Vraiment ? dit la femme en hochant la tête.

Elle semble attendre quelque chose. Benny passe son doigt sur les contours de son dessin.

— Mon idée, c'est de faire une décoration pour un gâteau qui serait surmonté d'un truc comme ça. Ma coiffeuse à New York se marie.

— Quelle bonne idée ! Vous faites des gâteaux ?

— Oui.

— Et vous êtes artiste ?

— C'est-à-dire que j'ai suivi des cours d'art, explique Benny. Mais aussi de cuisine et pâtisserie.

— Vous prenez des commandes ?

— Pour des gâteaux ? Ou des dessins ?

L'autre femme rit. Elle tend à Benny une carte de visite.

— J'aimerais voir le dessin de ce peigne quand il sera terminé, dit-elle en désignant sa carte de visite. Vous pourriez me l'envoyer ? On est toujours à la recherche de bons illustrateurs. On ne sait jamais.

Benny observe la carte de visite. Une directrice artistique pour une entreprise de décoration intérieure. De luxe. Cette femme est-elle vraiment en train de proposer à Benny de lui montrer ses dessins ? Alors que la femme s'éloigne, Benny approche la carte de son nez. Bois de santal avec des notes de vanille et de cacao. Benny sourit.

Marble

Quelqu'un aurait pu prévenir Marble depuis le temps. Quelqu'un aurait dû la préparer à ce moment. Aurait dû lui parler de cette maison de famille dans le comté d'Orange, en Californie, pas très loin de la côte Pacifique, dont le jardin sent le jasmin et dont le salon est rempli de photos d'une femme à la peau marron qui lui ressemble.

Les e-mails et les coups de fil de l'avocat n'ont pas suffi à la préparer. Le vol au-dessus de l'Atlantique n'a pas suffi non plus, ni ce bon bain qu'elle a pris ce matin à l'hôtel. Marble essaie de s'imaginer qu'elle est devant une caméra de télévision, quand elle ne prête qu'une très faible attention aux signaux autour d'elle, au réalisateur et aux techniciens qui se déplacent, qui font des gestes par-delà la caméra, et se concentre sur une chose, se concentre uniquement sur la personne de l'autre côté de la caméra, cette personne-là uniquement, avec qui elle a besoin de communiquer.

Elle essaie de faire la même chose à présent, elle essaie de se concentrer sur ces deux étrangers qui l'ont convoquée ici et qui ne la lâchent pas des yeux, elle essaie de se montrer polie, elle essaie de sourire chaleureusement mais pas trop non plus, elle les suit dans le salon puis dans la salle à manger où une belle table ensoleillée les attend avec des toasts, de la confiture, des œufs, du café, du thé d'une marque inférieure et des scones qui, eux, ont l'air prometteur. Elle se dit de se concentrer uniquement sur eux, mais cette maison déborde de distractions, avec ce canapé, ces rideaux et cette cafetière dont sa mère biologique devait se servir jusqu'à il y a peu.

Quelqu'un aurait pu prévenir Marble, la mettre en garde face à ce nouveau déluge d'émotions qu'elle ressent. Quelqu'un aurait pu lui dire que prendre le petit déjeuner avec son frère et sa sœur ressemblerait à un rendez-vous à l'aveugle, où tout le monde est sur son trente et un, où la conversation ne va pas bien loin et où chacun observe l'autre timidement. Marble en vient à se demander pourquoi diable elle a accepté de les voir, pourquoi elle se laisse dépouiller de son identité. Ces gens, cet endroit, cette cafetière – tout lui indique qu'elle n'est pas qui elle pensait être.

Elle n'est pas obligée d'être là, si ? Elle pourrait très bien se lever maintenant et partir. Elle pourrait éviter ces corbeaux bruyants dans l'allée et ce cactus ridicule dans le jardin, et prendre le premier vol pour Londres afin de retrouver ses parents. Mais Byron et Benny ont la même carrure qu'elle, ils sont grands comme elle, et il y a quelque chose dans leur silhouette qu'il est difficile d'ignorer. Et puis toutes ces photos d'Eleanor Bennett. Comme un miroir, le visage de Marble, qui la regarde.

Peut-être se sentira-t-elle mieux quand elle se sera reposée. Le vol d'hier l'a fatiguée et elle a dû changer de chambre ce matin, ce qui l'a agacée. La première chambre qu'on lui a donnée à l'hôtel hier soir était entièrement décorée en lilas – *tout* en lilas – et Marble ne pouvait pas y rester plus longtemps. Où donc, se demande Marble, peut-on se procurer une lampe lilas ?

Marble observe Byron et Benny. *Mon frère et ma sœur*, pense-t-elle. Elle puise dans toute son expérience professionnelle à présent pour véhiculer curiosité et gentillesse, et refouler l'agitation qui la secoue. Elle ne peut que contourner le sujet. Elle parle de sa mère, de son père, de son mari décédé, des études de son fils, de son envie de retourner vivre à plein temps en Grande-Bretagne.

Ce qu'elle ne dit pas, c'est qu'il va lui être difficile de quitter l'Italie, de remiser les souvenirs de son mari, même après quinze ans. Même après un amant occasionnel. Même après un homme comme M. Café. Elle pense qu'il viendrait en Angleterre pour la voir, s'il le fallait. Et il le faudra bien. Elle sait que le moment est venu. Cela fait quelque temps qu'elle le pressent, depuis qu'elle a raccompagné son fils au pensionnat.

Comment repartir de zéro ? Marble a des vêtements dans des armoires, de la nourriture dans les placards, des plantes auxquelles elle doit penser. Elle a le chien, Bobby. L'idée de placer ce pauvre Bobby dans une caisse et de le trimbaler dans tout Londres, de vider la maison de son mari, lui pèse. Mais ça, c'est trop personnel, ça ne concerne pas Byron et Benny.

Alors qu'elle regarde Byron et Benny, Marble se rend compte qu'elle leur en veut. Elle sait qu'ils n'y sont pour rien si elle a été abandonnée bébé, mais ce sont eux qui ont grandi avec Eleanor Bennett comme mère, tandis qu'elle a été laissée de côté. Byron et Benny n'étaient pas encore nés, mais leur mère, au final, les a choisis plutôt que Marble.

Marble sait qu'elle doit se poser la question : qu'a dû endurer une femme comme Eleanor Bennett pour prendre une telle décision ? C'était il y a cinquante ans. Une femme comme Marble, qui a de l'argent et un bon réseau, ne peut pas présumer juger une femme qui a vécu à une autre époque et dans d'autres circonstances.

Et pourtant.

Marble en saura plus demain. L'avocat de sa mère biologique lui a dit qu'Eleanor Bennett lui avait laissé une lettre et un enregistrement avant de mourir. Peut-être aurait-elle dû se rendre d'abord au bureau de l'avocat, mais l'idée lui avait asséché la gorge. Vas-y doucement, avait-elle pensé. Le souci, c'est qu'elle va devenir folle avec toutes ses questions. Qu'est-ce qu'Eleanor Bennett va lui dire ? Est-ce que cela lui apportera des réponses satisfaisantes ?

Elle ne me voulait pas vraiment.

À force de penser à sa mère biologique, son fils lui manque terriblement. Son Giovanni, son fils Giò. Elle a envie de dire à Byron et Benny qu'elle, Marble, n'a jamais douté un instant de vouloir être sa mère, pas même quand elle s'est retrouvée veuve et enceinte sans aucun avertissement, pas même quand son avenir s'est désintégré devant ses yeux. Elle aimerait que quelqu'un lui demande, maintenant : *Il est comment, ton fils ?*, pour qu'elle puisse sortir son téléphone portable et le leur montrer.

Marble a envie de dire qu'elle échangerait bien cet instant avec Byron et Benny, qu'elle abandonnerait bien l'idée d'en savoir plus sur sa mère biologique, si on pouvait lui assurer que son fils serait dans sa chambre quand elle rentrerait à la maison, et non pas dans un pensionnat. Sa vraie famille, c'est Giò, et pas ces deux personnes assises à une table avec elle.

Byron est surprenant. Il a des airs d'acteurs de cinéma, mais il observe Marble comme si elle lui avait volé son ours en peluche. Elle pense qu'il ne l'apprécie pas. Benny est mignonne, mais en manque d'affection. Marble remarque que Benny est en train de se décaler vers elle. Centimètre par centimètre. Marble ne sait pas trop quoi en penser.

— Au fait, ton fils ? dit Benny.

Marble inspire.

— Il est à l'école en Angleterre ?

Marble hoche la tête.

— Mais tu vis en Italie ?

— Je fais les allers-retours. Giò a commencé sa scolarité dans une école italienne, mais je voulais qu'il profite aussi du système anglais. Par la suite, il pourra vivre et travailler où il veut.

— Alors ton fils ne sera pas vraiment italien et pas vraiment britannique ?

— Il sera les deux, j'imagine. Comme beaucoup de gens, il n'est pas une seule chose.

Pour autant, en cet instant, Marble a le sentiment de n'être qu'une seule chose, par-dessus tout. Elle est la mère de Giovanni et elle a laissé son fils grandir loin d'elle. Mais qu'est-ce qui lui a pris ?

Cinq ans se sont écoulés et Marble a détesté chacun des mois que son fils a passés là-bas, dans cette école dont elle ne connaît pas les élèves, à dormir tous les soirs dans une chambre sous un autre toit ; quand il revenait pour les vacances, il n'était pas le même enfant que quand il était parti. Elle ne comprend pas comment tous ces autres parents ont pu faire la même chose, génération après génération, comment ils ont pu envoyer leur enfant de onze ans en pension parce qu'ils en avaient les moyens, parce qu'ils s'étaient convaincus que c'était le meilleur moyen de lui garantir un bel avenir.

À un moment donné, Marble a envisagé de sortir son fils de pension, mais il lui semblait s'être bien intégré. À présent, il est trop tard. Il a ses examens à passer, ses dossiers à préparer pour l'université. Ce que Marble ne comprend pas, c'est pourquoi, pendant tout ce temps, aucune autre mère ayant un enfant en pension ne l'a prise à part, à un dîner, au supermarché, chez le médecin, pour lui dire : *Je déteste ça, je veux que mon enfant rentre à la maison*. Elle ne peut pas être la seule à éprouver ça, si ?

— Tu as des photos ? demande Benny.

Marble sent sa nuque se détendre. Elle sort son téléphone portable et parcourt sa galerie de photos avant de tendre le téléphone à Benny.

— Oh là là, il est magnifique !

Marble hoche la tête.

— Et il se débrouille bien à l'école ?

De nouveau, Marble hoche la tête. Elle ne parvient pas à parler. Elle a un nœud dans la gorge.

Benny pose sa main sur le bras de Marble.

Byron

Byron a les mains qui tremblent. Il essaie de s'habituer à ce spectre de femme qui se déplace dans la maison où il a grandi, à cette version de sa mère à l'accent anglais et à la peau couleur hêtre. Lorsqu'elle est apparue dans la zone des arrivées, Mitch et Byron lui ont serré la main, mais Benny l'a prise dans ses bras. En chemin vers l'aéroport, Benny avait l'air si heureuse.

Byron ouvre et ferme les placards de la cuisine lorsqu'il aperçoit un grand bocal en verre rangé au fond d'un des placards du bas, derrière le riz et le sucre. Les fruits. Les fruits pour le gâteau noir. Ils lui étaient sortis de la tête. Que faire ? Avant d'écouter l'enregistrement de sa mère, il aurait sans doute trouvé le courage de tout mettre à la poubelle, après s'être débarrassé des vêtements, des livres et des meubles, et une fois le panneau *À vendre* bien implanté sur la pelouse de leur maison d'enfance.

Il pose le bocal sur le plan de travail, une main de chaque côté, comme s'il tenait un bébé.

C'est ton héritage, lui avait souvent dit sa mère, mais il n'avait pas bien compris. Maintenant, si. Lorsqu'elle s'est enfuie de l'île, elle a tout perdu, mais elle n'a jamais oublié la recette. Ça et les histoires qu'elle a cachées à ses enfants, l'histoire interdite de leur famille. Pour elle, faire un gâteau noir, ça avait dû être comme réciter une incantation, convoquer une image de son vrai passé, retourner sur l'île.

Cinq ans auparavant, Byron était chez sa mère ; elle se remettait d'une opération de routine qui la faisait néanmoins souffrir. Byron terminait tout juste de faire la vaisselle quand il l'avait entendu, ce grincement caractéristique de la maison, puis un bruit de porcelaine ou de verre, très certainement la vitre du petit meuble chinois de sa mère, celui qu'elle avait reçu comme cadeau de mariage tardif de la part de son père quarante ans plus tôt, et qui signalait depuis l'arrivée imminente d'un tremblement de terre.

La plupart des secousses en Californie du Sud n'étaient que ça, des secousses, qui donnaient lieu ensuite à beaucoup de spéculations de la part des voisins, collègues, clients de supermarchés sur le Big One – quand ? comment ? –, puis à des discussions sur l'efficacité des lois d'urbanisme ou sur le danger que représentaient les spores libérées par le tremblement des collines asséchées voisines.

Ces conversations menaient vers une pente glissante, à savoir des interrogations à propos d'autres menaces naturelles : érosion des sols, inondations hivernales, et les liens entre ces phénomènes et l'activité humaine. La récupération des terres pour construire des maisons, pour l'agriculture, pour les forages de gaz et de pétrole. Une psychothérapeute avec plusieurs packs d'eau dans son chariot avait dit un jour à Byron que ses patients, qui étaient tous des enfants, commençaient à exhiber des formes d'angoisse face au réchauffement climatique. Elle était en train d'écrire un article là-dessus. Elle affirmait que c'était une réalité, mais Byron s'était demandé si c'était une réalité à prendre en compte ou un truc marketing.

Mais cette secousse lui parut différente. Elle s'était terminée par un violent à-coup. Ça pouvait indiquer que le Big One était en chemin. Byron ouvrit la porte d'entrée en grand et la laissa ouverte, sortit la valise d'urgence du placard dans le couloir. Elle avait été remplie d'avance de vêtements, de médicaments, d'eau et de copies de documents à conserver. Il perçut des voix dans la rue, des voisins qui se demandaient quoi faire. Il pivota pour aller chercher sa mère, mais elle était déjà dans le couloir, avançant à pas lents. Elle avait réussi à enfiler ses chaussures de ville.

Lorsque le tremblement suivant leur parvint, lorsque la maison souffla, Byron et sa mère étaient déjà rentrés et s'étaient mis au lit. Quelques alarmes de voiture se déclenchèrent.

— C'est reparti, lança Byron.

Au bout du couloir, sa mère se levait de son lit. Il attrapa la poignée de la valise, prit la main de sa mère et ils sortirent dans l'allée en direction de la rue. Il salua de la main quelques voisins, puis retourna dans la maison en courant, prit le sac à main de sa mère et une couverture pour dormir dans la voiture, et tira fortement sur la porte d'entrée, qui coinçait plus que d'ordinaire.

— Non, Byron, non ! s'écria sa mère.

Elle était adossée à la voiture, une main posée sur sa cicatrice.

Byron s'arrêta et l'observa.

— Quoi ? Qu'est-ce qui ne va pas ?

— Les fruits, Byron ! Les fruits.

Les fruits ? Elle plaisantait, là, non ? Byron regarda sa mère pendant plusieurs secondes. Ah non, elle était sérieuse. Ces fichus fruits, qui servaient à rappeler à Byron qu'il n'était pas seulement un Californien, mais aussi un Américano-Antillais obligé de subir toute sa vie les conséquences d'un attachement trop profond de sa mère pour le gâteau noir. Mais là, elle allait trop loin. Apparemment, elle s'attendait à ce que son fils unique risque sa vie pour aller récupérer dans la cuisine un bocal de deux litres de mélasse couleur ébène, caché derrière les haricots secs et le riz, le sucre et les grains de poivre, au milieu d'un événement sismique, en plus. Rien de bien ne pouvait résulter de tout ça.

Byron sourit à présent en y repensant. Il est toujours debout dans la cuisine avec son bocal de fruits et de rhum lorsque Benny et Marble entrent dans la pièce. Une sœur ressemble à son père et l'autre est le portrait craché de leur mère, mais les expressions sur leurs visages sont identiques alors que leurs yeux se posent sur le bocal. Les deux demi-sœurs se tournent l'une vers l'autre et, quand elles reviennent vers Byron, elles ont le même sourire. Il commence à parler de Ma.

Plus tard, Byron trouve les deux femmes en train de faire chauffer une cuillerée à soupe de la mixture dans une casserole. Elles écrivent à tour de rôle sur le même morceau de papier. Lorsque Byron s'approche, elles ne le regardent pas, elles ne semblent même pas remarquer sa présence jusqu'à ce qu'il étende son bras sur l'épaule de Benny.

Un autre message

Mr Mitch a pris rendez-vous avec Marble pour le lendemain, et Byron et Benny doivent la retrouver pour le déjeuner. Quand ils arrivent au bureau de Mr Mitch pour la prendre, elle n'est plus là, et ne répond pas à son téléphone ou aux SMS.

— Je crois que ce rendez-vous a été un peu dur pour elle, se contente de dire Mr Mitch.

— Que disait le message de notre mère ?

— Vous savez que je ne peux pas vous donner les détails, répond Mr Mitch, mais il n'y avait rien que vous ne sachiez déjà. Donnez-lui un peu de temps.

Byron et Benny hochent la tête. Ils se sont mis d'accord entre eux sur le fait qu'ils ne peuvent pas appeler Mr Mitch *Charles*. Peut-être un jour. Ou peut-être qu'ils l'appelleront simplement Mitch, mais, pour le moment, ils préfèrent le considérer comme l'avocat de leur mère et non comme son petit ami.

Ils acceptent de laisser Marble tranquille, mais, au bout de deux jours, ils commencent à s'inquiéter. À l'hôtel, ils apprennent que Marble est partie. Quand ils reçoivent enfin un message à la fin de la semaine, leur sœur confirme qu'elle est de retour en Angleterre.

« Je crois que j'ai besoin de temps pour digérer », écrit Marble. « Merci pour tout. Cordialement. »

Cordialement ? Byron et Benny vont au restaurant et consomment deux bières chacun, mais ne touchent pas à leurs plats. *Cordialement* ? Et le gâteau noir que leur mère leur a laissé ?

— OK, ça suffit, le moment est venu, déclare Byron. Ma voulait qu'on partage le gâteau noir avec Marble ? Eh bien, elle a eu sa chance et elle n'est pas là. Tant pis.

— Je ne sais pas, répond Benny.

De retour dans la maison, ils pénètrent tous les deux dans la cuisine. Ils ouvrent la porte du congélateur et observent le gâteau recouvert d'aluminium. Au bout de dix secondes, ils se regardent et referment la porte. Benny se cale contre le plan de travail et passe ses mains sur la surface couleur avocat. C'est tellement daté. Tellement *Ma*.

Une semaine plus tard, Benny rentre à New York et Byron se rend à une conférence. Ils ont prévu de se revoir bientôt pour vider la maison de leur mère, mais ils n'ont toujours aucune nouvelle de Marble. Byron affirme qu'ils ont vécu toute leur vie sans Marble et qu'il leur faudra peut-être continuer ainsi. Mais, au cas où, ils vont laisser le gâteau là où il est pour le moment.

Le gâteau

Benny a fait son meilleur gâteau noir à ce jour. Elle a versé et plié et remué et puisé dans ses souvenirs d'enfance, quand elle accompagnait Ma dans la cuisine. Elle a dépassé son sentiment de frustration face au silence de Marble, s'est dit que pendant quelques heures, en Californie, elles ont bien créé un lien. Elle ne serait pas en train de faire ça, sinon.

Ce jour-là, dans la cuisine de leur mère, Benny et Marble avaient ri à propos de leur intérêt commun pour la nourriture. *Quelle coïncidence*, avait dit Marble, et Benny avait répondu : *Ce n'est pas une coïncidence, on a ça dans le sang*. Benny se demande ce qui se serait passé si elle avait vu une photo ou une vidéo de Marble avant de découvrir la vérité sur le passé de sa mère. Quel choc ça aurait été. C'était déjà un choc de voir une femme blanche avec le visage de sa mère entrer dans sa maison d'enfance, dans la cuisine de sa mère.

Benny et Marble n'ont pas la même conception des traditions culinaires, mais, pendant l'heure et quelques qu'elles ont passée à discuter dans la cuisine de Ma, Marble avait donné à Benny quelques bons conseils pour sa prochaine visite à la banque.

Et donc, la voilà. Elle enveloppe le gâteau noir dans du papier cuisson, le dépose dans une boîte et l'emporte à la banque. Benny explique au conseiller qu'elle sait bien que cette ville n'a pas besoin d'un énième café, mais elle a bien besoin d'un endroit comme celui qu'elle aimerait ouvrir. Elle lui dit que son café mettra en avant la diaspora alimentaire, la migration des cultures au sein de ce pays, le mélange des traditions qui nourrissent l'Amérique contemporaine, à travers plats et recettes. Ce sera un endroit où apprendre et réfléchir. Ce sera un endroit pour se rassembler.

Elle travaille sur un projet pédagogique pour les enfants avec des éducateurs du coin. Elle ne fera pas goûter le gâteau noir aux enfants, parce qu'il contient beaucoup d'alcool, mais elle le leur fera sentir et voir, et elle leur parlera des biais narratifs qui visent toujours à limiter les cultures, les gens et leurs identités.

Il y a des restaurants italiens et des restaurants chinois, des restaurants éthiopiens et des *delis* polonais, et bien d'autres encore, mais sur ses menus on ne trouvera que des recettes provenant de cultures qui sont l'aboutissement d'un mélange de traditions, de destins, d'histoires. Par ailleurs, sa mère lui a laissé assez d'argent pour financer le fonctionnement quotidien de son opération pendant deux ans, au bout desquels elle pense être en mesure de générer des profits, et donc, compte tenu de l'évolution de sa situation, est-ce que la banque pourrait revoir sa demande de prêt ?

À propos d'amour

Comment ça commence : dans un parking de centre commercial dans une banlieue.

— Je ne comprends pas, qu'êtes-vous censée être ? demande un homme qui prend le prospectus que lui tend Benny.

— Je suis Sammy le Suricate, répond Benny en baissant la voix pour être dans son personnage.

Sammy le Suricate, c'est un de ses boulots du week-end, l'un des nombreux emplois avec lesquels elle continue de jongler tant qu'elle n'a pas la confirmation de son prêt.

— Un suricate ?

— Un suricate.

Benny redresse les épaules, la tête et le menton afin de regarder à travers les minuscules trous de son costume – sa posture est inspirée de celle aperçue sur le calendrier dans sa cuisine où un clan de suricates se tiennent les uns contre les autres et observent l'horizon, en quête de danger. Un prédateur ne ferait qu'une bouchée de ces petites créatures, mais elles savent que c'est en restant groupées qu'elles survivront.

Quand le manager de Sammy's Electronics l'a vue pour la première fois, il lui a expliqué qu'il n'avait jamais embauché quelqu'un comme elle pour ce boulot, de sexe féminin ou noire, ou les deux, mais qu'il l'embauchait quand même parce qu'elle était grande et corpulente ; de fait, elle tente de s'en servir à son avantage, à présent. Peu importe qu'elle soit engoncée dans cinquante kilos de mousse caoutchouteuse dans le but précis de vendre de l'électronique, même après cette histoire d'imprimante au centre d'appels. Ce n'est pas que Benny n'apprécie pas les appareils électriques, c'est qu'elle estime qu'ils devraient tenir plus longtemps.

— Je guette les bonnes affaires, explique Benny-Sammy à l'homme qui a pris son prospectus.

— Euh, OK, répond-il avant de s'éloigner, laissant une odeur légèrement boisée derrière lui.

Soudain, il fait demi-tour et Benny espère qu'il va venir lui demander des renseignements sur les promotions en cours. Elle veut qu'il retarde le moment de monter dans sa voiture, le moment d'appuyer sur le bouton de sa clé qui va faire biper et chanter le véhicule comme un petit animal, le moment de rentrer chez lui avec ce petit sac en plastique qu'il a dans l'autre main. Un petit sac, pas un sac de courses. Il n'a pas l'air d'être marié, pense Benny. Sans doute célibataire.

Benny espère que l'homme va entrer dans le magasin et brandir son prospectus, preuve que Sammy le Suricate a bien fait son travail en attirant des clients potentiels, en dépit de la menace d'une prochaine récession. Mais non, l'homme fronce les sourcils et dit : « Mais vous ne devriez pas être plus nombreux ? Les suricates, ça reste groupé, non ? » Il recourbe ses bras et contracte ses épaules comme un haltérophile qui montre ses muscles, et non pas comme de petits animaux aux yeux brillants qui se rassemblent.

Benny transpire à l'intérieur de son déguisement et elle sent qu'elle va bientôt avoir ses règles – cette douleur diffuse un peu comme une légère grippe. Mais elle doit encore tenir deux heures. Elle se dit que chaque heure passée la rapproche de son budget mensuel. L'argent que sa mère lui a laissé après sa mort ne doit servir qu'à son business plan et à rien d'autre.

— Oh, regarde, c'est Sid de *L'Âge de glace,* dit un petit garçon.

Elle sent une petite main tirer sur son déguisement.

— Ce n'est pas Sid, lui répond sa mère. Sid est un paresseux, pas un tamia.

L'enfant recule et Benny l'observe. La femme n'est sans doute pas sa mère, plutôt sa nounou. L'enfant a les cheveux tellement blonds qu'ils sont presque blancs et la nounou a la même peau que Benny. Benny remarque que la femme a un accent des Antilles et qu'elle est impeccablement bien habillée, comme une policière en civil ou une de ces personnes qui distribuent des prospectus religieux au coin des rues.

Il y a de fortes chances que la femme soit une employée d'un patron de médias, d'un avocat ou d'un analyste financier – un truc dans le genre. Quelqu'un qui transfère une partie de ses revenus à elle sur un compte bancaire aux Caraïbes. À la fin du mois, cependant, il lui reste encore plus d'argent que ce que Benny gagne en se déguisant en suricate, en promenant les chiens des autres, en faisant de temps en temps un gâteau original pour des clients qui ont les moyens et savent apprécier ce genre de choses.

Un de ses dessins pourrait lui être rémunéré plus que ce que certains gagnent en un mois, mais ce n'est pas une source de revenu stable, alors que sortir le chien de quelqu'un, si.

— Ce n'est pas un tamia, intervient l'homme.

Benny est surprise de voir qu'il est encore là.

— C'est un suricate.

Benny remarque que l'homme a beaucoup de poils sur ses avant-bras. Presque de la moquette. Blond vénitien. Ça ne se voit plus trop en ce moment, les gens préfèrent tous se précipiter chez l'esthéticienne pour se faire épiler çà et là. Il est aussi grand qu'elle, il lui fait penser à un ours roux.

— Tu as vu des suricates au zoo, tu te souviens ? dit la nounou en touchant gentiment le garçon à l'épaule.

— Ah oui, je connais, s'écrie le gamin. Ils se tiennent en groupe et font comme ça.

Il fait ensuite une excellente imitation d'un suricate qui guette l'horizon. C'est à lui qu'on devrait confier ce boulot. La femme sourit et passe sa main dans les cheveux du garçon. Benny-Sammy continue de tendre les bras et de distribuer des flyers à droite à gauche aux gens qui passent et les lui prennent sans la regarder.

L'homme s'est rapproché de Benny et elle sent comme des picotements sur son visage. Son eau de toilette dégage une odeur musquée qui déclenche quelque chose juste en dessous de son nombril. Benny n'a jamais compris ce qui l'attire vers une personne. Elle sait simplement que quand son radar trouve une cible, ça fait ping.

Ping.

— Vous êtes bien une fille, non ? demande l'homme.

— Une femme.

— Ah oui, pardon.

Dans son déguisement, Benny sourit.

— Saviez-vous, dit Benny, qu'un groupe de suricates est dirigé par un couple alpha et que le membre dominant de ce couple, c'est la femelle ?

Il l'observe à travers les trous de son déguisement. Il sourit et ses yeux se plissent.

— Est-ce que les suricates boivent du café ? demande-t-il.

Benny penche la tête sur le côté. Cet homme n'a jamais vu Benny. Il ne sait pas quelle forme elle a. Et pourtant, il est intéressé.

Ping.

Comment ça se termine : Benny ne sait pas encore, mais peu importe. Cette rencontre, cette envie de s'ouvrir à quelqu'un, c'est déjà un cadeau.

Plus que la vie

Un bruit métallique tire Marble de son apathie. Elle est assise seule, dans la pénombre, une tasse de thé posée sur ses genoux. Elle n'a pas dit à ses parents qu'elle était en Angleterre, qu'elle n'est pas sortie de son appartement depuis deux jours. Ils ont déjà eu cette longue et pénible conversation sur son adoption – leurs voix étaient gonflées de larmes – et ils ne se sont guère parlé depuis. Ils ont simplement envoyé un message pour s'assurer qu'elle était bien arrivée en Californie et qu'elle était bien rentrée en Italie. Ils ne lui ont pas demandé comment ça s'était passé. Elle savait qu'ils ne le feraient pas. Ils attendent qu'elle en parle en premier.

L'attitude de Marble envers ses parents s'est adoucie. Grâce au message d'Eleanor Bennett, elle sait qu'ils ont gardé le prénom choisi par sa mère biologique. Bébé Mathilda est devenue Mabel Mathilda et, même après qu'elle a changé son prénom en Marble – son surnom pendant des années –, elle a gardé presque inconsciemment le prénom de sa grand-mère biologique. Ses parents ne voulaient pas reconnaître qu'elle avait été adoptée, mais ils n'ont pas non plus effacé toute trace de sa mère biologique.

Lorsque Marble entend la clé tourner dans la serrure, elle craint un instant une intrusion, mais ensuite elle se souvient des orchidées. Sa mère vient régulièrement arroser les plantes que Marble insiste pour garder, même si elle passe l'essentiel de son temps ailleurs. Sa mère est très inquiète à l'idée d'ouvrir la porte et de constater que les orchidées sont mortes ; pourtant, Marble lui a souvent expliqué que les orchidées sont des créatures résistantes, qu'elles poussent sur tous les continents, qu'il y en a même une dans un jardin à Singapour qui fleurit depuis plus d'un siècle.

— Marble ! s'écrie sa mère.

Marble ne se lève pas, elle en est incapable. Elle observe cette petite femme en face d'elle. Sa chevelure, blond foncé à l'origine, a désormais des reflets brillants grâce au talent de sa coiffeuse qui lui mèche ses cheveux blancs. Elle examine Marble pendant un long moment, marche ensuite vers le canapé, lui retire la tasse et la soucoupe des mains et les pose sur la table basse. Puis elle s'assied à côté d'elle et prend sa main dans la sienne.

Marble fait écouter l'enregistrement à sa mère. Elle attend que sa mère ait terminé de pleurer. Plus tard, elles le partageront avec le père de Marble. Elles le laisseront écouter la voix de cette femme qui ressemble tant à celle de sa fille. Elles le laisseront écouter le passage où Eleanor Bennett s'émeut de la merveille qu'est devenue Bébé Mathilda, et entièrement grâce à eux.

Elles laisseront le père de Marble lire la lettre où Eleanor Bennett explique à quel point elle leur est reconnaissante, à lui et à sa femme, d'avoir offert à son bébé un foyer aimant et que, s'ils ont ressenti pour Marble ne serait-ce qu'une fraction de ce qu'elle a ressenti en tenant pour la première fois son bébé dans ses bras, alors elle sait qu'ils l'aiment plus que tout au monde, qu'ils l'aiment plus que la vie elle-même.

La réunion

Un nuage de vapeur froide s'échappe du papier aluminium tandis que Benny retire le gâteau noir du congélateur. Voilà ce qu'Eleanor Bennett voulait que ses trois enfants fassent ensemble. Marble est revenue. Il lui a fallu un mois depuis son dernier message pour reprendre contact, mais ils sont là de nouveau, dans la cuisine où Benny a passé des journées entières à cuisiner avec sa mère, à la table où Benny et Byron ont mangé la plupart de leurs repas quand ils étaient enfants. Dans la maison où leur mère a entretenu chaque jour le désir de retrouver sa première fille, sa fille perdue qui a désormais été retrouvée.

Byron et Benny apprécient de savoir que leur mère a pu découvrir ce que sa fille aînée était devenue avant de mourir. Leur mère a quitté ce monde en pensant qu'un jour ses trois enfants seraient réunis dans cette pièce afin d'honorer son dernier souhait. Quand Marble est rentrée précipitamment en Angleterre après avoir entendu le message de sa mère, Byron a craint qu'ils ne la voient plus jamais, mais Benny n'a jamais douté du contraire. Mr Mitch non plus, qui a continué à accomplir les dernières volontés de leur mère. Il y a des voyages à organiser, leur dit-il, des gens que sa mère veut qu'ils rencontrent.

Mais d'abord, ça.

Leur mère voulait que ses enfants se rassemblent pour déguster le gâteau noir qu'elle leur a fait. *Vous saurez quand le moment sera venu*, avait-elle écrit dans son message à Byron et Benny. Le moment est venu. Benny attrape le couteau et désigne Marble.

— C'est toi, l'aînée, dit-elle.

— Non, vas-y, fais-le, toi, répond-elle.

Benny regarde Byron. Ils tiennent le couteau tous les deux, comme le faisaient leurs parents, et le plongent dans le gâteau. *On n'a jamais eu de gâteau de mariage*, leur a confié leur mère à la fin de son enregistrement. *On n'a pas eu le temps. Et qui serait venu fêter ça avec nous ?* Mais une fois qu'ils avaient déménagé de Londres à New York puis en Californie, une fois qu'ils avaient eu le sentiment d'être enfin installés, Ma avait de nouveau rempli des bocaux de fruits et avait fait le premier des gâteaux d'anniversaire de mariage.

— Oh ! s'exclame Benny.

Le couteau a heurté quelque chose de dur. Ils ouvrent le gâteau et trouvent un flacon en verre à l'intérieur, long et fin. Leur mère avait coupé le gâteau à l'horizontale et découpé le milieu pour y glisser le flacon.

Benny nettoie le flacon et frappe le bouchon sur la table pour le desceller. La première chose qu'ils retirent, c'est un morceau de papier, maintes fois plié et abîmé. C'est une photo en noir et blanc de trois nageurs sous le soleil, avec la mer en arrière-plan. Byron et Benny reconnaissent leurs parents à la fin de l'adolescence. La troisième personne a toujours son bonnet de bain et tient la main de Covey avec enthousiasme. Ils ne l'ont jamais rencontrée, mais elle est facile à reconnaître parce qu'elle est célèbre, elle est la seule femme noire sur cette planète à avoir accompli ce qu'elle a accompli. La nageuse en eau libre Etta Pringle.

Byron retourne la photo. Sur le dos, trois noms sont écrits, de la main de leur père.

— Gilbert Grant, lit-il, Coventina Lyncook, Benedetta Pringle.

Il regarde Benny.

— Benedetta ? s'étonne-t-il.

— Etta, c'est le diminutif de Benedetta ! s'exclame Benny.

Benny doit tenir son prénom de la meilleure amie d'enfance de sa mère. Celle qui l'a aidée à s'échapper la nuit où tout le monde l'a crue noyée. Ils restent tous les trois silencieux pendant un moment et pensent à ces petites choses profondes dont on hérite. À la façon dont les histoires tues façonnent la vie des gens, aussi bien quand elles restent cachées que lorsqu'elles sont révélées.

Au fond du flacon, ils trouvent les alliances de mariage de leurs parents, avec la même gravure à l'intérieur, *C & G*. Benny se souvient d'avoir vu l'inscription une fois et d'avoir posé la question à sa mère. Elle lui avait répondu que les lettres signifiaient *Compréhension* et *Générosité*, deux qualités essentielles pour un bon mariage. À présent, elle sait qu'il s'agit des initiales des prénoms d'origine de ses parents. Coventina et Gilbert, Covey et Gibbs. Pendant tout ce temps, la véritable identité de leurs parents était juste sous leur nez, dans cette maison, dans ces alliances, dans cette photo.

Enfin, ils renversent le flacon et laissent le contenu se répandre sur la table. Trois coquillages, blancs à l'extérieur et rosés à l'intérieur. Leur mère a dû les trouver dans le sac à main d'Elly, la véritable Eleanor Douglas, la jeune femme qui s'est liée d'amitié avec leur mère et qui, sans le vouloir, lui a offert une nouvelle vie.

Byron se sent vibrer d'excitation. Il a dépassé son choc initial, à présent, il est prêt à en savoir plus. Il veut aller sur l'île. Il veut voir l'endroit où ont grandi ses parents. Il veut découvrir cette part de lui-même qu'il n'a jamais connue. Il le faut. Comment peut-il gérer ça, sinon ? Cette disparition progressive de la vie qu'il croyait sienne.

Il reste une dernière chose coincée dans un coin du flacon. Un petit morceau de papier sur lequel est écrit *LA BOÎTE*. Byron et Benny se regardent et hochent la tête. Ils ont déjà trouvé la boîte en bois, le réceptacle en ébène qui appartenait autrefois à la mère de leur mère, Mathilda. Leur mère la gardait sur une étagère dans sa penderie. À l'intérieur se trouvent quatre médaillons, des disques dorés, gravés d'une croix et avec lesquels ils jouaient, enfants, ainsi que le vieux peigne que leur mère avait laissé Benny porter un soir d'Halloween et qu'elle avait glissé dans ses cheveux en dessous d'un voile comme une vieille Espagnole.

Ils connaissent ces objets par cœur. Enfants, ils ont souvent passé leurs doigts sur les ornements sculptés à la surface du peigne, sur les croix de chaque côté des médaillons. Benny se rend dans la chambre de ses parents et revient avec la boîte en bois, qu'elle serre contre elle.

Benny et Byron ont déjà parlé de la boîte. Leur mère voulait qu'ils la donnent à Marble, pour qu'elle ait l'occasion de jouer avec le contenu, comme ils l'avaient fait dans leurs jeunes années. Ils vont donner à Bébé Mathilda un morceau de l'enfance qu'elle aurait pu avoir si elle avait grandi parmi eux. Ils offriront à Marble les seuls objets provenant de l'ancienne vie d'Eleanor.

— La boîte à babioles de notre mère, annonce Benny. Elle nous a toujours dit que la boîte appartenait à sa propre mère, mais qu'elle avait trouvé le peigne et les médaillons dans le jardin de l'orphelinat. On pense qu'ils appartenaient à Elly, à la première Eleanor.

Benny tend la boîte à Marble.

— On jouait tout le temps avec ces objets, Marble. Maintenant, c'est à toi.

Marble sourit et passe sa main sur la surface lisse de la boîte. Elle l'approche de son visage, en renifle le bois, puis soulève le couvercle. Quand elle voit ce qu'elle contient, elle ouvre la bouche en grand. Elle met ensuite ses lunettes.

— Oh, dites donc, s'écrie-t-elle en caressant un médaillon. Ce ne sont pas des babioles. C'est de l'or. Qui date. Ces médaillons devraient être dans un musée.

Marble se redresse et leur rappelle que, avant de se passionner pour la cuisine, elle a fait des études d'histoire de l'art. Elle sort sa tablette de son sac et parcourt Internet à la recherche d'un reportage sur des plongeurs qui ont récemment trouvé des pièces en or provenant d'un bateau englouti. Elle montre à Byron et Benny un gros plan des pièces. Elles sont identiques aux médaillons de leur mère.

— Ce peigne aussi doit avoir au moins trois cents ans. Il provient peut-être du même bateau.

— Frangine, c'est une blague, non ?

Au mot *frangine*, Marble regarde Byron avec un air qu'il ne peut décrire que comme étant profondément britannique.

— Mais si on les rend, reprend Benny, on devra expliquer d'où ils viennent, non ? On aura peut-être à parler de nos parents. Ils ont inventé cette histoire pour une bonne raison, pour cacher leurs véritables identités.

— Mais ils ne sont plus là, remarque Byron.

— Non, c'est vrai, continue Benny. Mais certaines des personnes qu'ils ont connues, si. Et qu'est-ce que ça change pour nous ? Que se passe-t-il si on modifie une partie de l'histoire ? Et le meurtre ?

— Quoi, le meurtre ?

— On ne sait toujours pas qui a tué Little Man.

— C'est vrai, intervient Marble. Vous pensez que c'était votre mère ? Enfin, vous voyez. Notre...

Byron et Benny la regardent avec les mêmes grands yeux. Marble doit s'habituer au fait de dire *notre mère*. Ou bien non. Elle est contente d'avoir enfin eu des réponses, mais sa maman, Wanda, sera toujours sa mamou.

— J'y ai beaucoup pensé et je ne sais pas, avoue Byron. Il y a un an, j'aurais juré impossible que ma mère ait tué un homme, mais il y avait tant de choses qu'on ignorait. Dans son enregistrement, Ma ne nie pas avoir tué Little Man.

— Je ne lui en voudrais pas, déclare Benny. Mais ce que je veux dire, c'est que nos parents nous ont beaucoup menti pendant notre vie. On ne saura jamais vraiment si Ma nous a dit toute la vérité.

— Peut-être que si on va sur l'île, on trouvera la réponse.

— On ne peut pas aller sur l'île, Byron. On ne sait pas ce qui nous y attend. Il y a des gens qui ont aidé notre mère à s'enfuir. On ne veut pas leur attirer des ennuis, n'est-ce pas ? Pas après tout ce qu'ils ont fait pour elle. Et toi, Marble, tu en penses quoi ?

Marble ne dit rien. Elle prend les pièces et le peigne, les remet dans la boîte en bois et referme le couvercle.

Le naufrage

En 1715, un ouragan balaya la mer des Caraïbes, provoqua le naufrage de deux navires espagnols et en rabattit huit autres vers les eaux peu profondes de la Floride. Plus tard cette même année, deux bateaux de pirates quittèrent l'île et revinrent avec quantité de trésors, la plupart ayant déjà été récupérés sur les épaves par les Espagnols. À Port-Royal, les pilleurs débarquèrent avec des lingots, des teintures, du tabac et plein d'autres objets de valeur, dont certains ne figuraient sur aucun des manifestes de la flotte ruinée et se vendraient donc bien au marché noir.

Vingt ans plus tard, un esclave en fuite émergea de la jungle pour se faufiler sur la plantation qu'il avait quittée quatre mois plus tôt. Sous couvert de la nuit, il s'échappa avec sa femme, qui portait un enfant dans son ventre. Elle partit uniquement avec ce qu'elle avait sur le dos, deux goyaves dans la poche de son tablier et un large peigne appartenant à la maîtresse de maison.

La maîtresse, à l'occasion de son mariage avec le maître du domaine bien des années auparavant, avait reçu ce peigne ainsi qu'une caisse de médaillons en or et bien d'autres cadeaux encore de la part d'un haut fonctionnaire qui, disait-on, avait envoyé ses hommes en Floride pour piller les biens récupérés de la flotte espagnole détruite. L'homme avait cependant toujours nié.

La femme esclave attendait depuis un certain temps de gagner sa liberté. Chaque soir depuis quatre lunes, elle guettait le signal tout en se préparant à être déçue. Elle savait que son homme ne reviendrait peut-être jamais. Lorsque le moment arriva enfin, elle n'eut que quelques minutes pour fuir. Elle courait dans un champ gonflé d'eau de pluie, sa main tenant fermement celle de son homme, quand elle se rendit compte que le peigne était toujours glissé dans la ceinture de sa jupe. Elle aurait dû nettoyer le peigne et le remettre dans la table de nuit de sa maîtresse ce soir, si elle avait eu le temps, si elle n'avait pas été en train de glisser dans la boue et de trébucher sur des racines d'arbre dans sa quête de liberté.

La maîtresse la traitait plutôt bien. Du moins pour une esclave. Le maître, pas tellement. Plus d'une fois, d'ailleurs, il avait maltraité la jeune femme. Mais l'enfant en elle serait à elle, et pas à lui. Cet enfant grandirait libre dans les collines avec les autres qui s'étaient échappés et qui enseignaient à leurs enfants leurs anciennes coutumes. Elle jeta le peigne dans le champ. Il s'enfonça dans la boue et continuerait de s'enfoncer sous l'effet des pluies, puis s'enfoncerait davantage dès que des pelles viendraient retourner la terre. Elle pensa aux pièces qu'elle avait prises de la maison, une à la fois, et qu'elle avait enterrées dans le sol un peu plus loin. Elle n'avait pas le temps de les déterrer. Elle n'avait que le temps de survivre.

Plus de deux cents ans plus tard, une orpheline prénommée Elly, élevée dans un foyer pour enfants construit à l'emplacement de l'ancienne plantation de canne à sucre, trouva un peigne couvert de terre dans le jardin, ainsi que des coquillages d'un temps préhistorique et une couleuvre bien dodue qu'elle projeta aussitôt sur le côté. Elle lava le peigne dans la bassine où elle prit son bain cet après-midi-là et le rangea plus tard dans sa boîte à trésors personnelle. Dans la boîte se trouvaient déjà quatre médaillons qu'elle avait dénichés près du champ de pommes de terre l'année précédente.

Cartographier l'océan

Les scientifiques ont mis au point de nouvelles techniques pour cartographier les zones les plus profondes des océans. À un moment donné, beaucoup pensaient que le plancher océanique était une plaine sombre et sablonneuse parsemée de poissons aveugles ou de géants cartilagineux et, peut-être, de quelques coraux qui pouvaient survivre sans lumière. Mais la technologie a confirmé ce qu'Etta Pringle a toujours soupçonné, à savoir que les fonds marins sont un univers de crêtes, de vallées et de rivières, de dépôts minéraux et de bijoux, des continents entiers de vie. Bleu, vert, jaune, noir.

Quand Etta apprit que les zones les plus profondes des océans allaient être dévoilées, cela confirma sa raison d'être. Elle avait été faite pour nager et passer sa vie à rappeler aux gens que la planète n'était pas tant de la terre que de l'eau, qu'elle était un être vivant dont il fallait s'occuper, qu'il fallait protéger, utiliser avec soin, et non pas épuiser et salir au point de l'anéantir.

Les machines sont des objets sophistiqués, mais elles ne comprennent pas l'amour. Elles ne peuvent pas dire aux chercheurs ce que cela signifie de faire partie de la mer, d'être une entité munie de bras, de jambes et d'une sorte de petite caverne servant de bouche, et de parcourir la surface humide du globe. Certaines personnes se demandent ce que ça doit être de voler. Etta sait déjà. Ainsi, elle continue de voler dans l'eau et elle continuera de se battre pour la protéger.

Etta parcourt le monde pour parler aux gens, pour rencontrer des politiques et plaider la cause des mers et des océans, dernière barrière existante entre la vie sur terre et l'anéantissement. Elle rappelle aux assemblées intergouvernementales que même des créatures vivant à dix mille mètres sous l'eau ont été retrouvées avec des morceaux de plastique à l'intérieur. Qu'est-ce que cela nous apprend sur ce qui peut arriver à nos enfants ?

Et, maintenant, cette histoire de cartographie.

Etta sait que seule une petite portion du plancher océanique a été cartographiée. Elle sait aussi que ça peut être dangereux. Regardez ce sous-marin qui a percuté une montagne sous-marine il y a quelques années. Elle sait que les gens ont besoin de plus d'informations et de plus de ressources. Mais pas seulement. Les gens ont toujours voulu plus, point barre. C'est une des lois de la nature humaine. Comment empêcher que ces cartes deviennent un outil d'exploitation de plus ?

Ainsi donc, Etta se bat, puis nage, puis pleure, puis retourne sur la terre ferme pour reprendre la lutte. Elle défend les mers qui l'ont aidée à grandir, qui ont été ses amies, qui lui ont appris à aimer. Elle ne nage plus sur les mêmes distances qu'avant, mais elle détient encore quelques records mondiaux. Les gens viennent la voir, ils veulent des autographes, ils veulent des selfies, mais elle se demande : combien écoutent ce qu'elle a à dire ? Certains la traitent de tous les noms en public plutôt que d'entamer un vrai dialogue. Ça aussi, c'est une des lois de la nature humaine. Si on est visible, on est pris pour cible.

Pour autant, par-dessus tout, ce qu'Etta perçoit, c'est de l'amour.

Un jour, alors qu'Etta n'en peut plus de parler et se demande comment elle peut discrètement quitter la réception qu'on lui a organisée, elle lève les yeux et se retrouve face à un homme plus jeune, d'environ quarante, quarante-cinq ans, qui lui paraît familier. Il ressemble à quelqu'un qu'elle n'a pas vu depuis des décennies.

Il ressemble à Gibbs Grant.

L'homme lui parle. Il travaille sur la cartographie des océans. Il lui dit qu'il aimerait lui parler de ça un de ces jours. Mais Etta est perturbée par ces yeux et par autre chose, son sourire, un sourire qui tire sur la gauche. Il n'y a pas d'erreur possible, c'est la bouche de Covey. L'homme tend la main pour la saluer et Etta plonge dans l'océan de son enfance.

Tremblante, elle prend la main de l'homme dans les siennes. Puis deux femmes s'écartent de la foule qui se disperse et viennent se tenir de chaque côté de l'homme ; toutes deux sont de la couleur de la paille. L'une d'elles ressemble à une version plus pâle de son amie Covey.

Benedetta « Bunny » Pringle fait un pas en arrière. Elle regarde autour d'elle, la poitrine gonflée d'espoir. Covey. Où est-elle ? Elles avaient prévu de se retrouver à Los Angeles, ce soir, devant l'auditorium.

La dernière fois qu'elle a vu Covey, elle lui avait murmuré en toute hâte à l'oreille : « Je l'ai retrouvé, Bunny. J'ai retrouvé Gibbs. On a changé nos noms. On a eu des enfants. On vit ici. » Elle n'avait pas eu le temps d'en dire plus. Etta avait donné sa carte de visite à Covey et pensé qu'elle aurait vite de ses nouvelles, mais non ; Etta avait alors demandé à une de ses assistantes de trouver une certaine Mrs Eleanor Bennett, vivant quelque part aux environs d'Anaheim. À l'automne 2018, elle avait appelé le numéro qu'on lui avait transmis.

— Je m'appelle Etta Pringle, avait dit Etta en s'appliquant à prendre un ton professionnel. Je cherche à joindre Mrs Eleanor Bennett.

— Oh, Bunny, avait dit la femme à l'autre bout de la ligne, et elle avait su que c'était Covey.

— Mrs Bennett, j'ai une autre date de prévue au palais des congrès où nous nous sommes rencontrées.

— Eleanor. S'il vous plaît, appelez-moi Eleanor.

— Eleanor, vous pensez que vous pourriez participer ? On pourrait s'organiser ensuite pour discuter toutes les deux. Je peux vous laisser deux invitations, pour vous et votre mari, ou même plus si besoin.

Covey lui avait alors révélé que Gibbs était décédé. Elles étaient restées silencieuses un instant, puis avaient terminé en se donnant rendez-vous à la date indiquée. Nul besoin de préciser : *plus d'appels, pas d'e-mails, pas de lettres*. Elles s'étaient retrouvées. Il leur faudrait être discrètes.

Bunny se tient à présent devant les enfants de Covey. Elle balaie la pièce du regard, cherchant Covey. La jeune femme qui ressemble à Gibbs secoue la tête.

— Notre maman, dit-elle. Elle est tombée malade.

Ses yeux s'embuent de larmes.

Bunny observe l'autre femme un instant jusqu'à ce qu'elle percute enfin.

Covey est morte.

Elle plaque une main sur sa bouche, puis elle ouvre grand les bras et étreint les trois enfants de son amie.

La lettre

Byron a le même visage, le même ton de voix, les mêmes larges épaules que son père, mais il est plus charpenté que ne l'était Gibbs Grant, du moins comparé à la dernière fois qu'Etta l'a vu. Il avait à peine vingt ans quand il a quitté l'île et Etta ne l'a plus jamais croisé. Elle a pourtant essayé. Elle a tenté de contacter Gibbs après son emménagement à Londres avec Patsy, après la naissance de son bébé, mais Gibbs avait disparu. À présent, Etta sait pourquoi.

Le fils de Gibbs et Covey, la quarantaine, tend une enveloppe à Etta. Etta la déchire d'un côté et en extrait une feuille de papier. Ses joues s'empourprent quand elle aperçoit l'écriture de sa vieille amie.

Ma chère Bunny,

Je t'écris parce que je ne pense pas que je vais te revoir. Je suis désolée. On avait tout organisé, je sais, mais ma santé me lâche. Je ne voulais pas te contrarier en te le disant. Je pensais être en mesure d'assurer notre rendez-vous. Je ne peux pas te dire la joie que j'ai ressentie en te revoyant au palais des congrès, après tant d'années. Je t'ai toujours suivie aux infos, Bunny, chacune de tes traversées, et je suis tellement fière de ce que tu as accompli. Tu n'imagines pas le nombre de fois où j'ai voulu te contacter avant cette année, mais bon, tu connais la situation. J'ai enfin pris le risque de venir te voir ce jour-là, et j'en suis tellement contente.

Bunny, tu as été une vraie amie. Tu as fait tant pour moi, et je ne pourrai jamais te le rendre. Alors, s'il te plaît, pardonne-moi de te demander une dernière faveur. Ça concerne mes enfants. Ça ne va pas être facile pour eux. Tu peux les aider ? Charles Mitch, mon avocat et ami proche, t'en dira plus. Sur ma demande et sur ce qui s'est passé dans nos vies.

Il y a tant de choses que j'aurais aimé te dire de vive voix, mais je crains que, à moins d'un miracle, je ne doive te dire au revoir ici. Mais seulement au revoir, Bunny, pas adieu. Je n'irai pas loin, promis. Je serai toujours là dans l'eau, avec toi. Je l'ai toujours été.

Prends soin de toi, ma chère amie, et gare à ces vilaines méduses.

À toi pour toujours.

C.

Etta serre la lettre contre sa poitrine, reste immobile pendant un temps, les yeux fermés. Puis elle remet la feuille dans l'enveloppe, la glisse dans la poche de sa veste et hoche la tête en direction des enfants d'Eleanor.

— OK, lance Etta. Je dois aller voir Charles Mitch. Vous pouvez me conduire à lui ?

Pearl

Ce qu'il faut savoir sur l'île où Pearl a grandi, c'est que beaucoup de personnes la quittent. Pour chercher du travail ou rejoindre leurs enfants déjà partis, comme l'a fait Pearl. La plupart gardent cependant enfoui en eux un morceau de l'île, une histoire ou un souvenir, qu'ils ne partagent avec personne. C'est aussi vrai pour Pearl. C'est pour ça qu'elle est toujours contente quand Bunny Pringle vient la voir.

Bunny en sait plus sur Pearl que la plupart des gens. Bunny sait que la mère de Covey n'était pas seulement son employeuse. Mathilda était son amie et Pearl avait essayé de s'occuper de Covey après le départ de sa mère, mais ça n'avait pas suffi. Elle avait vu Covey passer d'adorable fripouille au grand cœur à jeune femme déterminée et coriace, tout en sachant que sous cet air bravache se trouvait un puits de désespoir aussi profond que la mer.

Bunny lui rend visite chaque fois qu'elle est dans cette région de Floride. Bunny est grand-mère à présent. Difficile à croire, même si Pearl elle-même est arrière-grand-mère. C'est simplement que nos enfants restent nos enfants, peu importe l'âge qu'ils ont. Bunny doit avoir soixante-treize ans maintenant, peut-être soixante-quatorze, et elle nage toujours. Il y a tant d'années, son entraîneur déclarait à qui voulait l'entendre que Bunny serait une championne et oui, en effet, elle en était une.

Au fil du temps, Pearl a vu Bunny à la télévision et même sur son téléphone. Elle se souvient d'avoir suivi à la télé la cérémonie de baptême d'une crique du nom de Bunny. Voir les photos de ce grand moment sur Internet avait procuré à Pearl des sentiments ambivalents : elle était à la fois fière et triste. Covey aurait dû être en vie pour voir ça.

Voilà Bunny à présent, qui descend d'une voiture au bout de l'allée de Pearl. Trois autres personnes sortent aussi de la voiture, un homme et deux femmes. Pearl manque de faire un arrêt cardiaque quand elle les observe de plus près. Il ne lui faut que dix secondes pour être sûre de ce qu'elle voit, pour comprendre que l'impossible s'est produit, quelque chose d'extraordinaire, que Dieu soit loué. Bunny lui avait dit qu'elle viendrait accompagnée, mais Pearl n'aurait jamais deviné. Quelle histoire Bunny lui raconte là. Quelle histoire.

Pearl se tient dans son jardin, entourée des enfants de Covey, et tente de se comporter normalement. En bordure du canal, elle désigne la mangrove, les oiseaux, les poissons. Pourquoi, plaisante Pearl, est-ce que les seuls poissons qu'on voit, les seuls qui bondissent de cette eau saumâtre et pivotent sur eux-mêmes, ce sont les tout simples, qui ont hâte de se montrer ?

Les enfants de Covey rient – des rires pétillants, discrets, comme Mr Lin. Ça alors.

Le fils de Covey et l'une de ses filles ressemblent à Gibbs, bien que la femme ait la peau comme Mr Lin. Mais c'est l'autre enfant, l'aînée, dont Pearl ne peut se détacher. Cette femme blanche, c'est Covey de bout en bout, jusqu'à la façon dont elle dévoile toutes ses dents quand elle penche la tête en arrière et sourit. Dire que, pendant toutes ces années, Covey était en vie et élevait une famille avec Gibbs.

Ne voyant pas Gibbs Grant revenir après son départ en Angleterre, certains sur l'île s'étaient mis à dire qu'il avait pris la grosse tête. Quoi, il ne pouvait même pas donner de ses nouvelles à son oncle ? À moins qu'il ne lui soit arrivé quelque chose, avait pensé Pearl. Mais non, pendant tout ce temps, Gibbs était avec Covey, en Californie. Les voies du Seigneur sont impénétrables, en effet.

Si seulement, pense Pearl. Si seulement Mathilda pouvait voir ça. Les enfants de sa fille. Pour la millionième fois, Pearl se demande : qu'est-il arrivé à Mathilda ? Encore une personne qui s'était volatilisée. Ça aussi, ça fait partie de l'histoire cachée de Pearl, comment Mathilda est parvenue à quitter son foyer. Elle s'est servie d'une partie de l'argent des gâteaux noirs qu'elle avait mis de côté et a laissé le reste à Pearl, pour Covey. Mr Lin n'avait pas idée des sommes que peut gagner une femme qui fait de beaux gâteaux de mariage. Il n'a jamais pris ça au sérieux – des trucs de bonne femme. Ce qui était une bonne chose. Sinon, il aurait récupéré l'argent et l'aurait perdu au jeu.

Lin

Lorsqu'il atteignit l'âge de la retraite, Johnny « Lin » Lyncook était un homme riche. Il avait emménagé dans une banlieue de Miami où vivaient des gens de l'île qu'il connaissait, gagné un bon paquet d'argent au marché noir, investi ses profits dans la Bourse et liquidé ses gains avant la crise de 2008. Il avait appris à éviter tout le reste. Pas de casino, pas de poker, pas de combats de coqs, pas de sport. Parier lui avait trop coûté. Deux femmes et sa seule fille, son seul vrai regret.

Sa richesse lui fut très utile. Il accueillit une troisième femme et ses deux jeunes enfants, conçus avec d'autres hommes mais bienvenus dans sa maison. Il envoya les garçons dans des universités prestigieuses et vit avec satisfaction que son investissement payait. Les enfants avaient leurs propres maisons à présent, leurs propres familles, et leurs enfants l'appelaient Papa Lin, pour le différencier de Papa Shaw, le père de leur mère.

Lin eut aussi les moyens de payer un enquêteur privé afin de retrouver sa fille, Covey, censée avoir été tuée dans un accident de train en Angleterre il y avait bien des années, mais qui, avait appris Lin, était en fait en vie et vivait en Californie. Il avait une photo. On y voyait la fille de Lin avec Gilbert Grant qui, comme Covey, avait changé de nom et abandonné son passé.

L'idée de chercher sa fille après tant d'années lui était venue à la suite du visionnage d'une vidéo sur Internet où figurait une experte en cuisine locale, une femme blanche qui ressemblait tellement à sa fille qu'il faillit en tomber du canapé. Puis Lin s'était assis avec l'enquêteur et lui avait dit tout ce qu'il pouvait sur Covey, incluant Gibbs et son départ de l'île.

Lin n'avait pas essayé de contacter sa fille. Si elle avait voulu de ses nouvelles, elle aurait trouvé un moyen, il en était sûr. Il n'était pas difficile à trouver. D'ailleurs, la moitié de l'île vivait désormais à Miami. Jamais Covey n'avait donné signe de vie. À chaque fois que Lin en éprouvait de la douleur, il se disait que sa fille n'avait pas eu le choix. Il valait mieux en effet que Coventina Lyncook soit morte pour tous ceux qui l'avaient connue, même cinquante ans après sa disparition. Certes, n'importe quelle jeune femme dans sa situation se serait enfuie le jour du meurtre de Little Man, coupable ou pas. Mais tout de même.

Tant d'années se sont écoulées et Lin est à présent bien âgé. Il y a quelque temps, il a pensé qu'il devrait tout simplement prendre contact avec Covey, oublier sa fierté ; il avait alors reçu un e-mail de Bunny Pringle. Bunny lui disait qu'elle avait une nouvelle importante à lui communiquer et qu'elle le contacterait. Au téléphone, elle expliqua à Lin qu'elle appelait à propos d'*une connaissance mutuelle, une certaine Mademoiselle C.* Bunny confirma que Covey avait survécu depuis tout ce temps, mais qu'à présent elle était vraiment décédée, des suites d'une maladie.

Coventina. Son enfant téméraire.

Bunny révèle que Covey a trois enfants. *Trois* enfants ? L'enquêteur n'en avait mentionné que deux. Quoi qu'il en soit, Bunny annonce à Lin qu'ils veulent le rencontrer, ce qui surprend Lin, vu ce qui est arrivé à leur mère. Mais voilà qu'il est assis dans sa véranda, à attendre qu'ils arrivent.

Lin n'a pas vu Bunny depuis des années, sauf aux infos. Elle est célèbre, à présent – toutes ces nages. Elle avait toujours été *différente*, la fille Pringle, mais, enfant, elle avait bon cœur et était une amie fidèle. Bunny avait toujours défendu Covey. Elle n'avait jamais douté de l'innocence de Covey, contrairement à Lin lui-même.

Peut-être est-ce cette dernière pensée qui débloque enfin tout, qui dissipe le brouillard dans son cerveau à propos du jour où Covey a disparu. Bunny et Covey, aussi proches que des jumelles, joue contre joue dans leurs robes scintillantes. Lin était déjà bien ivre quand c'est arrivé, quand Little Man s'est écroulé devant lui. Tout de même, il était assis tout près, il avait vu quelque chose, et c'est ce dont il prend conscience à présent. Avait-il vraiment oublié, ivre comme il était ? Ou avait-il, comme bon nombre d'hommes aux moments critiques de leur vie, simplement refusé d'accepter quelque chose qu'ils estimaient inacceptable ?

La sonnerie de la porte d'entrée retentit. Quand les enfants de Covey entrent dans la maison de Lin, le choc de voir la femme en personne, celle qui ressemble trait pour trait à sa fille, éclipse tout le reste. Ce n'est que plus tard, quand Bunny trébuche sur la table basse, *toujours aussi maladroite, cette fille*, que Lin observe pendant un long moment la meilleure amie de sa fille et repense, encore une fois, à ce jour de 1965.

La rencontre avec Mr Lin

Ils franchissent le dernier virage et se garent devant une maison avec des crotons orange et jaunes et une véranda protégée d'une moustiquaire. Tandis qu'ils s'acheminent vers la porte, Byron aperçoit une petite piscine dans la véranda. Le carrelage de la piscine a des motifs de dauphin. Le carillon à côté de la porte est en forme de dauphin, tout comme le paillasson. *Très Floride*, pense Byron alors qu'il essuie la transpiration sur ses tempes, écarte sa chemise humide de son torse en sueur et se languit de l'air frais matinal de la côte Pacifique.

Une petite femme ronde ouvre la porte. Elle a des dents de publicité de dentifrice et un accent cubain.

— Entrez. Mr Lin est à l'arrière, dit-elle en les conduisant dans une large pièce au sol beige.

Byron secoue la tête tout en avançant. *Que font-ils ici ?* Ont-ils vraiment besoin de rencontrer cet homme ? La nervosité qu'il ressent depuis qu'ils ont quitté l'hôtel se transforme en irritation, que la présence de Marble accentue. Oui, Johnny Lyncook est son grand-père aussi, mais ce n'est pas la même chose pour elle. Sa relation avec leur mère et cette famille est différente.

Quand il arrive dans la pièce suivante, il se dit qu'il va en découdre avec cet homme. Cet homme, qui est censé être son grand-père. Cet homme, dont le comportement irresponsable et la trahison ont obligé la mère de Byron à fuir, à abandonner tous ceux qu'elle connaissait, à tout perdre. Et l'ont fait basculer, au final, dans une situation qu'aucune jeune femme ne devrait affronter.

Un vieux monsieur chinois aux cheveux noirs comme du charbon est assis sur un canapé en osier. À côté de lui se trouvent une canne et une table basse en verre sur laquelle sont disposés des cadres photo. Il penche la tête en avant tout en s'appuyant sur sa canne afin de se lever. Il est grand, ce Johnny Lyncook. Mais il est aussi fin, à l'exception de ses cheveux, qui sont épais. Sur la table, il y a des photos de ses enfants. Cet homme a sans doute d'autres petits-enfants. Cet homme, qui ne mérite pas qu'on l'appelle *grand-père*.

Respecte toujours tes aînés, lui répétait sans cesse sa mère. Ce qu'elle voulait dire, c'était : sois poli, aimable. Mais non, pense Byron. Pour respecter les gens d'un certain âge, il faut d'abord les reconnaître comme étant des individus à part entière, avec un long passé ; dans le cas contraire, on doit être prêt à les voir tels qu'ils sont, à admettre aussi qu'un salaud, c'est un salaud, jeune ou vieux. Comme cet homme, qui a gâché la vie de sa mère. Non, cet homme ne mérite pas sa courtoisie.

Johnny Lyncook ne dit pas bonjour, ne serre aucune main, ne les invite pas à s'asseoir. Il entrouvre la bouche et fixe Marble. Puis il touche Benny de son index, qu'il agite ensuite entre elle et Byron.

— Vous deux. Comme votre père, déclare Johnny Lyncook en hochant la tête. Comme Gilbert Grant.

À présent, il dévisage de nouveau Marble. Il pivote sur le côté, vers la table couverte de photos, bascule en avant pour en prendre une, et la dépose entre les mains de Marble. Byron voit que c'est une photo en noir et blanc d'une adolescente portant un uniforme scolaire, une tunique à carreaux sur une chemise blanche. Il ne peut pas y avoir erreur sur l'identité de l'adolescente. Elle ressemble à Marble, en plus foncée. Benny prend la photo des mains de Marble.

— Notre maman ! s'écrie Benny.

Byron sent sa gorge se nouer.

Il regarde le vieil homme. Pour qui se prend-il ? De quel droit a-t-il une photo de Ma dans son salon ? Byron ne se sent aucun lien avec cet homme. Mais ensuite Johnny Lyncook sourit, un sourire de travers. C'est le sourire de Ma. *Bon sang*, c'est le sourire de Byron. Ce qui donne envie à Byron de se saisir du vieil homme et de le secouer jusqu'à ce qu'il tombe par terre.

Johnny Lyncook revient vers le canapé et s'y assied. Etta Pringle trébuche sur quelque chose alors qu'elle contourne la table basse.

— Bunny Pringle, dit-il d'un ton que Byron ne peut déchiffrer.

Presque comme un adulte qui sermonne un enfant. Non, c'est autre chose. De plus tranchant. C'est parce qu'elle savait, non ? Elle savait que Covey avait survécu à ce plongeon dans la mer, il y a toutes ces années, et qu'elle ne lui a rien dit.

— Monsieur Lin, répond-elle en s'asseyant à l'autre bout du canapé, sans pour autant le regarder.

Byron, Benny et Marble imitent Etta. Ils s'installent sur des chaises en face du canapé.

— Marisol ! appelle Johnny Lyncook.

La femme qui a ouvert la porte tout à l'heure entre dans la pièce en poussant une desserte contenant des boissons et des cacahuètes. « Eau citronnée », dit-il en désignant le chariot. Il y a des tranches de citron vert et des cerises au marasquin qui flottent dans chaque verre. Marisol dépose un verre devant chacun.

— Tu te souviens de l'eau citronnée, non, Bunny ? demande-t-il à Etta. Covey et toi, vous adoriez ça. Vous aimiez les mêmes choses, non ? Vous faisiez tout pareil, comme des sœurs.

Etta s'agite sur son siège.

— Oui, je vais goûter, marmonne-t-elle en tendant la main vers son verre et toujours sans le regarder.

Byron observe Etta par-dessus le bord de son verre. Cette femme charismatique qui a pris Byron dans ses bras lorsqu'elle l'a rencontré se transforme sous ses yeux en une femme froide et hiératique. Une personne capable de garder un secret à vie. Une personne qui nourrit beaucoup de colère. Elle ne s'est toujours pas départie de son mépris pour Johnny Lyncook. Eh bien, Byron non plus.

Etta Pringle est là parce que leur mère lui a demandé de présenter ses enfants à leur grand-père. Donc, les voilà. Mais Etta a la bouche pincée et Byron est de plus en plus mal à l'aise. Benny et Marble, en revanche, semblent fascinées par cette rencontre avec le père de leur mère. Elles se penchent en avant tandis que Johnny Lyncook explique qui sont les gens sur les photos.

Qu'est-ce que ça peut leur faire ?

À présent, Johnny Lyncook leur parle du bon vieux temps, mais Byron ne l'écoute pas. Byron a pris une décision. Il va se lever et sortir de cette pièce. Il sait qu'il ne peut pas frapper un homme de quatre-vingt-dix ans, mais il se dit que s'il reste assis ici, c'est exactement ce qu'il va faire.

— Tu cherches les toilettes ? l'interroge Lyncook quand il se lève. Marisol, montrez à Byron où sont les toilettes.

Byron hoche la tête. Autant faire un arrêt pipi avant de partir. Alors qu'il suit Marisol dans la pièce au sol marbré, il entend Lyncook dire : « J'étais à fond dans le jeu, vous savez. »

Byron s'arrête, se retourne. Le père de sa mère se courbe en avant sur sa canne, vers Benny et Marble.

— J'aimais parier et j'aimais boire. C'est comme ça que j'ai perdu ma fille.

— Perdu votre fille ? s'écrie Byron en revenant dans la véranda, conscient qu'il vient d'élever la voix. Vous ne l'avez pas perdue, vous l'avez jetée. Vous l'avez vendue à un criminel.

— Ce n'est pas vrai. Ce n'est pas si simple, se défend Lyncook. Je n'avais pas le choix.

— Pas le choix !

Byron attrape la canne du vieil homme et la jette par terre.

— Byron ! s'exclame Benny.

— Avez-vous la moindre idée de ce que votre fille a enduré ? continue Byron. Savez-vous à quel point elle a dû lutter pour survivre ? (Il désigne Marble.) Cette femme est la première enfant de votre fille. Savez-vous comment votre fille est tombée enceinte ?

— Byron, ça suffit, reprend Benny.

— Savez-vous ce qu'il lui est arrivé ?

— By-RON ! intervient Benny d'une voix forte, d'un ton qu'elle n'a jamais utilisé avec son grand frère.

Byron regarde Benny à présent, puis Marble, qui l'observe les sourcils froncés, les lèvres plissées. Il essuie la sueur sur son nez. Il n'aurait pas dû dire ça. Pas comme ça. Pas devant Marble. Il voudrait effacer toute cette journée, mais il ne peut pas et donc il sort de la pièce et se dirige vers la porte d'entrée.

Quinze minutes plus tard, Byron se rend compte qu'Etta, Benny et Marble n'ont pas de voiture et qu'il a tous leurs bagages.

Merde.

Byron fait demi-tour. Quand il s'arrête devant la maison de Johnny Lyncook, les trois femmes se tiennent au bord de l'allée comme des voyageuses qui attendent un ferry. Benny et Etta ont toutes deux un bras autour de la taille de Marble. Marisol se tient devant la porte et les observe jusqu'à ce qu'elles montent dans la voiture et claquent les portières.

L'impensable

Parce que certaines choses ne peuvent pas être pensées, le cerveau de Lin va faire le nécessaire. Il va envoyer un signal pour interrompre le flux d'oxygène qui transporte l'impensable. Il va inonder son propre jardin de sang et court-circuiter l'idée qui essaie de remonter à la surface du cortex de Lin. Voici tout ce qu'il va laisser à Lin : le souvenir de Covey, à dix ans, qui descend de l'arrière du break avec Bunny et d'autres enfants du quartier et qui hurle de joie en courant vers la cascade, en sautant dans le rideau d'eau, l'éclat de son rire et son *Regarde-moi, Pa !* qui se mêle au rugissement de la cascade et résonne dans la grotte derrière elle.

Regarde-moi, Pa !

Lorsque Marisol revient dans la maison où elle est employée depuis dix ans, elle trouve la tête de Lin inclinée à un angle de quarante-cinq degrés contre le coussin au motif hibiscus du canapé en rotin ; un côté de son visage pend. Elle vérifie son pouls, puis se saisit du téléphone et appelle les secours. Tout en parlant à l'opérateur, elle s'assied à côté de Mr Lin et lui tapote le bras.

— Tenez bon, Mr Lin, dit-elle. On vient vous aider.

Puis elle lève la main vers sa tête, remet le toupet comme il faut et lisse quelques mèches derrière ses oreilles.

Le pillage

Lin avait embauché un détective privé. Il avait récolté un tas d'informations sur la vie de sa fille. Mais, jusqu'à l'éclat de colère de Byron dans son salon, Lin ignorait ce qui était arrivé à Covey en Angleterre. Il ne savait toujours pas, pas vraiment, mais il avait une bonne idée.

La beauté d'une chose en justifie le pillage.

Et rien n'était plus beau qu'une fille qui n'avait peur de rien.

Byron

Personne ne lui avait expliqué comment vivre avec ce type de colère, ce fourmillement désagréable sous la peau. C'est le problème avec les récits de famille qui finissent par définir une vie. Quand on apprend que les gens en qui on avait le plus confiance nous ont menti pendant tant d'années, et même si on comprend leurs motivations, la prise de conscience est telle qu'elle contamine toutes les autres relations existantes.

On se met à revisiter tous ces gestes, tous ces commentaires qu'on n'a jamais bien compris, ces choses que les gens ne disaient pas, toutes ces fois où on était sûr que quelqu'un se comportait ainsi pour telle raison, mais où on ne pouvait pas le prouver. Ensuite, on pense à tous les mensonges qu'on se répète depuis tout ce temps. Que tout va bien, qu'on est apprécié, que les gens se soucient de nous. Qu'on est un bon ami, qu'on forme tous une même équipe ;

que *c'est le métier qui veut ça, Byron, ça n'a rien de personnel*.

Puis tout bascule.

Et on ne peut plus revenir en arrière.

Un jour, on se réveille et on prend conscience d'être face à une énorme bouche qui hurle, comme la trappe arrière béante d'un avion, celle par laquelle on saute en parachute, pour s'amuser, sauf que ça n'a rien d'amusant, on ne peut pas voir le sol, on ne sait pas ce qu'on fait, mais on sait qu'il va falloir se jeter dans le vide sans savoir vraiment ce qu'il y a en dessous, on sait simplement que c'est ça, désormais, la vie.

Byron sort son téléphone de sa poche et appelle Lynette pour la énième fois. Cette fois-ci, elle décroche.

Une consultation

Byron a besoin d'un avocat, annonce-t-il à Mr Mitch. Un bon avocat, quelqu'un qui s'y connaît en discrimination sur le lieu de travail. Quelqu'un qui comprend les problématiques liées aux obstacles persistants, institutionnalisés, profonds, qu'ils soient de race, de genre ou autres. Byron a besoin de quelqu'un qui pense qu'on peut résoudre ces problèmes, idéalement grâce au dialogue, mais qui, si nécessaire, est capable de donner un bon coup de pied juridique au derrière de quelqu'un.

— J'ai besoin de quelqu'un comme vous, dit-il à Mr Mitch. J'ai besoin de quelqu'un comme mon père.

Il explique à Mr Mitch qu'on lui a refusé pour la deuxième fois le poste de directeur. Que même Marc, le collègue qui a obtenu le poste, a dit que Byron était le plus qualifié. Mr Mitch l'écoute pendant un long moment sans rien dire. Byron a remarqué qu'il faisait ça bien.

— Je ne suis pas l'homme qu'il vous faut, mais je connais quelqu'un, répond enfin Mr Mitch. Vous pouvez peut-être gagner. Mais, Byron, est-ce que vous voulez vraiment ce poste ?

Byron incline la tête.

— Je mérite ce poste.

Mr Mitch hoche la tête.

— Vous savez, vos collègues vont vous en faire baver.

— Pas du tout, répond Byron. On n'est pas toujours d'accord, mais on est une communauté. On est des scientifiques. On aime les mêmes choses. Tous les scientifiques savent que, de temps en temps, si une expérience ou un calcul ne donne pas les résultats escomptés, il faut être capable d'ajuster le protocole, de prendre du recul et de réparer ses erreurs.

Byron lui adresse son meilleur sourire télé – confiant avec un soupçon de fausse pudeur. Il redresse les épaules alors qu'il sort du bureau de Mr Mitch. Plus tard, devant un miroir, il va s'entraîner à tenir cette posture, pour s'en convaincre.

Au surf

Celle-ci va être impressionnante, a dit la jeune fille de la météo. *Évitez les routes si vous pouvez*. Byron observe son allée. Les arbres penchent sous l'effet des rafales. La pluie tombe en rideau. Il hoche la tête en direction de la vitre.

Parfait.

Byron attrape un shortboard et un casque, et les range à l'arrière de sa Jeep. Il met un album des Black Eyed Peas et roule vers la maison de Cable. En bas de son allée, ils évaluent le pour et le contre. Ils sont, après tout, de purs produits de la Californie du Sud. Byron redémarre et ils se rendent à la plage.

Byron évite de justesse une branche de palmier qui rebondit sur son pare-brise.

— Wahou, Byron, excellents réflexes ! s'écrie Cable.

Quand ils arrivent à la plage, ils sont tous là, tous les habitués, dans leurs combinaisons qui luisent. Ils font autant de bruit qu'un groupe de lions de mer. Un des surfeurs de leur âge envoie un shaka à Byron et Cable : il agite la main en l'air, le pouce et l'auriculaire dressés. Quand ils étaient petits, ce n'était pas aussi facile. On les ignorait. On les menaçait. Sauf, évidemment, quand la mère de Byron, cette bombe, était là, auquel cas les gars se concentraient surtout sur elle – tout en prétendant le contraire. Mais le temps passe. Parfois, c'est une bonne chose.

— Oh non, Byron, dit Cable. Pas le casque.

— Je préfère m'amuser plutôt que de mourir, mec, répond Byron en ajustant la sangle de son casque.

Il fait quelques étirements, quelques exercices de respiration, et court jusqu'à atteindre l'eau. Cable et lui rient en courant, mais, à l'intérieur, Byron prend feu. Il ne sait pas quoi faire d'autre de toute cette colère. C'est comme si tout ce qui le dérangeait vaguement ces dernières années s'était amoncelé en lui comme du petit bois et que la mort de sa mère, et tout ce qui s'est passé ensuite, avait servi d'allumette.

C'est dangereux par ici, mais il va se laisser porter par les vagues jusqu'à ce qu'il se sente mieux, jusqu'à ce qu'il se sente comme avant. Parce que ça, c'est lui. Il est né pour prendre la vague. Il est né pour écouter l'océan. Ça, plus que tout, c'est ce qu'il a hérité de sa mère, ce lien viscéral avec la mer.

Voilà, enfin, il est dans la zone. De nouveau en haut de la vague, et puis dans le creux. En haut, et en bas. Dans la tête de Byron, une pensée, calme et immobile, se laisse contempler :

qui que sa mère ait pu être dans sa vie, quels qu'aient été son nom, son adresse, elle a toujours fait partie de ce monde et en fera toujours partie. Et l'océan, c'est l'endroit où il peut toujours venir la retrouver.

Le directeur

Byron frappe à la porte ouverte du nouveau directeur, son collègue depuis maintenant quinze ans. Des deux, Byron est de loin le plus qualifié, a un meilleur bilan et maîtrise mieux les relations humaines, mais Marc est doué pour les manœuvres politiques – ce qui, reconnaît Byron, est une qualité nécessaire pour ce poste.

— J'ai besoin de te faire savoir quelque chose officiellement, commence Byron.

— Si tu es là pour ton refus de promotion, répond Marc, je sais déjà que tu es allé voir un avocat.

Il brandit son index en direction de Byron.

— Non mais qu'est-ce qui te prend, Byron ?

— Hé, Marc, ça n'a rien de personnel.

— Rien de personnel ? s'écrie Marc en se levant et faisant le tour de son bureau. Rien de personnel ? Tu ne peux pas réclamer le poste qui m'a été confié et me dire que ce n'est pas personnel !

— Je suis désolé que tu penses ça, Marc. C'est par courtoisie professionnelle, parce qu'on a travaillé ensemble de nombreuses années, que je viens te parler de ce qui se passe. Pourquoi est-ce qu'on ne fait pas comme si de rien n'était ? On laisse le processus bureaucratique se dérouler dans son coin. On verra ce qui se passe.

— Va te faire foutre, Byron ! aboie Marc.

— Holà ! Attends un peu…

L'homme se précipite sur Byron, mais quelqu'un frappe à la porte. Il se redresse, ouvre la porte. L'assistante de Byron tient son téléphone portable à la main. Il a dû le laisser sur son bureau.

— Pardon, Byron, mais quelqu'un n'arrête pas de t'appeler, explique-t-elle.

C'est la sœur de Lynette, la mère de Jackson.

— Dépêche-toi, Byron, dit-elle. C'est Lynette. On est à l'hôpital.

Le bébé

Le bruit d'un bébé qui pleure interrompt les murmures dans la chambre d'hôpital. Une infirmière poussant un couffin à roulettes entre dans la pièce.

Lynette tend les bras.

— Te voilà, mon petit, souffle-t-elle.

Le nouveau-né peine à se calmer. Sa bouche est orientée vers le bas, ce qui rappelle à Byron sa sœur quand elle est née. La première fois qu'il avait tenu Benny, elle s'était agitée, avait soupiré, puis avait enroulé sa petite bouche autour d'un de ses doigts. Au bruit de sa voix, sa bouche s'était étirée sur le côté, un trait que Byron et elle avaient hérité de leur mère.

Byron observe le nourrisson, à présent, dont le visage est à moitié caché par la blouse de Lynette tandis qu'il tète.

— C'est qui, mon beau garçon ? dit Lynette en posant sa joue sur la tête du bébé. C'est qui, mon bébé By ?

Elle a décidé d'appeler leur fils Byron. Byron ne sait pas comment les choses vont évoluer entre Lynette et lui, mais quand elle lui a révélé le prénom du bébé, Byron a senti comme un rouage pivoter, libérant quelque chose en lui, comme une porte qui s'ouvre.

Il observe Lynette et pense à sa mère, aux dernières paroles de son enregistrement.

Qui je suis ? Je suis votre mère. C'est ce que je suis de plus authentique.

Byron et Lynette vont devoir beaucoup discuter. Puis ils aviseront. Lynette appelle Byron et lui tend le bébé. Rien dans sa vie ne l'a préparé à cette sensation, pas même le fait de tenir bébé Benny dans ses bras quand il avait neuf ans.

— Salut, toi, murmure Byron.

Il approche le bébé de son visage et pose ses lèvres sur son front. Une sorte de hoquet plein de lait sort de la bouche de son fils. *Son fils !* Puis bébé By bouge la tête afin de suivre sa voix. Il a les yeux fermés et une petite bouche tordue, et Byron en a le souffle coupé.

Benny

La mauvaise nouvelle, c'est que sa demande de prêt a, de nouveau, été rejetée. Elle ne prendra pas le risque d'ouvrir un café sans financement. Pour autant, elle ne compte pas abandonner, elle va essayer une autre banque. La bonne nouvelle, c'est qu'on ne cesse de lui commander des dessins, et celui qu'elle a fait pour Etta Pringle est devenu viral. On y voit Etta qui nage au milieu d'une mer bouillante jonchée de morceaux de plastique. Ce n'est pas ce qu'elle a fait de plus gai, mais c'est ce qu'Etta lui a demandé. Ses followers ont adoré. Enfin, certains ont détesté, en fait, mais Etta dit que c'est aussi une bonne chose. Benny évite les réseaux sociaux, mais Etta pense qu'il va falloir que ça change.

Le tournant qu'a pris la vie de Benny la laisse perplexe.

Rien n'est conforme à ce qu'elle attendait.

Mais ça ne la dérange pas tellement.

Marble

Giò veut passer son dernier été avant l'université avec Marble.

— Allons en Californie, lui dit son fils. Tu as promis de m'emmener voir mon oncle et ma tante secrets.

C'est ainsi qu'il appelle Byron et Benny depuis que Marble lui a parlé de sa mère biologique et de ce frère et de cette sœur qu'elle ne connaissait pas.

C'est vraiment comme une de ces scènes dans les films. Le téléphone portable de Marble sonne avant même que Giò et elle descendent de l'avion en provenance de Londres. Byron et Benny sont impatients de les voir. Et ils sont là, à la sortie des Arrivées. Benny tient un morceau de carton sur lequel elle a écrit *BIENVENUE GIOVANNI !* et elle trépigne d'excitation comme une gamine.

Marble sait déjà que plus tard dans l'été, après que Giò et elle seront rentrés en Italie, elle sortira le chien, le suivra en direction du *giardinetto* et frappera à la porte de la maison du garçon qui le garde pour elle. Enfin, elle pourra prononcer son prénom, qui est le même que celui de son fils. Il embrassera son fils sur les deux joues et dira : « Ciao, Giò », et son fils dira : « Ehi », et ils resteront là, à ne rien dire, avec cette façon merveilleuse qu'ont les adolescents de ne pas se parler.

Des réponses

Charles Mitch ouvre le compte rendu et le lit. Grâce à de nouvelles informations fournies par Pearl, il a pu lancer une recherche sur la localisation de la mère d'Eleanor, Mathilda Brown.

La maman de Covey.

Pearl insiste sur le fait que Mathilda a toujours eu l'intention de revenir chercher sa fille. Elle pense qu'un drame a dû se produire. À présent, Charles a une bonne idée de ce qui s'est passé.

Mathilda, 1961

Quelle chose magnifique, plus profonde et plus vaste que tout ce que Mathilda avait pu imaginer. Au bord de l'impressionnante falaise, elle respira le bon air frais. Une brume de mer lui aspergeait le visage et elle puisa un peu de force de cet endroit. Elle avait lu quelque part que ces chutes d'eau étaient une des merveilles du monde. Mais rien n'aurait pu la préparer à une telle vision. Rien ne l'avait préparée aux immenses espaces de l'Amérique du Nord. Tout était surdimensionné.

Mathilda se pencha par-dessus la rambarde. Elle s'ouvrit à l'odeur de bois humide, de terre argileuse, au soleil sur sa peau. Elle était parvenue jusqu'ici. Elle défierait Lin, elle trouverait un moyen de récupérer sa fille et viendrait vivre ici avec sa fille. Elle était là en tant que travailleuse domestique, c'était le seul moyen, et son salaire était médiocre. Mais c'était un début.

Il fallait qu'elle fasse passer un message à Pearl, qu'elle sache que tout allait bien. Elle voulait aussi des nouvelles de Covey. Elles ne pouvaient pas prendre le risque de dire à Covey qu'elles étaient en contact. Covey était trop jeune, elle ne pouvait pas garder un tel secret pour elle. *Serre Covey dans tes bras pour moi tous les jours*, avait-elle dit à Pearl avant de partir.

De nombreuses années passeraient avant qu'ils ne retrouvent Mathilda, qui avait glissé et était tombée. D'ici là, son portefeuille aura été tiré de son sac par le courant. D'ici là, son employeur, dans l'impossibilité de la localiser, aura donné son poste à quelqu'un d'autre. D'ici là, la police aura classé le dossier. Une jeune femme noire disparue ? Ils avaient des choses bien plus importantes à faire.

À l'époque, c'était différent. Les tests pour identifier les cadavres étaient moins sophistiqués. Les données n'étaient pas accessibles à tous. Rien d'étonnant à ce que le squelette d'une inconnue, trouvé dans la boue aux abords d'une rivière, ne soit identifié que bien des années plus tard, quand un avocat de Californie relança les recherches pour une certaine Mathilda Brown, une jeune immigrée des îles vue pour la dernière fois dans une ville américaine près de la frontière canadienne au printemps 1961.

Etta Pringle

Le public applaudit alors qu'Etta Pringle enlève ses chaussures et traverse la scène. C'est même devenu un meme sur Internet, c'est son truc à elle. Elle avait ri la première fois qu'elle avait vu cet extrait de quelques secondes répété encore et encore : elle, qui balance ses chaussures. Les choses auxquelles les gens pensent…

C'est sa dernière apparition publique avant sa traversée de demain, pour récolter des fonds. Une quinzaine de kilomètres, ça va dépendre des courants, un petit parcours pour elle, même à son âge. Même avec tous ces médicaments dans son corps. Mais c'est une nage compliquée pour d'autres raisons. Entre autres, à cause des méduses venimeuses.

Les médias et les réseaux sociaux parleront des méduses, ils mentionneront son âge, ils discuteront des avantages qu'ont les femmes mûres dans les sports d'endurance. Ils évoqueront la couleur de sa peau. Ils le font encore, même après toutes ces années, même en 2019, et ça ne la dérange pas. Qu'ils la voient. *Qu'ils la voient !* En revanche, personne ne parlera de sa maladie, ils ne sont pas encore au courant. Si la chance est de son côté, ils n'en sauront jamais rien.

Etta va devoir faire un effort pour ne pas perdre de vue les grands enjeux. C'est pour ça qu'elle est ici ce soir, pour parler d'environnement. Elle craint un récit formaté, où la responsabilité de la dégradation de l'environnement est placée uniquement sur les épaules des entreprises privées et sans que le lien direct entre la demande des consommateurs et l'épuisement des ressources soit mis en avant. Elle va parler de durabilité. Du fait qu'il faut maintenir un équilibre dans la nature. Elle va tenter de convertir les gens à l'économie circulaire.

Byron Bennett est déjà sur scène. En tant que dirigeant d'un nouveau bureau de conseil, Byron va parler de l'importance de cartographier les fonds marins. Il va expliquer comment les pays, les entreprises, les organisations internationales travaillent ensemble pour partager cette information. Il va parler de son amour pour la mer, de son enfance sur la côte californienne. Byron va dire que la connaissance, c'est le pouvoir, et Etta va répondre : « Oui, je pense aussi, mais quel genre de pouvoir ? »

Ils vont plaider leur cause sur scène et ça va faire immensément plaisir à Etta, d'apparaître en public avec le fils brillant de son amie d'enfance. Elle se sentira fière, comme si elle l'avait vu grandir pendant toutes ces années alors que, en réalité, elle ignorait tout de son existence, ignorait que sa mère était encore en vie et suivait ses moindres faits et gestes à elle. Plus tard, Byron expliquera à Etta pourquoi il a quitté l'institut où il travaillait, que le dédommagement conclu à la suite de l'accord avec son ancien employeur lui a permis de se lancer dans cette nouvelle aventure et même de créer une bourse universitaire. Et Etta pensera : *Bien joué, Covey, regarde ton fils*.

Ils ne mentionnent pas la mère de Byron, qui a permis à Etta de devenir la championne qu'elle est, qui l'a initiée à la nage en eau libre. Ses sœurs et lui préfèrent que le récit offert au public ne les relie jamais à Coventina Lyncook. Peut-être un jour, quand ils seront plus vieux, quand leurs enfants seront grands, disent-ils, mais Etta pense que ce n'est qu'une question de temps avant que quelqu'un qui connaissait Gibbs ou Covey ne remarque dans leurs traits quelque chose rappelant leurs parents. Byron et Marble sont partout sur Internet à présent, et Internet, c'est le nouveau marché du coin. Un jour ou l'autre, on y croise forcément quelqu'un qu'on connaît.

Etta déporte son regard en coulisse où se tient la petite amie de Byron, qui porte leur fils dans une écharpe sur sa poitrine. Elle s'étonne qu'ils l'aient emmené jusqu'ici, en Polynésie, à son âge. Les voyages en avion, ça corrompt la raison. Etta n'a jamais été une athlète prudente, mais quand elle était jeune maman, elle faisait attention avec ses enfants, insistant pour qu'ils restent près de chez eux jusqu'à un certain âge. Ce qui convenait très bien à Patsy.

Etta nage pour ses enfants à présent, et pour leurs enfants aussi, et non pas pour les records. Toute opportunité est bonne à prendre pour parler de la santé des océans. Les dégâts aux fonds marins, le trop-plein, le plastique, la hausse des températures de l'eau, la surpêche. Elle demande qu'on augmente le nombre de zones protégées. Mais elle prend aussi le temps de montrer à son public de vieilles photos d'elle avec son bonnet de bain, ainsi que sa photo préférée de Patsy et des garçons quand ils étaient petits, qui jouent dans des mares résiduelles au Pays de Galles, leurs bottes recouvertes de sable mouillé. Elle n'oublie jamais de montrer la joie, de montrer l'amour. Parce que, sinon, à quoi ça sert, tout ça ?

Survivre, ça ne suffit pas. Ça n'a jamais suffi.

C'est drôle de penser qu'après soixante ans de nage en eau libre, Etta a encore un peu peur de ce qui se cache sous l'eau, a toujours conscience de la symphonie maritime qui se joue. Mais c'est bien ça qu'elle défend, la protection de la vie dans toute sa diversité et dans toute sa mystérieuse impénétrabilité, griffue, venimeuse et foisonnante.

Son médecin grogne. Elle affirme qu'Etta ne peut pas se permettre de se faire piquer ou de se couper en ce moment, son système immunitaire est faible. Mais Etta n'a pas l'intention de se blesser. Elle a promis de tout faire pour éviter ça, sauf rester hors de l'eau, évidemment. C'est ce qu'elle est. C'est sa vie.

Etta pourrait se dire qu'elle a élevé deux beaux enfants gentils et généreux, qu'elle a déjà fait le plus important dans une vie, mais elle sait que ça ne suffit pas pour elle. Quand elle était enfant, Etta pensait qu'elle méritait toutes les bonnes choses qui lui arrivaient. Elle ne voyait pas pourquoi ses rêves devaient être plus petits que ceux des autres simplement parce qu'elle avait grandi sur une île. Ça n'a pas changé, mais, à chaque année qui passe, elle prend la mesure de la chance qu'elle a eue. Ça aurait pu se passer bien différemment pour Etta Pringle, et elle a toujours une dette à rembourser au monde.

Lin

Marisol apporte un verre de thé glacé à Lin. Lin peut de nouveau boire et manger tout seul après son dernier infarctus, et il se déplace en se servant uniquement d'une canne. Il s'adosse au canapé et regarde Etta Pringle à la télévision. Bunny Pringle. Elle doit avoir plus de soixante-dix ans à présent, et elle continue ses nages insensées.

Lin aurait dû savoir que ça finirait comme ça. Il aurait dû le savoir le jour où il a vu Bunny et Covey nageant au milieu de cette tempête tropicale en 1963. Il aurait dû se rendre compte que si on est capable d'aller aussi loin, dans une eau aussi agitée, de prendre de tels risques, alors on n'est pas comme tout le monde. On est probablement capable de faire beaucoup de choses pour avoir ce qu'on veut, alors que les autres n'osent même pas.

Avant

Une nuit d'été

Un soir d'été en 1965, Bunny entendit quelqu'un frapper à la fenêtre de sa chambre. Ses parents dormaient déjà. Elle ouvrit juste assez pour jeter un œil et vit Covey, dans la pénombre, sa bouche ouverte formant un cri silencieux. Bunny se précipita dehors.

— Quoi ? murmura Bunny. Quoi ?

Covey n'arrivait pas à parler. Elle tremblait. Bunny n'avait jamais vu son amie comme ça. Elle, Coventina Lyncook ! Celle qu'on avait surnommée le Dauphin. Elle avait nagé au milieu de bourrasques, enjambé des vipères, ignoré toutes les rumeurs sur ses parents. Bunny savait que Covey pouvait tout affronter. Mais Covey ne lui avait pas encore parlé de Little Man.

Alors que Bunny serrait Covey dans ses bras, alors que Covey pleurait et avait commencé à parler, Bunny sentit tout le poids de leur existence s'écraser sur leurs épaules. Bunny et Covey avaient grandi en pensant que tout était possible, même pour elles. Mais quand on est une fille, les gens te disent comment marcher, comment t'asseoir, quoi faire, où aller, qui tu peux aimer.

Et à qui tu dois obéir.

Pearl, 1965

Le jour du mariage de sa fille, Mr Lin avait succombé à l'ivresse plus vite que d'ordinaire.

— Vous êtes toujours dans la cuisine, Pearl ? demanda-t-il.

Il désigna vaguement la table dans la salle des fêtes où Pearl était assise, par intermittence, incapable d'avaler plus que quelques bouchées polies à la fois.

— Venez, asseyez-vous et mangez du gâteau avec nous. C'est votre gâteau.

— Un instant, Mr Lin, j'arrive, répondit Pearl en pivotant en direction de la cuisine. Il faut que je m'occupe de quelque chose avant.

Il fallait que Pearl remette la main sur un objet.

Jetant des regards rapides aux employés de l'hôtel, Pearl se précipita vers le comptoir où se trouvait le gâteau avant qu'il ne soit apporté dans la salle. Rien. Elle se baissa pour fouiller l'étagère où était rangé son tablier, le souleva pour vérifier en dessous. Rien. Elle s'accroupit pour mieux voir, mais elle ne trouvait toujours pas ce qu'elle cherchait, le petit flacon qu'elle avait poussé derrière un saladier plus tôt dans la journée. Il fallait qu'il reste à l'écart de la nourriture. Ce n'était pas sa cuisine, ni celle de Mr Lin, elle n'était qu'une invitée ici. Bon nombre de personnes avaient pu passer par ici.

Le bruit d'une fourchette qu'on tape contre un verre et le raclement d'une gorge dans un micro la ramenèrent à l'instant présent. Elle défroissa sa robe et retourna dans la salle de réception d'un pas qu'elle espérait confiant. Quelqu'un avait dû trouver le flacon et l'avait mis dans un placard, un casier ou un autre endroit où on rangeait ce genre de choses. Comme du savon pour la lessive, de la javel, de la mort-aux-rats. Le flacon avait une étiquette. Pearl essaya de se rassurer.

Mais, plus tard, Pearl s'inquiéta. Pendant des années, elle se demanderait où était passé ce flacon de poison. Sans doute quelqu'un l'avait-il trouvé, déplacé. Et sans doute aussi quelqu'un s'en était-il servi. Mais qui ? La police avait trouvé quelque chose dans la flûte de champagne de Little Man. Dieu merci, ils n'avaient rien trouvé dans le gâteau ; sinon, Pearl aurait atterri en prison pour un crime qu'elle n'avait même pas eu le courage de commettre.

Pearl avait tellement contemplé l'idée de faire du mal à Little Man qu'elle éprouverait toute sa vie une certaine culpabilité à propos de sa mort.

En revanche, aucune tristesse.

L'instant

Les moments les plus importants de nos vies ne sont souvent que ça, une poignée de secondes : quelque chose bascule, on réagit et plus rien n'est comme avant. Pendant la réception du mariage, Covey baignait dans une sorte de stupeur, mais quand elle vit Little Man s'écrouler par terre le jour où on l'avait obligée à l'épouser, son cerveau se désembruma. Covey regarda dans quatre directions différentes, et cet instant fut pour elle décisif.

D'abord, Covey chercha son père. Il était là, juste derrière elle, bouche bée. Puis elle regarda Pearl, qui était de l'autre côté de la pièce et se précipitait vers l'homme au sol. Enfin, elle observa Bunny, qui se trouvait à quelques mètres de là. De ces trois personnes, une seule croisa son regard tandis que Little Man rendait son dernier souffle. Une seule soutint son regard tandis que tous les autres invités se concentraient sur l'homme mourant. Et Covey avait su. Covey avait vu ce qu'il s'était passé, simplement elle n'en avait pas pris la mesure. Ensuite, elle se tourna dans la quatrième direction, vers la porte vitrée grande ouverte qui donnait sur la grande pelouse de l'hôtel.

La porte était tout près. La pelouse se terminait par un chemin qui menait vers la plage. À un moment, il fallait descendre une série de larges marches en pierre parfois creusées d'anfractuosités où naissaient des têtards. Ils mûrissaient à des vitesses différentes et certains se tortillaient encore comme de minuscules poissons alors que d'autres avaient déjà des débuts de pattes de grenouille et cette forme un peu carrée ; bientôt, ils seraient prêts à bondir dans les buissons et vers le reste de leur vie.

Tandis qu'elle franchissait la porte, qu'elle trébuchait et perdait ses chaussures sur la pelouse, qu'elle se débarrassait de sa robe de mariée, abandonnée sur le sable, elle se jura qu'elle ne révélerait jamais ce qu'elle venait de voir. Enfant, on lui avait appris à faire la différence entre le bien et le mal, mais, même alors, elle avait compris qu'il était parfois difficile de séparer les deux.

Covey ne révéla jamais la vérité, ni dans ses lettres, ni dans les enregistrements qu'elle laissa à ses enfants à la fin de sa vie, ni dans ses conversations avec son avocat et amant, ni dans le réconfort de son lit conjugal. Même quand elle rêvait de revenir sur l'île montrer à ses enfants d'où elle venait, elle savait que c'était impossible parce qu'elle ne pouvait pas s'innocenter.

Ces quatre décennies de mariage avec un homme qu'elle aimait et qui lui avait donné deux enfants étaient le plus beau des cadeaux. Si on avait la chance de vivre pareille vie, si quelqu'un avait pris un énorme risque pour s'assurer que ce soit le cas, que serait-on capable de faire ?

Plus de cinquante ans plus tard, les enfants de Covey oseront poser la question. Ils demanderont à la plus vieille amie de leur mère si elle pense que Covey Lyncook a tué Little Man Henry en 1965. Ils seront soulagés de voir Bunny Pringle secouer la tête, lentement et fermement. Soulagés d'entendre Bunny Pringle dire qu'il y avait beaucoup de gens qui souhaitaient la mort de Little Man. Ils réaliseront aussi que la réponse de Bunny ne les avançait pas vraiment et qu'ils ne savaient toujours pas ce qu'il s'était passé ce jour-là.

À l'époque

À l'époque, il n'y avait pas de caméras de vidéosurveillance. Le photographe du mariage était dans un coin en train de changer sa pellicule. Les musiciens étaient occupés à jouer de la musique. Les serveurs étaient encore en train de déposer des parts de gâteau sur les tables. Le père de la mariée terminait son énième verre. La mariée plantait sa fourchette dans son gâteau en essayant de ne pas pleurer. Tous regardaient ailleurs au moment où l'une des invitées sortit un petit flacon de son sac.

À l'époque, tout le monde savait que le champagne montait à la tête, surtout d'une jeune femme. Qu'elle pouvait errer d'une table à une autre avec une flûte à la main, qu'elle pouvait se pencher vers le couple marié et déposer un baiser sur la joue de son amie, qu'elle pouvait poser son verre sur la table, qu'elle pouvait renverser l'assiette de gâteau sur la robe de la mariée, puis par accident attraper la flûte du marié à la place de la sienne. Personne n'y verrait rien à redire parce que, hors de l'eau, Bunny Pringle avait toujours été maladroite.

Personne ne comprendrait, au début, que c'était le champagne qui avait mis fin à la vie de Little Man. Lorsqu'un policier renifla enfin la flûte brisée et prononça le mot *poison*, certains des invités au mariage pensèrent à leurs propres désirs enfouis, à leurs propres ressentiments envers le mort. Un homme dont la satisfaction principale était de contraindre les autres. Ils en viendraient à espérer que la personne qui avait fait ça ne serait jamais arrêtée. Tant de gens étaient passés par la cuisine ce jour-là, ça pouvait être n'importe lequel d'entre eux.

À l'époque, c'était plus facile de commettre un meurtre. Il suffisait de rester concentré, de ne pas perdre de vue à qui on vouait sa loyauté et de ne pas penser aux conséquences.

De nos jours

Repose en paix

— N'y a-t-il pas une loi qui interdit de récupérer des cadavres ?

— Mais c'est notre père.

— Est-ce que ça change quelque chose s'il s'agit de cendres ?

— Demandons à Charles, il saura.

Il leur a fallu du temps, mais Byron et Benny ont enfin pris l'habitude d'appeler Mr Mitch par son prénom. Charles est, après tout, quelqu'un à qui leur mère tenait beaucoup. Et il en savait plus sur leurs vies que n'importe qui d'autre. Petit bonus, son nez avait viré au rose la première fois que Benny l'avait appelé Charles. Rien que pour ça, ça valait la peine de faire l'effort, avait ri Byron ce jour-là.

Oui, leur dit Charles, il leur faudra une autorisation, mais il y a des administrations qui peuvent les aider. Ils ne sont pas les premiers à prendre ce genre de décision. Au bout d'un temps, Byron et Benny obtiennent le droit d'exhumer les restes de leur père.

Un an après la mort d'Eleanor Bennett, Marble et Etta prennent ensemble l'avion à Londres. Le lendemain, Benny et Marble émincent de l'ail et des oignons verts, puis versent le lait de coco dans un plat contenant du riz et des haricots. Byron allume le barbecue et Etta concocte un rhum arrangé qui se boit un peu trop facilement, pendant que Lynette danse avec leur bébé sur la terrasse de leur maison en bord de mer. C'est le genre de déjeuner où des proches rappliquent à mesure que le temps passe : Charles et une de ses filles, Cable, sa femme et ses enfants, les voisins d'en face.

La vieille maison où Byron et Benny ont grandi appartient à une autre famille maintenant, un jeune couple avec des enfants en bas âge qui ont refait toute la plomberie. C'est un nouveau rôle qui convient bien à l'ancienne maison des Bennett, d'héberger une nouvelle famille, et cette pensée fait sourire Byron. Quand bien même il essaie de ne jamais passer dans cette rue.

Quand Etta est suffisamment éméchée, les enfants d'Eleanor parviennent à lui extirper une promesse. Oui, dit-elle, elle les emmènera sur l'île un jour. Ils peuvent commencer à s'organiser. Eux, leurs partenaires, leurs enfants, même Charles s'il veut. Suffisamment de temps s'est écoulé entre *avant* et *maintenant*, affirment-ils, même s'ils n'en sont pas certains.

Mais, d'abord, ça.

Les enfants d'Eleanor transportent ses cendres, à présent mêlées à celles du père de Byron et de Benny, en mer. Etta nage devant le bateau ; son bonnet de bain orange fluo est de la même couleur que la bouée accrochée à sa taille. Quand ils sont à huit kilomètres des côtes, ils descendent l'échelle, hissent Etta hors de l'eau, puis déposent une serviette sur ses épaules. Ils se tiennent là un instant, attentifs au crissement du bateau sur les vagues. Enfin, ils hochent la tête en direction les uns des autres et dispersent les cendres par-dessus bord. Puis Marble, Byron et Benny prennent ce qu'il reste du gâteau noir de leur mère, l'émiettent et le laissent tomber dans l'eau.

le bateau ; son bonnet de bain crème [illegible] est de la même couleur que la crème glacée à la vanille. Quand ils sont à mille kilomètres des côtes, ils descendent l'échelle, [illegible] hors de l'eau, puis déposent une serviette sur ses épaules. Ils se tiennent là un instant, attentifs au mouvement du bateau sur les vagues. Enfin, ils hochent la tête [illegible] et dispersent les cendres par-dessus bord. Puis Maude, Byron et Benny prennent ce qu'il reste du gâteau noir de leur grand-mère, l'émiettent et le laissent tomber dans l'eau.

Tout le monde n'a pas [illegible] mais tout le monde peut retrouver ces [illegible]

[illegible]

la côte nord-est de [illegible] et mélange des lieux réels et imaginaires.

La plupart des personnages des *Parts* [illegible] sont des gens qui ne [illegible] pas tous à l'[illegible] que les autres [illegible] Ils ne [illegible]

Note de l'autrice

Tout le monde n'écrit pas forcément un roman, mais tout le monde peut raconter des histoires, sous une forme ou sous une autre. Tandis que j'écrivais ce roman, une vie entière d'anecdotes et d'impressions éphémères partagées par les membres antillais de ma famille multiculturelle m'a aidée à développer certains des personnages fictifs et les scénarios des années 1950 et 1960. Les scènes de cette île anonyme des Caraïbes sont un reflet de la géographie et de l'histoire de la Jamaïque, où mes parents et d'autres membres de ma famille vivaient avant d'immigrer au Royaume-Uni et aux États-Unis. La ville fictive où ont grandi les membres plus âgés de ce roman est inspirée de la côte nord-est de cette île et mélange des lieux réels et imaginaires.

La plupart des personnages des *Parts oubliées* sont des gens qui ne rentrent pas tout à fait dans les cases que les autres leur ont fabriquées. Ils se battent afin de réduire les stéréotypes et le gouffre entre leurs intérêts et ambitions et les vies que les autres s'attendent à ce qu'ils mènent, en fonction de leur genre, culture ou classe sociale. Leurs difficultés sont à la fois universelles et rattachées à l'époque et à l'endroit où ils vivent.

En écrivant, j'ai lu des articles et des récits historiques rédigés par des journalistes et des chercheurs, et j'ai consulté les archives en ligne comme celles de la National Library of Jamaica, de la National Archives et de la British Library. J'ai trouvé de très intéressants messages de gens qui se disent de culture britannique et antillaise, et des conversations sur la diaspora chinoise provenant d'institutions comme le Chinese American Museum de Los Angeles. J'ai parcouru quantité de photos, vidéos, cartes et recettes.

Le monde au sein duquel évolue la vieille génération de ce roman contient des références aux tensions interethniques impliquant des immigrants chinois et leurs familles en Jamaïque dans les années 1960. Il prend aussi en compte certaines des difficultés que les immigrés antillais rencontraient au Royaume-Uni à la même période. Mes recherches m'ont ouvert les yeux sur beaucoup de sujets.

Je savais, par exemple, que bon nombre d'immigrants chinois venus aux Antilles comme travailleurs engagés au milieu du XIXe siècle et jusqu'au début du XXe avaient enduré des conditions de travail difficiles et beaucoup de pauvreté avant de voir leur sort s'améliorer. En revanche, j'ignorais que, bien que représentant un petit pourcentage de la population jamaïcaine dans les années 1960, les entrepreneurs chinois ou sino-jamaïcains possédaient la majorité des commerces et autres entreprises du pays. Cette prospérité relative a bourgeonné à une époque où ne cessait de croître la désillusion des autres Jamaïcains, qui, pour la plupart, étaient d'origine africaine et sentaient peser sur eux le poids du chômage, de la distinction de classe et de la discrimination. Les violences et manifestations à l'encontre des commerces possédés par les Chinois dans ce livre sont fictives, mais inspirées de conflits réels de l'époque.

Je savais que les immigrés des Antilles et autres pays du Commonwealth étaient recrutés de manière active pour suivre des formations d'infirmières ou pour travailler dans d'autres secteurs économiques du Royaume-Uni de l'après-Seconde Guerre mondiale. Mais, avant de lire les témoignages de ces immigrés, j'ignorais à quel point certains d'entre eux avaient été harcelés, discriminés et limités dans leurs ambitions.

C'est mon affinité personnelle pour un plat particulier des Antilles, le gâteau noir, qui a mené de façon indirecte à ce roman. J'ai commencé à penser au poids émotionnel charrié par les recettes et autres marqueurs familiaux qui sont transmis d'une génération à une autre. Ensuite, j'ai commencé à écrire sur des personnages qui doivent rester bien accrochés à leur identité au moment où ils apprennent que leur vie a été construite sur une histoire fallacieuse.

En dépit de mon recours à un contexte historique et contemporain, ce roman se concentre essentiellement sur les vies émotionnelles de personnages inventés et est censé s'apparenter parfois, dans le mode de narration, à une fable. Pour les lecteurs qui cherchent des histoires fictives davantage inscrites dans l'histoire politique et sociale de divers pays des Antilles ou de la diaspora antillaise dans la seconde moitié du XXe siècle, je peux recommander nombre de merveilleux auteurs, comme Edwige Danticat, Marlon James et Jamaica Kincaid.

J'aimerais aussi recommander quelques livres que j'ai découverts en travaillant sur ce roman : le roman *Pao*, de Kerry Young, et le récit de non-fiction *Finding Samuel Lowe : China, Jamaica, Harlem*, de Paula Williams Madison, offrent un aperçu fascinant de l'expérience des Sino-Antillais. Dans ce même ordre d'idées, j'aimerais mentionner la productrice et réalisatrice Jeannette Kong, qui est née en Jamaïque et qui a réalisé un film fondé sur le livre de Williams Madison et des documentaires sur cet élément de la vie antillaise.

The Lonely Londoners, de Sam Selvon, et, plus récemment, *Small Island*, d'Andrea Levy, permettent de bien approcher, en toute nuance, les relations ethniques en Jamaïque et l'expérience d'immigrés antillais dans le Royaume Uni d'après 1945. J'ai aussi trouvé très utile *The Windrush Betrayal*, de la journaliste britannique Amelia Gentleman. Elle saisit bien ce sentiment de double identité que bon nombre d'Antillais du Commonwealth ont pu ressentir en s'installant durablement au Royaume-Uni. Cette liste n'est bien évidemment pas exhaustive et je vous encourage à poursuivre vos propres recherches sur le sujet, si vous le souhaitez.

Même quand les histoires sont inventées, les émotions sont bien réelles. J'espère que celles de cette histoire vont résonner auprès de gens d'origines différentes, qui s'intéressent aux concepts en perpétuelle évolution que sont le foyer, la famille, la perte, le désir, les deuxièmes chances et, bien entendu, l'amour.

Remerciements

S'il faut un village pour élever un enfant, on peut dire la même chose pour ce roman. Je dois beaucoup à Madeleine Milburn qui, avec son équipe talentueuse d'agents littéraires et assistants, a ouvert pour moi une série de portes qui ont mené à la publication de cet ouvrage. Je remercie les éditrices Jessica Leeke et Hillary Rubin Teeman, qui ont accueilli ce roman le cœur ouvert, l'esprit curieux et les yeux affûtés, et tous ceux qui, chez Penguin Michael Joseph et Ballantine, ont nourri et défendu ce projet. Un grand merci particulier à ceux qui m'ont encouragée en chemin : ma famille, GR et mes amis amateurs de livres, dont certains ont pris le temps de lire les premières versions de ce roman. Enfin, je salue mes camarades écrivains, dont les merveilleux ArmadillHers, dont l'amour des histoires, de la vie et l'intérêt pour le monde m'inspirent au quotidien.

14150

Composition
NORD COMPO

Achevé d'imprimer à Barcelone
par CPI Black Print
le 21 juillet 2024

Dépôt légal juillet 2024
EAN 9782290398173
OTP L21EPLN003617-619789

ÉDITIONS J'AI LU
82, rue Saint-Lazare, 75009 Paris

Diffusion France et étranger : Flammarion